作者简介

崔吉俊，山东省滨州市无棣县人。曾任酒泉卫星发射中心主任、中国载人航天工程发射场系统总指挥、"夸父一号"先进天基太阳天文台卫星工程总设计师。参与组织、指挥"神舟一号"至"神舟十号"飞船发射任务全过程，曾获得载人航天工程国家科技进步特等奖、载人航天突出贡献奖、曾宪梓载人航天基金奖和中国航天基金奖等奖项。著述颇丰，包括专著《火箭导弹测试技术》《捷联惯性测量组合测试原理与方法》《载人航天发射技术》《航天发射试验工程》等，译著《制导导弹》《卫星研究与开发的最新成果》《"阿波罗"登月计划中的肯尼迪航天中心》《"阿波罗"登月发射倒计时》《航空航天导航系统》等，诗集《大漠飞天歌》《西风醉》《天梦》《苍山如海》《我在德令哈数星星》等。

中国作家协会重点作品扶持项目

天路飞舟

崔吉俊 著

浙江教育出版社·杭州

图书在版编目（CIP）数据

天路飞舟 / 崔吉俊著. -- 杭州 ：浙江教育出版社，
2023.11
ISBN 978-7-5722-6488-7

Ⅰ．①天… Ⅱ．①崔… Ⅲ．①纪实文学－中国－当代
Ⅳ．①I25

中国国家版本馆CIP数据核字(2023)第164639号

天路飞舟

TIANLU FEIZHOU

崔吉俊　著

责任编辑	吴颖华	助理编辑	骆　珈　苏心怡
美术编辑	韩　波	责任印务	陈　沁
责任校对	余晓克	封面设计	观止堂 _ 未氓

出版发行　浙江教育出版社
（杭州市天目山路 40 号　电话：0571-85170300-80928）
图文制作　杭州林智广告有限公司
印刷装订　浙江海虹彩色印务有限公司
开　　本　710 mm×1000 mm　1/16
印　　张　31.75
插　　页　4
字　　数　500 000
版　　次　2023 年 11 月第 1 版
印　　次　2023 年 11 月第 1 次印刷
标准书号　ISBN 978-7-5722-6488-7
定　　价　128.00 元

2013年我离开工作岗位，工作中积累的大量资料准备永远尘封了。没想到，2016年在参加量子科学实验卫星"墨子号"发射任务时，著名科学家潘建伟的一席话点燃了我灵魂深处尚未熄灭的火花。他说："你应该把载人航天发射的全过程写一写，很有意义；如果有困难，我找个学生帮你整理。"我说不必，要写，我自己可以试试。于是，我沿着工作笔记的脉络，勾勒出本书的章节梗概。

本书以第一人称的口吻书写，但不是写自己，不刻意描述笔者的经历，不刻意突出"我"。只是由于"我"实实在在参与了故事的大部分，因此绕不开的"我"时有出现。希望读者不要误会，这不是我的故事，更不是我的自传，我仅仅是其中的一员。

载人航天发射任务的参与群体是本书的人物主体，他们演绎了载人航天发射中大大小小的事件以及在这些事件中发生的感人故事。因为它们发生过，存在过，就值得我们去回忆、去记载、去留存。大人物或小人物，共同为这项事业奋斗过，都值得我们尊敬，值得我们记录。而且我还认为，人的思想境界并不为职务高低所界定，小人物也有许多闪光的思想，让我们记住他们吧！

　　这本书首先是一部纪实文学作品，但是其内容又绕不开大量的技术事件，我不得不用有一定深度的技术术语来描述。虽然尽量写得通俗易懂，但缺乏科技知识的读者理解起来还是有一些困难，在此只能深表歉意。记得由方吉士和冯蕊翻译、上海科学技术出版社出版的《太空对接故事》，既是一本回忆录，也是一本技术专著；而本书既不是回忆录，也不是技术专著，但《太空对接故事》的写作风格给我的创作带来一些启发。如果从事航天发射的人把本书当成一部文学作品，我很高兴；如果普通读者认为它是一本科技报告或故障归零报告，那就是我的失败。

　　书中故事都是我亲身经历的事件，应该百分之百真实；即使是书中人物的对话也都尽量保留原汁原味，未加修饰，是从我的笔记本中摘录出来的，读者不必费心思揣摩其中的真伪。

　　非常感谢陆晋荣、盛捷、王福通、王金安、王家伍、郑永煌、周韶斌、郎定川、李国顺、王军、李兴东、赵雪冰、张立新、王亚军、张桂洪、华庆丰、吴宏、戚发轫、刘竹生、黄春平、王卫东、王爱新、宋秋明、何宜程、李兵、张永双、李伟、钟仁全、徐文西、刘汉涛、谭洪义、祝亮、陈小华、周晓明等同志和朋友接受我的采访，用短信或微信给我发来写作所需的信息。感谢邹利鹏、胡建新、郭元丰、孙国东、王安东、李军锋、谷鹏程、管懿、孙成亮、王永婷、苏强、孙耀东、徐尤喜、徐鹏、孔祥鹏、李小燕、曹振东、朱振才、甘为群、熊蔚明等为我提供大量资料或图片。感谢王学武、郭忠来、朱恒强为书稿修改润色。感谢原总装备部副部长胡世祥、张建启、牛红光等老首长的指点。感谢发射中心胡小春副主任和中心保密委员会的悉心审查。感谢发射中心机载测控站和救生大队的官兵给予的热忱帮助。感谢家人的鼎力支持，让我潜心写作，心无旁骛。

　　还要感谢肖建军、赵金龙同志的悉心审读，指出诸多不足，为书稿增色添彩。

最要感谢载人航天工程总设计师周建平院士，他以深厚的专业理论和丰富的实践经验，亲自修改了多处错误，补充了不足，避免了谬误，使书稿更加顺畅和正确。

虽然我经历了"神舟一号"至"神舟十号"飞船发射任务全过程，而且自"神舟七号"起一直担任发射场区任务指挥部指挥长，但是，就发射任务全局来说，书中所反映的内容仍然只是一个侧面，遗漏和错误在所难免，敬请大家批评指正。

崔吉俊

2023 年 3 月

目 录

在巴丹吉林沙漠边缘，戈壁深处，掩藏着一座神秘的航天城，她就是举世闻名的中国酒泉卫星发射中心。这里街道宽敞，楼房整洁，树木葱茏，湖水荡漾。在发射中心历史展览馆入口处赫然写着：追忆激情岁月，缅怀先辈业绩，仰望历史丰碑，聆听时代回声，无不让人感到历史的厚重和心灵的震撼。那偌大的发射场，就是一部航天人倾情奉献的史书；那腾飞的火箭、卫星和飞船，就是一卷撼人心魄的航天史诗！这里，永远铭记着那些默默开拓的英雄，承载着共和国的光荣与梦想……

前来接受爱国主义教育和游览的人群络绎不绝。他们伫立在高高的发射塔前，徜徉在无数坚毅脚步踏过的街道上，追忆、沉思。共和国拓荒的峥嵘岁月浮现在眼前，令人心潮起伏，思绪万千。

20世纪50年代，新中国百废待兴，全国人民意气风发、斗志昂扬地投入到轰轰烈烈的社会主义建设中，盼望早日把祖国建设得繁荣富强。

1956年1月25日，毛泽东主席在最高国务会议上指出："我国人民应该有一个远大的规划，要在几十年内，努力改变我国在经济上和科学文化上的落后状况，迅速达到世界先进水平。"同年5月，周恩来总理主持中央军委会议，宣布中共中央关于发展导弹的决定，批准组建国防部导弹管理局和导弹研究院。同时，根据中苏两国间的相关协议，苏联将向中国提供导弹样品和有关技术资料，派遣技术专家帮助中国勘建导弹试验靶场。

1957年底，中央军委决定筹建导弹试验靶场，进而展开靶场的创建工作。以时任炮兵司令员陈锡联为首组成的勘察队，分别勘选了陆上和海上试验靶场场址，于1958年2月25日将选场勘察报告呈送到中共中央和毛泽东主席、周恩来总理面前。26日毛泽东主席批示："小平同志，此件请书记处处理。"经书记处研究后，邓小平于3月3日签署："书记处已同意，送陈云、陈毅同志阅后，退军委。"至此，中共中央正式批准建设中国第一个陆上综合导弹试验靶场。

历史选择了这片神奇的土地。

巴丹吉林沙漠边缘，内蒙古额济纳旗境内的一片不毛之地，告别多年的沉寂，告别历史的烽火狼烟，即将响起惊天雷霆。

陈士榘上将统率近10万大军，雄赳赳气昂昂开进戈壁深处，将士们要在这里展开国防尖端科技工程大会战。

工程规模宏大，建设项目繁多，技术复杂，建设地点又处于戈壁荒漠之中，交通极为不便，施工条件很差。创业者们发出"以场为家，以苦为荣，死在戈壁滩，埋在青山头"的誓言，与恶劣的自然环境进行着艰苦的抗争。他们住帐篷，饮苦水，吃干菜，顶风冒沙，战天斗地，用最原始的铁镐、钢钎等工具，进行最为尖端的武器试验工程建设。他们凭借勤劳的双手、辛勤的汗水和滚烫的热血，硬是在这片荒芜之地开辟出生命的绿洲。仅仅两年零6个月，中国第一个综合导弹试验靶场便在昔日荒凉的戈壁滩上初露峥嵘，苏联专家"至少十余年才能建成发射场"的预言，被英雄的建设者们奇迹般地打破了。

缘于部队通信代号，新建成的场区被命名为"东风"，由此被称为东风基地。东风基地，东风人，这是一个崭新的名字，注定要创造惊天动地的辉煌。曾经的边关烽燧、曾经的金戈铁马之地，在新中国迎来一支播火放星的队伍。

他们与天斗，与地斗，与人斗，不屈不挠；他们树雄心，立大志，破除迷信，解放思想，克服困难，猛攻尖端技术。大家心里都憋着一股劲，一定要靠自己的智慧和双手建设好靶场，完成中央军委赋予的导弹试验任务。在那段物资极其匮乏的艰难岁月里，他们勒紧腰带，兢兢业业，钻研技术，查找资料，进行试验和技术革新，对导弹技术资料反复钻研，开展设计，取得一项项丰硕的成果。在短时间内，这支队伍就基本掌握了导弹试验的组织指挥和测试操作技术，为我国独立进行导弹发射试验打下良好的技术基础。

1960年，基地决定发射苏制导弹，正当厉兵秣马的关键时刻，苏联专家组长以中国液氧燃料"不合格"为由，拒绝用中国生产的液氧发射导弹，并提出须使用苏联的液氧。迫于无奈，中国只得向苏联紧急订购液氧。这样，原定的发射计划不得不推迟。后来，苏联又借故拒绝提供液氧。直至最后苏联政府单方面撕毁协定，撤走在华的全部专家，在基地工作的69名苏联专家分批回国，也未见到他们提供的液氧。

国际风云激荡，动摇不了中国人民发愤图强的意志和决心。周恩来总理在中南海主持召开高级军事会议时说："苏联想用卡燃料的方法，把我们的火箭事业扼杀在摇篮里，那是办不到的。"中国人民有能力，有志气，一定会用国产燃料把导弹送上天。当时的基地司令员，也就是红军长征时的十八勇士之一，强渡大渡河的红军营长孙继先拍着桌子说："他们能搞导弹，咱们就搞不出来？老子就不信这个邪！"这群"不信邪"的基地官兵和导弹研制生产人员共同努力，于1960年9月10日，利用国产燃料将首枚导弹发射升空，按预定弹道飞行7分钟，准确命中目标。这是在中国国土上由中国发射人员独立操作成功发射的第一枚地地导弹，人们激情欢呼，热泪盈眶。

首战告捷，接下来就是发射中国人自己研制的导弹。1960年11月，聂荣臻元帅亲临发射场，为发射试验剪彩。担负导弹测试、加注和发射任务的指战员们，不畏严寒，沉着操作，表现出高超的操作素质和处理射前故障的能力。就在苏联专家撤走后的第73天，即11月5日，中国第一枚国产导弹发射成功，准确命中目标。聂荣臻元帅在祝捷会上高兴地说："今天，在祖国的地平线上飞起了我们国家自己制造的第一枚导弹。这是我国军用装备史上一个重要转折点，从此以后，我们有自己的导弹了。"

奇迹还在继续。1964年10月16日，我国第一颗原子弹爆炸成功。一些外国领导人在震惊之余，认为中国虽然造出了原子弹，但用来运送原子弹的导弹还未达到实战水平，只有把导弹与原子弹相结合，才能组成有实战价值的导弹核武器。他们认为中国至少5年内搞不成"两弹结合"，因为世界上第一个进行"两弹结合"试验的国家，用了13年才获得成功。但是，他们低估了中国人民创造奇迹的能力和魄力。我们仅用两年时间，就创造了这个奇迹。

1966年，"两弹结合"试验即将实施。这是创造奇迹的时刻。发射导弹核武器不能有丝毫闪失，一旦发射失败，就等于在自己的头顶上扔下一颗原子弹。经过精心准备和多次模拟试验，1966年10月27日，核导弹的发射程序准时进入"1小时准备"。在地下发射控制室里担负发射任务的七勇士庄严宣誓："下定决心，不怕牺牲，排除万难，去争取胜利！"10时10秒，导弹点火起飞，完成预定弹道飞行，核弹头准确在靶心上空的预定高度爆炸，一个巨大的火球辐射出耀眼的光芒，蘑菇云升腾而起，试验获得圆满成功。

导弹核武器的试验成功，标志着中国有了可用于实战的核导弹，这是中国人民在加强国防力量、保卫国家安全、保卫世界和平方面取得的一个新的伟大成就，也是东风基地为国防事业做出的重要贡献。外媒评论："中国这种闪电般的进步，就好像亚洲上空的一声巨雷，震撼了全世界。"

经过多年的艰苦奋斗，东风基地成功完成我国近程、中程和远程地地导弹试验，发射试验技术也获得快速进步。1980年，党中央决定向南太平洋试验发射远程运载火箭，任务代号为"580"。无疑，这对东风基地又是一个严峻挑战。这次发射，火箭射程远达9000千米，是我国首次跨越国土的火箭飞行试验。发射前，新华社受命对外发布了公告。过去，我们的发射试验都是在严格保密的情况下实施的，这次一公告，全世界的目光都注视着中国，注视着大西北的东风基地。规模大，要求高，战线长，协作面广，组织指挥和技术协调复杂，是这次发射任务的显著特点。东风基地要求全体参试人员全力以赴，鼓足干劲，严格执行命令，严守规章制度，遵守操作规程，确保准确无误，确保圆满完成任务。

5月18日10时，第一枚远程运载火箭在2号发射阵地点火升空，飞行中火箭和弹头各系统工作正常，弹头落入预定海域，各种测量设备获取了完整的试验数据。戈壁上人声鼎沸，太平洋浪花飞溅，庆祝中国拥有了成熟的远程运载火箭。"580"一战，壮我国威，壮我军威，在大戈壁记下了浓墨重彩的一笔。

1957年，随着苏联发射第一颗人造地球卫星，人类征服太空的时代到来了。早在1958年5月17日，毛泽东主席在党的八大二次会议上就发出"我们也要搞人造卫星"的号召。他还风趣地说："我们要抛就抛个大的，像美国那样只有鸡蛋大的，我们不抛。"

1970年，发射中心迎来第一颗卫星发射任务。第一颗，神圣的第一颗，该卫星被命名为"东方红一号"，带着那个年代火热的激情和崇高的信仰。发射场组织指挥和技术准备有条不紊，按计划完成火箭和卫星的各项测试，待命转往发射区。周恩来总理在日理万机之余，亲自听取国防科委（1982年，国防科委、国防工办和军委科装办合并，组成国防科工委）副主任钱学森和发射中心司令员李福泽汇报卫星发射准备的相关情况，对发射弹道、可能出现的问题都做了详细了解，勉励大家要谦虚谨慎、团结协作。之后，周总理电话通知国防科委，中央同意了发射卫星的计划安排，批准卫星和火箭转运至发射阵地。当得知发射前各项检测工作圆满结束，周总理又打来电话说，毛泽东主席已批准这次发射，希望大家鼓足干劲，过细地做工作，要一次成功，为祖国争光。周总理密切关注发射程序的实施，甚至关注发射准备最后阶段故障的排除，这对全体参试人员是极大的鼓舞和鞭策，大家沉着、冷静、准确地完成了各项操作，直到火箭点火起飞，卫星准确进入预定轨道。

抬头看，天上多了一颗"会唱歌"的"星"，那就是我们中国人自己的卫星。"东方红一号"卫星重173千克，比美国8.22千克的第一颗卫星重了约21倍。毛泽东主席的伟大号召和幽默预言胜利实现了。在当年五一国际劳动节的庆祝活动中，毛主席在天安门城楼上亲切接见卫星研制和发射人员。喜讯传到大漠，发射场一片欢腾。

卫星技术在发展，发射技术也在不断进步。经过数年发射实践，返回式卫星发射任务于1975年在发射中心成功实施。返回式卫星由仪器舱和返回舱两个舱段组成。卫星在太空完成预定任务后，返回舱返回地面，提供所获取的信息。1974年11月返回式卫星首次发射失利，把卫星"送上去，收回来"成为全体参试人员的坚定目标。为此，发射中心周密安排星箭测试和火箭竖立状态的振动试验，妥善解决发现的技术问题，于1975年11月26日把我国第一颗返回式卫星送入天宇，11月29日返回舱成功返回地面。

千里戈壁回荡着火箭的轰鸣，呼啸的漠风似乎在为我们吟诵，中国成为第三个能够回收卫星的国家。"东风"再次写下辉煌的一笔。

度过十年动乱，发射中心在改革开放的春风中展示出新的风采，焕发出崭新的精神面貌。1981年，国防科委下达了执行"一箭三星"

发射试验的任务指示。"三星"的代号分别为"实践二号""实践二号甲"和"实践二号乙"。火箭和卫星经过严格的质量复查，试验中严格实行岗位责任制，星箭测试工作十分顺利，仅用28天就完成了各分系统测试、匹配测试和模拟飞行总检查。9月20日，"风暴一号"运载火箭携带着三颗卫星点火起飞，将三颗卫星准确送入预定轨道。

仰望星空，在地球近地轨道上三颗中国卫星绽放光彩。中国第一次利用一枚运载火箭发射一组空间物理探测卫星，不仅获得了重要的探测数据和试验结果，而且使中国成为世界上少数几个掌握"一箭多星"技术的国家。

大漠敞开胸怀，踏上对外开放更广阔的舞台，巴丹吉林即将揭开神秘的面纱。1987年，发射中心第一次利用返回式卫星为法国马特拉公司提供搭载服务。随后几年又为联邦德国提供微重力实验装置搭载服务，为瑞典提供整星搭载服务，均取得圆满成功。这些搭载活动，向世界展示了中国运载火箭和卫星技术的实力，也展示了酒泉卫星发射中心的发射能力，对我国航天发射进入国际市场具有划时代的重要意义。

大漠东风劲吹，航天人高歌猛进。酒泉卫星发射中心在取得航天发射辉煌成就的同时，也培育出光辉灿烂的"东风精神"，那就是：艰苦创业、无私奉献、科学求实、开拓进取。16个字，凝聚着大漠边关的冷月和朔风，凝聚着百万人犹似红柳和骆驼刺般默默无闻的劳作，更凝聚着几代东风人的血汗与青春。

嫦娥奔月，女娲补天，遥望九霄，星河灿烂。中华民族流传下太多美丽的故事，似乎都与神奇的宇宙和飞天相关。中国人探索宇宙的脚步越走越快，酒泉卫星发射中心走向国际航天港的脚步也越走越快。

1986年3月，面对世界科学技术蓬勃发展、国际竞争日趋激烈的严峻挑战，王大珩、王淦昌、杨嘉墀和陈芳允四位著名科学家联名向中共中央提出《关于跟踪世界战略性高科技发展的建议》。这封信受到邓小平同志的高度重视，他迅即批示"这个建议十分重要""此事宜速作决断，不可拖延"。经过广泛、全面和极为严格的科学技术论证后，中共中央、国务院批准了《国家高技术研究发展计划（863计划）纲要》。863计划从世界高技术发展趋势和中国需要与实际可能出发，选择了生物技术、航天技术、信息技术、激光技术、自动化技术、能源技术、新材料和海洋技术8个领域作为我国高技术研究与开发的重点。

航天技术是863计划的重要组成部分，它瞄准的是载人航天。自1961年4月苏联航天员加加林进入太空以来，至2003年10月14日，俄罗斯/苏联和美国一共进行了240次载人航天飞行，进入宇宙的航天员达951人次。人类已经向挺进宇宙迈出了坚定的步伐，取得了辉煌的成就。中国航天人当然也不甘落后，中国载人航天工程呼之欲出。经过多种方案比较，中国载人航天器最终确定为载人飞船。

1992年9月21日，中共中央政治局会议正式批准中国载人航天工程立项，并将此作为重点工程列入国家计划。

我国载人航天工程制订了"三步走"的战略计划：第一步，发射载人飞船，建成初步配套的试验性载人飞船工程，开展空间应用实验；第二步，突破航天员出舱活动技术、空间飞行器交会对接技术，发射空间实验室，解决有一定规模的、短期有人照料的空间应用问题；第三步，建造空间站，解决有较大规模的、长期有人照料的空间应用问题。

我国载人航天工程由七大系统组成，即航天员系统、空间应用系统、载人飞船系统、运载火箭系统、发射场系统、测控通信系统和着陆场系统。

发射场系统是载人航天工程的重要组成部分，是飞船和航天员进入茫茫宇宙之前在陆上的最后一个停泊点。载人航天发射场是各种先进技术、设施设备和材料的综合体现。选择载人航天发射场，既要考虑到任务需要，也要考虑到地理位置、自然条件、社会环境等综合因素，使之方便测试发射、跟踪测量、待发段应急救生及飞船返回等。一个技术先进、结构组成合理的发射场，对航天技术发展、保证发射任务顺利实施、提高载人航天工程的整体效益，是至关重要的。

综合考量各种条件和因素，酒泉卫星发射中心为最优选。且不说发射中心几十年航天发射技术与作风的沉淀积累，其地理位置和自然条件本身也令工程决策者赞叹不已。是的，这里虽生活条件不及大城市和内地便利，但试验条件却得天独厚。全年干旱少雨，极少出现雷暴灾害天气，容易选择发射日；平坦无遮挡的地形地貌不仅适于待发段航天员应急救生，还可以作为航天器返回的着陆场；场区远离涉外机构、人员密集场所等，安全可控，便于保密，较少受到不良因素干扰。另外，便利的机场和铁路、公路运输，又为发射试验任务提供了良好保障。

历史再一次选择了酒泉卫星发射中心。

1994年7月3日，发射中心迎来了一个不平凡的日子，载人航天发射场建设举行隆重奠基仪式，标志着我国载人航天史上跨世纪工程胜利开启。

这一天，天空湛蓝，阳光灿烂，人们用彩旗彩带、绿树鲜花精心打扮航天城，在空旷的戈壁滩上搭起典礼会场，尽显热烈、高昂和隆重。一面面红、黄、绿相间的彩旗簇拥着"载人航天工程发射场建设奠基典礼"的横幅，数条标语在漠风吹拂下高高飘扬。

奠基仪式开始后，时任国家计委副主任甘子玉和解放军副总参谋长曹刚川共同揭开基石的红绸子，大家一起为基石培土，为发射场建设奠基。此时，广袤的戈壁上锣鼓响起，军乐队奏出高亢响亮、节奏欢快的乐曲，声浪此起彼伏，鞭炮声声，机器轰鸣，把奠基活动推向高潮。试想，用不了几年，这鞭炮声将会催化成惊天动地的火箭呼啸，飘拂的彩带将会幻化成飞天的万里彩霞。

新发射场，最显著的标志是新的整体布局、物流方向和技术状态，这是根据新的测试发射工艺流程来确定的。

为了适应载人航天发射要求和今后交会对接的需要，经过专家们严格论证和评审，载人航天发射场采用了"三垂一远"的测试发射工艺流程，即航天器垂直总装、垂直测试、垂直整体转运和远距离测试发射控制。在这种流程中，无论飞船还是运载火箭，其技术准备包括总装、对接、测试和转运，均在垂直状态下进行，状态不再改变，直到加注发射；强化技术区工作，简化发射区工作，将各系统发射前的技术准备工作最大限度地安排在技术区完成，在发射区只进行简单的功能检查，即可加注发射；远距离测试发射控制方案可以在环境条件较好的技术区设立测试发射控制中心，以一点多工位的方法，用一套主控设备兼顾技术区和发射区的综合测试与发射控制，进而提高发射的安全性。当然，发射场发射支持设备和系统也采用远距离控制模式，以计算机工业网络形式，完成自动化控制。

新的测试发射工艺流程是航天人的智慧结晶、经验积累，是对过去我国导弹发射试验和卫星发射诸多测试发射控制模式的革命性改进。发射场建设完全支持新的测试发射工艺流程。

轰轰烈烈的工程建设开始了。虽然没有1958年10万大军进场的壮伟，但也有旌旗飞扬、马达轰鸣的热烈；虽然没有当年国防工程所面临的外部形势之严峻，但也有只争朝夕追赶世界航天发展的紧迫。1994年7月动工，1997年底发射场建设主体工程基本完工。在原先光秃秃的戈壁滩上，高达100米的亚洲最大单层工业厂房——垂直总装测试厂房拔地而起，成为发射场标志性建筑，令人叹为观止；发射脐带塔傲然挺立，白云拂过塔顶，蔚为壮观；功能齐全的飞船及有效载荷总装测试厂房、飞船加注与整流罩装配厂房依次排布。注视着这些雄伟的建筑，欣喜之余，更对设计者、建设者心生钦佩和敬意。

前奏的锣鼓已经鸣响，飞天的大幕就此拉开。接下来，你会激动于共和国领袖坐镇指挥载人航天发射的感人场面；你会逐一读懂杨利伟、费俊龙、聂海胜、翟志刚、刘伯明、景海鹏、刘旺、刘洋、张晓光、王亚平等航天员飞天的奇迹和闪光的青春；你会看到普通发射战士用胜利和挫折书写的丰富人生；你会听到白发苍苍的老一代航天人和朝气蓬勃的后来者共同讲述的美妙故事；你会了解到面对风险时航天人心中流淌出的智慧，荣辱与共、团结协作；你会感叹为一只元器件、一个接插件故障归零而引发的激烈争论……现在，让我们一起走进"神舟"飞船发射的日日夜夜，重新翻开那些辉煌的篇章。

欲破苍穹

"神舟一号"：

一飞冲天，初战告捷

时间的脚步不疾不徐，然而，载人航天工程却匆匆来到1999年。由电性船改装的"神舟一号"试验飞船将于这一年发射升空。所谓电性船，即在工厂里为完成飞船电性能测试而研制的初样船。

1999年6月，我由发射测试站站长调任发射中心计划部副部长。上任伊始，周围工作环境很陌生，我一下子难以适应机关工作。还好，首长分配我分管航天试验任务，这是我所熟悉的领域，让我对陌生的工作增添了几分信心。

翻了翻办公桌上放着的文件，最上面的一份是总装备部下发的《关于执行载人航天工程第一次飞行试验任务的通知》，这是发射中心的头等大事，也是中国航天界的头等大事。中国载人航天工程的第一次发射任务即将实施，我不由得兴奋起来。

该通知明确此次任务的性质为"长征二号F"运载火箭研制阶段的首次飞行试验，并借此机会发射一艘试验飞船，进行返回技术试验。任务的目的是检验运载火箭总体和各分系统方案设计的正确性和协调性；考核运载火箭的性能；在重点试验飞船返回技术的同时，对飞船的机构、控制、数据管理、推进、电源等分系统的主要性能进行考核；进一步检验发射场系统的使用性能和协调性；检验运载火箭、试验飞船与发射场、测控通信、着陆场系统间的协调性；等等。

仔细阅读该通知，思考着即将开始的"神舟一号"任务的组织和协调工作，我不禁回想起1998年的载人航天发射场首次合练以及零高度逃逸救生试验的场面，思绪万千。

一、组建测试发射队伍

进入20世纪90年代，发射中心人才队伍面临严重的青黄不接，五六十年代毕业的大学生年龄渐老，临近退休，八九十年代毕业的新大学生数量有限，不能完全覆盖所有工作岗位。当时工作在主要技术岗位上的很多人是发射中心技校毕业的中专生。

时任发射中心主任李凤洲深深了解这些情况，对中心的未来发展和技术队伍建设忧心忡忡。他在不同场合多次讲道：发射中心在科技干部培养、选拔、管理和使用诸环节上没有做好工作，有差距；为事业培养人才的意识还不紧迫，尤其是缺少航天测试发射专业的人才；发射中心传统过得硬，但在人才培养方面缺乏力度。之所以目前尚能完成发射任务，那是集中优势兵力攻关的结果，全力保中心的结果。李凤洲主任严肃地说："发射中心科技干部2000余人，学术技术带头人不足20人，技术骨干不足100人。出现这种情况，责任在领导，在机关。领导和机关不能甘当外行，自身要加强学习，要形成浓厚的科技氛围。"

李凤洲主任给我们分析说，什么叫学术技术带头人？什么叫技术骨干？什么叫技术专家？条件一定要过硬。工程师不一定就是技术骨干，高级工程师不一定就是学术技术带头人。要重学历，但不唯学历；要重职称，但不唯职称。他要求我们加速培养学术技术带头人和技术骨干，要头脑清醒，抓住机遇，敢于起用有培养前途的新人。不要因为发射场地处边远艰苦地区，只着力于工程应用型实践，就降低人才培养的标准。要善于发现好苗子，培养好苗子。

他还告诫我们，要创造有利于人才培养的环境和条件，领导要注意科技干部的思维特点，机关要尊重科技干部的工作规律，不要太多干扰。对有弱点的科技干部，在敢于批评的同时也要热情帮助，切忌因其弱点而不敢和不愿使用他们。

为适应未来载人航天发射任务要求，李凤洲主任殚精竭虑，提出了发射中心"184人才培养计划"，即在未来10年左右时间，培养出10余名科技专家，80余名学术技术带头人，400余名技术骨干。发射中心人才培养任重道远。

我当时担任发射中心发射测试站站长，时常聆听李凤洲主任的教诲，对他鞠躬尽瘁、献身事业的工作精神十分敬佩，对他的每一次讲话都铭记在心。

我也深知发射测试站技术干部队伍建设的现状，工作岗位上一个萝卜一个坑，难择优劣。最令人担忧的是，即使是这样一支队伍，也还处在不稳定的状态中。面对改革开放滚滚而来的经济大潮，面对内地城市生活日新月异的变化，加之发射中心航天发射任务不饱满，他们似乎找不到自己的用武之地，于是，不少科技干部人心思动，人心思"转"。

从1994年夏天开始，载人航天工程发射场建设已经如火如荼开展起来，在辽阔的戈壁滩上逐渐耸起一座座建筑，但是，载人航天发射实施的先决条件——人才培养却远远没有到位，面临着设备等人的尴尬境地。

人才，一看政治素养，二看技术能力，载人航天发射需要一支又红又专的跨世纪专业技术队伍。

什么是政治？政治从来不是空洞的概念和口号，载人航天事业就是我们最大的政治。为此，我们要理直气壮地讲政治，讲正气，讲大局，讲载人航天的伟大意义，树立光荣感、使命感、紧迫感，在载人航天这个大局下，勇于牺牲个人利益；要理直气壮地讲大道理，用大道理管住小道理；要理直气壮地做科技干部的稳定工作，稳定队伍是做好一切工作的前提，离开稳定谈不上人才培养，谈不上工作质量，谈不上又红又专，稳定也是政治，是思想觉悟，是为国防科技和航天事业做贡献的一种表现。一代人有一代人的事业，一代人的使命，一代人的责任，老一代航天人把自己的青春乃至生命奉献给了"两弹一星"事业，载人航天伟大使命历史性地落在了我们这一代人的肩上。我们只有迎着困难上，没有任何退却的理由。

技术能力和水平是科技干部的本领体现。什么是技术？对于航天发射来说，最基础的是要掌握运载火箭和航天器的基本知识及其测试原理与方法，掌握航天发射设备的组成和功能，对其进行熟练操作、维护和改造。当然，随着事业的发展，我们的专业会更加齐全，专业知识会要求更加厚实，不仅要能操作，还要能分析，能排除故障，提高与航天产品研制单位沟通的能力；能进行科研和技术创新，出高等级的科研成果，创新测试发射模式，创新测试理论和方法，引领航天发射新技术。

面对当时载人航天发射场建设和大量设备安装调试的工作，发射测试站提出了"以我为主，超前工作"的指导思想。之所以提出这样一个口号，主要是为了更快地熟悉运载火箭和载人飞船，更快地熟悉载人航天测试发射流程，特别是更快地熟悉新建发射场的设施设备。在发射场建设中，发射中心有专门的组织指挥机构，有多家承建施工单位，如果发射测试站不能积极主动地参与工程建设和设备安装调试，就有可能错过极好的学习实践机会，造成未来工作被动的局面。面对大量新技术、新设备、新工艺，不等不靠，主动作为，是唯一的正确选择。

为了加大科技人员对发射场地面设备的参与力度，我们争取到火箭推进剂加注地面控制系统、非标准电控系统和厂房空调系统的软件编程任务，独立研制火箭电池充放电设备等工作。通过我们的努力，待设备安装调试完毕，就可以得心应手地使用这批新设备了。

　　随着任务的加重，广大科技干部的精神面貌发生了很大变化，有事干、有作为、有追求，成为科技干部队伍内在的精神动力。

　　他们积极开发系统控制软件，参加课题攻关，介入设备安装和调试。在实践中，课题攻关和软件编程水平逐渐提高，跟踪学习和现场管理树起了信心，设备安装和调试控制质量有了提高，人才培养和业务训练初见成效。

　　根据航天发射几十年形成的分工模式，在发射场工作阶段，航天器（例如卫星和飞船）由研制部门设计师系统自己实施测试，发射场提供相应的技术支持和保障，这些技术支持和保障包括供配电、供配气、检漏和吊装运输等，同时也对其测试工作进行监督，对产品质量实施把关、复核和控制。而运载火箭一经抵达发射场，则由发射中心组织完成火箭卸车、组装和全部测试发射等工作。

　　为载人航天工程研制的"长征二号F"运载火箭由箭体结构、发动机以及控制、遥测、外测安全、推进剂利用、故障检测处理和逃逸等分系统组成。在发射场对这些分系统完成测试，需要一支火箭测试队伍。组建一支业务精湛的测试队伍是当务之急，要选出事业心强、理论基础扎实的年轻技术骨干担任分系统测试指挥，还要配备一大批熟练的操作手。

　　通过卫星发射任务的考验和锻炼，一批20世纪90年代初期毕业的大学本科生将要承担分系统测试指挥的重任。他们中有的在卫星发射任务中已经崭露头角，有的还只是初出茅庐，灵气初现。这批分系统测试指挥，是未来载人航天发射的主力军，必将会拼搏出属于他们的一片天地。

　　测试队伍组建起来，首先要到火箭研制单位下厂学习，熟悉火箭测试项目、测试流程、测试原理和方法。"长征二号F"火箭是在"长征二号E"捆绑火箭基础上发展起来的高可靠性、高安全性运载火箭，技术性能先进，设计思路新颖，需要下大功夫吃透原理，掌握测试技术。这支队伍朝气蓬勃，他们吃住在工厂，虚心向设计师系统学习和请教。车间里，试验室里，处处都能看到他们加班加点的身影，时时都能感受到他们刻苦钻研的干劲。半年时间过去，以前不熟悉的理论知识逐渐弄懂，过去不了解的技术和方法逐渐掌握，成套的火箭设计报告、技术说明书、电路图和测试细则，在他们手中顺利变成发射场使用的测试规程。

与此同时，发射场的建设进展迅速。自1994年7月3日破土动工以来，两年多时间，一座现代化的、功能齐全的载人航天发射场在戈壁滩上矗立起来。

发射场由技术区和发射区两部分组成。

技术区的主要试验场所由垂直总装测试厂房（简称"垂直厂房"）、飞船及有效载荷总装测试厂房（简称"飞船厂房"）、飞船加注与整流罩装配厂房、逃逸火箭（又称"逃逸塔"）总装测试厂房以及测试发射指挥控制楼（简称"测发楼"）等建筑组成。垂直总装测试厂房是发射场最高的建筑，厂房高达近100米，这是亚洲地区最高的单层工业厂房建筑，也是发射任务最繁忙的测试区域。在这里，你会看到运载火箭芯级、助推级的吊装、起竖、捆绑和垂直组装，看到火箭单机测试、分系统测试和全箭总检查测试，看到飞船—整流罩组合体与火箭对接，看到逃逸火箭与其对接，看到人—船—箭—地联合检查。最后，威风凛凛的船—箭—塔组合体通过活动发射台垂直整体从这里开往发射区。

飞船及有效载荷总装测试厂房是飞船系统、空间应用系统和航天员系统进行装配和测试的场所。有效载荷即飞船在太空中进行科学实验的仪器设备。飞船要在这里完成分舱段检漏、系统测试和装配，对有效载荷进行检查、测试和装配。航天员系统仪器设备和航天服在这里完成检查、测试和组装，加注航天员饮用水并安装太空生活所需的其他物品等。

在飞船加注与整流罩装配厂房，你会看到飞船加注推进剂、充气和整船称重，看到整流罩装配。装配好的船—罩组合体从这里转运到垂直总装测试厂房与火箭对接。

在逃逸火箭总装测试厂房，你会看到逃逸火箭固体发动机的分解、探伤、检测、装配和气密性检查等活动。

测试发射指挥控制楼，是火箭点火起飞前测试发射指挥控制中心，在这里放置有航天产品（火箭和飞船）各系统综合测试设备、发射场地面设施远程控制设备及测试发射指挥监控系统设备等。任务实施过程中，你会看到各大系统总指挥、总设计师及一线指挥员都位于测发楼特定的指挥岗位。这里既严肃又热烈，既紧张又镇定，是航天发射工程人员缜密的逻辑思维、严谨的指挥程序和严格的操作试验作风贯穿交织的中心。

在发射区，人们看到的是巍巍耸起的发射脐带塔，塔脚下的导流槽、地下设备间和电缆通廊，还有分布在周围的储存火箭推进剂的库房以及库房里用于对火箭实施加注的设施设备。在发射脐带塔上，从塔顶至地下设备间竖立着一条航天员遇到紧急情况时的逃逸通道，白色表层，分外醒目，在地下还配有航天员临时避难间等。

发射测试站新组建的地面设备营负责管理这座新型发射场。如此多的新技术、新设备，对年轻的地面设备营技术能力和管理能力来说是极大的考验和挑战。地面设备营的业务分布很广，他们承担的任务很重，各业务中队分别负责火箭飞船吊装与转运，厂房和发射塔工作平台操作和维护，发射场各场所的供配电和供配气，为火箭实施推进剂加注、消防和废气污水处理，厂房空调、电梯和电控大门的使用与维护，发射任务期间的通信调度以及水暖保障和发射场安全警卫等。

对于这支新组建的发射场技术勤务部队，人们寄予了无限希望。现代化的发射场需要现代化的部队来管理。地面设备营组建伊始，便叫响了"起点高，面貌新，作风硬，技术精，善于打硬仗，敢于打胜仗"的口号，发射测试站在全站范围内选择精兵强将，配备最为优秀的

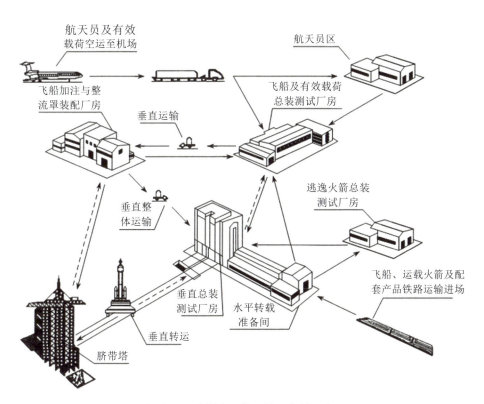

航天员及有效
载荷空运至机场

航天员区

飞船加注与整
流罩装配厂房

飞船及有效载荷
总装测试厂房

垂直运输

逃逸火箭总装
测试厂房

垂直整
体运输

飞船、运载火箭及配
套产品铁路运输进场

垂直总装
测试厂房

水平转载
准备间

垂直转运

脐带塔

酒泉卫星发射中心载人航天发射场布局图

中队长和指导员，在士兵中挑选了专业对口、技术精湛的士官，充实到操作队伍中，开始对发射场设施设备进行安装调试和操作管理。

一支充满阳光、充满朝气的技术勤务部队出现在发射场上，号子铿锵，歌声嘹亮，在工程建设和设备安装调试现场到处都有他们矫健的身影，为发射场带来勃勃生机。

至1997年底，发射场主体工程基本完工。

为检验新发射场设施设备与运载火箭、飞船等系统的适应性，按照惯例，发射场需要安排一次合练，进一步发现问题和解决问题，为未来正式执行发射任务打好基础。

我们期盼着这次合练任务的早日到来。

小荷已露尖尖角，渴望着风雨历练。新组建的运载火箭测试队伍，新组建的地面设备营，新建的发射场，新的组织指挥模式，这一切对我们而言充满挑战。发射场合练，与其说是对新系统、新设备的合练，不如说是对这支年轻队伍的锤炼。

二、载人航天发射场首次合练

在默默的准备中，在热切的盼望中，轰轰烈烈的、大规模的载人航天工程发射场合练任务拉开帷幕。

1998年3月26日，满载着"长征二号F"运载火箭产品的专列开进发射场；4月2日，合练飞船接踵而至；执行合练任务的主角——发射测试站即将登台表演。这场表演的成功与否，就让合练任务的效果来检验吧！

20世纪90年代，为了服从国家经济发展战略大局，也囿于国家的经济实力，卫星发射任务相对较少。酒泉卫星发射中心仅在1992年、1994年和1996年相继用"长征二号D"运载火箭发射了三颗返回式科学试验卫星。这样的发射频度，对于广大工程技术人员来说显然不够，也影响科技干部队伍的稳定性。载人航天工程的启动，点燃了科技干部心中的事业豪情，吸引着青春的目光，人人跃跃欲试，要为载人航天任务贡献青春年华，贡献聪明才智。发射场合练任务是我们盼望的第一场战役。

发射中心组建40余年，成功发射过多种型号的运载火箭，其中有单级火箭、两级火箭，也有三级火箭；有液体火箭，也有固体火箭——唯独没有见识过这捆绑火箭。载人航天工程应用的"长征二号F"火箭，让我们得以目睹捆绑火箭的风采。

水平转载测试厂房迎来了它的第一批"客人"。火箭卸载完毕，芯一级、芯二级及四个助推火箭稳稳地停放在支架上，整齐排列在厂房内，煞是壮观。

"长征二号 F"合练火箭整齐排列在厂房内

　　水平转载测试厂房与垂直总装测试厂房就隔一道卷帘门。电控金属门帘卷起，各级火箭被缓缓推入垂直总装测试厂房。架在厂房顶部的20吨和50吨大型吊车将火箭水平吊起，两个吊钩配合，将其翻转成垂直状态，然后平移坐落到活动发射台上。彼时，发射中心主要领导和机关业务人员都兴致勃勃地观看火箭吊装、对接和捆绑，那股新鲜和兴奋劲儿洋溢在每个人的脸上，也流露在轻松的谈笑中。

　　火箭起竖对接捆绑完毕，厂房内13层活动平台逐次展开，似迎接从远方归来的游子，将其紧紧抱入怀中，再也不愿松开。厂房里一旦有火箭矗立，原本空荡荡的总装测试大厅仿佛立即有了灵魂和生命。

　　同样，飞船系统三个舱段——推进舱、返回舱和轨道舱经风淋大门进入飞船及有效载荷总装测试厂房。飞船三个舱段分别进行检漏，然后垂直组装在一起，开始加电测试。立在厂房内的"神舟"飞船，犹似一颗璀璨的明珠，光芒四射，熠熠闪亮，让我们这些过去只习惯发射卫星的科技人员心中充满惊喜和自豪。

　　发射中心为本次合练下达了任务指示，明确合练目标为：检查、考核火箭垂直总装、垂直测试、船—箭组合体垂直整体运输"三垂"模式和远距离测试发射控制模式设计的正确性和使用性能；检查、考核飞船系统、火箭系统和发射场系统发射准备工作的匹配情况；检查发射场地面设施设备与飞船系统、火箭系统机械接口和电气接口的适应性和协调性；检查、考核发射工作程序、各系统测试细则和操作规程等使用文件的正确性、适应性及齐备性；检查发射场指挥监控系统对飞行试验的适应性；进行发射场系统、火箭系统、飞船系统与测控通信系统电磁兼容性试验；检验发射场勤务保障能力，训练发射场指挥和操作人员。

　　其实，发射中心明确的合练任务大部分都必须由发射测试站实施和完成，发射测试站是本次合练任务的主战场。发射中心布置给发射测试站的具体任务是：负责合练产品（火箭、飞船）和设备的卸车、装车及交接工作；负责合练产品组装、测试、转运和模拟发射等工作的具体组织指挥与操作；协调合练产品测试状态，完成产品故障排除和统计，提供火箭各系统测试记录，编写火箭测试汇报提纲；完成规定时段的火箭遥测测量信息记录和传输；参加有关方案、预案的拟制及合练结果快速分析等工作；参加电磁兼容试验。

同时，发射中心要求各级合练人员，树立"高起点，高标准，高质量"的任务目标，解放思想，转变观念，狠抓质量，确保安全，确保成功，使载人航天试验上台阶、上水平。

在合练任务主战场，发射测试站秣马厉兵，借此机会锻炼载人航天发射队伍，探索载人航天发射的组织指挥模式，使队伍技术水平、管理水平和试验作风逐渐成熟，是大家的美好愿望；"组织计划严密，指挥协同准确，试验文书正规，机务作风严谨，合练现场规范，人才培养见效"，是发射测试站官兵的共同心声。

敷设测试电缆，调整地面电源，调试地面测试设备，每座厂房和每个场所都有人员进进出出，发射场一派忙碌的景象。人们在忙碌中感受紧张和兴奋，在忙碌中挥洒汗水和激情。

运载火箭开始加电测试，由单机测试到分系统测试、匹配测试和总检查，各类问题也随之一个个暴露出来。

首先遇到的是指挥层次的不适应。

按照以往发射卫星的惯例，火箭系统测试指挥由发射测试站试验参谋担任，调度指挥火箭分系统匹配测试和火箭总检查测试。发射指挥即0号指挥员由副参谋长担任。本次合练任务沿用了这种指挥模式和层次。任务开始后，发射中心副主任张建启曾提醒我们，这种指挥层次可能有点低，不利于载人航天发射这样多个大系统参试的状况，让我们先试试看，不行就改。由于我们已习惯了过去的指挥层次，并未引起足够重视。

4月23日，火箭系统进行大匹配检查，控制、动力、遥测、外测安全、推进剂利用和地面总体网等分系统均参加该项匹配检查。当程序进行到控制分系统发射控制台发出"气管脱落"指令时，动力分系统没有响应，气管也就没有正常脱落，匹配测试程序中止。

在调度上担任指挥员的是试验参谋，面对测试中突然出现的问题，他显然没有足够的思想准备和知识储备，于是宣布中止试验，各系统断电，断调度，撤收。

我正准备离开测试大厅，只见张建启副主任表情严肃地从垂直总装测试厂房赶过来，见到我劈头盖脸就是一顿质问："谁让断电？谁让中止？谁让撤收？中止了为什么不组织讨论？以这种态度进行合练，如何保证进度和质量？"

张建启副主任一连串的质问把我唬住了，不用回答，也来不及回答，只有亲自组织讨论。

经过一番分析和讨论，问题倒是很快解决了。

一个测试项目的中止，折射出指挥层次的不适应，这使我们认识到，在解决测试中较为重大的问题和故障时，一名参谋人员作为指挥者显然分量有点轻，他很难在调度上随机应变地做出决策，似乎也缺乏组织各分系统讨论、研究和解决问题的能力。由此延伸到0号指挥员，他要调度指挥的是参试各大系统，包括火箭系统、飞船系统、航天员系统以及发射场地面设备系统等，进入射前30分钟，不但调度测试发射，连火箭飞行航区测控系统也纳入0号指挥。因此，要求0号指挥员知识全面，思维敏捷，反应迅速，决策果断，能及时发现问题，汇报问题，处置问题。现实使我们认识到，面对如此庞大的载人航天发射任务，有必要提高两级指挥员的层次，从而适应后续正式发射任务。

经过研究，火箭系统测试指挥改由副参谋长担任，而0号指挥员改由发射测试站一名副站长担任。

测试指挥的更改得到了张建启副主任的首肯。

一个问题解决了，另外一些问题又接踵而至。产品质量问题、试验作风问题和安全问题一个个冒了出来，令人应接不暇。如果说合练火箭和飞船出现质量问题在我们的预料之中，那么，诸多操作差错和安全事故则令我们十分懊恼和不安。

合练伊始，大家对工作环境显然不太熟悉，甚至对厂房测试房间的结构也不十分了解。火箭故障检测处理分系统测试指挥员赵雪冰在敷设电缆的过程中不小心从房间天花板上掉了下来，左腿上扎了深深一道口子。之后，我看到他每天到医务室换药（正好我的办公室挨着医务室），直到合练任务结束伤口都没有完全愈合。

无独有偶，没过几天，动力分系统操作手小万又从天花板上掉了下来，虽然没有受伤，但也让人虚惊一场。

发射场供水系统的水箱就装在垂直总装测试厂房的九楼。由于管理人员没有按技术要求操作，致使水箱储水溢出，从九楼一直流到一楼大厅。地面设备营花了九牛二虎之力才将被浸泡过的所有房间清理干净。

发射工位火箭推进剂加注系统调试，四氧化二氮沿加注管道循环打回流。由于操作不当，发射脐带塔底层的一个阀门被误打开，四氧化二氮液体立刻喷涌而出，一时间发射工位冒起浓浓红烟。

4月23日，即前面所提到的火箭系统大匹配检查测试中止，其原因是动力分系统配气台错误地使用了短路点未焊接的备份插头。测试中使用的插头本应有短路焊接，又称为"短路插头"，它与备份插头有明显的不同标记，而我们的操作手竟糊里糊涂地用错，导致测试程序中断。

4月29日，火箭系统进行第三次总检查，火箭状态设置为真转电、真脱落、真分离、模拟增压、模拟气管脱落、全程模拟飞行。在这种状态下，所谓"真分离"，即在某一时刻拔掉火箭各级间的连接插头。由于火箭各级间连接插头较多，而插头拔插的时间间隔要求又很严格，岗位上的操作手不够用，只得把有关单机测试操作手临时招来代替操作。临时人员操作不够熟练，导致助推火箭中的一个分离插头损坏，随后还说了一句："这插头怎么这么不结实？"火箭系统副总设计师孙凝生拿着损坏的插头找我："你看，这就是你们弄坏的插头。弄坏就弄坏了，还说我们的插头不结实。"看得出，他对我们的操作很不满意，也很无奈。发生这样的操作差错，不是纯技术问题，更多的是管理问题和试验作风问题。

5月6日，火箭系统进行第六次总检查。火箭模拟起飞后，控制分系统和遥测分系统突然断电，测试大厅人员一片惊慌。究其原因，原来是地面设备营为迎接上级安排的装备管理现场会预检，对配电设备进行除尘和维护保养，清理卫生的战士不了解测试大厅正在进行火箭第六次总检查，擅自把两路母线断路器分闸，造成火箭控制分系统和遥测分系统在模拟飞行状态下突然断电。幸好未损坏箭上设备。

除了这些明显的操作差错和安全隐患之外，合练火箭和飞船也出现大量故障亟待我们解决，合练程序每向前走一步都十分艰难。这里不妨列举几例，大家可以绕过那些拗口的专业术语来理解问题的实质：4月10日，火箭一级伺服机构用中频电源驱动小泵测试时，中频电源干扰了计算机指令，造成测试中断。要知道，弄清干扰源、干扰途径和干扰机理需要花费大量的时间和精力。4月17日，推进剂利用分系统地面计算机通信板芯片损坏。4月22日，遥测分系统地面设备故障，损坏箭上磁记录仪。4月23日，控制分系统后端发控台瞬间掉电。4月28日，故障检测处理分系统地面电源串电。5月4日，控制分系统惯性陀螺平台不能正常闭锁。5月6日，控制分系统第六次总检查中未能转级……总之，那些日子就是在不间断地分析和排查故障中度过的。

虽然合练任务就是为了发现问题和解决问题，但是短期内出现这么多产品故障和人为操作差错，还是令我始料未及。

我们在故障和问题面前显得茫然无措，手忙脚乱，缺乏秩序，缺乏规范，缺乏解决困难的主动性，缺乏策略和灵活性，这说明我们还是一支很不成熟的队伍，还有很长的路要走。这个过程必须经历。

曾经天天盼着合练，孰料合练过程如此艰难，可谓充满坎坷，连滚带爬。

终于迎来5月11日这个好日子，彩霞点点，阳光缕缕，把百米高的垂直总装测试厂房照耀得分外壮观。这一天，船—箭—塔组合体要转往发射区实施后续合练任务。

载人航天工程副总指挥胡世祥参谋长、总设计师王永志、副总设计师陈炳忠，航天界泰斗任新民、谢光远和梁思礼，发射中心刘明山主任、汪德源书记、张建启副主任、刘庆贵副主任等领导，早早赶到发射场，现场指导和观摩具有里程碑意义的船—箭—塔组合体第一次垂直转运。

规定时间一到，我立正向刘明山主任报告："主任同志，垂直转运准备完毕，状态良好，是否可以转运？请指示！"

"出发！"刘明山主任回了一声，活动发射台满载着船—箭—塔组合体从垂直总装测试厂房徐徐开出，聚集在厂房外、铁轨两边的人群一阵欢呼。来观看垂直转运的除了各级领导和专家、科技人员之外，还有东风场区广大官兵、职工及其家属，人山人海，好不热闹。

从技术区垂直厂房到发射工位距离为1.5千米，用宽20米的两根无缝钢轨相连，活动发射台按照事先确定的速度，缓缓开往发射区。

活动发射台上安装了一系列测量设备，用以记录转运过程中的震动和过载参数，以此分析对火箭和飞船的影响。

走了没多远，几位老总和领导兴致勃勃地登上活动发射台。他们就站在火箭底部，谈笑风生。隐隐地，似乎听到他们在回忆当年载人航天工程方案论证阶段对发射场是否选择"三垂一远"模式的争论，听到他们对工程艰难走到发射场合练阶段的感叹，更有对祖国载人航天事业发展前景的美好憧憬。

垂直转运获得圆满成功，大家自是喜不胜收。

接下来用了十余天时间完成发射区合练项目，第一循环合练任务宣告结束。

合练任务中船—箭—塔组合体垂直转运试验

为了更好地实施第二循环合练任务，总结前期工作的得失，查找问题，吸取经验教训，是当务之急。

1998年5月24日是星期日，按说应该让连续加班加点、奋战在发射场的部队好好休息一下。但是，合练任务时间紧迫，任务繁重，发射测试站地面设备营在这天晚上组织全体官兵，在水平转载测试厂房召开第一循环合练任务工作总结会。为了指导地面设备营做好总结，我与站政委王兆宇、站政治部主任李继承、站副参谋长郭保新等都参加了这次会议。与其说我们对地面设备营的总结看得很重，不如说我们对地面设备营在合练任务中的作用和地位看得很重。我想，地面设备营的全体官兵大概也会意识到这一点。

听完地面设备营教导员的总结发言，我们也开诚布公地对他们的工作进行了讲评。

我说，实事求是地讲，地面设备营官兵非常辛苦，几乎每天都要加班，完成了大量工作。但是，今天我们不想讲成绩，只讲工作中存在的不足，因为现在不是讲成绩的时候，成绩暂且留到合练结束时再讲，留到任务圆满完成时再讲。在前一阶段，地面设备营和其他参试单位都出现了一些问题，这些问题中有许多教训值得我们总结，如果不及时总结，就有可能拖整个合练任务的后腿，拖载人航天工程的后腿。前期工作中出现的事故，需要我们引起高度警惕，尤其要引起各级领导和技术骨干的高度重视。如果我们不能充分认识到问题的严重性，并从根本上采取措施加以杜绝，就有可能发生大的事故，严重时会损毁设备甚至导致人员伤亡。这不是骇人听闻，而是发射中心发生过的事情，缘由就是操作差错或麻痹大意。

接下来，我列举了几起严重差错和事故。

1965年10月20日，在执行某次火箭发射试验任务前，曾在发射阵地组织一次加注合练。合练结束后，担负推进剂加注和泄出任务的操作分队，负责泄出槽车内残余的液氧。下午，四辆液氧槽罐车离开发射场，开到戈壁滩上泄弃残液。一名司机出于好奇，想试一下液氧是否真的能够助燃，结果引起了火灾。操作手王来同志为全力救护战友和装备车而英勇牺牲，献出了年轻的生命。

另一个事例就是发射中心流传多年的"马大哈"的故事，这是发生在20世纪60年代某火箭定型试验中的一起操作事故。操作手马大有负责连接火箭仪器舱中的测试插头。仪器舱中仪器挨得很紧，由于马大有的操作粗心大意，本应连到变流器上的插头被错误地连到了变换放大器上。主控台一经加电，火箭电缆网的线路引发短路而烧毁。虽然主控台迅即断开开关，但这个不到1秒的失误还是造成了严重后果，试验进程不得不往后推延。后来，还是闻讯赶来的钱学森在与技术人员讨论分析后采取了有效措施，才使火箭一周后通过重新测试而成功发射。这次事故给操作队伍真真切切地上了一课。时任东风基地司令员李福泽气愤而又诙谐地说："这个马大有，分明是个马大哈！"

这次事故之后，重新回到工作岗位的马大有对每一个操作动作都倍加仔细和谨慎。一年后，因为表现出色，他由士兵被提拔为干部。可以说，这次事故也是由坏事变好事的典范。

这些活生生的事例就发生在我们身边，万不可掉以轻心。最近20年来，其他发射中心也曾发生过大大小小不少事故，甚至有人死亡，我们都应该引以为戒。我们在执行任务中发现的一些问题苗头，希望大家能记取。

我之所以不厌其烦地举这些例子，目的只有一个，就是提醒大家高度注意，不要犯操作上的差错，不要犯别人犯过的错误。

接下来，我又谈了对本次合练任务的认识和理解："本次合练任务，是机遇，也是挑战。所谓机遇，就是给我们这支年轻的测试发射部队一个锻炼提高自身能力和素质的机会；所谓挑战，就是考验我们克服困难的勇气，是否会倒在困难面前爬不起来。如果由于我们的管理漏洞和操作失误，导致合练失败或不圆满，就证明我们发射测试站、我们地面设备营管不好这个新发射场，就证明我们没有发射飞船的能力。"说到这里，我禁不住激动起来："毫不隐瞒地说，在过去的几年里，我与大家一样，无时无刻不在盼着这次合练任务，我是满怀信心准备迎接挑战的。从1996年盼到1998年，终于盼到了今天。经过一个多月的历练，我有这样一个体会，就是我们对任务所面临的困难和存在的问题估计得远远不够。概括地讲，首先是对工作难度估计不足，总认为我们执行过多次卫星发射任务，两者不会有太大差别，现在看来远非如此；其次是对技术难度和协调难度估计不足；再次是对组织指挥难度、管理难度估计不足；最后是对地面设备营的作用和影响估计不足。现在回过头来再查找我们的不足，目的就是时刻保持清醒头脑，紧紧盯着薄弱环节做工作，紧紧盯着关键部位做工作，紧紧盯着短线做工作。我们地面设备营每个中队，每个班，都要坐下来认真查找问题，制定改进措施，把预防工作做到前面。我非常赞成兆宇政委说的，别人吃堑，我们长智。现在我们自己吃堑了，更应该长智。"

地面设备营的官兵听得都很认真，偌大的厂房静悄悄的没有一丝杂音。从每个人的眼神里，我看得出他们是听到心里去了。他们似乎也在回想前阶段合练中发生的问题，在思索问题的原因，在寻求改进的措施。这就好，只要认识到不足，认真总结，就会不断进步。

最后，我鼓励大家要热爱事业，献身事业："我们所从事的航天事业，可能不一定让我们干一辈子，有的人也许只干十年八年，但是，我们干一次也要干好。对于我们每个人来说，我们的职务不可能跟随我们一辈子，当我们离开时，别人再也不会喊我们营长、连长或班长了。但是，我们在岗位上锻炼出来的能力和素质将伴随我们终生。毛主席说过，'世界是你们的，也是我们的，但是归根结底是你们的。你们青年人朝气蓬勃，正在兴旺时期，好像早晨八九点钟的太阳。希望寄托在你们身上'。让我们记住毛主席的话，珍惜青春，多做工作，多做贡献，为我们从事的航天事业增光添彩。未来有一天，当我们回首往事时，一定会为自己曾经为祖国的航天事业流过汗、出过力而感到骄傲和自豪！"

发射测试站二室科技干部的阶段小结，也是我们关注的重点。二室是合练任务的主体技术室，他们承担运载火箭控制、动力、故障检测和推进剂利用等分系统的单机测试、分系统测试、匹配测试和总检查测试的任务，工作很辛苦，但是出现的问题也很多，大多数操作差错出自他们之手。

二室的小结场所占用了测发楼最大的一个会议室。

会上，他们把前期出现的问题逐项进行了梳理，各分系统测试指挥和主要岗位操作手分析了出现问题的原因，看得出，大家很严肃，很认真，对出现的问题也很懊悔。实际上，他们估计到自己会挨批评，也做好了挨批评的准备。

面对出现的问题，特别是由于责任心不够而导致的差错，我确实难以容忍。这是一支年轻的测试发射队伍，平均年龄不满30岁，其中大多数人是放弃了城市优越的工作和生活条件，自愿到大漠戈壁为载人航天工程做贡献的，我们应该充分保护这支队伍的积极性。但是，航天发射不同于其他工作，必须细之又细、慎之又慎，不能有丝毫马虎。合练任务有困难，而且困难还不少，因为这是全新的火箭，全新的发射场，我们应该正视困难的客观存在。出了问题，可以原谅年轻，原谅缺乏经验，但是不能原谅失职失责。

我与二室的科技干部进一步交谈："第一循环合练，仅仅是完成了一些简单的操作，初步熟悉了岗位和流程，进入了角色。对照站里年初提出的合练目标，还存在很大差距，主要表现在质量、安全和责任三个方面。质量指的是产品质量和工作质量，安全指的是产品安全和人员安全，责任是指每个参试人员的尽职尽责情况，大家要进行反思。

"要解放思想，转变观念。载人航天发射试验与导弹和卫星发射有很大不同，我们室里的同志们未必能意识到这个问题。从现状来看，与载人航天的要求还存在很大差距，突出表现在人员的技术水平、技术素养、敬业精神和操作作风等方面。

"要认真总结经验教训，同样的错误不能犯两次，学费不能交得太贵。这次合练，需要我们总结的东西很多，例如：如何履行一岗的职责，贯彻以我为主的思想；如何控制技术状态，把好测试状态关；如何正确理解和执行技术文件，不出差错；如何组织指挥和协调，防止混乱；如何管理和正确操作地面设备；如何强化正规化的试验秩序；等等。这些问题都值得我们深思。

"试验任务期间技术室的管理以正规化的试验秩序为主，但也不能放松经常性的管理。经常性的管理工作抓好了，才能有效保证试验任务期间的正规化。否则，一旦出事，就会牵扯领导大量精力，我们室曾经有过血的教训。技术室的管理，有学问，有艺术，同样需要我们下功夫研究和探索。"

说到最后，我竟然哽咽着说不下去了。见此状况，郭保新副参谋长赶紧拉着我离开了会议室。

是什么令我失态落泪？也许是我十分看重的发射场合练出现这么多问题让我措手不及，也许是全新的试验模式让我愕然而办法不多，但更重要的恐怕还是部分年轻干部的责任心不够、事业心不强让我恨铁不成钢，我所倡导的"热爱航天事业，热爱发射中心，热爱点号*，热爱岗位"似乎没有达到理想的高度而过于急躁所致。

心灵的沟通不需要更多的语言，每一个有着强烈事业心、责任感的科技干部应该还是从心底理解了我。他们中的大多数牢牢地记住了这次小结会议，并没有因为光阴和岁月的流逝而淡忘。事实上，他们从此不断努力，严格要求，历经锤炼，逐渐成长为一支思想稳定、技术扎实、操作作风过硬的队伍，这一点令我十分欣慰。

---

* 点号，是指在发射中心机关之外的驻点，有的点号负责火箭跟踪测量，有的点号负责生活保障……驻扎人数较少的点号称为"小点号"。

经过较为深刻的总结和短期休整，第二阶段（或称"第二循环"）合练工作即将全面展开。6月3日晚上，发射测试站在垂直总装测试厂房召开全站第一阶段合练小结和第二阶段动员会，张建启副主任亲临会场指导。在空旷的垂直总装测试厂房召开大会还是第一次，会场回音很大，但是全站官兵仍然聚精会神地听取站里的总结和首长的讲话。

首先，我代表站领导和机关对第一阶段合练工作进行了较为系统的总结，毫不留情地剖析了存在的问题，提出问题请大家思考，对第二阶段合练任务进行了再动员。

张建启副主任对发射测试站第一阶段的合练工作进行了讲评。他说："如何评价第一阶段的合练呢？整体来说，我们第一阶段的合练是比较安全、比较顺利、比较圆满的，主要表现在……"

听到"三个比较"，我的心里似乎涌过一股暖流，很受感动。令人未想到的是，首长能给我们这么高的评价，自己总觉得漏洞太多，与"安全""顺利""圆满"这些词似乎贴不上边。

张建启副主任继续按他的节奏说下去："第一，发射测试站的同志们顾全大局，按照合练大纲的要求，完成了合练流程所规定的任务，达到了预期的目标。我说的大局，就是飞船要在5月27号返回北京，从事后续的研制任务。为了这个大局，你们加班加点，努力拼搏，在两个多月的时间里只休息了两三天，有的同志可能一天都没有休息，尤其在合练后期，军委迟浩田副主席、国务院吴邦国副总理先后视察发射场，我们又进行了一些计划调整和状态调整，大家毫无怨言。这些都充分表现了我们发射测试站广大指战员高度的事业心和责任感，也再一次证明，我们发射测试站是一个特别能战斗、能打硬仗的战斗集体。

"第二，我们第一阶段的合练，突破了我国航天史上的两大关键技术。一个是'三垂'模式中最关键的垂直运输试验，另一个是远距离测试发射控制技术。这两个突破，为我们下一步整个载人航天发射试验打下了良好的基础。说真的，第一次垂直转场的时候，我心里很紧张，一点底也没有，所以我们开始行走的速度比较慢，后来才渐渐加速。在垂直运输试验中，风速试验、力学试验都取得了圆满的结果。对此，航天工业部门的同志们非常满意，说这是我国航天史上的一个重大突破。大家看到了吧，5月11号那天，中国航天科技集团公司的五位'老老总'*都亲临现场。同志们可能不知道，这几位'老老总'原来多数对垂直模式持反对意见，他们看了这次转运后口服心服。所以，应该说这是我们在第一阶段工作中取得的巨大的成绩。"

大家似乎都被张建启副主任的情绪所感染，受到了鼓舞和激励，会场气氛开始活跃起来。

他接着说："第三，我们的队伍得到了很好的考验和锻炼。第四，发射场地面设施设备经受住了初步考验，没有出现颠覆性的问题。我们自己编的软件、调试的设备没出现大的问题，很不容易。吴邦国副总理听说我们这次合练没有出现解决不了的问题，出现的问题都可以改进和完善，也很高兴。所以，我说比较安全，比较顺利，比较圆满，还是合适的。"

"但是，"张建启副主任话锋一转，"我们也应该清醒地认识到，载人航天是很复杂、很困难、很庞大的一个工程，按照发射中心'三高'的要求，我们还有不小的差距，这也是我们不能回避的问题。认真查找不足，我认为，首先是我们的质量意识太欠缺……"

会场的气氛立刻严肃起来，我们深深知道张建启副主任把问题真正点在了要害处，我们必须承受，也必须虚心接受。

"其次，我们的技术水平还不能够适应载人航天的需要。按照我们的操作失误来总结教训，我同意吉俊站长的这个意见。不论是谁，大家都要去讨论，怎么会出现这些问题？怎么能够避免出现这种问题？

---

* 老老总是航天人对任新民等航天界功勋元老的尊称。

我们对操作细则和操作流程理解不深，暴露出了差距。再次，我们的地面设施设备还存在不容忽视的问题，厂房的供电、接地还没有形成统一认识，接下来要一项一项归零，一项一项试验，彻底解决！"

最后，张建启副主任鼓励发射测试站全体官兵要充分认清工程的复杂性和艰巨性，真正解放思想，转变观念，大胆探索，积极探索，不松懈，不麻痹，扎扎实实搞好第二阶段合练。

官兵们报以热烈的掌声。

张建启副主任的讲话，点在了要害处，提醒在了关键处。我们尚有机会纠正自己的错误，有机会补齐自己的短板，要通过第二阶段的合练，使我们的质量意识、技术水平和操作作风都有新的提高，上一个新的台阶。

第一阶段，我们已经进入角色；第二阶段，我们将演好角色，用我们的忠诚和智慧揭开载人航天工程的序幕。

6月25日，最后一列装载合练火箭的专列撤场，合练任务圆满结束。

列车远去，发射场又恢复了往日的宁静。我们回首三个多月的日日夜夜，不禁扪心自问：载人航天发射场首次合练，我们见证了什么？收获了什么？

我们不但验证了"三垂"模式和远距离测试发射控制方式两个重大技术方案的正确性和适用性，检验了飞船系统、火箭系统与发射场系统机械匹配性及火箭系统与发射场系统电气接口的协调性，检验了试验文书的正确性和适用性，获取了大量可供分析的垂直运输试验数据和电磁兼容试验数据，检验了新的组织指挥模式；更重要的是，通过合练，这支年轻的发射队伍增长了见识，收获了信心，全面提高了质量意识、安全意识和团结协作意识，指挥及操作人员得到了锻炼，提高了技术水平，为来年第一艘无人飞船发射试验打下了良好基础。

三、零高度逃逸救生试验

载人航天发射与一般卫星发射的最大区别是火箭系统增加了逃逸飞行器，又称作"逃逸火箭"或"逃逸塔"，也就是大家在发射实况报道中看到的飞船顶上细长细长的那一段。增加逃逸火箭的目的是提高飞行的安全性，确保航天员的生命安全。

航天发射史上的故障统计和分析表明，在上升段发生故障的概率最高，最严重的是在发射台附近，而故障发生时环境条件最恶劣的区段是跨声速和最大动压段，最危险的故障是运载火箭发生爆炸。逃逸火箭的任务是，当发生威胁航天员生命安全的故障时，将航天员带离危险区，保障航天员生还。

一般来说，逃逸火箭系统的动力装置由逃逸主发动机、分离发动机、偏航和俯仰发动机、高空逃逸发动机及高空分离发动机等组成。其中，高空逃逸发动机和高空分离发动机安装在飞船整流罩上。逃逸主发动机的任务是为逃逸飞行器与故障运载火箭的分离及逃逸飞行器脱离危险区提供动力。

飞船处于临发射状态（待发段）时，发生威胁到航天员安全的故障：若为缓慢发生的故障，则航天员通过发射脐带塔上的逃逸滑道或电梯逃生；若为快速发展的故障，则只能启动逃逸火箭系统快速脱离危险区。

运载火箭托举飞船正常飞行中，约120秒逃逸塔分离，约200秒飞船整流罩分离。在120秒之前，若发生威胁航天员安全的故障，则逃逸主发动机点火，与故障火箭分离，把飞船返回舱以上部分带离危险区；

逃逸塔正常分离至火箭飞行200秒，若发生威胁到航天员安全的故障，则启动整流罩上的高空逃逸发动机，同样把飞船返回舱以上部分带离危险区；火箭飞行200秒之后，若发生威胁到航天员安全的故障，则故障火箭关机，由飞船的应急救生系统完成航天员救生。

为了考核逃逸系统在临发射前飞船或火箭出现故障的情形下，及时带着航天员乘坐的返回舱逃离现场的能力，载人航天工程决策实施一次逃逸火箭救生飞行试验。这种试验因其逃逸飞行器处于未起飞状态，即初始状态为"0"高度、"0"速度，故被称作"零高度逃逸救生试验"。

美国"阿波罗"载人登月计划曾进行过多次类似的试验，他们称之为"阿波罗"航天器中止飞行试验。其中，有两次发射工位终止试验，载荷为模样指令舱，成功验证了逃逸救生系统在发射工位中止飞行的能力；四次为"小乔-Ⅱ"试验，检验飞行故障下逃逸救生系统成功携带指令/服务舱与火箭分离的能力和稳定控制航天器翻滚的能力。

我们安排的这次逃逸救生试验的性质为研制性试验，主要目的是检验运载火箭逃逸系统总体方案设计的正确性以及与其他系统之间的协调性，考验飞船在"0"高度状态下应急救生分系统与其他分系统的工作性能。

运载火箭的故障检测处理分系统和遥测分系统部分子系统设备参加任务，分别安装在上部整流罩内。故障检测处理分系统主要仪器有逃逸程序控制器、火工品配电器及三块电池；遥测分系统仪器有遥测传输设备、电子储存器和磁记录器等。

飞船系统三个舱段均由结构船改装而成，飞船上装有数据管理分系统、测控与通信分系统、回收着陆分系统、应急救生分系统、电源分系统和热控分系统。另外，还装有一个拟人载荷，即通常所说的"假人"。

飞行试验技术区选在刚刚经过合练任务考核的载人航天发射场技

术区，发射工位选在 3 号发射场南场坪。

1998 年 9 月中旬，逃逸火箭、结构飞船和整流罩先后抵达发射场，分别就位于逃逸火箭总装测试厂房、飞船及有效载荷总装测试厂房、飞船加注与整流罩装配厂房，任务随即全面展开。

9 月 14 日，召开第一次指挥部会议，宣布成立任务指挥部、技术协调小组、质量控制小组和技术安全小组。我担任技术协调小组组长，火箭系统总设计师刘竹生、飞船系统副总设计师唐伯昶以及荆木春、张智、杨宏、王福通等后来载人航天工程领域赫赫有名的人物都参加了技术协调小组的工作。除此之外，发射中心试验技术部和发射测试站的王家伍、杨晓虎、倪民、杜有献、刘彦宾等技术人员也是小组主要成员，在任务中发挥着重要作用。

在技术区完成组装和测试之后，飞船三个舱段、整流罩和逃逸火箭相继转到发射场。尽管 3 号发射场曾为我国导弹武器装备试验做出过历史性贡献，功勋累累，写满春秋，但是它不能完全满足逃逸救生试验的需求。由于发射场坪没有发射台，飞船系统自己带来了试验台，用以承载船—罩—塔组合体。另外，发射工位也没有专用的起重机构，飞船三舱对接、整流罩合罩以及与逃逸火箭对接，只得按照预先设定的方案，用三台工程机械汽车吊临时替代。吊车操作手本来是发射中心运输修理站的战士，他们平时用吊车装卸集装箱等货物，从未接触过航天飞行试验产品，心中自然畏惧打鼓；再者，三台吊车要相互配合才能完成组装对接和合罩任务，三名吊车操作手与组装指挥员之间的配合也是一个挑战。发射中心对此高度重视，强调汽车吊使用要谨慎操作，安全第一；操作要准确到位，不能出现问题；要反复进行演练，方可投入实战。吊车操作手努力勤奋，胆大心细，平时练得一身扎实的基本功，经过一段时间的应急培训，他们很好地完成了任务。当时的吊车操作手，2004 年退伍回到原籍江苏沭阳的赵建超回忆说：

零高度逃逸救生试验，用工程机械汽车吊装船—罩—塔组合体

1998 年 8 月，我们四名吊车操作手接到了这项任务。我们知道这是中国航天史上第一次在野外用汽车吊组装飞船，精度和稳定度要求十分高，于是我们展开了刻苦训练。开始时是在地上画两个圈，然后用吊车挂上装满水的水桶，从一个圈子移到另一个圈子。经过一个月的练习，我们有所成就。经过无数次练习，我们迎来了考核。考核的内容就是控制吊车把一根焊条插到啤酒瓶中。记得当时只有我一个人通过了考核。我终于从开始时的经常失误进步到后来的零失误。10 月份，我们正式参加任务，那天有风，船舱微晃，但我们因为无数次的练习早已对自己充满信心。飞船三个舱段对接一段比一段难，特别是整流罩扣罩更不好控制。组装完成后，现场发出一片掌声，而我也松了一口气。

船—罩—塔组装好竖在了发射工位，安装仪器、连接插头、检查状态等操作不便，因为周围没有可供倚靠的塔架和工作平台，也没有那么高的工作梯，要完成上述操作仍然需要用汽车吊。火箭故障检测处理分系统测试指挥员赵雪冰回忆说：

试验组合体垂直组装好后，检查整流罩前锥段安装的仪器比较困难，因为不像垂直厂房或者发射塔架，这里没有平台，只能坐吊车车斗上去，有恐高症的人根本不敢上，而且检查舱内的仪器确实不便，不好靠近，还很危险。

发射区的测试开始了。

然而，故障检测处理分系统测试刚开始就遇到了麻烦。10 月 9 日，安装在整流罩上的逃逸程序控制器发出"逃逸分离面解锁"指令后，地面火工品等效器面板上表示爆炸螺栓动作的 12 组指示灯有一部分不能点亮，正常情况下应该全部点亮。

为了排除这一故障，技术人员反复进行分系统测试。在一个狭小的地下控制室里，测试指挥员赵雪冰一次次下达"逃逸"口令，年轻的女操作手张立新一遍遍报告"逃逸指令发出"。在此次试验任务中，"逃逸"口令相当于正常发射任务中的"点火"口令，"逃逸"信号相当于"点火"信号。然而，无数次试验，故障也无数次复现。更换备份火工品等效器，故障仍然存在。张立新后来回忆说：

> 这个故障意味着航天员逃逸时逃逸发动机可能启动不了。仪器设计单位的人员在现场和我们一起排故，信号指示灯时好时坏，双冗余信号一会儿这个亮，一会儿那个亮，很不稳定。加班排故一天两夜，终于发现故障原因。

经反复研究设计图纸，仔细分析和排查，发现在逃逸程序控制器中有一保护电阻的阻值设计不合理，电阻上的压降过大，致使指令输出电压过低，所以不能点亮地面火工品等效器上的指示灯。张立新回忆说：

> 当时天气比较冷，发射场坪上环境温度很低，在−10℃左右。火工品引爆电流过低，导致继电器启动处于临界状态，所以忽好忽坏。查明原因后，设计厂家的工人连夜赶到发射场，对保护电阻进行了处理。

逃逸程序控制器指令输出端保护电阻由100欧姆更换为5.1欧姆，故障便不再复现。

几天来的加班加点排故，累得大家叫苦不迭。统计了一下，故障检测处理分系统为排故重复做的分系统测试多达30余次，与遥测分系统匹配重复测试多达15次。这样的重复测试也算得上一个小小记录。赵雪冰回忆这次故障时说：

那次排故时的心情可以用几个词来表述：心急如焚，若无其事，按部就班，起伏不定，如释重负。出现故障后心急如焚，担心影响发射；但作为指挥员要表现得若无其事，要让系统操作人员心平气和地去排除故障，不能让人觉得连指挥员都沉不住气；排故过程要按部就班，不能急躁，需要按照流程一步步来；随着很多故障点被一个个排除，心情就像排故用的示波器脉冲一样起伏不定，一会儿觉得马上要找到故障了，过一会儿又发现是空欢喜一场；千辛万苦，最后故障确定后就是一种如释重负的感觉。

如果说逃逸飞行器故障检测处理分系统出现的故障让我们耗费的是重复测试时间，那么飞船系统测试中所出现问题的解决则稍显滑稽和尴尬。

10月8日，飞船系统检查测试，数管分系统加电后，上行命令传送正常，却收不到下行遥测数据。

故障出现后，首先检查飞船上的电缆连接，连接正确，没有问题；重复操作步骤，操作准确，也没有问题。经多次加电、分析、排查，故障定位于飞船数管分系统中央单元串行口发送芯片上，有充分的测试数据证明该芯片已经失效。

如果按照正常排故程序，这也不是很难处理的问题。问题是设计师系统采取了不太严肃且违背试验规矩的处理方式，遭到领导严厉批评。

10月10日清晨，张建启副主任早早赶到发射场，在发射场坪查看飞船的状态，竟意外发现飞船设计师系统一位技术人员未经任何人允许悄悄钻进飞船返回舱，打算把故障电路板取下，换上备份电路板，他在操作过程中正好被张建启副主任撞个正着。当然，电路板没有换成，飞船试验队和发射测试站都受到了严厉批评。发射测试站意识到试验现场管理确实不够严格，人员进出太随意，倘若图谋不轨的人进入试验现场，会给任务带来多大损失呀！飞船试验队也检讨自己的操作不严肃，没有遵守试验纪律，未经任务指挥部允许私自更换故障器件是十分不应该的。

批评归批评，检查归检查，测试工作还要继续进行。经技术协调小组研究讨论，用备份电路板换下故障电路板参加后续测试，但在更换前要先对备份电路板进行单元测试，之后再经公路跑车振动试验，最后才实施更换。此外，系统还改进了测试连接线路，确保芯片不受地线干扰而再次损坏。新的电路板装船后完成了后续测试项目，故障再未复现，证明故障定位准确，处理措施有效。质量控制小组认可了故障排除结果，要求出具一份完整的归零报告，失效芯片带回失效分析中心继续分析，在发射前有一个明确结论。

远方戈壁滩上的胡杨林已经红透，不是枫叶，红似枫叶。它们不畏寒冷，向如织的游人展示自己的多姿多彩。近处的发射场安静肃然，一切工作准备就绪，只待指挥部决策即可点火发射。

载人航天工程副总指挥沈荣骏、胡世祥也来到现场，他们详细了解了前期测试中出现的问题及解决措施，要求指挥部做好发射计划安排，同意10月19日9时30分实施发射。

零高度逃逸救生试验，虽然不敢说绝后，但肯定是空前的，而且是载人航天工程首次点火发射，人们高度重视，也高度紧张。指挥部审查了发射程序，决定在发射前4小时进入程序，各系统完成自己发射前状态设置和检查测试。

发射前30分钟，故障检测处理分系统向箭上设备加电，装订逃逸程序和逃逸参数。

飞船系统一切准备就绪。

临近发射，火箭系统总设计师刘竹生欲走出地下控制室，亲眼看一下逃逸火箭腾飞的场景。我一把把他按在了椅子上："您不能走。您若走了，有了问题我找谁呀！"

有刘总在身边，我心里踏实许多。

9时30分，随着测试指挥员赵雪冰一声"逃逸"口令，操作手张立新操作的地面测试微机自动发出"逃逸"指令，逃逸火箭点火，携带着船—罩组合体的返回舱以上部分起飞，离开试验台，快速向天空飞去。

18秒，返回舱和轨道舱解锁分离，返回舱从整流罩内像母鸡下蛋一样脱离了出来，而逃逸火箭带着轨道舱和整流罩继续向前飞去。

25秒，下落的飞船返回舱弹出伞舱盖，拉出引导伞和减速伞。

31秒，飞船返回舱拉出主伞，吊着返回舱向地面缓缓降落。

60秒，逃逸火箭首先着陆。

78秒，飞船返回舱着陆。在预定落点附近找到落地的逃逸火箭和飞船返回舱，试验获得圆满成功。从发射工位向相距1000多米的落点望去，返回舱拖着1200平方米的降落伞，在戈壁滩上随风飘荡，犹似一泓红白相间的池水，波纹荡漾，甚为壮观。

零高度逃逸救生试验点燃了载人航天发射的第一簇火光，令我们振奋，令我们激动。此后，将会有更加惊天动地的轰鸣，震撼天宇，震惊世界。

零高度逃逸救生试验获得圆满成功

四、飞船故障开大底

发射场首次合练结束后，又经过一年的精心准备，发射"神舟一号"试验飞船的时机已经成熟。

1999 年 7 月，从北京出发的火箭和飞船专列，先后抵达酒泉附近清水车站。在高度戒备下，又转往酒泉卫星发射中心载人航天发射场。

1992 年载人航天工程启动时，提出了"争八保九"的目标，即争取在 1998 年、保证在 1999 年将第一艘飞船发射升空。为了完成这一目标，工程各大系统研制人员想方设法缩短研制周期，对"神舟一号"飞船采用了最低配置。那时，捆绑火箭技术已经成熟，返回式卫星已有17 次成功返回的记录，飞船打上去和返回都有一定把握。若试验飞船方案成功，就可大大振奋人心，推动载人航天工程快速向前发展。这艘试验飞船在发射场的测试会遇到哪些问题呢？我们既兴奋又紧张。

这年夏天，东风场区遭遇罕见的高温天气。7 月中旬以来，伊朗副热带高压东伸北顶异常，控制了新疆和发射场区上空。7 月下旬，西太平洋副热带高压西伸北顶异常，和中旬的伊朗副热带高压打通，共同控制了发射场的气象形势。两个异常北顶的副热带高压叠加在一起，导致场区出现史上持续时间最长的 38℃以上高温天气，最高气温达到41℃。

从东南方向巴丹吉林沙漠深处涌起的滚滚热浪源源不断地涌进发射场区。休闲的人可以摇着纸扇躲在阴凉处纳凉，品着冷饮消夏，然而对于参加"神舟一号"飞船发射任务的广大参试人员来说，他们没有这个闲暇，纵使再热的天气也难阻挡他们匆匆的脚步。

航天产品进场前不久，发射场加注系统的推进剂储罐刚刚安装完毕，储罐里面不可避免地残留着制造时产生的焊渣和铁屑，而火箭推进剂对洁净度要求非常严格，一旦有杂质出现，就可能导致燃料变质、发动机堵塞并停止工作等严重事故。因此，储罐在储存推进剂之前，必须把内部彻底清理干净。

在炎热的夏天，这一看似简单的工作，干起来却比想象中困难得多。

在清洗过程中，大一些的颗粒状杂质，焊渣铁屑什么的还能够掏出来，但是小一些的，形状不太规则的，掏起来就比较困难。战士们想了许多办法，例如，把面团和得恰到好处，塞到缝隙里，把细小的杂质一点一点粘出来，再用酒精和白纱布擦干净。

由于储罐密不透风，酒精挥发不出去，一天干下来人就像虚脱一样，往戈壁滩上一坐，再也不想起来，连饭都不想吃。

战士们穿着防毒工作服，全身被裹得严严实实，每每脱下工作服，能甩出半斤汗水。

27名战士整整干了23天，才把18个储罐清洗干净。几天后，任务所需的几百吨推进剂顺利转入发射场储罐。

挥汗如雨的何止清洗储罐的战士，炎炎烈日"烤"验着发射场的每个工作岗位。

发射脐带塔活动工作平台液压系统金属软管多次发生炸裂，第二组、第三组、第四组平台经常不能正常工作，这些都需要地面设备营的战士们进行检修检测和处理。

多年之后，我联系到当年发射脐带塔上工作平台操作手、新疆籍士官王亚军，问他那年夏天的工作感受。他回忆道：

发射脐带塔共有4组回转平台，42个阀箱，38块翻板，1200多根液压金属软管，120个油缸，上千个元器件。这些都要逐一检查维护，必须在发射前全部保质保量地检修检测完毕，为发射做好充分准备。记得那年夏天特别热，六七月份的戈壁滩骄阳似火，烤得大地都快熟了，地表温度70℃。塔架上检修检测要一个一个设备、一层一层从地面爬到75米高的高空进行操作，坐在钢架上，感觉烫得屁股都坐不住。操作时还要系上安全带，这样安全是安全了，但也更热了，低头多干一会儿，一起身就眼前发黑头发晕。每天都要喝掉五六桶纯净水，越喝越渴，越渴越喝，以至于到吃饭时都没了胃口，肚子都被水撑满了。当时执行"神舟一号"任务内心觉得特别神圣，也感觉压力很大，新的设备，新的技术，就怕自己疏漏了什么，每天都感觉神经绷得紧紧的。自己能亲身融入祖国的载人航天发射，直接与祖国和人民如此贴近，一举一动都肩负着莫大的责任，感觉真是一次心灵的洗礼和精神上的升华。

我看了王亚军发来的这段话，很是吃惊：他把当年在"神舟一号"任务中亲手干的工作记得这么深刻，数据记得这么准确！这一切都源于战士们对航天事业的爱，对祖国、对人民、对军队无私的奉献。这就是我们的战士。

"神舟一号"试验飞船7月13日抵达发射场后，工作人员立即对其展开了严格的检查测试。

我国载人飞船的结构布局类似俄罗斯"联盟-TM"飞船的三舱布局，轨道舱居上，返回舱居中，推进舱居后。

飞船系统由以下13个分系统和电缆网组成：结构与机构分系统，热控分系统，制导、导航与控制（GNC）分系统，推进分系统，测控与通信分系统，数据管理分系统，电源分系统，回收着陆分系统，环境控制与生命保障分系统，仪表与照明分系统，应急救生分系统，乘员分系统，有效载荷分系统。实际上，乘员分系统就是航天员系统，有效载荷分系统就是空间应用系统。这两个分系统既是飞船的分系统，也是载人航天工程中的7大系统之一。飞船13个分系统的各类硬件、软件产品构成推进舱、返回舱、轨道舱和附加段4个舱段。

返回舱是航天员的座舱，在发射和返回阶段，航天员都位于返回舱内。因此，返回舱是飞船系统的核心，13个分系统在返回舱内共有312件（套）设备。

电缆网分布于全船，连接各分系统的设备，通过配电装置传输设备工作所需的能量，传递各种参数数据和控制信号。

飞船在工厂阶段已经过严格的测试，其中包括总装电性能测试、振动和噪声试验以及热真空环境试验等。

飞船来到发射场，首先在技术区对其进行全面的电性能测试检查，检查飞船对长途运输条件的适应能力，检查验证各分系统的电性能参数是否满足设计要求。

在发射场，飞船采用远距离测试发射控制模式。一套主控设备安装在测发楼，前置设备分别放置在飞船及有效载荷总装测试厂房、垂直总装测试厂房以及发射工位地下设备间，构成一点三位测试方案。

飞船在技术区的测试（检查）项目有：火工品线路阻值测试，供电检查，电源分系统测试，测控与通信分系统测试，数据管理分系统测试，其他分系统测试，分系统间匹配检查，舱段—舱段组合测试，飞船转内电检查，模拟飞行检查，等等。飞船模拟飞行主要围绕导航与控制分系统进行，依据时间段划分。该项测试包括7种状态，即待发段、上升段、运行段、返回段、着陆段、留轨段和全过程模拟飞行。

"神舟一号"飞船在技术区测试中出现了不少故障，暴露问题较多，说明飞船系统在设计、研制生产和质量控制上确实还存在薄弱环节，有待后续任务不断改进和完善。

8月20日下午，飞船在做转内电检查时，其环境控制与生命保障分系统内回路主泵工作一段时间后转速下降，电流增大，回路中的介质流速变低。副泵工作正常。

之后做供电检查，故障复现。

8月21日下午，故障又复现一次。

8月22日，内回路单独工作，故障未复现。

分析故障，大家提出了两种可能的原因：一是管路内有多余物；二是电机轴承或齿轮出现问题，故障定位在内回路本身。

8月24日，继续做补充试验，试验流程为：主泵发生故障时则切换到副泵工作，若副泵也出现故障则关机，不至于影响整个系统的电源。试验过程中，主泵故障再次复现。

8月27日，继续讨论内回路主泵的故障。内回路设备由航天医学研究所研制和测试，他们把故障定位为主泵电机的绝缘性能下降，建议更换主泵电机。然而，更换电机也会带来不少问题：一是工作环境不便于操作；二是即使拆下主泵电机，安装新的电机更为困难；三是重新拆装会破坏系统的密封性能，因为当时内回路已经加注了乙二醇介质。

对此，载人航天工程总设计师王永志院士提出三点意见让大家思考：主泵电机能不能更换，更换的利弊如何？副泵能不能代替主泵工作？若副泵可用，在天上再出现问题采取何种措施？

带着这些问题，8月29日，在飞船及有效载荷总装测试厂房再次开会讨论。飞船系统总设计师戚发轫认为，主泵电机故障基本定位，由于主泵位于飞船推进舱内，更换起来有很大风险，建议主泵电机不再更换，也不再参加系统中的工作；副泵可以参加工作，若发现问题再及时讨论。

似乎是一锤定音。航天医学研究所的工程师们还是希望给他们一次机会，更换采取强化保护措施的主泵电机，并为此写了五份分析报告和更换方案。

问题没有得到最后的处理决定，似乎就按照戚发轫总设计师的意见执行了。

但是，此后飞船系统测试中又出现了引发决策层激烈争论的另外一个故障，使得内回路主泵电机的故障处理突然柳暗花明。

原来，9月18日飞船系统按照试验程序做模拟飞行检查，系统中的一个制导陀螺突然不工作了。制导陀螺是控制飞船定向的关键部件。按照设计方案，飞船有两套制导陀螺，一套为液浮陀螺，另一套为挠性陀螺，互为工作备份。现在一套液浮陀螺不能正常工作，飞船内就剩下一套挠性陀螺。上天后，如果备份陀螺再出现问题，飞船将会有去无回。

更换出现故障的陀螺，必须打开返回舱的舱底（人们又称之为"大底"，是飞船返回时的防热底层）。然而，返回舱里面有300多台仪器设备，涉及的元器件有10万个之多，万一开大底不慎，整个飞船将受到严重损伤，得不偿失，"保九"的目标将化为泡影。

舱底开还是不开，任务指挥部一时陷入两难，几次讨论都无果而终。

时任载人航天工程总指挥曹刚川，电令发射场任务指挥部必须彻底解决问题。

载人航天工程副总指挥沈荣骏立即乘飞机从北京赶往发射场，对飞船故障处理做最后的决策。

中国载人航天史上极不寻常的一次指挥部会议开始了。沈荣骏中将端坐在会议桌的中央，在他两旁依次而坐的是载人航天工程副总指挥胡世祥、总设计师王永志、航天科技集团公司总经理张庆伟以及发射中心有关领导，会议桌对面则是飞船系统总指挥袁家军、总设计师戚发轫，火箭系统总指挥黄春平、总设计师刘竹生等人。大家心里都清楚，这次会议只有一个主题，即决策要否打开飞船大底更换故障陀螺，这是争议各方最后陈述理由的机会。会议伊始，已有几分严肃气氛，一改往昔会议互致问候、谈笑风生的欢快与轻松。

首先，袁家军总指挥起身在黑板上画出了飞船返回舱的结构图，他一边画一边解释："这是返回舱的大底，这是液浮陀螺安装位置。要更换陀螺，主要问题在哪呢？主要是操作空间太小，扣上飞船大底，侧壁又合上了盖，这样一来就把大底给压住了……"

戚发轫总设计师接着说："大底拿下来以后，它的密封板包裹着一些温控材料，得把这些材料剪掉，才能打开。"

胡世祥副部长一直托着下巴，静静地看着袁家军画的结构图，听着戚发轫的解释。他突然发问："如果不开大底，从上面把故障陀螺取下来，不行吗？"

戚发轫总设计师说："这个操作不是绝对不行，但是危险性更大，会破坏好多线缆走向。"停了一会儿，他接着说，"大底是密封的，非常复杂，万一不慎可能带来新的问题，从这个角度考虑，我觉得开大底付出太多，风险太大。"听得出来，戚发轫的意思是尽量不开大底，可以使用挠性陀螺参加系统工作。尽管少了一套备份陀螺，会产生风险，但与开大底产生的风险相比，他宁愿选择前者。

张建启副主任说："如果不开大底，陀螺故障始终不知道是什么，那就是冒着带故障上天的风险，这是航天发射绝对不能允许的。"

发射场系统总设计师徐克俊说："要保证这次飞船发射的质量，还是应该彻底解决问题，彻底归零。"

争论还在继续，似乎彼此之间都没有说服对方的充足理由。

沈荣骏中将询问了一句："现在究竟是利用备份陀螺还是更换，大家有不同的意见，因为更换陀螺要把飞船整个大底拉开，整个返回舱全部拆开，有的同志认为风险太大，压力之大，前所未有，是不是这样？"

航天科技集团公司系统司司长张宏显接话说："当然最关键是故障定位。如果故障定不了位，那就非拆不可，没什么好说的。"

沈荣骏右手托着额头，眯上了眼睛，陷入沉思。这是他的思维和决策习惯。外人看来他好像睡着了，其实别人说的话他一个字都没有漏掉，听得清清楚楚、明明白白，大脑在快速敏捷地运转，他要倾听大家不同的意见，最终做出决策。这个决策既要符合科研试验的规律，也要让各系统都能接受，并且操作可行。

其实，在沈荣骏来到发射中心的当天晚上，他就会同胡世祥副部长和张建启副主任，找来装配工人和相关设计师，一块儿讨论了开大底的可行性。把各种方案一一列出，由资深装配工人逐一讲解各个环节的做法，集思广益，迭代各种意见，直到大家都认为方案可行，万无一失。这是沈荣骏做出决策的依据。

沈荣骏开始说话了："问题是故障没有彻底定位，难就难在这儿。如果故障确实清楚了，彻底定位了，我干吗非要去折腾它？折腾就是为了定位，因为你不定位，后面什么措施有效就很难说。如果故障能彻底定位，我倒赞成就在外面加个壳（意思是换一块线路板），我去冒这个风险干什么？我要拆它干什么？我们是吃饱了撑的吗！我有简单的办法，干吗要用复杂的办法！"

识别风险，控制风险，降低风险，是工程研制的一项重要原则，摒除疑点和故障是控制和降低风险的重要举措。风险和安全的分值比重始终是工程决策者反复权衡的要素，不同工作岗位上的人也许对工程不同阶段出现的风险会有不同的认识。例如，袁家军和戚发轫把返回舱在发射场开大底带来的风险看得很重，而张建启他们则把飞船带着故障发射升空带来的风险看得更重，这两类风险处于不同阶段，性质不同，规避风险的处理措施也会存在差异，表现为矛盾和争论。其实，出发点不同，目标却是一致，决策者就要在其间权衡利弊，避风险之轻就安全之重。

这时候，胡世祥副部长、张庆伟总经理也在认真思考和权衡。袁家军、戚发轫、张建启等一边听，一边记，渐渐跟上沈荣骏的思路。

沈荣骏继续说："所有问题要解决在地面，才能最大限度地降低发射风险，这是原则，不能说过得去就行，反正我们现在备份很多，这个不行还有那个。备份是留到天上用的，不是留在地面用的。如果在地面就用了，那还叫什么备份？所以在这一点上，我觉得大家上上下下思想要统一，我们不要留下任何遗憾。"

此言一出，实际上就是拍板了。争论到此结束，与会各方终于达成共识：打开飞船返回舱大底，把所有隐患消除在地面。会议统一了大家的认识，步调一致也是成功的要素。

会议结束后，张建启副主任又找到飞船系统的装配工人，嘱咐他们一定要小心操作，不要有压力，确保一次成功。

飞船返回舱大底在技术工人的精心操作下被缓缓打开，庐山真面目即将呈现在我们面前。

舱底打开后，密密麻麻的仪器和电缆、布线看得一清二楚。袁家军和戚发轫的担心是有道理的，确实，如果操作稍有不慎，真有可能几个月的工作前功尽弃。庆幸的是，我们的工人都经过严格的训练，有着良好的操作技能，一切顺利。

舱底开启，液浮陀螺组件由两个工人小心翼翼地搬出了返回舱。

从争论不休到顺利打开返回舱大底，这给刚刚起步的载人航天工程开了一个严把质量关的好头，我们打开的何止是一个小小的返回舱大底，它不啻打开载人航天队伍团结协作、相互理解和支持的友谊之门，打开天地往返之门，打开载人航天发射的胜利之门。

陀螺更换完毕，重新装入飞船，合上大底，飞船测试步入正常程序。

有意思的是，飞船返回舱大底打开后，前段时间没有定论的环境控制与生命保障分系统内回路主泵故障也迎刃而解。虽然内回路主泵位于飞船推进舱，但它的控制器却装在返回舱。造成主泵故障的原因不是其本身问题，而是与控制器相连的一根电缆被磨损。对电缆进行绝缘处理，主泵故障消失。这个故障结果与他们的分析基本一致。

一举两得，皆大欢喜。

从飞船开大底一直到实施发射，沈荣骏中将再没有离开发射场，这是他担任载人航天工程副总指挥以来在发射场工作时间最长的一次。这片大漠是沈荣骏魂牵梦绕的地方，自1959年走出解放军测绘学院大门，他就来到了这里。他是我国航天测控系统的主要奠基人，也是载人航天工程主要开拓者之一。"神舟一号"飞船开大底的决策是他航天生涯中精彩的一笔。那段时间他工作得很辛苦，几乎夜夜失眠，颈椎压迫神经，胳膊疼得抬不起来，体重也下降了许多，但是他无怨无悔。

11月15日，船—箭—塔组合体由技术区顺利转到发射区。

随着发射时间的临近，大家也特别关注太空环境的安全问题，此时却从北京传来一个令人担忧的消息。根据中国科学院空间科学与应用研究中心的天文预测，11月18日，太空将有流星雨出现。指挥部立即召开会议，听取汇报。载人航天工程空间应用系统总设计师顾逸东来自中国科学院，他手里掌握着空间天文的第一手资料："这片流星雨是狮子座彗星回归造成的，会有很多流星物体，那么，这些物质可能留在地球轨道附近，这是航天器的天敌。"一块核桃大的流星石撞到飞船上，都会把飞船击穿。要避开这些"天敌"，唯一的办法就是选准合适的发射日和发射窗口。

发射日是指比较合适的一个时间范围，发射窗口是发射日中适宜发射的一段时间。发射窗口有宽有窄，宽的以小时计，甚至以天计，窄的只有几十秒钟，甚至为零（指发射时刻，没有时间宽度），也即零窗口。每个航天器承担的任务不同，飞行轨道不同，航天器上安装的有效载荷的科学目标不同，这些都对发射窗口提出了种种条件和限制。

经专家测算，指挥部综合考量各种因素，决定于1999年11月20日6时30分发射我国第一艘无人试验飞船——"神舟一号"。

从进入发射准备到实施发射，安排了8小时的倒计时程序。19日晚上10时30分，所有参试人员准时进入工作岗位。张建启副主任、黄春平总指挥、刘竹生总设计师、袁家军总指挥、戚发轫总设计师、顾逸东总设计师等各个系统负责人分坐在测试发射指挥大厅的最后一排指挥位置上，听着0号指挥员下达一个个口令，各系统发射准备工作顺利向前推进。

决战在即，航天城彻夜无眠。冬季的大西北，凌晨6时天空还是漆黑一片，前来参观的人群，航天城的职工和家属们，蜂拥至距发射场7000米的弱水河畔，争相观看我国第一艘飞船的发射。自行车排了几千米，人们望着远处灯火辉煌的发射塔兴奋不已。

工作平台逐层收回，火箭与地面相连的脱落插头依次脱落，承载测试电缆和气管的摆杆摆回到发射塔侧旁……

20日6时30分，0号指挥员郭保新下达"点火"口令，发射场上响起一阵惊天雷鸣，霎时间，烈火喷射，大地颤抖，火箭腾空而起，载着"神舟一号"飞船直上云天。与此同时，东风飞行控制中心也紧张忙碌起来。

12秒，火箭程序转弯。

138秒，助推火箭与芯级火箭分离。

155秒，一、二级火箭分离。

196秒，飞船整流罩分离。

452秒，二级火箭主发动机关机。

569秒，二级火箭游动发动机关机。

572秒，船箭分离，飞船入轨。

指挥大厅顿时沸腾起来，许多参试人员流下了激动的泪水。"神舟一号"飞船自1999年夏天进入发射场至冬天实施发射，历经大漠的夏、秋、冬三个季节，其中的艰辛和煎熬，只有亲历者才能体会得深刻、体会得真切。

21日凌晨2时49分，"神舟一号"飞船完成预定的飞行任务，开始返回地球。3时30分，飞船返回舱平安着陆，色彩艳丽的飞船降落伞飘浮在广袤的大草原上，格外醒目。回收人员兴奋异常，奔走相告，欢迎"神舟一号"飞船回家。

一个月后，在澳门回归祖国的仪式上，"神舟一号"飞船搭载的澳门特别行政区区旗，作为全体航天科技工作者的一份特殊礼物，被赠送给了澳门特别行政区政府。澳门回归，是祖国强大的象征。五星红旗鲜红，澳门区旗碧绿，似冉冉升起的旭日照耀着祖国万物葱茏的大地，一派生机勃勃。

2000年1月1日，"神舟一号"飞船搭载的五星红旗迎来新千年的第一缕曙光，高高飘扬在天安门广场上空。五星红旗，航天人为你自豪，为你骄傲。

"神舟一号"飞船发射和回收首战告捷，极大地鼓舞了载人航天工程全体参研参试人员。张建启副主任拍着我的肩膀说："老崔，早知道这么顺利，我带个氧气瓶上船，你在地下一按电钮，我国的载人航天飞行就算成功了！"说完哈哈大笑。

当然，这是玩笑。我们也深知，在飞天的长途上还有无数艰难险阻在候着我们呢！

"神舟一号"飞船奔向茫茫太空

"神舟二号"：

历经坎坷，天路警钟

防止操作差错，是航天发射永恒的主题。操作差错会给发射带来昂贵而沉重的代价。也许，你只看到苏联航天员尤里·加加林返回地球时的微笑；也许，你只看到尼尔·阿姆斯特朗在月球上"敏捷"地跳跃。但是，在飞天的长途上曾经为操作差错"买单"的先例却鲜为人知。在成功的背后有无数挫折、失误和失败。1967年1月27日，在美国肯尼迪航天中心，由于"阿波罗−1"飞船火灾事故，3名航天员在发射场献出了年轻而宝贵的生命；1960年10月26日，在苏联拜科努尔航天中心，由于发射工位上第二级火箭误点火，当场炸死、烧死包括苏联战略火箭司令涅德林元帅在内的92名科技工作人员和军官士兵。航天发射，有时结果圆满，过程却充满坎坷；有时过程顺利，结果却大失所望。在"神舟二号"飞船发射过程中，我们既尝到了失误的酸楚，也感受到历经挫折与抗争而换来不易的发射成功，用担当和果敢把飞船送上天。

错误和挫折教育了我们，也历练了我们，使我们变得聪明起来。我们在失误中所交的学费是昂贵的，但从中汲取的教训将成为失误者终生的财富，成为航天发射事业中宝贵的财富。

漫漫飞天路，笑声和泪水交织在一起，欢欣与苦痛纠缠在一起。用痛苦和泪水换来的鲜花和掌声又是何等珍贵！

一、严格训练，严格考核，迎接"神舟二号"飞船空运进场

"神舟二号"飞船是我国在新千年发射的第一艘飞船。与一年多前发射的"神舟一号"飞船相比，它是配置完整的正样飞船，飞船13个分系统全部参加试验。发射升空后，飞船将按照载人飞行的实际轨道，围绕地球飞行108圈。因此，人们将"神舟一号"飞船称为"最小配置版"，而将"神舟二号"飞船称作"完整配置版"。其中，有效载荷配置有观测太阳X射线和γ射线的"空间天文分系统"，这是我国天文界首次利用空间飞行器平台观测太阳的γ射线。该分系统包括超软X射线探测器、硬X射线探测器和γ射线探测器等。

在"神舟二号"飞船进场之前，发射中心开展了轰轰烈烈的岗位练兵活动。

大树里是发射中心雷达测量站所在地。这里设置了跟踪测量运载火箭飞行的连续波雷达系统和大型光学设备。雷达系统用以测量运载火箭的飞行速度和位置；光学设备用以记录运载火箭一、二级分离，助推火箭分离，整流罩分离等重要飞行事件。这些信息是判断火箭飞行正常与否的重要依据。因此，雷达测量站是航天发射测量系统的重要组成部分。

大树里现今其实并没有大树。20世纪50年代在这里建立雷达测量站时，此处戈壁茫茫，在地图上无任何标志，弱水河边一棵孤立的胡杨树是这片地域唯一的标志物，勘测队按照北京命名地名的习惯（例如和平里、平安里、永安里、知春里等），为之取名大树里。

几经沧桑，大树早已枯去，如今的大树里令人津津乐道的是官兵们辛勤培植出的果园和菜园。春天桃红杏白，秋季硕果累累，更有满园菜蔬，瓜果琳琅满目，绿色长廊挂满南瓜冬瓜，吸引着闲暇时的雷达工程师和家属，令人爱不释手，流连忘返。在冬季的塑料大棚里，他们种下了品种繁多的名贵"野菜"，酸甜苦辣，味道各异，由此烹饪出的饭菜被诙谐地称为"野菜宴"，客人们更是闻名而至，先尝为快。

2000年7月中旬的某日，发射中心90多人的检查观摩团，专程来到30千米之外的雷达测量站。他们不是来观赏果园，也不是来品尝"野菜宴"的，他们是来观摩"一口清，一摸准"岗位练兵现场演示的。

所谓"一口清"，是岗位设备操作人员针对设备组成、原理、信息流程和接口关系，或者针对某一具体问题，一口气准确清晰地做出回答。实际上，"一口清"是一种理论知识的训练和考核。

所谓"一摸准"，是岗位设备操作人员对设备电路板能说明其功能与组成，对电路板中各元器件能准确在设计图纸中找到标识，并说明该器件功能；同样地，对图纸上任意标识元器件，也能在实际电路板上准确找到其具体位置。实际上，"一摸准"是一种操作技能的训练和考核。

"一口清，一摸准"是一种训练理念，也是具体的训练标准，是雷达测量站参试人员为高标准完成"神舟二号"飞船跟踪测量任务提出的创新训练口号。当然，训练成果也是他们为完成任务而打下的扎实的技术基础。

连续波雷达测量副站主任王小虎和副主任刘兴威是公认的训练标兵，作为领导，他们积极带头参加"一口清，一摸准"的训练和考核。他们白天与大家一块儿看电路板，核对图纸，讨论电路原理，晚上还要加班进行"一口清"理论知识的背诵记忆。训练中大家互相对"一口清"记忆内容进行提问，往往因对电路原理的理解不同而争得面红耳赤，由此也加深了对内容的记忆。

当时，王小虎的爱人刚刚调到发射中心，孩子还不到一周岁，家庭非常需要他的照顾。刘兴威刚刚结婚，爱人在中心小学当老师，渴望甜蜜厮守。为了训练任务，他们每两周才能回家一次。有时爱人也会打电话过来，他俩总是用几乎相同的方式说："没什么就挂了，我忙着呢！"所以，那一阵子，连续波雷达测量副站的同志们见面总是互相开玩笑："我忙着呢！"其实，忙也是真的很忙，副站里的同志们有时周末回家也会带上资料，抽空研究和背诵。为此，他们的家属抱怨不迭："你们这样忙，那就干脆别回来了。"当然，由此换来的训练成果也是有目共睹。

1997年大学毕业参加工作的黄军芳是连续波雷达测量主站伺服分系统岗位操作手，学习训练极有悟性和毅力。所谓雷达伺服分系统即控制雷达天线运动的执行机构。作为伺服分系统唯一的女操作手，她总是抢在别人前面快速准确回答问题，表现非常优秀。但是由于她实际操作岗位历练时间短，在电路"一摸准"方面显得欠缺。为此，她向有经验的老同志虚心请教，认真钻研每块电路板及其与图纸的对应关系，最终啃下"一摸准"这块硬骨头。

雷达测量站"一口清，一摸准"行之有效的练兵方法，极大地提高了群众性练兵积极性，改善了训练效果。观摩会上，他们可以蒙着眼睛非常准确地拆装各种设备，非常流利地讲述系统工作原理，非常熟练地排除人为设置的故障。

人们看到，王小虎、刘兴威等技术能手的操作技能高超，黄军芳这位女操作手被提问的问题最多，回答问题也最利索，可谓巾帼不让须眉。

演示观摩结束后，雷达测量站的训练经验在发射中心得到全面推广，发射中心掀起了全面备战"神舟二号"任务岗位练兵的热潮。

与此同时，发射测试站参试人员也为"神舟二号"飞船进场紧张忙碌，抓紧训练。

　　发射场的吊装专业是一项操作要求非常严格的专业。每次任务实施，火箭、飞船吊装是第一道工作程序。在吊装过程中，要求严密、准确、安全。指挥员要指挥准确，操作手要操作到位，相互之间配合默契，不出纰漏。如果过程中稍有闪失，很可能会对火箭或飞船造成伤害。火箭或飞船悬在厂房半空，众多眼睛都会盯着吊装操作手，他们俨然是场地的中心，是露脸的主角。因此，在任务实施之前，对吊装操作手的训练也十分严格。

　　平时训练中，他们每一个口令、每一个动作，都有严格的规范要求。为了提高吊装精确度，他们常常把一个空啤酒瓶子立在地上，在吊钩上悬挂一根焊条，反复训练，苦练手功和目功，直到焊条一次性插入瓶内为止。

　　当年，发射中心训练部门提出要求，在无指挥员做现场指挥的情况下，操作手仅凭目视和手感，把焊条一次性插入直径为8厘米的容器内；在指挥员的配合下，可以把焊条一次性插入直径为2厘米的啤酒瓶内。还有，焊条插入瓶内的时间长短也作为考核操作手熟练程度的指标。

　　"神舟二号"飞船就要进场，发射中心训练部门组织对发射测试站吊装设备准备工作进行考核。这次考核的是垂直总装测试厂房吊装操作手，1994年入伍的二级士官石创峰。

　　上午9时许，考核正式开始。厂房地面中央放着一个开口向上的啤酒瓶，在宽阔的垂直厂房里几乎看不到啤酒瓶的存在。但是，所有参加考核人员的目光又禁不住投向放置啤酒瓶的地方。在指挥员的指挥下，只见吊重50吨的吊钩上挂着一根40厘米长的焊条，吊钩徐徐上升，升至厂房高空后，用肉眼几乎难以看到焊条。其实，此时吊钩已经走出位于石创峰所在操作室的视野，这时完全依靠指挥员和操作手的默契配合来完成动作。

　　"主钩下降一挡！"

"大车前进一挡！"

"主钩下降三挡！"

"小车向右二挡，大车停！"

……

一串口令从指挥员口中响亮地飞出，在高大的厂房回荡。吊车忽左忽右，忽上忽下，让人眼花缭乱，很快那根焊条已经到了瓶子上端。吊钩继续下降，考核组的每一位人员都屏住呼吸，目不转睛地看着瓶口簌簌抖动的焊条，现场鸦雀无声，唯一能听见的是卷扬机发出的声音，空气似乎凝固一般。

只听"铛"的一声，打破了现场紧张的气氛，焊条准确地插入啤酒瓶内。

考核组的人们一下子都站了起来。顿时，全场响起一阵热烈的掌声。

稍后，考核组人员询问石创峰用了多长时间练就这手绝活，他憨憨地笑道："两年前，我还不敢表演呢！"

经过刻苦训练，吊装操作手们甚至可以控制两部吊车，将啤酒瓶翻转，使瓶中液体顺利倒入酒杯。

发射测试站的科技人员及各岗位操作手在不同的工作岗位上都经历着严格考核，他们无一例外地取得了优异成绩，只等"神舟二号"任务来临，那是他们大展身手的时刻。

在发射中心驾驶员训练场上，一批经过精心挑选的驾驶员正在紧张地进行着另外一项特殊训练。一辆重达19吨的平板车上放置一个啤酒瓶（似乎总是离不开啤酒瓶），驾驶员的训练科目是在平板车起步、刹车、转弯时保持酒瓶不倒。瓶子在平板车上坦然立定，偶尔也晃一下，但是始终没有倾倒。

他们为什么这么苛刻地难为自己呢？原来，"神舟二号"飞船一改以往航天器专列运输的模式，改由飞机空运进发射场，再由汽车运到

吊装训练

总装测试厂房。由于首次承担如此光荣而艰巨的转运任务，无怪乎我们的驾驶员训练如此认真了。

2000年11月8日11时，两架"伊尔–76"大型运输机背负青天，俯视大地，先后降临在戈壁深处的鼎新机场。"神舟二号"飞船推进舱、返回舱和轨道舱就装载在这两架飞机里。这是我国航天发射领域首次空运航天器。不过，从机场到发射场还有近80千米的路程，如何安全平稳地将飞船运到总装测试厂房，这对几个月来一直颠簸在路面上挂着酒瓶训练的驾驶员们来说，仍是一场考验。

承载着飞船的平板车启动了，一切都那么新鲜，也充满了紧张感。驾驶员第一次近距离接触飞船，心里别提有多高兴了，以后回到家，面对亲朋好友，可以自豪地说，自己是"神舟二号"飞船发射队伍中的一分子，飞船就是由自己从机场运到发射场的。

时任发射中心运输修理站参谋长邱晓健曾说过："飞船的包装是超长超宽超高的物品，需要我们用所谓的特装车，就是我们半挂的大吨位运输车完成运输。这种大吨位的运输车，对它的驾驶要求，跟我们平时驾驶运输卡车和其他车辆技术要求是不一样的。"

这条机场通往发射场唯一的戈壁公路上，由于气候恶劣，昼夜温差大，经常会有水泥路面突然拱起。有时上午到机场路面还平展完好，下午返回时就拱起几道坡。为了熟悉路况，邱晓健带领接运驾驶员不知跑了多少个来回，按照规定的路线、规定的车速，反复训练。至今他还记得，在80千米的路面上，有多少个低凹处、多少个隆起处。

运载飞船的车队在公路上匀速缓行。飞船舱内分别装有测量振动和温度的仪器，时刻监视着飞船内部的非工作状态。飞船虽然不工作，但是过大的振动和过高的温度也会损坏某些精密仪器。

公路上全程戒严，每隔500米就有一组岗哨。为了飞船的安全，在凛冽的寒风中，哨兵要一直站立8个多小时。再过几天，这些哨兵有一些将要退伍，这是他们最后一次为飞船保驾护航。他们身着棉大衣，似乎也挡不住风沙的侵袭，只有警惕的眼睛，告诉路过哨位的飞船，这里一切安全，尽可放心前行。

在接运飞船的队伍中，有一名战士叫申树峰，山西省武乡县人，是1989年3月入伍的老兵。至2004年12月退伍时，他先后两次荣立三等功，被评为总装备部优秀共产党员、红旗车驾驶员，2002年曾光荣出席总装党代会。他回忆首次接运飞船时自豪地说：

> 因为这是第一次，对我们运输兵是一大考验，也是一种荣耀。当我们运输飞船的车队从机场来到发射场时，中心领导和官兵一起列队鼓掌欢迎，我心里又激动又自豪。既有安全圆满完成神圣任务的光荣感，又非常庆幸自己能参加载人航天任务。这是我一生的荣耀。

二、小小工程师惹怒"平台皇后"

"长征二号F"运载火箭于2000年11月18日由专列运抵发射场，火箭、飞船各项测试工作陆续展开。要知道，火箭、飞船由30多万个元器件组成，每台设备和分系统都要逐一进行严格检查，确认不存在任何问题和隐患，才能实施发射。

运载火箭测试分为单机测试、分系统测试、分系统匹配测试和全箭总检查测试。在单机测试中，最重要的是惯性陀螺三轴稳定平台（简称"陀螺平台"）测试。在全部火箭测试项目中，发射测试站技术人员担任一岗操作和指挥，火箭研制单位承担二岗把关。这种一岗操作、二岗把关的制度，可有效避免试验任务中的差错。

陀螺平台是火箭制导和稳定分系统的关键部件。火箭飞行中，它要实时敏感测量火箭的飞行加速度和飞行姿态，它就像是火箭的眼睛，时刻看清飞行方向，确保火箭以稳定的姿态，按照预定的弹道，把飞船准确送入轨道。陀螺平台组成十分复杂，有三个陀螺、三个加速度表，以及相应的稳定回路和输出回路，是集机械、电子和气路等器件于一体的精密组合体。

陀螺平台单机测试包括陀螺漂移系数测试、加速度表系数分离测试、平台静态性能考核及摇摆精度和功能考核等。陀螺平台单机测试是所有单机测试中用时最多、测试数据最多、测试指标要求最精准的项目。当然，测试组人员配备也很精干，他们不但掌握了扎实的惯性器件理论、测试理论和方法，在长期的火箭和导弹惯性器件测试中也积累了丰富的实践经验，更重要的是与惯性器件研制厂家人员的沟通能力不断提高，逐渐建立起分析问题和解决问题的自信，建立起一定的话语权。

2000年11月20日晚，对陀螺平台陀螺挡钉进行对称性测试，发现y陀螺传感器输出有问题。正向加电流输出为1.42伏，反向加电流输出为2.33伏，表现为挡钉电压对称性不合格。22日下午，复测故障复现，仍不合格。

何为陀螺挡钉？原来火箭飞行中若姿态角出现大的偏差，就要引爆火箭安全自毁，姿态角允许的最大值即陀螺挡钉的位置。若陀螺挡钉接通，则发出火箭安全自毁信号。

测试人员调出陀螺平台在工厂测试时的数据，该陀螺传感器输出电压分别为2.31伏和2.35伏，对称性非常好，显然与发射场测试数据不一致，意味着陀螺挡钉零位发生了变化。这可是关乎火箭飞行安全的大问题，测试人员高度紧张起来。大家查看了工厂的装配记录，通过分析判断，认为问题原因是陀螺挡钉紧固螺钉拧紧力度不够，而且在紧固胶未完全固化的情况下就开始验收设备并投入使用，致使挡钉发生了1.4毫米的位移。大家一致认为此故障属于个别现象，不存在批次性问题，对其他陀螺没有影响，因此决定拆下y陀螺返厂维修，换用备份陀螺参加后续测试工作。当然，由于更换y陀螺，对与其相关的测试项目都需要重新做补充测试，幸而最终测试数据合格，大家算是松了一口气。

一波刚平，一波又起。12月2日，按照工作流程，对陀螺平台做系统回路切换功能测试。由于载人航天高可靠性要求，陀螺平台回路中变换放大器采用双冗余设计，一旦一路发生故障，可以切换到另一路工作。平台回路切换功能测试即模拟双回路中一路变换放大器出现故障，检查切换装置是否能够正常切换到另一路。判断方法为切换指示正常，切换波形中的切换时间也满足要求。而那天的切换检查，切换指示却发生异常，波形曲线也不正确。

　　测试现象表明，陀螺平台没有实现切换功能，切换用的继电器未能正常工作。对于这类硬故障，最好还是打开设备外壳，查看内部元器件究竟存在什么问题。开盖检查后的结果令人大吃一惊，原来该回路变换放大器在出厂测试中调试用的短路线未被取出，造成切换功能失效。取下短路线很容易，但是出现这样的失误却是不应该。惭愧和自责汹涌而来，测试间一时笼罩着沉闷的气氛。

　　陀螺平台的单机测试接二连三出现问题，测试人员高度关注，后面的测试更需要加倍小心、谨慎，不能放过任何疑点和隐患。

　　然而，接下来的测试中又出现了问题。

　　问题出在惯性陀螺平台摇摆动态漂移测试中。该项测试要把测试对象放置在摇摆台上，分别对其3个敏感轴进行摇摆，记录平台的输出数据，目的是检验陀螺平台在动态下的工作性能。

　　12月3日，摇摆中出现问题，陀螺参数指标非常差。12月4日进行复测，数据仍然超差。反反复复的测试和分析，令测试人员伤透了脑筋，专业组组长张桂洪花费了比别人更多的时间和精力："这个故障发生在我们已经处理了多个测试故障之后，本来我们都觉得这个测试应该顺利完成了，结果却碰上了一块难啃的骨头。动态漂移测试超过要求和标准值，必须解决。"

　　一套陀螺平台在当时造价上千万元人民币，相当昂贵。如果故障不能排除，不仅损失巨大，更重要的是会影响整个发射计划。一场排故攻坚战打响了。然而，几天下来，排故工作没有任何进展。故障究竟在哪里呢？张桂洪和同事们冥思苦想。

　　张桂洪，1993年毕业于国防科学技术大学材料工程与应用化学专业，曾担任过多种型号运载火箭陀螺平台测试指挥，积累了较为丰富的排故经验。然而，眼前看似平常的故障，却让他忙活了半个多月。经过几天思索，年轻的张桂洪做出了一个大胆的判断，他认为平台外环轴转动过程中肯定存在一个凸点，他主张把排故重点放在这个方面，

张桂洪在分析陀螺平台故障

查找凸点。当然，这个凸点可能是机械瑕疵，也可能是多余物，关键是找到这个位置。

应该说，张桂洪的判断起初并没有引起人们的重视。为了尽快找到这个故障点，火箭系统总指挥黄春平连夜从发射场赶回北京，他要调兵遣将组成专家组，在北京开展排故工作。

10天过去了，发射场技术人员每天都要工作到凌晨两点，北京的专家组每隔半小时就给发射场打电话询问进展情况，提出下一步的排故措施。经过反复试验，故障范围逐渐缩小，但还是无法最终确定。黄春平总指挥决定，带北京的专家组来现场协助排故，攻下最后的堡垒。

当时的专家组组长是徐云锦，她20世纪50年代留学苏联，回国后一直从事火箭陀螺平台设计工作，专心致志，兢兢业业，在惯性器件专业取得了巨大成就，人称"平台皇后"。她也觉得这个平台的故障太过怪异，正常平台测得的曲线是平滑的，而这个平台测到一定角度时力矩线却跳上去了，理论分析难以解释。她要到现场一看究竟。

再过两天，载人航天工程总指挥曹刚川将抵达发射场，与发射场区任务指挥部研究确定下一步的工作流程和计划安排，留给排故的时间已经不多了。此时，大家都非常着急，包括黄春平和徐云锦。参加排故的人员昼夜加班，讨论，试验；再讨论，再试验；一次次接近故障实质，又一次次被无情地否定。

又是一夜未眠，大家坐下来继续讨论下一步该如何实施。

由于连续加班，大家都很疲劳。徐云锦从理论上对超差数据进行了解释。产品研制单位的设计师们甚至认为，根据测试数据分析，故障机理也能解释清楚，建议不再做工作，陀螺可以超差使用。

这时，发射测试站的一岗测试人员却有不同见解，他们坚持继续排故，至于还要做哪些工作，大家可以再商量。设计师们似乎有些固执，打算不再继续做工作，实在不行就把产品拉回去。此刻，张桂洪着急了："你们在理论上讲得天花乱坠，不经过试验验证，都不算解决问题。"会上徐云锦并没有多说话，可是一句"天花乱坠"却入了她的耳：前面是我在理论上解释得多，"天花乱坠"不就是指我吗？徐云锦不高兴地离开了会场，会议没有再进行下去。

产品研制单位的人员生气了："我们平时都不敢在徐老师面前说半个不字，你张桂洪小小工程师，竟敢对徐老师如此不尊？"

其实，"天花乱坠"一语出口，张桂洪也后悔了，他只是想表示理论解释并不能代替试验验证，不要把工作停留在解释上，应该继续排故才对。科技干部的特点在张桂洪身上体现得很充分，对于技术问题十分敏锐，而对于人与人之间的关系则反应迟钝，有时甚至"出口伤人"。张桂洪意识到自己的失误，立即赶到宾馆，向徐云锦做了真诚的道歉。当然，徐云锦也没有计较发射场年轻工程师的小小冒犯。他们重新坐下来，集思广益，取长补短，统一思想走下去。

功夫不负有心人，在一二岗科技人员的不懈努力下，故障的"庐山真面目"终于被揭开，而结果也确实大出所有人意料。

原来是陀螺平台基座上引出来的一束导线高了一点，平台做摇摆测试时，恰恰碰上了这根导线，导致参数指标超差。

一个扑朔迷离的故障，解决起来却如此简单，而且最终结果和张桂洪当初的判断也基本一致，他的判断是在机械结构上有一凸点，而实际结果是有一根凸起的导线。

2000年12月15日，专家组组长徐云锦签署了平台摇摆测试超差问题的归零意见："2000年12月9—13日，针对平台摇摆测试超差问题，专家组听取了试验分析组的报告，并参与现场分析和现场试验工作。专家组认为，平台在单回路状态下摇摆超差的主要原因已找到。原因是平台内环大圆盘上的接线与壳体上的走线套管相碰，引起台体绕外环轴干扰力矩有一个方向偏大。现已采取有效措施，问题得到彻底解决。同意归零。"

谈起这次排故过程，张桂洪回忆说：

整个排故过程是严谨的，秉承了航天发射的传统，但是在看不清出路时，很多人产生了动摇。相信如果不是测试一岗人员坚持，可能这个问题要等很长时间才能解决，也可能永远失去解决的机会。对这次排故过程，可以用"山重水复疑无路，柳暗花明又一村"来总结。感触最深的有三点：一是平台的生产工艺当时比较落后，经验性的东西多了一点，除了装配师傅以外，别人都看不出关键问题所在。二是产品质量控制不够严，对涉及状态变化的部分关注不够。三是战斗友情最深厚，完成这次排故，发射中心与研制厂的关系进一步密切，技术上、工作上、生活上的交流更多了。

三、退伍老兵的请战书

2000年11月，就在"神舟二号"飞船进入发射场不久，全军一年一度的老兵退伍工作开始了。发射测试站有200多名老兵要脱下军装复员回到故乡。

故乡在召唤，亲人在召唤。这群聚集在戈壁滩上的战友，他们的家乡分布在江南塞北、城镇乡村，家有父母、兄弟姐妹、妻子儿女。服兵役数载，他们尽忠报国，与亲人多年不见，思念之情溢于言表。亲人们盼望他们早日回到身边，或学习深造，或从工从农，或经商开店，打拼出一番新的天地和功业。

日夜战斗在发射工位和测试厂房的老兵们，面临退伍和留队的选择。这些老兵，都经过了"神舟一号"任务的实战锻炼，操作技能娴熟。对发射场的一切，他们是那么熟悉，那么眷恋。他们有的还是从发射场设备安装调试阶段即投入工作的骨干，一旦他们离开，许多岗位一下子会空出来，而飞船发射日期已经排定，不可能因为他们的离开而改变。在这个关键时候，如果岗位换人，也没有那么多可换的操作手，即使勉强更换，要达到相当的操作水平和能力，也有一定难度。领导们一时左右为难。

就在确定老兵退伍的前几天，发射测试站地面设备营收到了一封联名请战书，205名老兵强烈要求推迟退伍，表示不要一分钱津贴，一定要亲手把"神舟二号"飞船送上天。请战书曰——

尊敬的营党委：

　　在"神舟二号"飞船任务正紧锣密鼓实施之际，我们发射测试站地面设备营退伍老兵将要脱下军装，回到家乡，告别我们无私奉献的各位战友，告别我们雄伟壮丽的航天发射场，告别我们温馨如家的火热军营。但是"神舟二号"飞船任务实施过程中，还需要更多的人员执行操作和保障工作。为了任务的顺利进行，我们全体即将退伍的老兵坚决做到：

　　一、我们请求继续战斗在原来的工作岗位上，保证做到不分心走神，不出现操作差错，不出现失误。

　　二、我们做到一切行动听指挥，遵守发射场的纪律，遵守各项规章制度，一如往常。

　　三、我们愿意在岗位上对新操作手做好传帮带，互相学习，共同促进和提高，帮助新战友尽快成长。

　　四、在这段特殊的留队时间里，我们不要部队一分钱津贴，不提额外要求，不提任何条件。

　　　　　　　　　　　　　　　　　全体老兵（签字）

　　不必去探究是哪位老兵牵的头，哪位老兵写的请战书。这些都已不重要，重要的是让我们看到了205颗激烈跳动着的心，看到了战士们热爱航天、报效祖国的赤诚，看到了部队这座大熔炉锤炼出的205块"纯钢"。

　　2000年11月15日，就在老兵们递交请战书的第二天清晨，地面设备营营长和教导员惊奇地发现，营里面临退伍的老兵，整整齐齐、一个不落地站在出操的队列里。顶着凛冽的寒风，他们与战友们一块儿喊号子、唱军歌，那副精神面貌令人肃然起敬，那阵号子足以响彻整个发射场。

　　在老兵的队伍里，有一名战士叫查伟勇，他是飞船吊装手，也面临退伍。

发射测试站即将退伍的老兵工作在岗位上

入伍前查伟勇是苏州一家中外合资公司的优秀员工。当年的老板听说他要退伍回乡，真心希望他回公司工作，并表示马上可以安排他出国工作两年。查伟勇入伍前就放弃了公司外派工作的一次机会，当时公司老板很惋惜，执意要把他留下。查伟勇认为，赚钱的机会今后还会有，而当兵的机会一生中却只有一次。最后，在老板的赞许和亲人们的嘱托中，查伟勇登上了西去的列车。

这一次机会又来了。如果查伟勇按时退伍出国工作，每年至少有20万元的收入，而推迟回家，就有可能失去这个机会。

公司老板与查伟勇的父母进行了沟通，希望老人能劝说儿子及时回到公司上班。一直渴望儿子挑起家中大梁的父亲把电话打到连队，希望查伟勇珍惜赴国外工作的机会，机不可失，时不再来呀！查伟勇对父亲说："我是你们的儿子，可也是一名军人。"父亲哪里知道，此时的查伟勇，作为"神舟二号"飞船的吊装手，正忙碌在任务的试验现场。

查伟勇的家在苏州市相城区太平街盛泽村。父亲是一名退伍老兵，身体有残疾，两个哥哥在外地读大学，家里的日子并不富裕。父母和查伟勇的女朋友希望他早日回来是人之常情，也确是家庭所需。

让查伟勇和全家没有想到的是，因为没有按时退役，他不仅失去了出国工作的机会，甚至引发了邻里村民的无端猜测和议论，什么犯错误了，被部队关禁闭了，等等。当时出于保密，查伟勇并未把推迟退伍的真正原因告诉大家，几年来家人只能默默忍受周围的风言风语。

多年后，发射中心电视台为拍摄专题片专门找到查伟勇。脱掉军装多年的查伟勇仍然那么帅气，充满灵气，留着平头，身着T恤，只是增添了几分成熟和老练。回忆起那段经历，他说：

解释人家也是不相信的，你说在部队发射"神舟二号"飞船，你还会回来？你是不是卖茶叶蛋也未可知。我明明是把飞船送上

天的，他们硬说我是卖茶叶蛋的。你们不来找我，我心里的这个结真是解不开。（说到此处，查勇伟难过地流下了眼泪）

到现在我还留恋部队。说实话，我有时还常想到发射架，我想都想得出发射架的模样，一想起来，我就画图，图画得不好，但能画出来。什么厂房在什么位置，我心里清清楚楚，好像就睡在那个地方。

还有一名老兵叫华庆丰，江西瑞金人，红色故都的子弟。在"神舟二号"任务期间，他是火箭加注操作手，并担任班长职务。这个工作岗位既辛苦，也有一定风险。在几年的工作中，他带领全班同志多次完成火箭推进剂从槽罐车向库房的转注任务，也圆满完成了"神舟一号"任务火箭加注操作。

决定推迟退伍后，他依然带着全班同志兢兢业业工作在岗位上，从发射塔架到库房，每一根管路、每一个阀门都认真检查，不疏忽一个环节，不漏过任何疑点，确保火箭加注滴液不漏，一次成功。对于那次推迟退伍，华庆丰回忆说：

"神舟二号"飞船发射刚好处于老兵退伍期间，而我刚好是退伍人员之一。作为一名"火线"入党才一年多的党员，我知道自己肩上的责任与使命，那就是顾全大局，服从任务，在思想上、行动上带领全班同志站好最后一班岗，在位一分钟发光60秒。我虽然马上就要离开部队了，可思想上丝毫没有懈怠，我想只有这样才能不辜负部队多年来的教育和培养，直到把"神舟二号"飞船送上天为止。

值得一提的是，华庆丰在退伍之后，成为江西省瑞金市烟草专卖局招聘的稽查工作人员。由于工作表现突出，他第二年就被提拔任命为稽查中队长。他在工作中破获了一个又一个大案要案，其中查获的制假售假窝点国标案，涉案金额上千万元，被公安部列为部督案件。他走遍福建、广东、河南、山西、陕西、贵州等地，成功将11名犯罪分子全部抓捕归案，维护了国家利益和消费者利益。

除此之外，他还在老家"华屋红军村"承包了上白亩大棚，成立了果蔬种植合作社，带领全村贫困村民一起种植火龙果、百香果等，脱贫致富。2016年，李克强总理亲临"华屋红军村"视察，对村民生活发生的巨变给予了充分肯定。

华庆丰谈到自己的工作成就时，把这一切都归于部队的培养和锻炼。他说：

> 我从未忘记自己是一名党员，是酒泉卫星发射中心走出来的一名战士，是曾经的一名火箭加注兵。

200多名为"神舟二号"飞船发射任务做出贡献的老兵，我们很难一一去追踪他们的足迹，也很难详细描述他们的音容笑貌，请记住还有以下这些闪光的名字：吊装操作手刘艳清，平台操作手白广金，加注操作手曹军鹏、王刚，供气操作手李利、柳卫华，配电操作手陈德军、张江、李庆元、付建、许德杰……

四、一错难收，敲响"世纪警钟"

警示，警醒，警觉，警惕，警告……这些词的共同含义是告诫人们对某一事件或事情高度关注和重视，不可疏忽大意，以免酿成灾祸。

令人意想不到的是，在20世纪最后一天的下午，在我国载人航天发射场，在"神舟二号"任务紧张的发射准备过程中，一个操作差错为我们敲响"世纪警钟"，"神舟二号"飞船发射任务差一点毁于一旦。

活动发射台是载人航天发射场的庞然大物，它往返于垂直总装测试厂房与发射工位之间，是中国载人航天工程实现"三垂"模式的重要设施。它的主要功能是支撑和固定运载火箭、对火箭进行垂直度调整和方位瞄准、安装消防管路及点火发射等。

活动发射台主要由发射装置、行走机构、驱动控制机构、电气和液压机构四大部分组成。其中，发射装置和行走机构构成发射台本体，是不可分割的整体。驱动控制机构的柴油发电机组、变频调速控制器等设备则单独安装在跟随式驱动控制车上。行走机构驱动轮为两组四轮，另外还有两组四轮作为备份。活动发射台下部装有定位标志探测器，可自动控制减速，精确制动定位。对中定位后，由八个支撑转换装置将活动发射台本体从运输状态转换为发射状态，与地面成刚性支撑。

在此还要说明的是，为活动发射台提供动力和控制的驱动控制车（机构）共有两辆，分别为1号车和2号车，两车互为备份。在"神舟二号"任务中，已确定2号驱动控制车为主用，1号驱动控制车为备用。

按照发射场工作流程安排，在船—箭—塔组合体转运至发射区之前，要安排一次驱动控制车与活动发射台备用电机的联试，以确保主用电机出现故障时，能改用备用电机完成工作，而且联试时间不能安排得过早，即备用电机在转运前必须处于良好状态。

发射测试站地面设备营一中队参与船—箭—塔转运专业的共有九名同志，分别是副中队长吴宏，战士伍华、李保占、李毓明、李建军、任汉国、杜增辉、王军宏和魏林武。其中，只有吴宏一人是军官，担负整个转运工作的一岗指挥。不幸的是，吴宏的母亲于联试当天去世，为了任务，吴宏并未归家奔丧，而仍然在发射场工作，这也为后来的误操作埋下了伏笔。

12月30日16时左右，吴宏接到副营长岳全龙的电话通知，要求将驱动控制车开到垂直总装测试厂房门前，与活动发射台备用电机进行联试。匆忙中，吴宏紧急通知八名战士操作手赶到现场。

16时30分左右，地面设备营参加联试的九名同志及活动发射台研制生产厂家的技术人员（通常称作"二岗人员"）赶到联试现场。吴宏向他们简单交代联试程序和有关注意事项后，所有相关人员迅即到达各自的工作岗位。此时的试验现场和设施设备分布是，载有船—箭—塔组合体的活动发射台位于垂直厂房之内，厂房墙壁两侧的工作平台及火箭／飞船各分系统管路和电缆紧紧包裹着庞大的船—箭—塔组合体；而驱动控制车则位于垂直厂房之外，驱动控制车与活动发射台之间的连接电缆通过大门孔缝进行连接。指挥员吴宏位于厂房之外，操作手按其工作岗位分布在厂房内外，他们之间的通话就靠几副对讲机。厂房外的人员看不到厂房里的活动发射台和船—箭—塔组合体，而厂房内的人员也看不到驱动控制车。在这种工作状态下，稍有不慎或协调不周，极易出现差错。由于12月的戈壁滩天寒地冻，为保持厂房内温度，只能在厂房大门不开启的情况下进行联试。

还好，主用驱动控制车与活动发射台备用电机的联试顺利完成。此时已到下班时间，来不及安排备用驱动控制车与活动发射台备用电机的联试内容。厂房内操作手李建军拿起对讲机，问吴宏："测试电缆如何处理？"吴宏对着对讲机回答："将驱动控制车一端的电缆撤回厂房内，其余不动。"然而，负责测试电缆与活动发射台连接的操作手由于手中没有对讲机，也没有听清吴宏的指挥安排，便按照以往的训练程序，错误地将电缆恢复成联试前与主用电机的连接状态。

时间到，设备撤收，人员下班，匆忙中吴宏未对连接状态进行检查。

31日下午，继续完成前一天下午未完成的备用驱动控制车与活动发射台备用电机的联试。

进入联试现场，人员就位。吴宏发现，原本活动发射台电机观察员应配备六人，而今天到岗的仅有两人，据说其他四名操作手被安排了其他任务，特别是负责测试电缆与活动发射台电机连接的操作手没有到位，致使30日下午电缆错误连接的状态失去了得到更正的机会。即便是到岗的那两名操作手，在吴宏下达"前行"口令前也没有及时到达指定位置。但是，此时吴宏的心头一直被母亲病故的噩耗所笼罩，情绪低落，只想赶快完成联试任务，想当然地误认为前一天下午联试结束时，电缆处于正确状态，也没有做最后一次检查。

15时3分左右，吴宏通过对讲机下达"油机启动"口令，正式进入联试程序。

15时7分左右，吴宏下达"前行"口令，活动发射台开始运行。

当变频器频率升至8～9赫兹时，吴宏的对讲机中传出厂房内操作手急促的呼叫声："停止！快停止！！"

吴宏立即下达了"停止"口令，操作手李保占快速按下了"停止"键。

吴宏不知道厂房内究竟发生了什么情况，从操作手惊慌失措的呼叫中，可以判断不是一般问题。他一溜儿小跑来到厂房内，只见操作手伍华、魏林武吓得脸色煞白，手足无措，见了吴宏语无伦次，指着厂房半空中的船—箭—塔组合体，不知如何描述是好。

原来，由于30日下午错误的电缆连接，驱动控制车错误地拉动了活动发射台，使之承载着巨大的船—箭—塔组合体意外启动前行，而厂房内没有收回的工作平台又紧紧地束缚住船—箭—塔组合体，结果导致火箭与工作平台发生碰撞和挤压，造成火箭多处损伤。如果不是观察及时，停止迅速，极有可能造成更大的损害。

吴宏被眼前的场景吓呆了。年轻的吴宏经历很少，从未想到或碰到由自己引发如此严重的后果。他慌慌张张找到发射测试站王学武副参谋长，简单说明了情况。随即，他俩向发射中心任务指挥所做了汇报。

正在开会的刘明山主任、汪德源书记和张建启副主任立即中止会议，匆匆赶到现场。火箭系统总指挥黄春平、总设计师刘竹生也在第一时间赶到厂房。随后，载人航天工程办公室谢茗苍主任、飞船系统的袁家军和戚发轫也闻讯赶来。

黄春平总指挥见状一下子就急了："这还怎么发射，只能拉回北京修复了！"张建启副主任适时地疏导了黄总的情绪："先稳住，别忙着下结论，咱们到箭上仔细看看情况再说。"于是，拉着黄春平和刘竹生沿厂房楼梯向上爬，对火箭受损情况逐一进行记录和分析。

黄春平乃福建省闽侯县人氏，1964年毕业于北京工学院（今北京理工大学）工程力学系弹头总体专业，被分配到航天工业部门工作，1987年至1992年担任国家高技术研究发展计划（"863"计划）中"409"领域的首席科学家。他先后担任过多种型号火箭的总指挥，参加过多次飞行任务，为中国航天事业做出了突出贡献。时任"长征二号F"火箭总指挥黄春平，理所当然是火箭系统第一责任人。

刘竹生生于黑龙江省哈尔滨市，1963年毕业于哈尔滨工业大学导弹工程系总体设计专业。他是我国运载火箭捆绑分离技术的开拓者，填补了我国运载火箭捆绑技术的空白，为提高我国运载火箭的运载能

误伤火箭示意图
（厂房内的船—箭—塔组合体位于活动发射台上，被工作平台紧紧抱住，而位于厂房外的驱动控制车却误拉动了活动发射台）

力和实现载人航天做出了重大贡献。身材挺拔、气质清雅的刘竹生自幼喜欢美术，日积月累，由艺术而生成的细腻、内敛和敏锐，让他艺术地工作着，也艺术地生活着。

在长期的航天发射试验任务中，张建启与黄春平、刘竹生等人战斗在同一个战壕，相互支持，相互理解，相互信任，也相互包容，结下了深厚的友谊。尽管张建启与黄春平在工作中都非常严谨，一丝不苟，但生活中的他们也经常打打闹闹，说说笑笑，以缓解任务紧张和压力。有意思的是，有一年春节，张建启给黄春平寄去一张贺年卡，上书："祝福你，亲爱的平。"黄春平一看就知道是张建启搞的小恶作剧，但对于不明真相的黄夫人来说，还差点闹出误会。

今天，面对如此严重的操作差错引发的后果，他们再也没有心思说笑了。他们靠近火箭，仔细检查火箭受损情况。

在厂房工作平台第二层，芯一级火箭长排整流罩有压坑，4个助推火箭外表面均有压痕，最长达70厘米。

他们来到工作平台第三层，发现助推火箭多处挤压，最长挤压约60厘米，多个螺钉有压痕。

在工作平台第四层，他们发现芯一级火箭氧化剂储箱长排整流罩有一块被挤压变形，挤进深度约60毫米，长度达80厘米。大家知道，长排整流罩内包覆着一根吹除管和一根陀螺平台的供气管。

在工作平台第六层，他们发现长排整流罩被挤压变形，挤进深度约20毫米，长度约30厘米。此处长排整流罩内是二级火箭动力分系统两根自生增压管和一根陀螺平台的供气管。看到此处长排整流罩受损，刘竹生"哎呀"低呼一声，他知道长排整流罩内这几根关键导管的作用，心想这下完了，火箭肯定无法用了，怎么撞的是这个位置，不免一阵心灰意冷。接下来，他们试着打开长排整流罩，看到内中导管完好无损，刘竹生长舒一口气："天助我也！我最担心的长排整流罩内的火箭动力分系统自生增压管没有碰坏。若这根管子坏了，火箭真的要返回北京了。"老天有眼，撞的地方被一根支架隔着，正好撞在支架上，保护了导管，真是不幸中之万幸。

黄春平细心地做着统计，火箭一共被撞伤11处，各处轻重程度不同。至于会给火箭飞行带来哪些影响，只能有待火箭结构专家计算和分析了。

看到眼前的景象，飞船系统的袁家军和戚发轫也十分惊讶和紧张。因为飞船已经加注推进剂，加注后的飞船拆卸很复杂，很危险，甚至比起"神舟一号"任务飞船开大底还要复杂和危险得多，这是不可逆操作。除非万不得已，不会进行这项逆操作。

因为这一天是元旦前夕，要过年了，坐镇指挥的胡世祥副部长便抽空到沙漠边缘的小点号看望部队，以示慰问，没想到返回的路上被拦住说出大事了。他火急火燎地驱车赶到厂房现场，简单询问了情况，跟大家说："不要慌，天塌不下来，多年前火箭点火后坐着不动，我们都可以让它再飞起来，这点毛病好修。好好检查伤到哪些部分，无论飞船还是火箭都要认真检查，然后再想办法补救！"

胡副部长话说得轻松，但他的心里也在打鼓，这是载人航天啊，自己是工程副总指挥，绝不能让总指挥操心，不能让工程受损。压力之大，只有自己知道。虽然他经历过太多的失败和挫折，但是载人航天工程不一样。

按照原定计划，4天后就要实施发射，此时参试各大系统已进入倒计时状态。远洋测量船经过长途跋涉已经到达预定海域，推迟发射会给处于惊涛骇浪中的船队带来极大挑战。到底还能不能如期发射，成为发射场区各大系统关注的焦点。

张建启副主任建议，必须赶紧召开一个紧急会议，把各单位的领导都请来，通报情况，统一思想。他说："首先是稳定情绪。大家不要互相猜疑，事情发生了，也不要去议论谁组织，谁指挥，谁操作，要说责任，我是前线指挥，理应负责。"

火箭系统总设计师刘竹生（右）查看火箭受损的部件

发射场区任务指挥部在测发楼第一会议室召开紧急会议，胡世祥、王永志等工程领导，工程各大系统总指挥和总设计师，发射中心领导及发射测试站有关领导均出席会议。参会人员一个个正襟危坐，表情严肃，会场空气似乎凝固了一般，此时若有一根针掉到地上估计都能听得到。会议开始的那一刻，谁也不想多说话，谁也不愿意多说话，谁也不知道从何说起。

胡世祥副部长先开了口："谁先把情况说一说？"说着，把目光投向发射场区任务指挥部指挥长刘明山主任。刘明山主任把目光转向张建启副主任；张建启副主任又瞅了一眼发射测试站王福通站长，示意发射测试站一线人员把情况汇报一下；王福通站长把目光投向了郭保新副站长，而郭保新又瞅向坐在后排的王学武副参谋长。这一连串的目光传递，把发言权交给了第一线的指挥员。

此时，王学武自觉地站了起来："工作是我安排的。本来今天下午没有这项工作，由于其他工作变动，临时安排了这项联试。我没有向王福通站长和郭保新副站长汇报，也没有向发射中心任务指挥所汇报，失误由我承担责任。"王学武不慌不忙地说完这一段话，大家的目光一下子聚集到王学武身上，沉闷紧张的会议气氛似乎立即消释了。胡世祥先是哈哈一笑："现在说什么责任，只把问题搞清楚，尽快解决问题。"这就是胡世祥的性格，无论事情多大，事态多严重，他总是沉稳冷静，笑言相对。

接下来，活动发射台设计师系统也站起来承揽责任，说这不光是发射测试站一岗的失误，二岗也有责任。

张建启副主任说："作为发射中心一线指挥，我也有不可推卸的责任。但是，现在不是追究责任的时候，是最应该采取措施积极补救的时候。"

黄春平和刘竹生也表态要采取非常规措施，尽快拿出处理意见。

最后，胡世祥副部长做出四点决定：一、对火箭的损伤情况进行仔细检查，记录有关数据，确认对飞船有无影响，同时对事故发生时活动发射台的工作状态和操作情况进行调查。二、各系统对事故影响进行分析，提出不放心、需要检查的项目以及必须进行重新测试的项目。三、组织有关专家对事故发生时工作平台对火箭的挤压过程，以及过程中火箭经历的最大载荷进行分析。四、根据各系统提出的检查项目，更换受损部件，对火箭进行补充测试。

散会后，大家纷纷安排后续工作。

王学武走出会议室，回到招待所临时借住的宿舍。王福通和郭保新拉他到食堂用餐，他连一筷子都没动。躺在床上，王学武翻来覆去地"烙烧饼"，吴宏慌慌张张地汇报、火箭受损的现场景象、指挥部会议的气氛……一幕幕浮现在他的脑海里。自己从参谋到科长，从技术室主任到副参谋长，在航天发射一线摸爬滚打十几年，从未出现如此大的失误。如果今天下午安排工作时多提醒几句，如果安排工作前向王福通站长先报告一声，如果自己抽身到现场督查一番，也许事故就不会发生了。可是，没有如果。如果火箭撞得不严重，不至于影响后续发射；如果处理措施得当，不留下隐患……多么希望出现这样的"如果"呀！王学武回忆着，思考着，自责着，也期盼着。摸一摸身上，汗水已经湿透衣背，心情总是平静不下来。干脆，他翻身起床，独自来到弱水河的二道桥上。外面寒风刺骨，冰天雪地，然而，他的身上依然大汗淋漓。他敞开外衣，任凉风浸身，想尽快使自己的头脑冷静下来。

王学武的学历不高，但他酷爱学习，除了工作之外，读书是他唯一的兴趣爱好。读书使他了解到世界航天发射出现的大量事故，那些活生生的实例也时刻警醒着现今从事航天发射的他。在美国"阿波罗"载人登月计划中，肯尼迪航天中心的设施设备大概把故障都出了一个遍：氦气增压试验发生爆炸，导致多名工程师失聪；推进剂加注时泄漏，管路连接处撕裂，导致相关人员受伤；最骇人听闻的是，"阿波罗－1"飞船火灾事故导致3名航天员献出宝贵的生命。事故最初起因纵然是飞船内的电火花，而测试计划、产品和安全组织未能识别测试中存在的风险，没有制定船内着火时实施航天员逃离或营救的程序及事故偶发预案，没有成立从事测试的应急小组，等等，也是酿成事故不可忽视的原因。今天下午发生的一幕与彼时彼情多么相似呀！试想，我们的试验工作识别过存在的风险吗？制定过事故偶发预案吗？成立应急小组了吗？没有，没有，都没有。试想，如果今天下午的活动发射台再向前行走1米，甚至半米，后果简直不堪设想。惨烈的事故告诉我们，航天发射的严格程序多么重要。在苏联，发射台上火箭误点火爆炸事故，致使涅德林元帅不幸身亡，原因也只是元帅本身没有遵守安全规则。王学武对世界航天发射惨痛教训的深思，令其心情渐渐平静下来。所幸下午的事故并未造成爆炸和人员伤亡，一切还都有挽回的可能。是条汉子就要勇于担当，勇于面对，即使赴汤蹈火也在所不辞。担当，是胸怀，是胆魄，更是品质。王学武缓和了情绪，义无反顾地投入抢修受损火箭的工作中。

原本喧嚣热闹的航天城，在事故发生后的夜晚突然变得沉寂，当晚的元旦联欢晚会也临时取消了。地面设备营已经准备好的丰盛元旦会餐，谁也没有心情吃。战士们说，那是他们在连队头一回感到这个节过得这么难受、这么郁闷。所有人没有说话，没有笑容，悄悄离开了饭桌。

营长张永革喊着陆续离开食堂的战士们，点燃了一片蜡烛，带领大家默默祈祷：再给我们一次机会吧！再给我们一次机会吧！

是的，再给我们年轻的航天发射部队一次改正错误的机会吧！

地面设备营自组建以来，朝气蓬勃，所向披靡，他们发誓要为祖国的载人航天事业奉献青春，建立功勋，没想到会遇到如此惨重的失误和挫折。

在节日的烛光中，他们清晰地看到了自己留下的脚印，坚实而有力；他们看到了自己的身影映照在发射塔前，威武而雄壮；他们看到了自己的青春闪现在事业的长河里，璀璨而壮丽。这是一群普通的战士，这是一群可爱的战士，这也是一群值得尊敬的战士，前进路上的艰难险阻抑或失误挫折，折不断他们的羽翼，挡不住他们前进的步伐。

祈祷声，是他们的清醒，是他们的认知。忏悔不能弥补失误，但是可以荡涤迷失的心灵，可以鼓起奋进的勇气，可以增强战胜困难的决心。他们既不祈求天地，也不祷告神灵，更不请求别人的原谅和宽容，只求赋予他们重上战场继续战斗的机会。只要有这个机会，他们就会彻底吸取教训，就像蛟龙入海，就像鹰击长空，无往不前。

烛光，是鞭策，是号角，是催人奋进的动员会。战士，打了胜仗是英雄，打了败仗知耻而后勇，同样也是英雄。

与此同时，一场紧张的事故善后补救大会战全面展开。各大系统挑灯夜战，争分夺秒，仔细分析火箭受挤压后可能带来的各种影响。发射测试站人员24小时紧急待命，随时准备对飞船和火箭进行重新测试。发射中心的运输修理站也投入大量人力物力，全力抢修厂房里受损的工作平台。胡世祥、王永志、张建启以及黄春平和刘竹生一刻不离地工作在抢修岗位，有了问题随时商量解决。

几个小时后，飞船系统总设计师戚发轫首先给大家带来好消息，他说："我们研究之后认为，这个撞击，比我们在地面做的冲击试验、振动试验的量级要小，或者相当，没有超过我们地面试验的环境条件。我们认为飞船系统没有问题。"

飞船系统没有问题，所有参试人员深感欣慰。那么火箭呢？

火箭试验队更是紧张地展开相关分析工作。总设计师刘竹生是火箭结构方面的专家，对此类分析拥有绝对权威。同时，他们又紧急从北京调集箭体结构专家，其中包括范瑞祥、朱利文和李兴权等。专家们接到命令后，乘飞机迅速赶到兰州，又连夜驱车约1000千米，经酒泉赶到发射场。2001年第一天的霞光绽放时，专家们已经开始了紧张的工作。

他们从碰撞过程载荷分析、回弹过程载荷分析和最大变形有限元载荷分析三个方面入手，经过缜密计算和评估，得出两点结论：第一，碰撞产生的最大载荷出现在火箭根部，不同的分析结果表明其载荷为113～145千牛。第二，通过与设计载荷相比较，证明碰撞产生的最大载荷小于使用载荷。

有了这两点结论，发射场区任务指挥部的各位领导及发射测试站参试官兵似乎舒了一口气。

接下来就要针对火箭受损状况采取相应的修复措施，并仔细检测其处理效果，确保不留下任何隐患和疑点。

对助推火箭储箱压伤和划伤部位在其表面刮除毛刺，打磨光滑撞伤表面，并使用十倍放大镜检测打磨效果，均未发现表面裂纹或缺陷，对材料厚度进行超声波测厚，合格。

对三根被压伤的导管焊缝进行着色检查，未发现裂纹；对储箱气密性进行检查，结果合格；对撞击部位涂环氧胶，缠玻璃带；对法兰连接面灌环氧胶加二氧化硅填料，法兰外涂环氧胶，缠玻璃带。

对挤压变形的长排整流罩拆下后整形，在裂缝内部用硅橡胶和玻璃布加固。

从船—罩组合体上方卸下逃逸塔，对其固体发动机进行超声波探伤，结果表明发动机装药未受到损伤。

从火箭上方吊下船—罩组合体，检查纵向连接机构和包带预紧力，未发现异常；更换两只爆炸螺栓。

对全箭进行气密性检查，储箱和管路密封性能合格。

由于逃逸塔和船—罩组合体卸下火箭，已经施加过预紧力的爆炸螺栓全部更换。

最后，对火箭电气各分系统重新进行分系统测试和火箭总检查，测试结果表明，火箭电气分系统工作正常，未受到碰撞影响。

　　地面设备营的操作手们小心翼翼地配合着火箭系统的专家和工程技术人员完成以上检测和修复。战士们既钦佩火箭测试队顾全大局的精神和精湛的技术，又为自己操作差错带来的额外工作量而感到自责，在心底默默接受教训，决心在今后载人航天发射中更加规范、谨慎，精益求精地完成自己承担的操作任务。

　　修复工作全部完成后，胡世祥、张建启、黄春平、王学武他们痛苦的煎熬也终于结束。卸下担子，胡世祥的身体反而垮了。人们把他送到医院，此时正好有两位阜外医院的专家在发射中心巡诊，他们叫胡世祥跑一下平板查看心脏功能，没跑两步，医生就说别跑了，赶快回北京吧。胡世祥一听傻了，咋能回北京呢，任务还没完成呀！

　　发射场区任务指挥部再次召开会议，听取事故调查小组对事故过程的调查报告，审议火箭受损分析报告，审核火箭受损部分技术处理结果。真佩服专家们的工作效率，短短几天他们就整理出碰撞过程载荷分析、火箭部段对接面强度计算、火箭储箱蒙皮碰撞后的强度分析及处理措施、受损导管检查结果及处理措施、纵向解锁机构和包带检查结果、碰撞后火箭垂直度变化情况、无损探伤结果报告、厂房工作平台脱轨受力分析报告、厂房工作平台滚轮脱轨时推力估算、活动发射台运行分析等十余份检查分析报告。会上，刘竹生总设计师分析了大量数据，认为火箭局部受损部位均已得到妥善处理，经测试检查，各项指标合格，不存在隐患，不影响火箭可靠性，满足飞行条件。经指挥部成员详细审核，会议通过了火箭受损分析报告和火箭受损部分技术处理结果报告。

　　会上，黄春平总指挥说："这段时间大家工作都很辛苦，充分体现了载人航天这支队伍关键时刻的能力和素质。关键时刻冲得上去，敢于攻坚克难，这一点最为难能可贵。这次事故，也考验了我们各大系统之间的团结协作精神，这种精神会陪伴我们战胜一切困难。"

　　张建启副主任也做了非常诚挚的发言。他说："首先感谢火箭试验队同志们的辛勤劳动，把我们捅的大娄子给补上了，非常不容易。一切责任都是我的。是我没有带好部队，抓好作风。载人航天，人命关天，容不得半点疏忽大意，出不得半点差错。这件事还没有完，我们还要对相关责任人进行严肃处理，以儆后人，不再犯类似的错误。"

胡世祥副部长具体指出，安全措施不落实，发射台八个千斤顶没有支撑起来，配备防滑、防溜的"斜铁"没有使用，都成了摆设。此项操作竟然没有正规的操作细则和规程，工厂没有提供细则，操作规程仅靠口头讲述编写而成，没有会签，没有任何审批手续。细微之处的不严格、不规范，导致捅出天大的娄子。他要求发射中心和发射场区任务指挥部将故障处理报告立即上报总指挥部，试验任务继续进行。

最后，曹刚川总指挥给发射场区任务指挥部做了重要指示。他说："这是一件坏事，但是我们要把它变成好事。由此看出我们的队伍距载人航天发射的要求还很远，不管是技术水平还是试验作风。我们在完成任务的同时，要进行认真总结和提高。今天处理完事故，后面还有硬仗。火箭就要转往发射区了，那里是火箭、飞船在大地上停留的最后之地，更不能出现任何闪失。我一是相信你们，二是提醒你们，希望你们最后打一个漂亮的战役。"

至此，事故分析和处理告一段落，后面即可回到正轨，继续发射流程。

我们当然还要总结，也必须总结，我们应该从这起事故中吸取什么样的教训，才能不愧对这么多人的辛劳付出，不愧对各级领导的关怀和鼓励，才能在未来前进的道路上不再摔跟头。

发射测试站政委总结：必须不折不扣贯彻科研试验一系列规章制度，坚决克服工作指导上的浮躁作风；必须严格落实试验现场管理规定，坚决克服有章不循、执章不严的现象。

发射测试站站长总结：必须加强对试验任务的集中领导，坚决克服决策上的随意性；必须持之以恒地抓好试验作风和纪律教育，坚决克服一切麻痹大意和轻敌思想。

发射测试站机关总结：必须科学安排各项试验计划，坚决克服工作协调上的被动与忙乱。

……

一二三，ABC，还可以罗列很多。最重要的是对心灵的震撼和触动，让每个参试人员都刻骨铭心，终生难忘，他们一想到这一刻、这一幕，警钟便在脑海敲响。

张建启副主任总结说，这是在一个错误的时间，在错误的指挥和错误的技术状态下，完成的一个错误的操作。让我们记住，错误的时间、错误的指挥、错误的技术状态、错误的操作，希望在以后的任何试验任务中，不要让这四个"错误"凑齐，也就能打破事故的"链条"。

写到这里，不能不提到转运工作一岗指挥员吴宏同志。也许是受这次事故的影响，也许是由于其他原因，吴宏过早地结束了自己的军旅生涯，转业回到安徽省黄山市的老家工作。某日，我很忐忑地拨通了吴宏的电话，再三解释并非揭其伤疤，主要想了解一下他的生活和工作情况，对过去的事情是否还有记忆。吴宏对事故也有自己的总结，近20年时间过去了，仍然记忆犹新。他回忆说：

> 客观上来说，母亲病故对我打击很大，个人情绪未能及时调整好。我的这种情绪也间接地影响了操作手，队伍失去了以前的活跃气氛，班前班后会相互之间的交流明显减少。但这都不是主要原因，重要的是主观因素。一是盲目自信，认为已经过多次合练、训练和岗位交叉轮训，在前一天联试时两位主操作手未到岗的情况下，其他号手也可以胜任，忽视了状态变化的交接。二是没有严格按照操作流程指挥和操作。在前一天联试结束时，为减少第二天的工作量，未按正常程序下达"恢复状态"口令，而是下达了"保持状态"口令，给事故的发生埋下了隐患；出事的当

天没有对状态做进一步确认，直接导致了事故的发生。三是指挥位置选择不当，没有在主设备前就近指挥，而选择了在控制室观察数据。四是不能坚持原则，主动协调岗位人员的配备。在带队出发前清点人数时，已发现主操作手不在位，仅仅是问了事由，没有积极与队领导协调，自以为服从连队的"大局"，而忽视了任务的大局……

与"神舟一号"飞船发射成功众多官兵受到高等级奖励不同，"神舟二号"飞船发射成功后有不少人去领了我们不愿意看到的各类处分，分别是行政警告、严重警告、记过、行政降级等。受到嘉奖自然高兴，受到处分也不必沮丧。面对挫折和失误，面对教训，每个单位、每个人有不同的态度和认知。痛定思痛，在哪里跌倒就在哪里爬起来，拍掉身上的泥土，总结教训，轻装前进，这就是一名勇士，就是一条汉子。如果面对挫折一蹶不振，甚至怨天尤人，牢骚满腹，那就注定一事无成。事故中的大部分责任人无疑属于前者。他们在摔打中不断成熟，最终成长为载人航天发射中的骨干力量，成为发射场搏击风雨的佼佼者。

北京时间2001年1月10日1时0分，"长征二号F"运载火箭点火起飞。

1时10分，火箭与飞船分离，飞船进入预定轨道，开始了神奇的太空之旅。

在欢呼的人群中，张建启与黄春平、刘竹生等人紧紧地拥抱在一起。从事故发生到发射成功，这10天，200多个小时的日日夜夜，常人或许很难体会他们经受了怎样的煎熬，但不难理解他们此刻的激动、忘情、热泪盈眶。曾经负责过多少发射任务，经历过多少风浪，都没有这次任务风险之大、责任之重，历经劫难后的成功最为珍贵。

在欢呼的声浪中，王学武默默地关上调度电话，合上指挥口令表。他是火箭系统发射指挥，他没有被压力击垮，而是坚强地走到成功的最后一刻，完成"神舟二号"飞船发射任务赋予自己的职责。他没有笑，也没有哭，他知道脚下的路还很漫长，等待自己脚踏实地地去度量。

在欢呼的队列中，地面设备营的官兵们再也抑制不住年轻人的狂热奔放。他们递出老兵推迟退伍的请战书，却不慎跌进失误的泥塘；他们跟着张永革营长点燃祈祷的红烛，昂首挺胸走进胜利的海洋。冰火两重天，让年轻的心跌宕起伏，经受百般磨砺，快速成长。

2001年1月13日，这是一个迟到的军旗告别仪式。地面设备营的退伍老兵在完成"神舟二号"飞船发射任务后，依依不舍地告别军营。站在曾经朝夕相处的发射塔下，面向八一军旗，庄严地敬最后一个军礼。

抬头，万里长空，他们亲手送去的"神舟二号"飞船，此刻正遨游在太空。这是第一艘正样无人飞船，它要接受七天飞行的严峻考验，每一台仪器，每一个零件，每一个飞行动作，都隐含着不可预测的未知。地面已经成功接收到飞船发回的各种遥测数据，也把一系列遥控指令输入飞船内，调姿，变轨，看起来一切正常。

挥手，与军营告别，也与心爱的"神舟二号"飞船告别。飞船轨道舱搭载的空间天文分系统三个探测器此时已开始工作，它们在超软X射线到γ射线能区的探测有望获得突破性成就。有科学家在发射场为大家讲过，γ射线暴是一个短暂而变化剧烈的天文现象，爆发延续时间一般只有几秒到几十秒，上升时间只有毫秒级。γ射线暴的起源，究竟是在银河系内还是银河系外，至今仍是个谜，所以观测研究γ射线暴是天文学界的瞩目焦点。轨道舱留轨半年，预计可观测到一定数量的宇宙γ射线暴。另外，探测器还可以揭示太阳质子耀斑的内在规律，提高质子事件短期预报水平，这对航天器特别是载人飞船飞行安全和航天员安全有着重要意义。

　　这是航天工程带来的丰硕的空间科学成果，定会引起国际上不小的震动。战士们为此感到欣慰。

　　敬礼，向着光荣的发射塔，这里已创造了奇迹，未来必将书写更辉煌的篇章。

　　天路漫漫，归去来兮。

　　战士要归去，飞船要返回，祝愿他们一路平安。

"神舟三号"：

大退大进，柳暗花明

按照载人航天工程研制计划要求，"神舟五号"飞船要实施载人飞行。在实施载人发射之前，还要完成两次试验产品状态与载人飞行试验完全一致的无人飞行试验。

　　工程各系统压力都很大。工程领导和全体研制人员心里都明白，从"神舟三号"飞船开始，必须成功，不能失败，没有任何退路。否则，工程研制计划就要被迫延后。

　　然而，"神舟三号"飞船在发射场测试中却出现了严重的质量问题，被迫拆下全部77个飞船穿舱插座，返厂进行重新设计和生产。"神舟三号"飞船发射任务演绎了一幕"大退大进"的活剧，由此赢来了飞船研制质量的跃升，以及载人航天工程全员质量意识的提升。

　　进度和质量，从来就是一对矛盾。我们在强调进度的同时，更重要的是抓好工程研制质量。质量，是航天发射的生命；确保成功，是航天发射的最高准则。我们自觉而坚定地把握这条真知。当我们跃上质量的新台阶，放眼望去，将是更加绚丽的风景。

　　"神舟二号"虽然不是"山重水复疑无路"，但是问题和挫折让我们对"神舟三号"多了一些"柳暗花明又一村"的期盼。历经坎坷和曲折的中国航天人一定会打赢这场攻坚战，向祖国和人民交上一份满意的答卷。

一、戈壁上空完成一场特殊试验

载人飞船回收着陆分系统技术方案中安排了一项叫作空投试验的大型试验。空投试验是运用飞机投放试验产品，为降落伞或回收着陆分系统创造一定工作条件而进行的模拟飞行试验。空投试验按照试验对象和目的可分为两类，一类试验对象为降落伞部件，另一类试验对象为回收着陆分系统，后者即飞船返回舱整舱参加空投试验。空投试验的目的是考核降落伞阻力特性、运动稳定性、开伞载荷和结构强度，以及回收着陆分系统工作的协调性、稳定性和可靠性。

回收着陆分系统直接关系到航天员的生命安全，一顶降落伞关系着载人航天飞行的成败。

2001年7月，在发射场附近的巴丹吉林沙漠边缘迎来三次综合空投试验。为此，发射中心还成立了指挥组，由计划部张新贵副部长担任组长，负责空投试验任务的组织指挥和协调。

大家都知道这次综合空投试验的重要性，它是"神舟三号"任务之前安排的唯一一项大型试验，试验结果将会影响"神舟三号"任务的发射计划。虽然这次是配合飞船研制部门的试验，但是发射中心的工作也很到位，指定一台多目标雷达和两台光学测量设备（大型光电望远镜和小型实况记录仪）参加跟踪测量，以获取更多的数据，事后为飞船系统提供测量数据处理报告。另外，发射中心还定位多台吊车和运输车，负责返回舱回收时的吊装和运输。

7月2日，完成第一次空投试验，效果很好，参试人员对后续试验充满信心。

7月7日，进行第二次空投试验。那天，载人航天工程副总指挥、总装备部副部长胡世祥，载人航天工程副总设计师沈力平，空间技术研究院院长、飞船系统总指挥袁家军，飞船系统总设计师戚发轫等都来到空投现场。

7月的戈壁滩，骄阳似火。胡世祥、袁家军、戚发轫等领导站在被太阳烤得发烫的戈壁滩上，四处无遮无挡，他们不停地擦着脸上冒出来的汗珠，胡世祥还不时摘下头上的贝雷帽扇风，可扇出的都是热风，越扇越热。他们都期盼着飞机早点出现在空投现场的上空。

本次空投试验的目的是，增加考核返回舱回收过程的子样数，考核飞船返回、数据管理分系统的工作性能，考核回收过程中返回舱前端防热环拉脱、座椅提升、弹射伞舱盖等工作的完成情况，考核返回舱的运动姿态和不同分离体与返回舱的相对运动，考核返回舱主要部位及航天员（拟人）受力情况。

一系列动作，一系列考核。由此，我们不但看到飞船返回时的复杂性，也看到飞船返回时的风险，哪一个事件、哪一个环节出现问题，都会对航天员带来生命危险。我们理解飞船系统精心安排的这项大型空投试验，理解他们为保证航天员安全而冥思苦想、呕心沥血，千方百计提高系统的可靠性和安全性。

终于，"伊尔-76"飞机载着返回舱从鼎新机场飞来，飞机飞行高度为11千米，沿40度左右纬度由西向东进入人们的视野。

返回舱投出，延时3秒弹出主伞舱盖，拉出引导伞，再由引导伞拉出减速伞。

地面上的人们数着时间，11秒后减速伞解除收口，19秒脱减速伞、拉出主伞，27秒主伞解除收口，由此可以判断伞系统工作正常。

返回舱徐徐下降，地面工作人员一阵阵欢呼。下降至6千米处，返回舱中回收着陆分系统程序控制器设置为0秒，至58秒返回舱抛防热大底。棕色的防热大底从返回舱底部抛出，在天空无规则地翻滚运动。68秒返回舱由单点吊挂转为双点吊挂。人们看着秒表，知道在78秒时乘员座椅缓冲机构释放，座椅开始提升。返回舱下降至距地面1.4米时，缓冲发动机点火，在地面溅起一阵沙尘，返回舱得以缓冲，2秒后平安着陆。

周围的所有人员和车辆都向返回舱奔去。战士们用隔离带把返回舱和降落伞围了起来，防止无关人员破坏试验状态。胡世祥副部长和袁家军、戚发轫带着技术人员赶到现场，他们仔细观察返回舱落地和降落伞的状态，特别注意降落伞是否有破损。记下破损部位和面积，以分析会对伞功能产生什么程度的影响；记下返回舱的状态，以分析会对航天员产生哪些影响。

有人打开返回舱舱门，示意胡世祥副部长先看看。胡世祥探头进去，一股刺鼻的火药味扑面而来。他说，这可是个大问题，绝不能呛着航天员。

另有人员赶过来记下返回舱落点的经纬度、落地时间、落地状态和朝向，还有减速伞距主伞的方位和距离等。他们进入返回舱，记下舱内设备断电的时间和开舱的时间，检查测量乘员座椅缓冲器的行程和舱内有害气体，读取姿态测量设备的数据。现场工作紧张、有序。野外作业条件有限，他们尽量把有关数据记录完整，以便回去后分析、总结，改进设计。

胡世祥他们结合观测的数据，在炎炎烈日下与大家一块儿进行交流，对这次空投试验有了一个基本的结论，认为比较成功。当然，后面还有一次空投试验，可以继续观察和对比，积累子样，对回收着陆分系统设计可靠性给出定量的结论。

返回舱空投落地的这片戈壁滩就是载人航天工程选择的飞船副着陆场，作为内蒙古四子王旗主着陆场的气象备份，即是说，在飞船预定返回期间，若主着陆场气象条件不满足着陆降落，可选择返回副着陆场。飞船在轨运行期间，副着陆场时刻准备着接纳飞船的返回，一

飞船返回舱空投试验现场

刻都不敢懈怠和大意。

胡世祥副部长建议，借此机会，大家巡视一遍副着陆场的自然环境、地理风貌以及山河分布情况。众人赞成，几辆越野车风驰电掣般飞奔起来。大戈壁莽莽苍苍，无边无际，头顶的天空就像一个半圆形容器笼罩着大地，举目四望，天地相交，蓝蓝的天与黄苍苍的地在远处融为一体，向四周每一个方向望去，似乎距离都相等。在这里，我们真正领略到地球是圆的。胡世祥副部长不断感叹，这真是绝好的副着陆场啊！偶尔停下来辨一下方向，找一处参照物，以便继续前进。低头寻觅，戈壁滩上分布着形状各异、色彩斑斓的石子。胡世祥副部长似乎很感兴趣，捡起几枚放在手里摩挲，若有所思。千年万年，沧海桑田，小小的石子好像凝聚着远古的神韵，历经磨砺，闪出点点光芒。中国航天人何尝不是这样，在人类探索宇宙的漫漫征途上，每一次实践从历史的角度看都微不足道，可正是这一串串不起眼的脚步踏出了历史深邃的长河、智慧的长河。每一次试验，每一次发射，最终搭起筑梦的天梯，直通九霄，帮助人类去认识茫茫宇宙中的一系列未知。也许，这就是一枚小小的戈壁石子给我们的启迪。

就拿这次空投试验来说，尽管动用人力物力有限，影响不大，在工程大型试验中也许只是一枚"小小的石子"，但是它对于载人航天工程，对于飞船系统的成功和可靠性，却起着举足轻重的作用。

发射中心配备的多目标测量雷达抓住了包括返回舱等在内的多个目标，大型光电望远镜清晰地记下了引导伞、减速伞、主伞以及备用伞等设备的工作情况，也记下了伞舱盖抛出的景象。这些信息为评定回收着陆分系统工作性能提供了准确的分析资料。三次综合空投试验，确实发现和解决了不少问题。主降落伞出现程度不等的损坏，垂直带、径向带和伞衣多处有破损的洞，而且还有灼伤或撕裂的痕迹。这些破损起始于摩擦和钩挂损伤，这是接下来需要研究和解决的课题。除此之外，在返回舱内还采集到异味和烟气。研究发现，这些异味和烟气来自飞船的反推发动机，气体中含有一氧化碳和硫化氢，会对航天员的安全健康带来严重影响。在未来飞船发射和回收过程中，必须采取严格措施，防止这些有害气体进入舱内。

二、飞船穿舱插座引发激烈争论

2001年9月30日，"神舟三号"飞船空运进场。此时，张建启已接任发射中心主任职务，我接任副主任，具体分管航天发射试验任务。那天，我随张建启主任到机场迎接"神舟三号"飞船以及随飞机进场的飞船试验队。在飞机舷梯上，袁家军总指挥和戚发轫总设计师笑呵呵地向我们挥手打招呼。走下飞机，大家紧紧握手，热情拥抱，互致问候。蓝天，白云，戈壁秋高气爽；笑声，问候声，战斗友情交融在一起。神采奕奕、信心满满的袁家军，老当益壮、和蔼慈祥的戚发轫，携"神舟三号"飞船为大漠带来满天霞光。航天城张开热情的怀抱，热烈拥抱"神舟三号"，千军万马等着决战时刻的来临。

"神舟三号"飞船技术状态有较大变化，据不完全统计，有80余项更改。在研制过程中出现20多个质量问题，在综合空投试验中又发现几个问题，包括舱内异味和主伞局部损坏等。除此之外，航天员系统所使用的产品要装船参加飞行试验，更加接近载人状态。火箭系统新上捷联惯性测量组合作为制导系统惯性平台的冗余，逃逸系统参加飞行试验，测控通信系统东风飞行控制中心软件刚刚完成修改，副着陆场要启动参加任务，等等。这些大系统的技术状态变化，为发射场组织发射任务带来新的工作难度。

新官上任"三把火"，"三把火"要烧得适时、冷静、理智。"神舟三号"飞船进场前几天，发射中心成立任务指挥所，张建启主任先给指挥所成员烧了一把火。他给大家分析说，我们发射场各项工作距载人发射要求还有不小的差距，参试人员整体素质尚未完全适应载人航天

飞船三舱组装

的要求，从合练任务到"神舟二号"任务，没有杜绝操作差错；状态控制还不够精细，组织纪律性还不够严格。我们的事业伟大，而人的事业心和责任心最为关键，特别是系统指挥员和关键岗位操作手，必须尽职尽责。我们的工作神圣，质量是永恒的主题。质量控制不仅仅是质量控制小组的事情，更应该是任务中全员额、全过程的工作；质量控制不仅仅是发现问题和解决问题，更重要的是预防问题；质量控制主观上是思想问题，客观上是技术水平和试验管理能力的体现。强化质量意识，就要严格落实质量工作责任制，建立规章，明确职责，强化监督，严格试验作风。

张建启主任讲话向来不用稿子，不照本宣科。但是，我相信他是经过认真思考，打了腹稿的，他结合发射中心的实际情况，为指挥所阐述了一番抓质量工作的重要性。也许不幸被他言中，"神舟三号"飞船的质量问题着实把发射场区任务指挥部考验了一番。

张建启主任笑着点了我的将："崔副主任，你也给大家讲一讲，指挥所如何抓质量工作？"

我思考了一下，把自己的想法与大家进行了交流："我觉得，试验任务的质量，应该包括航天产品质量、测控通信系统的联调联试质量、发射场地面设备质量、人员操作质量、试验文书及各类方案预案和分析报告的质量等。抓组织计划和协调，按计划办事，按方案预案办事，也是抓质量工作的重要组成部分。进度服从质量，注意协调好由于质量问题引起的计划变更，在这种情况下工作要细，考虑要周到，不可顾此失彼。这些方面我们指挥所应该多关注。"

张建启主任点头表示赞同，他要求指挥所成员定实岗，办实事，提高效率，深入试验一线，解决实际问题。实事求是，雷厉风行，是他的一贯作风。

"神舟三号"飞船进入厂房，总装测试工作全面展开，先后完成推进分系统测试与检漏，太阳帆板安装、展开和光照试验，回收着陆分系统测试，附加段和轨道舱设备安装等工作。

10月3日，在对返回舱凹舱中传感器阻值进行测量时，发现一只Y27型穿舱插座18和37两点断路，引起飞船试验队警觉。

经过几天的分析和讨论，大家统一了认识。飞船系统有两型共77只穿舱插座，分别为Y27型和Y35型，其中Y27型插座有48只，Y35型有29只，涉及的接点多达1000多个，分布在飞船推进舱、返回舱、轨道舱和附加段的不同部位，通过它们把全船各分系统的信息连接起来。Y35型插座为三段式结构，这种结构形式的插座已经过"神舟一号"和"神舟二号"飞行试验考验，没有出现质量问题；应用于"神舟一号"和"神舟二号"飞船上的Y27型插座为一段式结构，在飞行中也未出现质量问题，而应用于"神舟三号"飞船上的Y27型插座改进了设计，采用的新工艺也为三段式结构。之所以采用这种结构，可能是为了与Y35型插座统一规格和结构形式，也可能有其他考虑因素。按照航天产品的使用规则，未经飞行验证的新工艺、新产品，要格外小心，谨慎使用。目前Y27新型插座出现的问题，足以说明考核不充分的产品在可靠性和安全性方面存在一定风险。设计师系统还认为，Y35型插座与Y27型插座采用了完全不同的工艺，出现问题的概率很低，完全可以与Y27型插座故障相隔离，只需更换48只Y27型插座，而Y35型插座可保持使用状态。

10月10日，发射场区任务指挥部召开会议，决定更换Y27型穿舱插座，Y35型插座原则上不做更换，在今后的加电测试中，继续给予关注。由此重新排定发射计划和工作程序，预计推迟至12月22日至26日择机发射。

胡世祥副部长在北京第一时间得知了这一消息，他说："飞船还没有加电就把我们推到了没有余地的墙角。但是，必须保证可靠，保证有充分的回旋余地，保证更换插座不带来新的问题。"然后，他于10月11日急匆匆地赶到发射场，听取发射场区任务指挥部的汇报，认同了

胡世祥副部长（左四）与王永志总设计师（左五）在火箭测试现场

更换插座和后续工作安排，要求大家把更换插座的时间尽最大可能缩短，确保质量，确保安全。

至此，飞船测试程序似乎可以按照指挥部更改后的计划继续推进了。殊不知第二层波浪接踵而至，而且这一波引起的振荡更大，它的涟漪波及的范围更让我们措手不及，完全打乱了"神舟三号"飞船的发射计划。

在接下来的测试中，位于飞船分离密封板的Y35型穿舱插座又有一个点不通。如果我们所认可的Y35型插座也存在批次性质量问题，处理起来的难度将会更大，任务推迟的时间就更长。

也许这种三段式的工艺本身就存在设计缺陷，"神舟一号"和"神舟二号"飞船的飞行成功并不代表没有问题，因为插座上每一个信号连线都是双点双线并联，即使有一根线不通，也不会影响信号传输。但是，我们不能允许在地面测试中就发现一根线断路，若那样上天，以后另一根信号线再出现问题就会导致功能失效。这就是测试要解决的问题，也是设计和生产中不能出现的问题。

Y35型插座是否也存在批次性质量问题？若回答是肯定的，该如何处理？飞船设计师系统面临严峻考验，发射场区任务指挥部决策面临严峻考验。

在飞船穿舱插座故障分析排查的关键时刻，航天科技集团公司的朱明让、梁瑞海、胡瑞卿、朱德懋、鲍百容等质量专家从北京赶到发射场。他们的到来，对故障的定性和解决会产生什么影响呢？

朱明让，航天系统可靠性首席专家，在分析和解决航天产品重大故障中总是发挥关键性作用。他笑容可掬、温文尔雅，但是面对产品故障时却是慧眼独到、言辞犀利，总能提出令人折服的理论依据和处置措施。

发射场热情迎接专家组的到来。接待朱明让等人，不免令我的思绪回到1996年10月执行卫星发射任务时那些难熬的日日夜夜。

那一年，对中国航天界乃至世界航天界来说，都是多灾多难的一年。西昌卫星发射中心发射的"208国际通信卫星"和"中星七号"相继失利，欧洲空间局新一代运载火箭"阿丽亚娜五号"升空30多秒后爆炸……在一片担忧和期待中，酒泉卫星发射中心迎来我国第17颗返回式科学试验卫星的发射任务。

那时的发射流程用的是水平分段组装、测试和运输模式。技术区准备工作顺利完成后，"长征二号D"运载火箭和卫星在微风轻拂下水平转运到发射区。火箭起竖，对接组装，安装卫星，各项测试工作紧张而有序地进行着。正当忙碌的工程师们为即将看到的胜利曙光而稍松一口气时，发射区最后一次火箭总检查测试出现疑点。发射控制台在对火箭加电检查过程中，显示火箭控制分系统"供电好"的指示灯突然熄灭，瞬间又恢复正常。在发射控制台几百个闪闪烁烁指示灯中发生的这一转瞬即逝的异常现象，还是被敏锐的操作手立刻发现了。"供电好"表示火箭控制分系统一系列配电工作正常，此指示灯瞬间熄灭，表示其中有一台箭上电源发生瞬间掉电。通过其他辅助现象的配合分析，故障初步定位在为惯性陀螺平台供电的高频电源上。惯性陀螺平台是火箭的关键部件，若为它供电的高频电源发生故障，则会导致灾难性的飞行后果。

故障有了初步结论，更换一台合适的高频电源是否就可以继续发射程序呢？按照发射惯例，本应如此。然而接二连三的航天发射事故和失利已经让人们谈"故"色变，我们再也失败不起了。

这些年出现的重大失利，不是方案性问题或对关键技术的认识不足，而是低层次、重复性故障和人为责任事故。例如，电气设备漏电，密封接口漏气，管路漏油，成为久治不愈的"顽症"；多余物反复出现，包括金属屑、非金属屑、塑料丝、金属丝、头发丝、棉丝、石灰、豆油、焊锡渣等杂物，甚至在洁净间装配的阀门密封面中竟然发现芝麻；无章可循，有章不循，质量检验形同虚设，不合格产品一路过关；违章操作屡禁不止，技术状态控制不严，甚至发生弄虚作假等严重事件。

这些问题反映了传统的管理模式和激励机制已不适应新形势下人的价值观变化，从而使人的责任心、积极性和严肃认真的工作态度受到影响，导致了航天产品质量形势的严峻。

针对上述故障，领导要求必须彻底归零，必须弄清楚失效的机理。故障究竟发生在哪一块电路板上？是电路板上哪一只元器件，是元器件的哪一部分？失效的机理是什么？本批次的元器件还应用在了哪些仪器上？将会产生什么影响？要破解这一系列的问题，可不是一时半会儿轻而易举能完成的。

发射场一线参试队伍不知道的是，航天工业总公司总经理刘纪原正组织一批元器件质量专家遥控指导这次重大排故工作，他们决心以此为契机，从根本制度上彻底扭转中国航天发射的不利局面。排故中的哪一个问题说不清楚都不准向下走。发射场在紧锣密鼓排故的同时，也隐隐露出一丝不解。

"两弹一星"元勋、著名火箭专家任新民，"长征二号Ｄ"火箭总设计师孙敬良等对故障归零有不同看法，多少有些不理解。为什么不让我们发射？为什么对这次故障排除要求这么苛刻？他们甚至想到北京问个究竟。此时，航天工业总公司副总经理白拜尔、科研生产局长郭宝柱、上海航天技术研究院院长张文忠均在发射场参加最后的发射任务。出于组织纪律的考虑，白拜尔、郭宝柱等人坚决执行刘纪原总经理的决定，但碍于任新民的面子，他们也不好多说话，有时开会研究落实归零步骤，又怕任新民提出反对意见，就抓住任新民吃饭慢的特点，趁其吃饭的时间抓紧开会落实总公司的决定。如此几次会议之后，任新民竟发现了他们的"小把戏"，有一次直接闯进了会议室。他发现白拜尔正与刘纪原通电话，夺过电话筒就嚷，表明归零工作再也不能折腾下去了，往后的日子对发射窗口越来越不利，可选择的发射窗口越来越窄，火箭在发射工位竖得太久对其可靠性越来越不利，天气越来越冷对发射实施也越来越不利。任新民的考虑确实有一定道理。电话那头的刘纪原耐心地听任新民说完，慢条斯理地说："任老总啊，中央已经说话了，我们失败不起了，这次故障必须彻底归零，否则我无法向中央交代！"任新民立刻怔住了。

不解归不解，怨气归怨气，排故依然在继续进行。通过低温试验，那个高频脉动的电压再次出现间歇跳变；通过分离试验，找到了发生故障的电路板。为了进一步弄清故障机理，中心紧急调来一架飞机，把高频电源从发射场运到西安骊山微电子公司的失效分析中心。

在焦急的等待中，尽管发射窗口确实变得越来越窄，但故障机理却越来越清晰，一个个问题也在被人们逐渐解开：高频电源上一根三极管失效；三极管失效的部位是基极开路；对三极管进行开帽检查，其中有两根管脚在内部已经断裂；断裂原因是管脚发生了锈蚀，锈蚀的原因是管脚上含有一定的酸性物质。

酸性物质来自哪里？原来，三极管在焊入电路板之前是有秩序地并排插在一个纸盒上的，而纸盒是用糨糊粘成的。当时粘纸盒的糨糊尚未干透，粘到了三极管的管脚上，经一段时间，酸性的糨糊导致管脚腐蚀变质，最后断裂。

工厂有据可查，并非牵强的说辞和杜撰。

几滴糨糊，竟与元器件失效连在了一起。焊接工人做梦也不会想到，一时大意竟会导致如此大的故障。由于航天人的一丝不苟，追根溯源，避免了一场灾难性的发射失利。

由此，航天产品研制和试验工作形成了技术问题归零的"五条标准"：

定位准确

机理清楚

问题复现

　　措施有效

　　举一反三

后来又总结出管理问题归零的"五条标准"：

　　过程清楚

　　责任明确

　　措施落实

　　严肃处理

　　完善规章

再后来，又推出技术状态更改控制的"五条标准"：

　　论证充分

　　各方认可

　　试验验证

　　审批完备

　　落实到位

　　事后，我们了解到，"操控"这次故障归零的刘纪原总经理背后有多名元器件专家和质量控制专家，其中首席专家就是朱明让。

　　这次，发射场遇到重大故障，朱明让率领专家组又来了。

　　专家组在发射场立即投入工作。几次会议讨论，却不能与设计师系统就Y35型穿舱插座取得一致性意见。无论从理性上还是感性上，设计师系统更希望Y35型插座发生的问题是个性问题。从理性上来说，Y35型插座经历了"神舟一号"和"神舟二号"两艘飞船考验，不应该存在先天设计不足和批次性故障；从感性上来说，"神舟三号"飞船已经过严格的出厂测试，发射任务迫在眉睫，不希望在发射场再有大的返工和拆装。然而，专家组并不这么想，他们站在更公正、更客观、更独立的立场，更多了一些冷静思考，没有任何先入为主的偏见，他们希望通过多种检测手段和缜密的逻辑推理分析，最终确定或排除批次性故障。

取两只未装船的插座做破坏性物理分析试验。试验结论是，Y35型插座两只样品接触电阻测试合格，分离力测试不合格，插座内部均存在不同程度的胶附着痕迹，与设计要求不符。

于是，朱明让代表专家组给出意见：从现场一只插座失效和另两只试验结果不合格来看，很难排除批次性问题。注意，朱明让用的是"很难排除"一词，并未用肯定的语气。

当然，设计师系统对试验数据和试验方法也提出了不同意见，比如，失效的插座可能是漏检产品，用分离力来界定插座合格与否未必合理，等等。一场争论在所难免。

但是，专家组寸步不让。朱明让坚持认为，要想排除批次性问题，需要具备两个条件，一是在以前的使用中未出现过问题，二是试验数据必须全部合格。他们希望继续做相关试验，以取得肯定的结论。

围绕Y35型插座的争论，大概有三种可能：第一种可能，不属于批次性问题，更换新的插座后可继续开展工作；第二种可能，属于批次性问题，但不属于设计问题，可用另一批次产品替代；第三种可能，属于批次性问题，而且设计也存在缺陷，需要生产厂家重新设计和生产。无疑，最后一种可能处理起来最为棘手。

专家组的朱德懋说："Y35型插座和Y27型插座工艺完全相同，在现场又有一只失效，在设计和生产工艺上有共性，应该说它们有相同的缺陷。"

既然有共同的缺陷，那么请专家给出结论吧！设计师系统如是说。

然而，专家组却不愿拿出最终结论，他们的理由也很充分，一是发射场的失效器件还未进行解剖分析；二是"神舟一号"和"神舟二号"

飞船使用的插座采用了双点双线连接，很难判断飞行中是否发生过失效；三是前面的破坏性物理分析试验抽样件太少，不可能计算出失效概率。

朱明让分析说："做完所有试验后，若没有问题，只能说发生失效的概率很低，也不能绝对保险。通过抽样肯定一个东西很难，但可以帮助建立信心。判断的关键是数据有没有显著变化，而不是改变检测的标准。如果抽样中再出现问题可能会判断批次性故障，若不出现故障则失效的概率很低，比较乐观。"

朱明让一直认为确保产品质量和可靠性是与故障做斗争的艺术。他认为在新形势下航天产品的可靠性与国家的声誉、民族的形象密切相关。他说，可靠性指的是产品的固有特性，是产品完成规定功能的能力；可靠性反映的是批量产品特性即平均特性，而非单个产品的特性，与产品的工作时间、工作环境和产品执行的任务等因素相关。美国国家航空航天局（NASA）对可靠性的理解更加直接，他们认为，可靠性就是完成任务的能力。产品出现缺陷，不能完成规定的功能任务，显然降低了可靠性。试想，可靠性低的产品上天，我们放心吗？

专家组始终未确定批次性问题的原因是失效分析不充分，他们要拿出更充分的理由，让人无可挑剔，无可辩驳，无懈可击。可以说他们的意见滴水不漏，严谨，严密。

最后，大家同意再拿出几只同批次的插座进行试验，先做振动试验，后做解剖试验，以最终确定这些插座是否可用。

达成这个共识很不容易。胡世祥副部长说："达成的共识是科学的，下一步试验安排是必要的，5天之后会有一个明确的说法，可能是大步前进，也有可能大步后退。成功是硬道理，成功了才是一个子样，早几天晚几天都是为了成功。大家把计划做好，同时做好参试人员的思想工作，别乱了阵脚。"

取来在发射场出现问题的Y27型和Y35型两只穿舱插座，以及具有相同结构的另外几只Y35型插座，进行破坏性物理分析试验，发现多只插座内过渡插针和烧结插针处有不同程度的白色硅橡胶残留物。在发射场失效的Y27型插座第9点烧结插针橡胶残留90%以上，第37点烧结插针橡胶残留80%以上，失效点插针的单孔分离力均小于0.2牛顿，远小于工艺设计要求的分离力为0.6牛顿以上的指标。

物理知识告诉我们，要保证接插件中插针与插孔之间的电导通，就必须使两个导电零件能够在一定大小的力的作用下可靠接触，即活动连接处的插针必须与插孔弹性接触。在静态和动态环境下，插孔包紧插针的正压力对可靠接触起到至关重要的作用，而分离力又是正压力与摩擦系数的乘积。因此，分离力的大小可以说直接影响着插针与插孔的接触可靠程度，分离力的丧失必将导致不导通的现象发生。另外，两个导体之间若存在绝缘物体，一般情况下很难导通，尤其是弱电信号更难导通，而本结构中插针和插孔接触部位残留的硅橡胶是绝缘物体，因此，发生不导通的现象就不难理解了。

胡世祥副部长带领张庆伟、王永志等人从设计和制造根源上查找故障性质，他们决定到插座生产单位693厂调查研究。记得国外有过这样的做法，即跟踪生产过程来发现习惯做法中的欠缺。他们在693厂追溯了产品的设计、工艺、生产、检验等各个环节，发现设计结构的装配工艺性差，设计方案中采用灌封硅橡胶工艺对良好接触有一定影响，生产装配后无法检查单孔分离力使可靠接触难以验证，装配后未对接触针（孔）进行100%的导通检测，这些原因都将会导致接触不可靠。看来，根本问题是设计问题。

至此，穿舱插座失效的原因全部搞清楚了，那就是，插座内过渡插针处有白色硅橡胶爬升到插孔和插针接触部位，形成绝缘层；失效点插针的单孔分离力远小于设计值，影响可靠接触。

这样一来，Y27和Y35两型穿舱插座不但是批次性质量问题，而且设计和装配工艺也存在许多缺陷，一定程度上不符合飞行试验的技术要求。胡世祥他们认为，"神舟三号"飞船上全部77只穿舱插座必须重新设计和生产。

工程总指挥采纳了他们的意见，为确保载人首飞成功，各个环节必须万无一失。

2001年10月26日，发射场区任务指挥部召开工作会议，研究决定飞船系统穿舱插座失效问题所带来的计划调整。载人航天工程总指挥、总装备部部长曹刚川，载人航天工程副总指挥、总装备部副部长胡世祥，航天科技集团公司总经理王礼恒等，都来到发射场出席会议。大家首先听取了前期的排故工作汇报，决定飞船试验队撤离发射场，飞船在发射场封存，重新设计、生产、更换Y27和Y35两型穿舱插座。

王礼恒总经理说："这次事故对飞船系统敲响了警钟，任何事情都不能有半点马虎。对693厂更是深刻的教训。过去确实有技术官僚，有些设计经不起检查，经不住深抠。今后的工作要从源头抓起，加强研制过程监控，从根本上提高航天产品的研制质量。"

曹刚川部长首先对故障予以定性：这是技术上尚未认识到的设计问题。他诙谐地说，工程上不妨傻一些、粗一些、笨一些，只要可靠就放心。接下来，他要求大家不埋怨、不气馁，以大局为重，一个系统有了问题，大家都来帮助。他说："虽然任务推迟了，但我们还有回旋的余地，成功才是硬道理。推迟三个月发射，成功了仍然可以打100分，失败了就是0分。这次故障教训深刻，质量评审未把好关，管理上也存在漏洞，说明我们的工作在计划管理、质量管理、技术管理等方面都有问题，下不为例。技术人员不认真把关，总设计师也没有办法。下一步工作就是在确保质量的前提下尽量抢回一些时间。"末了，曹刚川部长引用了电影《南征北战》中的一句话：今天我们大踏步地后退，正是为了明天大踏步地前进！

《南征北战》中大踏步后退和大踏步前进演绎的是解放战争的故事，"神舟三号"飞船大踏步后退和大踏步前进则诠释了航天试验质量与进度的辩证关系，诠释了成功才是硬道理的真知灼见。大踏步后退，更可以看作航天产品质量的提升；大踏步前进，则是质量和进度的双重飞跃。

航天发射历史上第一次试验队进场又撤场。这么大的动作，就是为了保证飞船的质量，保证发射成功。

飞船试验队撤场时，我不由得回想起，在飞船试验队进场前的发射中心任务指挥所会上，张建启主任和我讲了那么多质量控制问题，真不知是未雨绸缪，还是一语成谶！不管怎样，控制质量、确保成功是发射场的神圣职责。

随之，"神舟三号"飞船任务计划进行大幅度调整。回忆这次任务调整，时任飞船总调度王卫东说：

> 作为总调度的我，回忆起20多天排故的日日夜夜，有连续紧张的排查测试，有"快乐排故"的减压口号，有多种意见的激烈争论，有不分昼夜的方案策划，有马不停蹄的逐级报告，这一切终于有了结果，一种确定，一种释然。同时也深深地教育了我：载人航天就是要保证绝对安全。只要发现问题，一定要彻底解决。当时我也暗自下定决心，后续一定要尽最大努力把工作调度好，保证"神舟三号"按照重新排定的计划完成。令人欣慰和感到自豪的是，后来"神舟三号"的发射日（2002年3月25日）正是我们当时排出的预计发射时间。

后来，我与时任飞船系统总设计师戚发轫院士又谈起这次任务的重大调整，他深有感触地说：

> 对于这次飞船故障，我深深感到工程各级领导对质量问题的重视，从最高领导到技术专家都来为飞船系统把关，这是我们成功的保证。当时飞船系统也确实存在一些质量问题，对于接插

件的导通检查，在工厂测试中并没有做到全覆盖，只抽测到10%
左右，尤其是对于接插件中的双点双线，只要信号传输良好就行
了，忽略了是不是两路都通。此后，飞船系统的质量控制上了一
个台阶。从这个意义上来说，这次故障也是一件好事。

技术问题要归零，管理问题也要归零。"神舟"飞船研制单位中国
空间技术研究院开展了全面质量整顿，据说他们做出了"所有人员工资
下调至少10%，从事载人航天工程的人员工资下调15%"的处罚。当
然，对穿舱插座的生产单位693厂做出的处罚更严厉。

"神舟三号"飞船进展情况报告呈送到中央，几天后，江泽民总书
记做出批示：要绝对保证安全。既然发现了问题，一定要彻底解决，切
勿抢时间。

接着，江泽民总书记又给工程领导打电话说，无论什么时候发射，
我都要到发射场为你们鼓劲加油。

三、发射场迎来一支神秘队伍

按照"神舟三号"发射任务的工艺流程安排，中国人民解放军航天员大队14名航天员，分两批分别于11月8日和10日飞抵酒泉卫星发射中心，进行学习和训练。这无疑是发射中心翘首以盼的好消息。当时，航天员还是高度保密的群体，外界只知道我国已经组建了航天员大队，但其人员组成、学习、训练和生活等详细信息，从未向外界透露半点。在一般人看来，他们是保密的群体，也是神秘的群体，就连我们这些长期与飞船、火箭打交道的航天人，对航天员也是知之甚少。

在飞船试验队撤场的日子里，发射中心除了继续进行设施设备检修检测、梳理后续工作之外，就是抽出一定人员保障航天员的学习和训练。

多年来，航天员不但长年累月进行着超出常人的人体机能训练，对载人航天工程运载火箭、飞船、空间应用、测控通信等系统也进行了深入学习。学习、了解发射场系统设施设备组成、功能和原理，特别是与航天员密切相关的紧急撤离和逃逸救生设施，是他们这次训练的重要内容。

载人航天发射场与卫星发射场的一大差异，就是增设了航天员应急救生系统。待发段航天员应急救生手段主要有两种。一种是紧急撤离，一种是启动逃逸飞行器实施航天员大气层内救生。紧急撤离是指临发射前出现紧急危险情况，在不必启动逃逸飞行器或难以启动逃逸飞行器的状态下，航天员通过救助人员的帮助，从飞船返回舱紧急撤离到安全区域。

俄罗斯"联盟"飞船紧急撤离设施采用的是直径为3米的倾斜钢管撤离通道，通道内表面镀了一层抛光的不锈钢内衬。紧急情况下，人员进入滑道内，依靠重力向下滑行，落地时掉在一个充气缓冲垫上，在救助人员帮助下迅速进入地下防护室。

美国"阿波罗"飞船发射前航天员紧急撤离有两种途径。一种是通过直径为1米的紧急撤离管道，从活动发射台直接进入底部12米深的防爆掩体，该掩体能容纳20人，可以让他们在里面生存24小时。另一种是通过吊篮滑索，航天员从98米高的滑索乘坐吊篮逃逸到763米之远的护墙外。

我国航天员紧急撤离也有两种方式。第一种方式利用紧急撤离滑道实施，第二种方式利用防爆电梯实施。

紧急撤离滑道由钢套管和弹性救生袋两大部分组成。钢套管装在塔架固定平台后方，直径为1.2米。钢套内悬挂弹性救生袋，救生袋入口设在对应飞船返回舱的固定平台上。弹性救生袋分为三层结构：外层为防火玻璃纤维；中层为弹性纤维，能适应不同身材的人员控制下降速度；最里层为特殊纤维，这种纤维的张力为钢材的10倍，用来支撑救生袋的全部重量，且表面柔软，摩擦因数小，保证人员舒适下滑。

使用紧急撤离滑道时，首先使腿部进入滑道，保持双腿叉开，双臂撑开可以停止下滑或控制下滑速度。为了保证安全，出口处设有减震垫，防止下滑人员由于速度过大而直接落地。

航天员滑到紧急撤离滑道出口后，迅速进入地下安全掩蔽室。掩蔽室供氧能力可维持30人4小时的生存。之后，航天员可以通过爬梯撤回到地面，也可以通过电缆通廊转移到技术区。

航天员在训练中要进一步熟悉这些设施，以备发射任务中使用。通过训练也可以改进设施状态，使之更加完备、更加安全。

发射中心高度重视航天员的训练安排，专门制定了《航天员综合训练计划》《航天员在发射中心学习方案》和《航天员警卫方案》等文件。

航天员在发射场实施紧急撤离滑道训练

在航天员投入训练之前，发射测试站对发射塔上紧急撤离滑道、回转工作平台等设施进行了仔细检查，更换了平台轴承润滑油；对可能碰撞的部位包裹海绵，防止伤及航天员；对所有通道加标识，防止出现差错。最后组织人员进行了试跳。这一切精心准备都是为了航天员训练和演练的安全。

同时，试验技术部派出技术人员，发射中心医院派出医务人员，对航天员训练和演练给予协助和支持，对涉及的198名工作人员进行政审和复查。

11月12日上午，航天员开始进行撤离训练，先实施防爆电梯撤离，后完成滑道撤离。

航天员个个都是优秀飞行员出身，体格健壮，反应敏捷。他们两两一组，身着航天服，等待在塔架密封间（此处对应飞船出舱口位置）工作平台处。听到指挥员下达"开始"口令后，在医监医保人员陪同下，两名航天员相隔30秒先后跑至防爆电梯入口处，乘电梯至地面出口，然后快速跑向航天员专用车，撤回到技术区厂房内。

发射中心技术部郑永煌、曾淑英、孙传飞等人员协助航天员记录紧急撤离时间。7组航天员乘电梯紧急撤离到技术区，每组平均用时为4分18秒。

接下来是滑道撤离训练。面对陌生的逃逸滑道，航天员们精神饱满，跃跃欲试，很想探一探这个"黑洞"是什么感觉。听到"开始"命令后，一名航天员首先跑到滑道入口处，迅即跳入滑道，下滑到地下设备间，在医监医保人员的协助下出滑袋，跑到航天员掩蔽室。第二名航天员重复以上过程，一组训练结束。记录数据显示，14名航天员从塔架密封间撤至地下掩蔽室，每人平均用时为1分17秒。这种紧急撤离方式已经非常迅捷，即使他们身着运动不便的航天服，反应速度也足以应对特殊情况。

经过几天训练，航天员已经比较熟练地掌握了两种紧急撤离程序。按照原先确定的方案和指挥协同程序，接下来对航天员组织两轮紧急撤离演练。演练过程只挑选两组航天员参加，其他航天员实地观摩。演练时，八一电影制片厂等单位在规定位置实时录像，作为资料保存。

第一轮演练为塔架工作平台合拢状态下的滑道撤离。只见第一名航天员用时20秒由密封间跑到滑道入口，第二名航天员用时21秒跑到滑道入口。第一名航天员跳入滑道36秒后，第二名航天员也随即跳入，接下来救助人员和救助队长相继跳入滑道，最终撤到地下掩蔽室。两名航天员紧急撤离时间为3分44秒。

第二轮演练为塔架工作平台收回状态下的电梯撤离。工作平台收回状态标示发射程序已进入最后时段，发射塔与飞船的连接通道已撤收，救助人员也已撤离发射塔。此时模拟发生紧急故障，发射测试站操作手乘电梯登上发射塔，应急合拢工作平台，航天员出舱，乘电梯撤离到地面，然后迅速脱离发射工位，回到技术区厂房。从救助人员登塔，到两名航天员紧急撤离，整个过程用时12分24秒。

通过训练和演练，航天员及航天员救助队初步熟悉了紧急撤离的组织实施程序，也熟悉了发射场的训练环境和生活环境，自称收获很大。

按照计划安排，后面的日子是参观学习时间。

航天员大队来到50号发射场。这里是我国进行导弹核武器发射试验（导弹、原子弹"两弹结合"试验）的场所。历经半个世纪的风风雨雨，现仅存石砾斑驳的发射场坪和依然坚固的地下控制室，在顽强地展示当年的辉煌，诉说那段增强我国国防实力、打破超级大国核垄断与核讹诈、维护世界和平的英雄历史。陪同航天员参观的发射中心原副主任刘庆贵曾亲身经历过当年的试验任务，他向大家讲述"两弹结合"试验的时代背景和任务流程，航天员们听得十分投入。

参观发射场坪时，刘庆贵向航天员们讲述了被航天人传为佳话的

"小白毛"的故事。在进行弹体内、外观察看时，新战士王长发发现弹体内部24号插头第5点处有一根长约5毫米的小白毛。他担心造成通电接触不良，就用镊子夹，用铁丝挑，想把这根小白毛弄出来，但用了很多办法都没能取出来，最后用一根猪鬃费了一番功夫才把它挑出来。钱学森同志得知这件事后，极为赞赏，并小心翼翼地把这根小白毛用纸包好，说是要带回北京去，作为操作作风的典型事例教育大家。

航天员们啧啧称赞。正是这种一丝不苟、精益求精的工作作风，才保证了一次次重大发射任务的成功。

接着，刘庆贵又讲了"一个西瓜"的故事。发射任务前夕，马兰核试验基地来发射场慰问他们的作业队，带来一个大西瓜。作业队的同志们却说这个大西瓜应该送给对发射任务起关键作用的发射二中队。他们写了一封热情洋溢的慰问信，把大西瓜送到了二中队。二中队的同志们也认为这个西瓜不能吃，写了一封慰问信，把大西瓜又转送给了七机部工作队。就这样，大西瓜转了16个单位，带着一沓慰问信，最后转到试验任务临时党委。后来，发射中心政治部受全体参试人员之托，给国防科委政治部写信，请他们把这个大西瓜和慰问信呈送给毛主席。

听了这个故事，航天员们会心地笑了起来。这个故事虽然带着那个时代的政治色彩，但也充分体现了参试各方的战斗友情。现在，载人航天工程已经实施10来年，取得了很大的成就。为了把我们自己的航天员送上天，实现中华民族千年的飞天梦想，更需要这种万众一心、团结协作的精神。

来到地下控制室，这是一个小型地堡式建筑，距发射场坪160米，一个直径为1米、深为5米的竖井便是地下控制室的入口。这是实施发射控制的场所，对导弹所有测试及最后点火的控制都在这里完成。地堡空间很小，仅容纳七八个人在其间操作。当年，在发射中心发射史上被称为"七勇士"的高震亚、王世成、颜振清、张其彬、刘启泉、佟连捷和徐虹，就是在这里临危不惧、沉着冷静地完成了发射指挥和控制。现在，七勇士中已有多人辞世，但他们的事迹将永载史册。

地下控制室不透光线，没有照明，漆黑一团，大家打开早已备好的手电筒，依稀看到四周墙壁上用红漆书写的几段文字：

发扬勇敢战斗、不怕牺牲、不怕疲劳和连续作战的作风。

我们需要的是热烈而镇定的情绪，紧张而有秩序的工作。

中国人民有志气，有能力，一定要在不远的将来，赶上和超过世界先进水平。

这是《毛主席语录》中的几句话。这些经典句子曾是一代人奋勇拼搏的精神支柱，曾被奉为攻无不克、战无不胜的思想武器。是的，人要有精神，国家要有精神，民族要有精神。有了精神，就会忘记痛苦，忘记烦恼，忘记紧张，忘记压力，忘记困难，甚至忘记生命，就会取得我们理想中的工作成就。正如张爱萍将军所说，原子弹不是武器，可能永远都不会用到它。它只是一种精神，中华民族自强不息的精神。这种精神倒了，就只好去乞讨了。

航天员们都拿出笔记本，工工整整地把毛主席的这些经典句子抄录下来，牢牢地记在了心里，鼓舞他们义无反顾地踏上神圣而艰险的飞天长途。

航天员来到"东方红卫星"发射场，它是我国功勋卓著的航天发射场，1996年在完成我国第17颗返回式卫星发射后已停止使用，成为爱国主义教育基地。1970年4月24日，我国第一颗人造卫星"东方红一号"从这里飞入太空，向全世界播送悠扬动听的《东方红》乐曲；1975年11月26日，我国第一颗返回式卫星从这里发射成功，标志着我国成为世界上第三个可成功回收卫星的国家；1980年5月18日，我国第一枚远程运载火箭从这里飞向太平洋，向世人宣告我国已拥有洲际

"东方红卫星"发射场

打击武器；1981年9月20日，在这里实施我国第一次"一箭三星"发射，宣告我国掌握一箭多星发射技术；1987年8月，我国首次利用返回式卫星为法国马特拉公司提供搭载服务，开创了我国航天国际合作的先河……这么多航天发射"第一"，足以让航天员们看得眼花缭乱，听得如痴如醉。在这一个个"第一"的背后，是航天人不畏艰险、顽强攀登的光辉历程，是"艰苦创业、无私奉献、科学求实、开拓进取"东风精神的真实写照，是我们国家武器装备和航天事业从无到有、从弱到强、不断发展壮大的缩影，也是我们国家国防建设和经济建设的缩影。

航天员们看得认真，听得仔细，争相与高耸的发射塔合影留念。是的，光荣的发射塔是航天员的背景，也是航天员的倚靠。正是它们的坚强，才奠定了载人航天发射的成功。没有它们，我们走不到今天，不敢想象明天。让我们铭记它们的功勋，为它们无限自豪和尽情歌唱吧！

航天员们来到东风革命烈士陵园。这里长眠着600多位为航天事业献身的英烈，从共和国元帅、将军到普通士兵，从功勋累累的科技精英到普通技术人员乃至职工家属。正对陵园大门的是安放聂荣臻元帅骨灰的墓地，大理石筑碑，苍松翠柏簇拥；众多将军墓分列两旁，还有一排排的士兵墓阵列，俨然组成浩浩荡荡的航天大军队形，他们在另一个世界关注着祖国航天事业的发展，无声地为我们鼓励，为我们助威，为我们呐喊，令人激动，令人震撼。

航天员们在聂荣臻元帅墓前列队默哀，三鞠躬，缅怀英烈，举手宣誓。

进入陵园深处，一座座普通墓碑排列整齐。他们犹似骆驼刺、芨芨草，没有留下显赫的名声，没有惊天动地的事迹，但他们也是航天事业的一分子，为航天发射做出了自己的贡献。他们不嫌弃这片贫瘠荒凉的大漠，在这里默默守望，看着自己的战友和亲人创造新的辉煌。这里的一切构成了中国航天精神的光环，洗涤着平凡的灵魂。

　　回头看，献给聂荣臻元帅和为国防科技献身的英烈们的大花篮绸带上，落款是：中国人民解放军航天员大队。相信聂荣臻元帅和众多先烈一定会为这支肩负飞天使命的特殊队伍的英姿飒爽而感到无限自豪和欣慰。

四、航天大军团聚大漠共度春节

争分夺秒，紧赶慢赶，Y27和Y35两型穿舱插座在693厂重新设计和生产完毕，并顺利通过鉴定和评审。

12月8日，飞船试验队第二次进发射场，带来新研制的Y27和Y35两型穿舱插座，准备在发射场更换。接下来的这些工作内容仍属于飞船排故工作。第一步，更换77只插座。更换过程中，发射中心派出数名技术人员作为二岗，对插座更换及更换后的导通检查进行记录，与飞船系统共同把好质量关。第二步，重新安装更换插座过程中所涉及的设备和分系统，为加电测试做准备。第三步，完成飞船大底合拢前的电测。主要工作有火工品阻值测试、整船供电检查、分系统匹配检查、自主飞行段和留轨飞行段正常模式模飞等项目。这些项目基本覆盖了飞船系统的全部功能。第四步，安装电池、乘员座椅、假人等设备，返回舱大底合拢，船体检漏，三舱对接，整船检漏，做好正式电测前的各项准备工作。至此，由于穿舱插座质量问题引起的飞船排故工作正式结束，时间为2002年2月5日。

在上述排故工作中，现场人员根据不断出现的新情况，灵活调整流程，加班加点，兢兢业业，终于保证排故工作按时完成。

张建启主任不断提醒发射中心的各类保障人员，绝对不在我们身上发生告急事件，绝对不因我们的质量把关不严、试验作风不细而导致发射计划推迟，这是大局，也事关全局。

但其间问题还是不期而至。2002年1月23日15时33分，飞船正进行排故过程的加电测试，厂房内突然断电，飞船上的设备在电池供电下完成测试。还好，未对飞船上的设备造成影响。

断电故障发生后，发射中心从通信总站紧急调来通信系统正在使用的一台 UPS 电源，保证了第二天飞船系统测试正常进行。

同时，任务指挥所紧急找来发射中心电力专家郎定川等人，带领相关技术人员，对断电故障迅速展开排查。经多方面分析、试验和验证，故障定位在一绿化供电分支高压电缆中间接头处。随后，电力专家组成员在现场找到了这个接头，经分析，故障机理是电缆接头工艺质量不过关，使用一段时间后发生老化，对大地形成电弧放电，造成两相短路，母线电压下降，引起飞船厂房配电柜上失压保护机构动作而断电。

这种断电对正在工作的设备和系统来说非常危险。

飞船正在加电测试，倘若没有船上电池（内电）接续，势必对一些设备和仪器造成冲击，后果不堪设想。我们辛辛苦苦换来的排故成果，就会断送在一条绿化线路的电缆接头上。由此，我们也深深认识到，发射中心的保障设备还不甚可靠，供电结构也不太合理，绿化供电线路本应该与试验用电实行隔离，这些都有待进一步改进和完善。

为了确保试验用电的可靠性，张建启主任当即决定为飞船厂房定购一套 UPS 电源，责成发射中心电力系统对试验用电线路上混用的生活用电进行清理，暂时断开这些生活用电分支线路，任务结束后彻底改造。张建启主任还决定成立试验任务供配电保障小组，隶属发射中心任务指挥所，每天对外部线路、变电所、配电所等进行检查，及时发现问题，解决问题。

亡羊补牢，为时未晚。

对于这起断电故障的处理，郎定川回忆说：

　　　　当时的排查范围很大。电压波动是一个系统问题，可能是本回路，也可能是相邻回路；可能是本级电压，也可能是上一级电压或下游电压。为定位故障点，做了3座变电站的6套测量系统特性试验，26台开关性能试验，14条主出线和1条分支回路的特性试验，最后才确定故障电缆的爆裂点。之后对主干出线做了安全性检测，采取隔离非重要用户等措施，保证了试验用电的可靠性。

由于发射场所有高压电缆的接头都是手工制作，制作工艺不稳定，质量难以保证，而且高压电缆存在的问题用常规手段难以检测出来。郎定川提议，为提前发现和解决发射场供配电系统存在的问题，提高系统可靠性，发射中心应该购买一台市场上新推出的低频电缆测试仪，以便发现高压电缆存在的隐患。不久，低频电缆测试仪购置到位，为高压电缆接头检测发挥了关键作用。

举一反三，我们发现发射场技术区至发射区的两根地埋高压电缆各有4个中间接头。在任务准备期间，有一个接头曾出现过故障，后来重新制作，更换了全部8个接头。但是，这么多接头出现在1.5千米长的供配电线路上，本身就是不可靠因素，环节越多，出问题的概率越高，而发射区的供电又是非常重要的，可靠性要求极高，所以，将这两根电缆更换为无中间接头的新产品。

2002年2月2日，"长征二号F"运载火箭抵达发射场，火箭系统总设计师刘竹生带领试验队员200余人抵达发射中心。

伴随火箭进场的节奏，农历壬午年（马年）春天的脚步也悄然临近这片不甘寂寞的大漠。明媚的春光带给一般人的是轻松愉快，但写在"神舟三号"任务参试人员脸上的却是参战的凝重。他们正在这个"骏马"奔腾的春天里用自己的顽强和才智展示中华民族的综合实力，用自己的辛劳和努力向人民交上一份满意的答卷。

各大系统都在紧锣密鼓地开展工作，人们的情绪和工作节奏丝毫看不出春节的来临，若不是日历上"2002年2月12日，壬午年正月初一"几个大字赫然在目，人们早把流水的时间抛在脑后，唯一记住的是"2002年3月25日，发射日"。

按一般人的生活节奏，这些日子应该是奔波在探望父母、妻儿团聚的路上或穿梭在采购年货的市场上，而"神舟三号"任务参试人员却忙活在各自的岗位上。2002年2月10日，火箭开始对接组装。吊装指挥员是地面设备营一中队的孙耀东，吊车操作手依然是石创峰。

垂直总装测试厂房明亮辉煌，火箭各级段平躺在轨道车上，乳白色的身躯上"中国航天"四个大字熠熠生辉。头戴白色安全帽、身着蓝色工作服的30多名操作手整装待命。来自总装备部、火箭试验队和发射中心的各级领导及有关工作人员静候一旁，他们要观看这些操作手的完美"表演"。

随着孙耀东一声响亮的口令，30余名操作手即刻分为两路，跑步散开。吊车操作手、吊装操作手及其他岗位上的操作手一一迅速到位，动作是那么利索、整齐，一招一式都告诉大家，这是一支训练有素的技术分队。

紧张的吊装工作开始了。简洁洪亮的指挥和操作口令在高大的厂房里回荡，龙门吊运行的"隆隆"声震得耳朵"嗡嗡"作响，庞大的火箭逐渐上升、平移，一切都按规程有序地实施。

沉着、机智的孙耀东手持对讲机，密切注视着火箭上升状态，适时准确下达指挥口令。在操作间，吊车操作手石创峰聚精会神盯着显示屏，一边面对对讲机复述口令，一边快速敲打微机键盘，操纵着吊车和吊钩的动作。

指挥员与各岗位操作手配合默契，各司其职，有条不紊地完成各个动作，观看指导的人们脸上露出满意的微笑。

芯一级火箭吊装完毕；

助推Ⅰ火箭组装完毕；

助推Ⅱ火箭组装完毕；

……

全部火箭组装完成时已经是除夕的下午，远处隐隐传来航天城孩子们燃放鞭炮的"噼啪"声。战士们脱掉工作服，洗去满身疲惫，准备迎接新春的来临。虽然不能与亲人共度佳节，但他们在这个难忘的时间里做着难忘的工作，累却快乐着。

2002年2月12日，壬午年大年初一，忙碌的发射场终于得以歇息一天。航天城披上节日的盛装，彩旗飘飘，鼓声震天，鞭炮四起。发射中心组织了隆重热烈的春节团拜会，载人航天工程在发射场参试的各大系统总指挥、总设计师以及发射中心的领导们一起在主席台就座。火箭、飞船设计师系统和发射中心科技人员组成色彩分明的方队，辛劳之后的欢快洋溢在他们的脸上。发射中心从未组织过如此规格的春节团拜会，自是喜不胜收。胡世祥副部长首先代表总装备部首长向参试大军致以新春的问候，一句"今年的春来得早、来得急啊"点燃了在场人群的激情。他说："我们的'神舟三号'紧赶慢赶赶上了春节，礼炮声在为我们助威，春天的花朵在为我们祝捷。我们各系统老总们在春天里更加意气风发，斗志昂扬。春天来了，我们距离胜利的日子还远吗？"胡世祥副部长富有诗意的祝词，令全体参试人员和发射中心的官兵再次沸腾起来。

额济纳旗的党政领导同志也来到航天城参加春节团拜活动，他们身着鲜艳的民族服装，在人群里格外醒目。

发射中心勤务站、运输修理站和铁路管理处的官兵们舞起别具风格的狮子舞，擂起震天的威风锣鼓，虽然气温很低，但他们一个个都舞得汗流浃背，热气腾腾，展示了发射中心勤务保障部队的别样风采，一时间，锣鼓声、欢笑声飞满航天城。

各大系统总指挥、总设计师难得如此放松，有说有笑，互致问候，互相祝福，一脸的灿烂，浑身的轻盈。在这万家欢乐的日子里，载人航天工程各路精英难得大团圆、大聚会。航天城洋溢着团结、友谊的

2002 年除夕前完成火箭组装

祥和气氛，充满共同担当、大力协作的精神。春天的漠海，将要扬起胜利的风帆。

老总们来到游艺大厅，胡世祥副部长轻轻转动一个写有数十条成语的圆盘，停止时指针刚好对准"马到成功"。他哈哈大笑："大吉大利，好兆头！"整个游艺大厅里人头攒动，大家都朝这边望来，欢声笑语中透出必胜的信心。

多年后，回忆起在航天城度过的那个难忘的春节，老总们仍然津津乐道，赞不绝口，不胜感慨。黄春平总指挥说：

> 一辈子从来没放过炮，那天非叫我放炮，大家说"你要放炮，黄总，你必须放炮"，就跟小孩子一样也放起炮来了。节日的气氛非常好，非常热闹，一辈子都不会忘！

戚发轫总设计师回忆说：

> 那年我儿子还到这里过了个春节。那年发射中心搞了焰火晚会，我儿子说"哎呀，没白来，没想到酒泉卫星发射中心这地方这么漂亮，从来没看到这么好的焰火晚会"。应该说我们这辈人，工作需要，领导决定，就坚决执行，那没什么说的。

大年初二，试验任务就紧张地运转起来。下面摘录当时的几段工作笔记：

> 2002年2月13日（正月初二），传达总装备部电报精神，惯性测量组合开始加电测试，火箭各分系统测试准备，发射区配电方案讨论。
> 2002年2月14日（正月初三），火箭利用分系统测试中出现的问题排故，火箭动力分系统液位传感器接线错误管理工作归

零，火箭逃逸指令控制器程序装订出错问题归零，飞船空间应用系统成像光谱仪全程吹氮气。

2002年2月15日（正月初四），安排天地话音试验，讨论测控系统参加总检查的状态，继续观察飞船数字太阳敏感器受短波干扰的现象……

在安静的厂房和试验室里，工程师们埋头工作，心无旁骛，节日的爆竹声和亲朋好友相聚的杯盏声已离他们远去。他们放弃了与家人的团聚，放弃了休闲度假，心甘情愿坚守在自己心爱的岗位上，享受测试厂房的静谧、检查操作的忙碌。这里有情感，这里有追求，那就是为了早日把"神舟三号"飞船送上天，早日实现中国人的飞天梦。

这就是航天人的工作节奏！这就是航天人的春节！

五、大漠春光万里，"神舟三号"远征天宇

3月24日晚上，发射场区任务指挥部召开会议，研究火箭加注和发射时间，向总装备部发电请示：船—箭—塔组合体转运至发射区后，按照工艺流程规定的内容，完成了飞船和火箭功能检查、接口检查、联合检查、火工品回路阻值测试和发射状态准备。火箭推进剂调温完毕，火箭加注系统状态良好。火箭、飞船及发射区设施设备通过了指挥部质量控制小组组织的质量和安全评审，具备加注、发射条件。发射首区测控通信系统设备状态良好，工作正常，指标合格，具备参试条件。火箭残骸搜索分队已做好执行任务准备，返回舱搜索回收飞机已抵达机场待命。根据发射场区各系统发射准备和全区气象情况汇报，指挥部定于3月25日实施火箭推进剂加注和发射，瞄准发射窗口前沿为25日22时10分，窗口后沿为25日22时23分。

总装备部及时批复了发射场区任务指挥部的请示，发射场的工作按计划顺利实施。

早春的阳光明媚灿烂，戈壁大漠金光闪闪，东风航天城迎来"神舟三号"飞船发射的最后时刻。

喜讯传来，中共中央总书记江泽民2002年3月25日下午如约抵达航天城，发射中心鲁思诚书记到机场迎接。在发射场亲临指挥的总装备部部长、载人航天工程总指挥曹刚川向江泽民总书记汇报"神舟三号"飞船的各项发射准备工作。江泽民总书记一边听，一边微微点头，专注的神情充满信任和期待。接下来，江泽民总书记一行来到载人航天发射场垂直总装测试厂房，视察各项试验设施。

这是江泽民总书记第二次来到酒泉卫星发射中心。1992年8月，江泽民总书记在2号发射场冒雨检阅发射中心部队，他满怀激情地说：中华人民共和国成立以后，应该说中国人民从此站起来了。但是，要真正站起来，还要把我们的经济建设搞上去，同时，也要把我们的国防科技搞上去。当年聂荣臻元帅在这里付出了大量心血，许多老同志、知识分子为"两弹一星"贡献了他们的聪明才智，献出了他们的青春甚至生命。长江后浪推前浪，航天事业有你们这些年轻人，我感到很高兴。希望你们把这里作为自己的家，把我们的航天事业推向一个新的高峰！ *

10年来，发射中心官兵没有忘记江泽民总书记的嘱托，没有辜负江泽民总书记的期望，他们用自己的智慧和汗水辛勤耕耘这片大漠，与时俱进，扎实工作，中华民族千年的飞天梦想正在这片热土一步步变成现实。

发射程序进入1小时倒计时，江泽民总书记来到测发楼指挥大厅，与发射一线科技人员亲切握手，致以问候，参试人员受到莫大鼓舞。江泽民总书记的手与科技人员的手握在一起，传递的是必胜的信心。

戈壁入夜，发射工位灯火辉煌，忙碌的人们来来往往，车辆川流不息。进入30分钟准备，紧紧拥抱着飞船和火箭的塔架工作平台一组组回收靠拢在发射塔侧旁，"长征二号F"火箭托举着"神舟三号"飞船就要远行，巨龙腾飞就在眼前。

即将飞向太空的"神舟三号"飞船，承载着中国人的飞天梦，镌刻着几代航天人的奋斗历程。

晚10时15分，一声轰鸣，火箭点火，扶摇直上，冲向九霄。火箭尾部喷射出的红色火焰映红了半边夜空，在天际留下一道绚烂的轨迹。

各种测量数据迅速准确地汇入东风飞行控制中心。坐在江泽民总

---

* 中国人民解放军总装备部历史资料丛书（内部资料）：230.

书记身旁的国务院副总理吴邦国听到传来的数据非常接近理论值时，兴奋地对江泽民总书记说："真是一丝不苟，分秒不差！"中央领导们赞叹，这么大的数据，都精确到小数点后三位数，不简单啊！

发射10分钟后，喜讯传来：飞船准确进入预定轨道。

指挥大厅里欢声雷动。江泽民总书记起身健步走向主席台，向工程科技人员发表讲话，高度赞扬航天科技队伍是一支特别能吃苦、特别能战斗、特别能攻关、特别能奉献的队伍。

江泽民总书记指出，实施载人航天工程，是党中央根据世界科技发展大形势、着眼我国科技事业和现代化建设的发展大局做出的重大战略决策。10年来，参加研制、建设、试验的全体同志，牢记党和人民的历史重托，满怀为国争光的雄心壮志，发扬"两弹一星"精神，独立自主，自力更生，团结协作，勇于创新，拼搏进取，攻克了载人航天工程的一系列关键技术，实现了工程建设的重大突破，具有中国特色的载人航天体系初步形成，研制成功了先进的"神舟"号飞船和运载火箭，建立了体现我国尖端和前沿科技集成的飞船应用系统，建成了现代化的航天发射场、航天测控网和飞船着陆场系统，组建训练了航天员队伍，特别是成功发射了"神舟一号""神舟二号"和"神舟三号"飞船，使我国载人航天技术达到了新的水平。……广大科技人员和解放军指战员在发展载人航天工程中做出的突出贡献，祖国和人民永远不会忘记。

最后，江泽民总书记要求我们抓住机遇，迎接挑战，加快发展，努力把我国的科学技术和综合国力提高到一个新的更高的水平。*

从东风飞行控制中心出来，外面已响起"噼噼啪啪"的鞭炮声，那是各系统试验队在放纵快乐的心情，讴歌庆祝。航天城今夜注定无眠！

---

* "神舟三号"飞船发射成功并进入预定轨道. 人民日报，2002-03-26（1）.

3月26日清晨，航天城在欢乐的黎明中醒来，远处大漠无垠，天高云轻，近看朝霞满天，春意盎然。

一大早，江泽民总书记参观完发射中心历史展览馆，又亲切会见载人航天工程的主要领导和各大系统总指挥、总设计师，与他们逐一握手问候，合影留念。此时，火箭系统总指挥黄春平一脸幸福地被告知，江泽民总书记将亲自为"长征二号F"火箭题词：神箭。

接下来，江泽民总书记、吴邦国副总理等中央首长与发射中心中层以上干部，中国科学院、航天科技集团公司等单位的代表共同合影。江泽民总书记说，酒泉卫星发射中心是我国航天事业的发祥地，也是向世界展示我国经济实力、国防实力和民族凝聚力的一个重要窗口。就是在这里，1960年9月10日，首次成功发射了近程弹道导弹；1970年4月24日，成功发射了第一颗人造地球卫星"东方红一号"；1999年11月20日，成功发射了第一艘"神舟"试验飞船。这些成就的取得，是在党中央的领导下，充分发挥社会主义集中力量办大事的优势的成果，是全国各个方面大力协同、全体研制人员不懈奋斗的成果，并勉励发射中心"当科技尖兵，做航天先锋"。*

航天城祝捷的浪潮一浪高过一浪地涌动着，而远处的火箭残骸搜索分队正在大漠深处跋涉。他们的任务是搜索回收随火箭一级残骸落下的遥测磁记录仪，俗称"黑匣子"，搜索处理飞船整流罩上未启用的高空逃逸发动机和高空分离发动机。"黑匣子"记录着火箭飞行的重要信息，是分析火箭飞行状态的补充手段。高空逃逸发动机和高空分离发动机是未曾启用的固体火箭，搜索到后要实施引爆处理，以免对当地居民造成危害。按照火箭理论飞行弹道计算，担负搜索任务的发射中心陆上应急救生大队派出小分队进驻鄂尔多斯市的鄂托克旗和乌审旗待命执行任务。

---

* 发扬航天战线的优良传统和作风 夺取航天事业和国防科技发展新胜利.解放军报，2002-03-27（1）.

残骸散落区域地处毛乌素沙漠边缘，以荒漠、半荒漠为主。早春季节的大漠正值返潮期，整个搜索区变成沼泽、草场、沙漠和灌木丛的综合体。其间，小分队遭遇了沙暴与降温降雨的恶劣天气，给他们的搜索带来很大困难。然而，小分队组成精干，指挥高效，行动迅捷，诸多困难都被他们踩在大漠之下。野外作业带给他们的是吹裂的嘴唇，晒黑的皮肤，灌满沙子的胶鞋，扎爆的汽车轮胎，以及脸上乐呵呵的憨笑。在规定的最短时间内，他们用红绸子裹起了"黑匣子"，引爆了固体发动机。大漠上的欢腾也传到了东风航天城。

在看望东风小学师生之后，江泽民总书记提出要与科技专家代表共进午餐。此时已是上午11时10分，距12时正点午餐时间只有50分钟。为祖国航天科技事业奋斗了几十年的专家们怎么也想不到会受到总书记的宴请，同样在发射场的总装备部领导和发射中心领导也没有这个思想准备，一时间有些忙乱。备什么样的饭菜？选择在什么场合？……大家紧张地讨论起来，匆忙间很难形成统一的方案。这时，发射中心负责接待工作的张玉江副主任找来管理处长胡建新。胡建新看起来大大咧咧，但粗中有细，很善于处理应急场面。听着大家的讨论，情急之下胡建新大胆地说："请首长相信我一次好吗？我有办法一定能圆满完成任务。"于是，他把心中早已酝酿好的方案和盘托出，得到了大家的一致认可。胡建新果断调整了就餐方案，在他的调度下，大家逐一明确分工，迅速展开午餐准备。

饭菜其实很简单，无非家常菜和西北特色菜，稍微高档一点的是烤羊小腿、牛肉和战士们自己喂养的家禽，还有蛋类，其余就是几样蔬菜外加牛肉拉面。

由于条件比较简陋，没有长条餐桌就用会议桌代替，没有台布就用新床单代替，食材不够就请连队支援。很快，一顿热气腾腾的、简朴而丰盛的午餐准备就绪。

大家围坐在一起，江泽民总书记勉励航天战线的同志们大力弘扬

"两弹一星"精神，不怕困难，开拓创新，团结协作，万众一心，为载人航天事业不断做出新的贡献。[*]

江泽民总书记对发射中心张建启主任和鲁思诚书记说，同志们连续奋战很累，很辛苦，要安排好他们的休息，备足力量，迎接新的挑战。张建启主任和鲁思诚书记连连点头，气氛亲切温馨。

柳暗花明，大漠正是春光万里。

航天城的春天真的来了！

---

[*] 浩荡春风漾"神舟".中国军工报，2002-04-04（1,3）.

"神舟四号"：

挑战低温，飞雪迎春

巴丹吉林沙漠边缘的戈壁滩，南望祁连，北通塞外，一条千古流淌的弱水，时而湍急，时而潺湲，时而干涸，时而泛滥，四季变换着节奏滋润着航天城的儿女。冬天，弱水冰封了自己亦疾亦徐的脚步，像一条银色的哈达飘落在戈壁滩上，犹似捧给"神舟四号"飞船的吉祥物。

　　2002年西北戈壁深处迎来一个漫长的冰雪严冬。

　　中长期天气预报信息告诉我们，这年冬天将有超乎寻常的寒冷降临。然而寒冷的冰雪会孕育最美的春花，冬天过后巴丹吉林注定要绽放一枝震惊世界的花蕾，无垠的大漠注定要书写最新最美的华章，绘出最新最美的画卷。

　　"神舟四号"飞船脚踏千里冰雪，昂首挺立在发射场，身后是精神抖擞的发射队伍，大家已经准备好了，准备迎接这多年不遇的冰雪严寒。"长征二号F"火箭和"神舟四号"飞船将带着航天人火热的情感，沸腾天路，沸腾茫茫宇宙。

一、响鼓仍需重槌擂

　　"神舟三号"飞船的发射成功，标志着我国载人航天工程取得了重大进展，为在不久的将来中国航天员进入太空迈出了关键一步，打下了良好基础，也极大地鼓舞了工程全体研制人员。然而，"神舟三号"任务结束后，发射中心未来得及歇一口气，紧接着就投入"神舟四号"的任务准备，并且要在年内实施发射，时间只有短短几个月。一年内连续执行飞船发射任务，这对发射中心是个极大的考验。

　　"神舟三号"飞船发射使参试队伍得到充分锻炼，工程实践进一步加强了大家的质量意识和安全意识，积累了任务实施中质量控制和计划控制的经验。大家在总结"神舟三号"飞船发射任务的经验时，特别提到全过程的质量控制最为关键，质量责任制的落实是任务成功的基本保证，发射场规章制度的落实、制度权威性的强化是成功的重要条件，突出安全规范、突出载人航天的各项安全制度是必不可少的手段。同时，发射中心决定，立即开展发射场设施设备的检修检测，明确检修检测的内容和时间，发现问题及时协调和解决，早准备，早落实，早主动。在检修检测中，突出重点环节，突出薄弱环节，扎扎实实，不走过场，与岗位训练结合起来，以良好的状态迎接"神舟四号"飞船进场。

　　"神舟四号"飞船是一艘完善性的飞船，本身技术状态和载人飞船技术状态一致。与以前发射的三艘无人飞船相比，"神舟四号"飞船返回舱内增加了两把座椅、两个模拟人，凡是航天员工作、生活、医保所需要的物品全部配齐，包括睡袋、压力服、太空食品以及着陆后遇到意外情况所需的匕首、手枪、子弹等物品。具体来说，进一步提高了"神舟四号"飞船的可靠性和安全性，完善了人控功能和仪表显示功能，增强了整船偏航机动能力，改善了舱内载人环境。显然，完善的人控功能和舱内载人环境，是为未来载人飞行设置的状态，在经受飞行考验之后提供进一步改进的可能，以便更好地适应载人飞行。

我们将"神舟四号"的各类试验都看作载人飞行试验的预演，预演越逼真，正式载人飞行成功的把握就越大；技术状态越接近载人状态，载人飞行就越踏实。严格控制技术状态，不带任何疑点上天，是设计"神舟四号"飞船的质量追求。

载人航天飞行的脚步一阵紧似一阵，工程总设计师王永志要求我们，队伍要稳定，关键岗位不能换人，不但现在不能换，"神舟五号"任务也不能换，队伍保持不变；包括发射场的组织指挥和计划协调，操作细则与规程及总体文件，都要保持不变。

王永志总设计师的要求很高，发射场必须抓好落实。保持发射队伍的稳定，既要做深入细致的思想工作，也要针对各种不稳定思想进行深刻的批评。一支测试发射队伍逐渐走向成熟不容易，这支队伍需要稳定，需要在稳定中进一步成熟，这是我们载人航天事业的需要。

发射场各系统检修检测共进行了10周，开了10次周例会，协调解决了大量技术问题，是效率很高的一次任务准备。

张建启主任时刻提醒大家，要担心思想麻痹带来的问题，担心队伍隐藏着的矛盾，担心设施设备隐含的故障，担心计算机软件特别是东风飞行控制中心的软件修改后带来的问题。张建启主任的这些担心，实际上就是任务准备和实施过程中的薄弱环节，需要大家齐心协力、固强补弱。

发射工艺流程制定出来了，按照63天安排，力争向前赶，元旦前完成发射最为理想。

2002年10月23日，发射中心铁路管理处召开"神舟四号"任务动员会，我应邀参加。在会议礼堂里，官兵落座，整齐划一，庄重威武，一看就是一支训练管理有素的部队。

这是一支特殊的技术保障部队，也是全军唯一一支以管理军用铁路为主要任务的部队。铁路管理处战士编员多，战线分布长，在270千米铁路沿线布设着大大小小的点号，他们常年顶烈日、战风沙，一把镐、一把锹，保证航天产品运输专列畅通无阻。他们干着平平凡凡的工作，却是航天发射场诸项工作中不可缺少的一环；他们甚至没有亲眼见过火箭腾飞的壮丽场景，但他们每个人心里都有一个腾飞的梦想。

就是这支部队，给航天城增添几多光彩，给采访者、慰问者、参观者留下无数感慨和感动。在20世纪70年代的某年，张爱萍将军在发射中心检查工作期间，抽空慰问铁路沿线的官兵。行至70千米，突然狂风大作，昏天黑地，将军便在该点号与战士们共进午餐。席间，官兵共嚼"脱水菜"，同吃"沙拌饭"，合唱战斗歌，留下一段官兵同乐的佳话。将军与点号官兵挥手告别时，已是泪眼婆娑，说道："你们的脊梁比这铁轨更硬气，更直溜！"

在几十年的奋战中，他们用忠心赤胆写就了"铁心向党、铁骨担重、铁胆无畏、铁血铸魂"的"道钉"精神。我们的战士就像一颗颗闪亮的道钉，牢固地、忠诚地钉在这条通天的铁路上。正是有了这些"爱洒大漠、志在航天"的铁路卫士，才有了发射中心铁路事业的辉煌。

我坐在动员会主席台上，回想着这些铁路沿线点号的故事，看着台下这群可爱、可敬、可亲的战士，也是感慨万分。我称他们是发射中心执行航天发射任务的先锋部队，是他们最先把航天产品迎进发射场，又是他们最后把完成任务撤场的专列送出大漠，他们是发射中心综合试验能力的重要组成部分。几十年来，他们守护的是一条"通天之路"，我国第一枚导弹、第一颗卫星、第一艘飞船，都由他们运送到发射场。我说："你们虽然不是航天发射的一线部队，你们的工作质量却

铁路管理处的战士们在维修铁路

直接影响到一线；你们虽然不能直接测试航天产品，你们的工作却与航天产品息息相关。你们的工作同样光荣，同样值得骄傲。在这片大漠上，不能没有你们这支部队。时值冬日，你们的工作环境和岗位分外艰苦，更要不怕疲劳，顾全大局，集中精力，全力以赴，做到召之即来，来之能战，战之能胜。"台下的战士们听得认真，听得投入。我不禁想起，这支部队中的大部分人可能都没有见过他们亲自护卫到发射场的火箭是如何升空、如何腾飞的。他们不但没有看到航天发射，有些长年战斗在点号的战士甚至都很少来航天城。听说有这么一个故事：有位老兵的妻子随军住进铁路沿线点号，组成夫妻同值守的岗位，孩子也在点号住了下来。数年之后，孩子从电视上看到动物园，哭着闹着要去看看。戈壁沙漠，沉沉一线穿南北，哪来的动物园？实在没办法，老兵抱着孩子去单位的猪圈转了一圈，总算止住了孩子的哭闹。听到这样的故事，我们不免感到心酸和难过，战士的牺牲奉献何止在发射场！想到这些，我对台下的战士们说："每一次航天发射的成功，都有你们的汗水，你们的辛劳，你们的青春。你们驻守在点号，任劳任怨，默默奉献，有一天航天员上天，回望大地，也会想起我们这条横卧在大漠深处的铁路，也会感谢我们光荣的铁道卫士。而且，今后的任务实施，我们要尽量组织大家分期分批参观发射，让大家进一步增强责任感和荣誉感。"

接下来，铁路管理处官兵以营为单位上台表决心，宣读挑战书和应战书。战士们腰束武装带，衣帽整齐，英姿飒爽，言辞铿锵，信心满满。我看在眼里，喜在心里，这支队伍一定会为"神舟四号"任务打响头炮，抢得头功。

2002年10月28日，张建启主任率领我们参加发射测试站召开的"神舟四号"任务动员誓师大会。路上，张建启主任突然对我说："今天会上我就不讲话了，你代表我讲几句吧！"本以为参加今天的誓师大会是来"打酱油"的，没想到成了主角。讲什么呢？

会议进行过程中，我在脑子里过了一遍，最后轮到我讲话，那就先讲一讲大道理，再讲一讲小道理吧！

"神舟四号"任务之所以重要，是因为它是载人飞行前最后一次无人状态发射，其成功与否决定着载人航天发射的进程。我们要建设"世界著名航天中心"，其主要标志就是载人航天发射，我们这一代人使命光荣，责任重大，要在我们这一代人手中树起这个标志，责无旁贷。我们要为自己此生能有机会参加这么重大的科研试验而感到自豪、光荣。人的一生能干成几件事不容易，机会难得，碌碌无为就会失去机会。与勤务保障团站相比，我们发射测试站是响当当的一线，是主战场，人家还为参加"神舟"飞船发射保障工作而感到无比光荣呢，何况我们？

讲到重要性，我的思维自然而然"跨界"到荣誉感、使命感的"领域"。

我与大家共同分析阻碍任务完成的不利因素。首先是时间紧迫。任务进场后，要连续奋战两个多月，没有节假日，没有星期天，必须发扬连续作战、不怕疲劳的作风，践行载人航天精神，一鼓作气发射成功。其次是"神舟三号"飞船发射成功可能带来的思想麻痹。坚决克服麻痹思想也是张建启主任一再告诫我们的重点，要把参试人员的思想真正统一到"神舟四号"任务上来，集中精力，全力以赴，参试就是参战，试验场就是战场。最后是季节特殊。寒冷的冬季，有好多未知的不利因素，我们的设施设备如何经受低温考验，需要大家预备应对措施，也许到时候困难比我们现在想象的还要多。这些不利因素摆在我们面前，需要我们应对。

讲到这里，我的脑海里突然浮现前段时间有关发射测试站部分科技干部思想出现动摇的消息。诚然，"神舟三号"飞船的发射成功，大家付出了艰辛的努力，甚至春节都不能与亲人团聚，也使个别人产生了厌战情绪。有这种情绪的人甚至包括在先前任务中荣立过一等功或二等功的人员。王永志总设计师反复叮嘱我们要保持队伍的稳定，今天这个场合正好是纠正不良情绪的机会。我说："下面讲一讲个别人的思想问题。有些人想见好就收，不愿意继续干了。据我了解，确实存在这种情绪，是否有行动，我还不得而知，起码是有思想表现和言语透露。是的，你们为航天发射做出了应有的贡献，组织上给了你们很高的荣誉，这也是你们应该得到的。但是，我认为这些荣誉更应该属于发射测试站这个集体，你们应该是代表集体领的这些荣誉；这些荣誉还应该属于向后延伸一个阶段的你们，只有在这个阶段一直表现优秀，这些荣誉才最终真正归于你。否则，你就把一等功、二等功奖章留下再走人！"

此言一出，似乎过重了。我向会场上那一张张熟悉的面孔扫了一遍。从某种意义上说，这些技术骨干也都是我任发射测试站站长期间就开始培养的人才。当然，对他们爱之深，责之切。我说："这种动摇情绪必须坚决克服，坚决批评，没有任何理由存在，通不过！"

在返回发射中心机关的路上，张建启主任又逗我："你真行，要把人家辛辛苦苦获得的一等功、二等功给剥夺了！"我笑笑回答："讲重了，响鼓仍需重槌擂，我只是把这支队伍的稳定看得太重了！"

二、测控设备用错遥控码表，撤离演练
酿成重伤事故

在发射场周围，遍布大大小小的测控设备，包括雷达测量设备、光学测量设备、地面遥测设备、天地话音通信设备和安全控制设备等。特别是，对应飞船在发射场测试以及上升段、运行段和返回段飞行任务，发射场还新部署了USB微波统一测控设备。以上设备统称为发射首区测控通信系统。这些设备是获取火箭、飞船飞行信息的重要手段，也是发射中心重要的参试系统。

USB设备由发射、接收、测距、测速、遥控、遥测、数传、天伺馈及话音终端等子系统组成，其主要功能是：获取飞船相对于测控站的方位角、俯仰角、斜距和径向速度等测量元素；接收并解调飞船遥测编码信息和飞船下行数传信息；对飞船发送遥控指令和上行话音信号；等等。飞船在发射场测试期间，USB可以对飞船发送遥控指令，也可以透明转发北京飞行控制中心发送的遥控指令，以验证飞船接收遥控指令的正确性。

2002年11月22日下午，飞船系统组织船—地联合检查。此时，飞船位于测试厂房，与数十里之外的USB设备通过无线网络完成信息对接与匹配。船—地联合检查的依据文件是《大气层外逃逸与应急救生测试大纲》和《大气层外逃逸与应急救生实施细则》，完成飞船三种救生模式的天地对接，验证飞船与地面测控通信系统的匹配性和协调性，检验地面测控系统执行飞控任务的能力与实施方案。

船—地联合检查，涉及飞船和地面测控两大系统的状态设置和操

USB 设备的巨型天线

作协调，要求非常严格。系统间的成功匹配是实现飞行遥控功能的基础，在发射场必须得以充分检验。

孰料，检查结果却出现意外。

按照约定，在第二次检查中，USB发出14条指令计数，而飞船却只收到4条指令计数，不但漏掉了10条指令，而且从飞船设备的动作现象看，似乎中间还有不应该出现的指令。试验结果表明，完全没有按照试验文书规定的内容执行。

飞船不能正常接收地面USB发出的遥控指令，问题究竟出在哪个环节呢？地面测控系统和飞船系统同时展开排查。USB设备属发射中心指挥控制站管理和操作，他们在排查中很快发现了问题。由于准备工作中的疏漏，USB设备所使用的遥控码表为以前测试码表，而不是此次船—地联合检查大纲所要求的实战码表，也就是说，USB发出的遥控指令大多不能被飞船所识别和执行。这是飞船指令计数不正常的主要原因。显然，这是重大的操作失误。

指挥控制站的同志并未就此停止排查，他们继续检查USB遥控终端发令记录，发现在重复发出时间符合指令时，发第一遍指令与发第二遍指令之间的时间间隔不满足700毫秒的技术指标，而是处于200毫秒和300毫秒之间。指令间隔时间太短，就会导致飞船接收指令后来不及处理而丢失指令。这是飞船系统在第二次检查中指令计数不够的另一个原因。

两个问题，一个暴露了指挥控制站的操作作风不严谨，另一个暴露了设备软件的设计错误。两个问题都很重要，幸亏暴露在飞船测试阶段，若发生在飞行中，必将带来极大损害。

针对这次失误，胡世祥副部长在不同场合有多次尖锐的批评，要求测控系统针对问题组织整顿。

整顿恰是时候。不可否认，首区测控通信系统试验作风与载人发射标准存在较大差距，发现问题，解决问题，为时不晚。痛定思痛，指挥控制站组织全体人员开展质量和作风大检查，复查所有参试设备是否还存在技术和质量隐患，检查试验作风存在的不严谨、不规范现象，并制定出切实可行的措施，敦促全体人员以新的精神面貌投入任务中去。

针对发生的这起失误，他们进行了深刻剖析。首先，未能严格按照测试大纲使用实战码表设置设备状态，证明工作中对技术状态控制不严，操作随意性较大，这种作风无论如何不应该出现在载人航天测控中。其次，从技术角度讲，对参试设备特别是重要设备的岗位准备还不够细致，检查不够充分，未能及时发现技术问题。指令间隔时间过短的差错完全可以在设备联调联试中提早发现并解决，结果问题却被带到了船—地联合检查中，说明岗位人员发现问题和解决问题的能力有限。在与飞船直接对接的大型联合检查中，这种状态错误极有可能对飞船造成伤害，后果不堪设想。

教训也使他们认识到，技术和作风历来相辅相成。好的试验作风可以保障技术水平的提升，保障技术能力的发挥；若试验作风不良，再好的技术可能也体现不出来。加强试验作风建设，什么时候都不过时，什么时候都有必要。

指挥控制站向发射中心写了深刻的检查报告。此后，便是他们新的起点，新的标准。

12月12日上午，发射场安排紧急撤离演练。演练程序模拟发射阵地出现危险情况，参试人员从各自岗位撤离到安全区域。火箭系统、飞船系统以及发射场系统在发射塔射前定位的人员全部参加演练。演练开始前，组织者对演练目的、演练程序和注意事项提出了具体要求，规定了不同人员不同的撤离方式和撤离路线。例如，有的乘电梯紧急撤离，有的顺着塔架上的工作爬梯徒步撤离，有的从逃逸滑道撤离。特别是从逃逸滑道撤离的人员，地面设备营的战士们专门讲解了撤离要领，并做了示范。

　　天气很冷，气温接近 −20℃，参加演练的人员被冻得瑟瑟发抖，在阵地上焦急地等待着紧急撤离的口令。

　　为了防止意外，发射中心派出3辆救护车、1辆卫勤指挥车，定位在发射阵地，保证紧急撤离演练的正常进行。卫生处助理员宋秋明负责现场卫勤指挥与协调。

　　下午5时，0号指挥员下达紧急撤离口令，各系统工作人员从不同岗位以不同的方式快速撤离并集结到发射场坪。此时，突然听到地下室逃逸滑道出口处传来紧急呼喊声："有人受伤了，赶快抢救！"

　　一般来说，乘坐电梯或徒步撤离不会出现太大的危险，最不好掌控的就是利用逃逸滑道撤离，果然出问题了！

　　原来，飞船系统试验队员工作在50多米高的发射塔工作平台上，他们最便捷的紧急撤离方式是逃逸滑道。

　　参加演练的飞船系统试验队员有几十号人，大家排着队等待，依次跳进逃逸滑道。

　　前面几个人跳得都不顺利，可能没掌握要领，也可能姿势不对，不是滑得过快就是过慢。有的滑不下去，被卡在滑袋内；有的滑得过快，容易发生危险。有时甚至几个人塞在袋内，又喊又叫，不得不叫地面设备营的战士跳下来协助处理。

　　轮到王爱新跳了。在她前面跳下去的是专业组长，顺利完成。

　　王爱新是飞船总装厂的一名女性工人，时年39岁。在临射准备程序中，她的主要工作是在塔架上协助技术人员安装飞船上的 γ 射线源，给舱内操作人员搬运设备，递送操作工具，等等。

　　王爱新身材偏瘦，双臂在滑袋壁上撑不紧，从50多米高处跳下来，心里本就紧张。所以，当她跳入滑袋后，似乎没有任何过程，直接就落到了地面。本来地面铺有厚厚的软垫子，按规定也应该有人扎住滑袋出口，但是王爱新当时感觉这一切都不存在了，自己就像从50多米高处砸到水泥地板上一样，落地时只感到一阵昏暗，钻心的疼痛袭满全身。她试图用双手撑着站起来，但是双腿已经不听使唤了。

发射中心卫勤救护队赶到现场。只见王爱新右脚踝处开放性粉碎骨折，骨茬露在外面，左脚也疼痛不已（后检查为骨裂），面色苍白，表情痛苦，但她很坚强，不呻吟，不哭喊。

周围的人被吓蒙了，鸦雀无声。

宋秋明带领现场医务人员紧急为王爱新注射了杜冷丁进行镇痛，用夹板和绷带固定她的断肢，担架队员将她抬上救护车，迅速送往发射中心医院救治。

飞船系统总指挥袁家军和张建启主任闻讯后以最快速度赶到医院看望，了解受伤情况。见到自己的队员受伤如此严重，袁家军难过的心情溢于言表，指示飞船试验队对这次紧急撤离演练进行认真总结。张建启主任除对王爱新表示慰问外，对演练的组织指挥进行了严厉批评，要求从管理上彻底归零。

后面的救治是及时而有效的，伤者也深深感谢发射中心对手术的精心安排和术后恢复的良好护理，既有伤痛，也有谢忱。

2017年8月，我又一次见到王爱新女士，老远她就向我打招呼。看到她走路没有异样，我感到很欣慰；谈及那次事故，我又感到深深的歉疚。王爱新缓缓地向我回顾了事故过程，没有丝毫的不满和指责，更多的是感谢发射中心医院的救护人员，感谢宋秋明助理。她甚至开玩笑说："流血受伤也不意外，哪里都有可能发生流血事故，流血保证了飞船的发射成功。如果没有这个事故，飞船也许还不正常呢！别人都这么说呢！"说完爽朗一笑。我知道，航天人爱开这种玩笑。这不是迷信，是从失误中总结出的辩证道理。

宋秋明助理对这次意外事故也有总结。她回忆说：

　　组织紧急撤离演练，指挥一定要统一，才能避免现场混乱。下面没准备好，上面就有人催着往下跳，那是乱指挥，没有不出事的。再者，对演练的重视程度不够，现场不像是一项正式工作，在演练中嬉笑打闹的事情时有发生。秩序不严，就会酿成事故。还有，参加演练的试验队员有的身体素质不是很好，体质偏弱，在紧急撤离时动作迟缓，脚跟不上趟，也是造成人员拥堵、场面混乱的一个重要原因。最后，关键部位（例如逃逸滑道入口）应该有人员专门负责，定岗定位，指导大家有序撤离。否则，任务实施中若遇到紧急情况真可能会出问题。

三、"中华圣土"搭飞船遨游九霄

　　飞船上天，万众欢呼，举国欢庆。但是"神舟"飞船上天后究竟完成了哪些有价值的科学实验，想必是萦绕在全国人民心头的一个问号。这里简单介绍一些空间实验项目，以飨读者。

　　"神舟四号"飞船空间应用系统的主载荷为多模态微波遥感器。这是我国第一个试验性的船载微波遥感系统，主要用于海洋观测，同时兼顾陆地遥感观测。与可见光和红外遥感相比，微波遥感有其独特的优越性，它不受云雨雷电的限制，可以全天时、全天候工作，而且对土壤和植被有一定穿透能力。该系统包括三种微波遥感器，即微波辐射计、雷达高度计和雷达散射计。三种遥感器联手，将在太空中组成多种复合观测模式，可以在同一观测区域获得不同遥感器的观测数据，通过对这些数据融合处理，能够获取更多的观测信息。

　　除此之外，"神舟四号"飞船在太空飞行期间还要开展空间环境监测和空间科学实验、综合精密定轨实验、空间细胞电融合实验、生物大分子和细胞的空间分纯化、微重力流体物理实验和有效载荷在轨技术支持系统实验等科学研究项目。

　　提到空间细胞电融合实验，在发射准备的日子里，我隔三岔五就到飞船及有效载荷总装测试厂房去观看中国科学院的科学家们进行样品制备，向他们了解空间科学实验的众多项目和内容。看着一件件动物和植物样品，我非常感兴趣，但对其原理压根不懂。科学家们向我介绍，细胞融合技术是生物制品加工、培养新品种和生物制药的新技术。利用空间微重力条件进行细胞融合实验，细胞在融合液中重力沉降的现象消失，可以提高电融合杂种细胞获得率和细胞活力，为人类利用微重力资源进行空间制药探索新方法。

在厂房实验室，中国科学院上海生物化学所的研究人员，喂养了许多纯种小白鼠。他们介绍说，这些小白鼠喂养8周后开始注入免疫抗体，3周为一个周期。小白鼠生长到17～18周时注射第三次抗体，从其尾部静脉中取血，制备血清，血清中抗原达到一定量时就可以作为细胞融合的解剖对象了。科学家继续解释说，B淋巴细胞在体外不能进行繁殖，但能产生抗体，骨髓瘤细胞在体外可以无限繁殖，利用两者的优势互补，将B淋巴细胞和骨髓瘤细胞进行融合，就可以得到一种既能无限繁殖又能产生某一特定的单克隆抗体的杂种细胞。而这些实验的最好场所就是太空环境。

另外几间实验室里，中国科学院上海植物生理生态研究所的科学家在为植物细胞电融合制备样品，他们采用的是有液泡的"黄花"烟草原生质体和脱液泡的"革新一号"烟草原生质体。科学家队伍中，有位郑慧琼女士，她是一位军嫂，其丈夫碰巧还是我在国防大学一位同学的下属，不觉多了几分亲近感，交谈也更热络一些。她给我们介绍说，挑选这两种植物苗，是因为它们本身的细胞性明显，而且在地面已进行了大量深入研究，有基础进入太空进一步研究，有望取得好的实验成果。

他们在发射场实验室里精心培育了8个批次的烟草苗，每一批次都生长得郁郁葱葱，青翠欲滴；每一批次都大小分明，参差有别。这些烟草苗用的是营养土，浇的是纯净水，用微型电脑监测温度和湿度，经过6周左右的生长，科学家就可以从中提取细胞用于实验。融合后的细胞为细胞遗传物质优化提供各种各样的可能性。譬如，可以把人参和虫草的细胞进行融合，产生兼有两者药效的新品种。当然，这种植物细胞融合的最佳环境也首选太空。

发射前，他们把这些实验样品小心翼翼地装入飞船。地面上，相同的实验也在同步进行，以便比对，得出更准确的实验结果。

后来，郑慧琼女士给我寄来《科学通报》第48卷第13期杂志，上面载有郑慧琼与同事们合作的论文《烟草细胞的空间电融合》。文中介绍："黄花"品种烟草叶肉原生质体与"革新一号"烟草脱液泡原生质体1∶1混合，装入融合室中，随飞船发射入轨，以10℃温度保存原生质体。入轨8小时后，将温度升至17～25℃，遥控启动电融合程序。细胞于交流电场中排列，20秒之后，细胞排列成串，开始电融合。融合结束后，细胞静置15分钟，通过活塞运动将细胞导入换液室，再将融合介质置换为培养液，26分钟后将样品的保存温度降至10℃，直到样品随飞船返回地面。

"神舟四号"飞船携带的植物细胞——"黄花"品种烟草叶肉原生质体与"革新一号"烟草脱液泡原生质体空间电融合实验获得成功。细胞核染色的结果显示，空间飞行样品中双核细胞的比率为18.8%，多核细胞的比率为2.1%，分别比地面对照样品增加10.4倍和5.2倍。空间飞行样品细胞活力为53.1%，地面对照样品细胞活力为38.0%，相对提高了39.7%。同时，微重力环境中融合细胞的代谢活动也发生了显著改变。此次实验的成功，表明空间微重力环境是改善细胞电融合技术的重要途径。

除了那么多科学实验载荷之外，"神舟四号"飞船还有一样珍贵的搭载物，它是一捧土，一捧"中华圣土"。

12月22日是一个难忘的日子。那天上午在垂直总装测试厂房将要举行一个庄严的仪式，来自祖国31个省、自治区、直辖市和香港、澳门特别行政区及宝岛台湾的34种泥土将载入"神舟四号"飞船，随飞船升入太空，巡天飞行。

我怀着激动的心情，匆匆吃过早饭便奔往发射场。行至弱水河第二座桥，前一天晚上落下的皑皑白雪覆盖着河面，犹似一条银色丝带在大地上蜿蜒，岸边胡杨林银装素裹，河滩里枯黄的芦苇和芨芨草也变得冰清玉洁、晶莹闪亮。我实在经受不住大自然赋予的这幅冬景图画的诱惑，让司机小夏把车停下来，到河里踏雪留影。

我俩跳下车，迫不及待地向河边奔去。孰料双脚刚触到白雪覆盖的河面，只听"扑通"一声，我们同时踩进了冰水里。原来水流很急，根本就未结住冰，薄薄的一层冰屑加上随水漂浮的杂草枯枝，上面盖满了雪花，竟让我们误认为是冰雪覆盖的河面了。

我们俩大呼小叫地快速回到岸上，但冰凉的雪水早浸透鞋子和毛裤，顾不得收拾，赶紧钻进汽车，驰向发射场。

来到厂房，时间尚早，褪掉裤脚湿透的毛裤，向别人借了一条秋裤，借了一双袜子，拧干外裤，匆匆向垂直厂房的仪式现场跑去。

垂直厂房里，搭载"中华圣土"的仪式已准备完毕。一面巨大的五星红旗平展挂在墙壁上，"长征二号F"运载火箭托举着"神舟四号"飞船，巍然屹立在活动发射台上。载人航天工程领导，飞船、火箭、航天员、发射场等各大系统总指挥和总设计师，以及发射中心的领导们，在国旗前整齐地站了两排，老总们对面则是身着白大褂或蓝色工作服的试验队员和发射中心参试官兵。

这是一个激动人心的时刻，这是一个庄严、庄重的仪式。

中央电视台著名节目主持人倪萍虔诚地捧着用红色锦缎包裹着的"中华圣土"，庄重地从白蓝两队间穿过。

"中华圣土"孕育了中华儿女，它来自江南，来自塞北，来自海角天涯。偌大的一捧"圣土"，被我们的"神舟四号"飞船欣然装下。捧在手里仔细看，红的是血，黄的是泪，贫瘠的是千年辛酸，肥沃的是百代精华。如此丰裕的泥土，被我们的"神舟四号"飞船怡然容纳。

倪萍把"中华圣土"交给各系统的老总们，老总们依次传递。他们亲吻着"圣土"，似乎亲吻着春花秋实；捧着"圣土"，仿佛捧着飘雪的严冬和葱绿的盛夏。千秋万代，中华大地上的"圣土"，垒过多少城垛，筑过多少堤坝，扎下民族不屈的根，育出民族强盛的芽。老总们心潮澎湃，思绪万千。

在仪仗队护卫下，在公证人员的见证下，倪萍将"中华圣土"交给试验队员，放进了"神舟四号"飞船返回舱，它将与飞船同游太空，也将与返回舱重归故土。

四、"神舟四号"发射遭遇极端天气

自12月21日起，大雪纷纷扬扬下个不停，很快覆盖了整个发射场，此时距预定的"神舟四号"飞船发射日12月29日只有8天时间了。漫天大雪持续了两天两夜，发射场气温很快降至−25℃以下。这么强的冰雪天气，场区历史上大概只有20世纪60年代有过。在戈壁上生活了50年以上的老人说，这么冷的天，这么大的雪，还是第一次见到。面对突如其来的冰雪天气，"神舟四号"飞船能否如期发射，又能否在风雪交加中安全返回，都是巨大的问号，发射场区任务指挥部立即着手研究相关对策。

按照计划，船—箭—塔组合体于12月24日由技术区垂直厂房转运至发射区。23日组织讨论转运有关准备工作。天气预报显示，24日发射场气温将会出现小幅回升，最高气温有望升到−20℃以上。我们知道，发射条件是不能低于−20℃的。

火箭系统分析，二级伺服机构密封圈在−25℃时会冻坏，其他仪器可抗−20℃的低温。按照天气预报的气温，火箭系统满足转运条件。

飞船系统分析，在−20℃的环境温度下，整流罩可以使船内温度在15℃与12℃之间保温4小时。飞船系统也满足转运条件。

指挥部当即决定，抓住有利时机，迅速实施转运。保险起见，选在24日下午3时全天气温最高的时段开始转运。指挥部要求各系统，在船—箭—塔组合体出厂房前测一次温度，转运到发射工位再测一次温度，做到心中有数。为保证转运现场的秩序，谢绝一切参观，并要求发射中心气象系统密切关注天气变化情况，有异常立即向指挥部

飞船在厂房内准备扣整流罩

报告。

12月24日下午3时，船—箭—塔组合体按计划开始转运。往日转运现场热闹异常，而本次转运受到低温影响，显得冷清了许多。大家穿起厚厚的防寒衣服，手戴皮手套，脚蹬棉靴，只有参加转运操作的地面设备营的战士操作手们为便于操作仍然尽量简装。看到航天科技集团公司副总经理许达哲只戴了一顶线帽，冻得双耳通红，不住地用双手捂耳朵，搓脸蛋，我打趣地说："你以为这是湖南啊！"（许达哲是湖南人）随后，我立即安排人为他找来棉帽和皮大衣。

转到发射工位后，气温还在下降。

船—箭—塔组合体在发射工位当日的工作内容包括：活动发射台对中锁定，连接各系统测试电缆，伸出并固定发射台支撑腿；合拢塔架一、二组回转工作平台；连接垂直度调整电缆，调整火箭垂直度；火箭射向粗瞄；最后，合拢三、四组回转工作平台。

晚饭后我返回发射工位，看到塔架工作平台尚未合拢，部分箭体依然暴露在寒风低温中。我预感到情况不妙，赶紧询问，原来发射塔勤务系统在超低温下出现了多个故障，不能正常运行，延误了工作流程。我赶紧召集有关人员在发射区协作值班室商讨应对措施。那天的冷沁入骨髓，让人感觉似乎世界末日到了。一个声音在我心里不断回荡："实在不行就把船—箭—塔组合体再转回技术厂房吧！"口里却与大家说："再想想办法，一定要克服困难！"两个声音在冲突，心与口在斗争。幸亏心里的声音没有发出来，在同志们的努力下，问题最终还是解决了，奇迹就发生在再坚持一下的努力之中。

时任发射测试站总工程师王金安回忆说：

> "神舟四号"任务垂直转运时，地面设备出现了三个影响工作平台合拢的故障。第一个是平台运行检查过程中第三组速度控制失灵，经排查为电位计管脚断裂，无法正常工作。第二个是组

合体到发射工位后，发射台要对中锁定，按流程进行支撑转换，一开机却发现第一根支撑腿转换装置液压系统的溢流阀不动作，只好在−20℃的低温下赤手拆装，还好，30分钟后换好了溢流阀，系统恢复正常。第二天，我发现操作人员的手肿了5厘米厚。第三个是回转工作平台液压阀箱的比例放大器在低温下也出现异常，这直接影响了平台合拢。

低温导致这么多故障，而任务又要求在规定的时间内完成规定的工作内容，地面设备营的战士们付出了极大的代价，战胜了低温，赢得了时间，保证了进度。至晚上9时左右，当天规定的工作全部结束，火箭和飞船供上了热风，一切安全。

我给张建启主任拨通了手机，报告发射场工作正常，让他放心。

几天来持续低温，最低时竟突破了−30℃，这对负责试验和生活用电与供暖保障的发电厂是一个巨大考验。我翻阅当年的工作笔记，其中赫然记着：12月21日，发电负荷，16600千瓦；12月22日，发电负荷，16700千瓦；12月23日，发电负荷，17500千瓦；12月24日，发电负荷，17600千瓦；12月25日，发电负荷，18500千瓦……这些数据逐渐逼近发射中心这座小型发电厂的发电极限。令人担心的不仅仅是发射场的低温考验，还有发射中心各类保障和生活设施都要面对低温的挑战。

常言道，针尖大的窟窿斗大的风。塔架各层工作平台对火箭和飞船合拢后，也不能完全挡住从四面八方吹来的冷风。为了解决这些问题，用上了"小米加步枪"，土法上马。发射中心后勤部门按照指挥部的要求，从物资处库房紧急调来120条军用棉被，抬上了发射塔架的透风部位。战士们粗针大麻线忙活了一阵子，把每个漏风的地方都堵得严严实实，也算是起到了一定的防风保温作用。

12月27日晚应该是发射场区任务指挥部最后一次会议，会议审定

"神舟四号"任务船—箭—塔组合体在低温下垂直转运

火箭加注和最后发射的各项工作计划与程序。

发射场的气温丝毫没有回升的迹象。预定的29日到底能不能发射，指挥部内部也出现了分歧。有人建议发射塔架工作平台推迟收回，火箭的温度就不会降得太低，可以按原定日期实施发射。也有人建议推迟一天发射，环境温度也许会有所回升，对发射更加有利。无疑，推迟收回封闭的工作平台将给人员的操作和撤收带来一定难度，而推迟一天发射则试验文书要重新修改，推迟的24小时对各系统的保温能力也是一个极大的考验，谁也不敢保证已近极限的供热设备突然之间不会在哪个部位"冒泡"或"罢工"。

张建启主任很谨慎，事先他与气象专家有过沟通和商讨，分析的结果是，再过两天温度就有可能回升到−20℃以上，能够满足发射要求。但是如果按原计划发射，可能温度在−22℃左右，基本不满足最低发射条件。他经过权衡，向指挥部建议推迟一天发射。

总装备部胡世祥副部长参加了指挥部会议。在做出最终决策之前，他也很谨慎，反复听取不同意见，要指挥部成员一个个表态。看得出，胡世祥副部长很希望按时发射，但也不得不顾及低温带来的影响。他说："−25℃应该也扛得住，如果温度继续下降可以考虑推迟发射。推迟发射采取措施要考虑技术状态变化带来的影响；低温下工作要特别注意设备和人身的安全，避免非战斗减员。"深思熟虑后，胡世祥副部长同意推迟一天发射。他要求指挥部调整工作流程，对调整后的流程尽快熟悉和掌握，完善预案，做好演练，28日晚向指挥部汇报最后准备情况。

28日上午，根据指挥部推迟一天发射的决策，我赶忙组织各系统讨论应对措施。大家从产品、地面设备、试验程序和文书等方面进行认真分析和研究，采取多项措施，形成了新的发射计划安排意见。

火箭防寒最薄弱环节是发动机尾部，应重点对其采取保温手段，用棉被包裹尾部后端，包括发动机喷管部位，用保温材料包裹发动机舱内氧化剂和燃烧剂启动活门前的输送管，这是一段最要命的管路，也是火箭专家们最担心经不住低温考验而出现问题的部位（按照技术规范，这段管路不能低于$-6℃$）。对逃逸塔各发动机喷管出口及配重段外壁也粘贴保温层。

为了适应低温发射，发射程序必须做相应调整。向火箭尾舱送热风原为发射前1小时停止，现改为发射前45分钟停止，相应地，发射塔第一组工作平台（对应发动机尾舱）从发射前25分钟收回，改为发射前15分钟收回，最大限度地延长为发动机尾舱送热风的时间。

质量控制小组对发射预案中的最低发射条件重新进行修订，形成《最低发射环境温度条件纪要》；测试发射协调小组形成《火箭加注至发射状态变更情况说明》，对各系统指挥员指挥协同程序进行修订，并重新完成会签。

火箭加注系统保持状态，但是需要对推进剂再次实施调温，保证推进剂满足加注时的温度要求。

分析认为，飞船系统可以满足$-25℃$时的发射要求。火箭系统要求最高的部位是发动机尾舱，其舱内温度不低于$0℃$。根据热风设备实际能力，发射场可以保证发射前45分钟停止向其送热风，火箭尾舱温度不低于$9℃$。在此状态下，火箭允许在$-23℃$环境温度下实施发射。

最后，经质量控制小组审议和各系统会签，确认发射环境温度可以从$-20\sim40℃$，放宽到$-23\sim40℃$，因此，只要环境温度不低于$-23℃$即可组织发射。

一切安排停当，已是28日中午，我很踏实地赶到招待所。来到餐厅，大家早已就座，我高兴地向胡世祥副部长汇报："首长，向您汇报，计划安排妥当……"

"什么妥当，胡咧咧！"胡世祥副部长冷不防打断了我的话，"推进剂输送管做过试验没有？拿到数据没有？"

我立刻怔住了。目前我们对这段输送管路仅仅是考虑到采取相应措施，确实没有低温下温度变化的试验数据。

位于发动机和推进剂储箱之间直径为12厘米、长度为1米的燃料输送管，是储箱至发动机之间唯一暴露在箭体外部的通道，一旦管道冻裂或管内推进剂凝固，推进剂输送不到发动机燃烧室，发射就会因此而失败。即使把发射日定在温度有可能回升的30日，塔架工作平台收回后裸露在外的这段输送管能否扛得住短时间的罕见低温也是一个未知数。胡世祥副部长批评我没考虑到这段管路的试验，并要我对这段关系到发射成败的输送管进行一次模拟低温试验。

闷闷不乐地用完午餐，我离开了招待所。

回到家尚未坐下，胡世祥副部长把电话打了过来，问我在哪里，我说在家。他说："你还有空回家？赶快做试验去！"我说："我也是回家理一理思路，准备一下。"他说："不行，现在就去，叫上邹利鹏。"

我明白胡世祥副部长心里着急，对这段管路耐低温的情况没有把握，他要在今天晚上做最后决策，需要掌握各个系统的情况，特别是事关成败的关键部位和重要部位，不能有任何闪失。该做的试验都做完，该掌握的数据都拿到手，心中才踏实，决策才更有把握。

胡世祥1965年毕业于哈尔滨工业大学，在酒泉卫星发射中心从火箭操作手一直干到发射站站长，后任发射中心副总工程师。在我国第一颗人造卫星"东方红一号"任务中担任按"点火"按钮的发控台操纵员，当他的拇指按下那颗绛色按钮后，便把这个辉煌的瞬间定格在航天发射的史册中了。后来，他被调到西昌卫星发射中心任职，几十年亲历大大小小无数次航天发射，历经坎坷，铸就辉煌。对他来说，有成功的喜悦，也有失败的苦涩，但他心胸宽广、大度，不受一时一事成败的羁绊，全身心奉献于自己钟爱的航天大业，成长为著名的航天测试发射专家、优秀指挥员，为我国航天测试发射技术的发展和进步做出了突出贡献。

他一再催促，甚至发脾气，我都能理解，因为我不但是他的下属，更是他的弟子。自从参加工作，他手把手地从看电路图开始指导我。当我小有名气时，他曾提醒我不要沾沾自喜，真正成为出类拔萃的人还早呢！在我动摇对事业的追求时，他要求我调整状态、认准目标。特别是他带领我们研发我国航天发射场第一代电子化指挥系统，更是率先垂范、日夜攻关，开创了航天发射自动指挥、显示和监控之先河。那时，我还年轻，除了认真钻研技术之外，其他似乎都不太懂。

1985年，在电子化指挥系统研制阶段，我负责开发CAMAC计算机标准接口系统。这套设备由航天部测控公司从波兰进口。当我们在北京接到设备并熟悉掌握技术后，公司却不能为我们提供运回发射中心的设备包装，但许诺可以找人包装，他们给予报销。人地两生的我们到哪里去找包装工人啊？时任发射站站长胡世祥正好出差路过北京，他说："这有何难，找来废木箱，我就可以帮你们把设备装起来。"于是，胡世祥站长与另一名战友换上工作服，拿起锤子、锯子，"叮叮当当"一天时间，竟然真的把设备包装完毕。

设备包装好，我们准备返回发射中心。我主动请缨，要为站长预订返程火车票。在订票过程中遇到一点麻烦，惹得站长不高兴，他劈头盖脸把我批评了一顿。路上我心里一直都不舒服，很少说话。胡世祥站长把我叫到他的卧铺车厢，笑着对我说："我就是故意批评你几句，锻炼你的承受能力，挨骂也是考验。"

……

在回忆中猛然醒来。我现在已经是发射中心副主任，肩负着重要的责任，我不但必须经受住首长的这顿批评，而且要把任务完成好。我给发射中心装备部邹利鹏副部长打了电话，告诉他做试验的目的，请他快来帮忙。

驱车赶到2号发射场，寻找做试验的有关材料。随后装备部试验装备处钟仁全副处长也赶了过来，帮我找齐试验材料后共同返回特燃供应站做试验。

此时，邹利鹏已在特燃供应站聚齐人马，分了三个小组展开准备。除了钟仁全负责试验管阀之外，特燃供应站李树斌站长带领一组人员准备四氧化二氮液体及相应器件和转注设备，化验室主任罗兴炳带领一组人员准备降温试验环境和测温设备。

邹利鹏是发射中心一位善于思考、善于解决问题的特种燃料专家。他1988年毕业于国防科学技术大学，被分配到发射中心特燃供应站工作，一直与火箭推进剂（特种燃料）打交道。他曾因攻克困扰发射场多年的燃料储存发黄变质问题而获得高等级科研成果，荣获过全国"五四"青年奖章，也曾在人民大会堂表彰"两弹一星"元勋大会上代表年轻一代科技人员发言。由他来组织做这个模拟低温试验最合适不过了，这正是他得心应手的好戏。

下午5时，环境温度降至-23℃，将温度为16℃的四氧化二氮液体注入模拟火箭发动机输送管路的试验管中，在环境温度下插一个温度计进去，隔一段时间拿出来记下一个温度数据。

下午6时，环境温度降至-25℃，将试验管及其中的四氧化二氮拉回热水浴池中，整体升温到16℃，再放回环境温度下继续降温试验，记录温度数据。

下午7时，环境温度降至-28℃，重复以上试验过程和步骤。

对记录数据整理分析，试验管中的四氧化二氮在前30分钟降温速度较快，由16℃降至6℃；30分钟后，温度开始呈线性下降，平均每5分钟下降1℃。试验样品从16℃降至0℃用时1小时，降至-3℃，用时1小时15分。

结合试验数据分析，在环境温度为-28℃的极限条件下，若推迟发射塔架工作平台的收回时间，火箭发动机输送管路中的推进剂不会在环境温度下凝固而影响发射，这个结论是肯定的。对这个试验结果，我们都感到很放心。

晚上8时，我带着邹利鹏和钟仁全等人，火急火燎地赶到指挥部会议会场。此时，指挥部所有成员都在等待试验结果，会议程序大概都已审议完毕，就等我们的消息。

邹利鹏把试验结论向大家做了汇报，所有人员再没有任何犹豫和担心。胡世祥副部长连说了三个"很好"，他还说："这次任务考验了队伍的应变能力，工作做得更细，考虑得更全面，准备得更扎实，各系统的配合更密切，这是我们任务成功的根本保证。"胡世祥副部长要求工程各系统总结这次任务的经验，归档资料，分析研究新情况，解决新问题，不断适应自然环境。会议决定，12月29日实施火箭推进剂加注，16时40分阵地进入射前8小时程序，发射窗口前沿瞄准12月30日0时40分。

各系统忙碌地进入发射程序，严寒丝毫没有减退的趋势。

发射程序进入90分钟准备，当时的环境温度还在−20℃以下。按照程序，操作手开始拧下火箭的防风拉杆，也就是火箭与活动发射台之间的四个螺杆连接。就在这时，一个意想不到的情况发生了。操作手按下自动回收按钮后，防风拉杆因为温度太低而收不回来，这是前几次发射任务从未遇到过的情况。如果防风拉杆不能正常收回，就有可能影响或推迟发射程序，在如此低温下推迟一分钟程序都是灾难性的考验。操作手王新江回忆说：

> 从来没有遇到这种情况，当时也没有预案，一遇到都傻了，不知道怎么排除。时间一分一秒地迫近发射，只有加紧抢修，反复打开放气阀十几次，总算把第三个防风拉杆收回。进入60分钟准备，时间越来越少了。电动控制不灵就改用手工操作。几位操作手带上工具冲上活动发射台，最后用一个螺母反旋拉杆去顶它，忙活了三四十分钟，终于把这个问题解决掉。卸掉最后一个防风拉杆，15分钟准备的口令就下达了。如果再耽搁一会儿就影响发射程序了。

　　进入15分钟准备之前，地面设备营的战士们还有一项特殊任务，就是撤掉发射塔架上用以火箭防寒保温的120条棉被。搬运棉被实行严格的责任制，谁拿上来几条必须拿下去几条，一条不能少，否则就是未经允许的遗留物，会给火箭点火发射带来隐患。发射工位一派繁忙，塔架上，爬梯上，跟打仗一样，但是忙而不乱，忙而有序，大家与时间赛跑，与严寒比拼，一切都井井有条地随发射程序向前推进。士官操作手王亚军回忆说：

　　　　历史上罕见的严寒！百米的发射塔被严寒敷上了一层冰霜。塔上寒风凛冽，伸手一摸护栏，手立刻被粘在钢铁上。我们穿着厚厚的防寒服，在塔架上一层一层地上下奔跑，稍不注意就会跌倒。-20℃以下，人却忙得冒汗，冷风一吹，浑身发凉。最后时间紧迫，穿着大衣干活不利索，戴着手套拿工具不方便，大家干脆脱去防寒服和手套，轻装上阵。后来好多人感冒了，手上被粘掉了皮。

　　　　这次任务为了给火箭发动机保温，推迟了撤收程序，要求我们在撤收塔上38块小平台和4组回转平台的基础上，把100多条易燃的棉被从火箭发动机尾部撤下发射塔架。第一次遇到如此短的撤收时间和这么大的撤收工作量。大家在-20℃以下的严寒中，排除了所有困难，在上级要求的时间节点圆满完成了任务。

　　进入15分钟准备，发射塔最后一组回转工作平台徐徐收回，火箭和飞船完全裸露在环境温度下，显得那么晶莹，通体透亮，亭亭玉立。

　　就在最后时刻，奇迹出现了。戈壁滩上刮起了一阵东南风，持续在-20℃以下的气温很快回升到-17.5℃。当这个数据首次显示在指挥大厅的屏幕上时，引发一阵惊动。

　　30日0时40分，"长征二号F"火箭挣脱大地严寒的束缚，准时点火起飞。大地上白雪覆盖，寒气逼人，我们的火箭和飞船却带着航天人火热的心飞向茫茫天穹，巡视九天，那份无穷的热能定会沸腾整个宇宙。

"神舟四号"飞船起飞

五、雪夜寒灯一壶酒

　　一场撼天动地的低温战结束了，这场胜利来之不易。12月31日，发射测试站参试官兵要举办一场庆胜酒会。主要是借此让大家放松一下连续奋战的紧张和疲劳，总结挑战低温的得与失。当然，小酌几杯也可点燃年轻人的豪情，追忆与风雪搏斗的日日夜夜，别有一番情致。站长郭保新邀请我参加，我欣然应允。

　　古人云，酒始于智者，后世循之，以之成礼，以之养老，以之成欢。是的，我们航天人是公认的科技智者，是科技界的精英，也是国家和军队的骄傲。因此，我在古人语后再续上两句：以之成志，以之成功。

　　那时，发射测试站机关、技术室和大部分部队驻在7号地区，与发射中心机关所在地10号地区尚有17千米的距离。小点号地区的供电、供水和供暖都由官兵自己负责，搭不上车，借不上光。平心而论，7号地区的生活条件比10号地区还是差一截。因此，发射测试站官兵不但在发射任务中是冲锋陷阵的主力军，在生活中他们的自我保障任务也很重。这支具有光荣传统的部队从来没有在任何困难面前低过头、皱过眉，他们不但科研试验任务完成得出色，后勤保障譬如养殖种植业也在发射中心名列前茅。这确是一支不甘人后、敢扛红旗、让人竖大拇指的部队。

　　餐桌上摆满了他们自己在温室大棚里种植的黄瓜、辣椒、西红柿，还有自己养殖的家禽，以及蛋类，几瓶啤酒备给不善饮酒的人，两瓶白酒挑战着自称善饮者的胆量。郭保新站长、董重庆政委、王学武副站长和郭忠来参谋长等和我围坐一桌，未动酒杯，先是感慨"神舟四号"的低温奋战和发射场区任务指挥部推迟一天发射的英明决策。临射程序中的紧张与担忧飘然而去，对国家载人航天美好前景的憧憬与期盼尽在谈笑中。酒过三巡，杯前低语变得言辞激昂，酒后红腮更是精神焕发。其实，几杯啤酒不会醉人，醉的是情，醉的是心。

分布在其他各桌的火箭诸分系统测试指挥员和主要操作手们纷纷过来给我们敬酒。端啤酒的，杯子里冒着泡；端白酒的，杯子里飘着香。端着酒杯，谈的仍然是冰天雪地里的那场鏖战，小伙子们禁不住激动淌泪。此时我知道，年轻的发射战士，一定懂得了什么叫无私奉献，什么叫青春无悔，什么叫人生价值，什么叫事业壮美。曾经的心苦，曾经的身累，一切都值了！

这个时刻大家都很兴奋、很放松，平时严谨而拘束的技术军官，今晚都变得有点贪杯，似乎发射场上的数夜寒风把他们的豪情吹沸，漫天飘舞的雪花让他们把青春放飞。胜利后换来飘香的美酒，激情自然淌进银杯，不醉不归。

我更知道，他们酒量并不大，但这庆贺的酒实在是太醇太美，就让这年轻的心再醉一回吧！饮着饮着，仿佛又听到巨龙轰鸣，但愿在未来的征途上，永远歌涌旗挥，相伴相随。

这时，祝亮过来了。他是火箭发射控制台的操作手，1996年毕业于浙江大学，在"神舟三号"任务中荣立过二等功。小伙子基本功扎实，操作沉着稳健，不大的眼睛蕴藏的都是智慧。发射控制台是最重要的操作岗位，容不得半点闪失，只要按下那颗"点火"按钮，火箭就会呼啸而起，直冲霄汉。在我国的航天发射史上，胡世祥按下了"东方红一号"卫星发射的"点火"按钮，我曾按下过飞向太平洋远程运载火箭和"一箭三星"发射的"点火"按钮，祝亮算是发射控制台上新一代的传承人。他说自己曾有过思想动摇，挨过批评后有所触动，今后不把航天员送上天决不会离开工作岗位，这杯酒就算是表决心了。

谭洪义过来了。他是火箭控制分系统箭上操作手，1997年毕业于国防科学技术大学。他悄悄对我说："25日火箭控制分系统的测试电缆上摆杆，那可是个考验人的时刻，在高高的塔架上，为了抵御寒冷，我们几个兜里偷偷藏了小瓶白酒，冻得实在不行了就喝两口。我和李兵、祝亮爬到50多米高空的摆杆上，听着下面的风呼呼作响，手都冻得不听使唤了。多亏喝了几口酒，要不真坚持不下来。"好了，今晚就在这里暖暖和和地喝两杯吧，但是，不准喝多！

火箭发动机分系统测试指挥周晓明端着酒杯走过来。周晓明1993年毕业于国防科学技术大学，思维和表达能力都很突出。他不慌不忙地说："火箭一级发动机在这次超低温任务中经受住了考验，那时我担心的就是那段推进剂输送管路，尽管有措施，有预案，就怕发生意外。我们做好了各种应对手段。"这么大的难关都闯过来了，今后还有什么困难不能克服！

火箭外测安全分系统测试指挥樊忠泽说话声调不高，但做事认真，工作扎实，为人谦和，有很好的人缘和口碑。他端了一杯啤酒，抿了几口，向我轻轻讲述执行"神舟四号"任务的感受。外测安全分系统在测试中也发生了数起故障，都得到了很好的处理和解决，小樊功不可没。

我端着高脚啤酒杯，放不下，也坐不下，因为这群可敬可爱的测试指挥员和操作手们不停地与我碰杯，向我述说。此时，著名诗人郭小川《林区三唱》之一的《祝酒歌》一下子涌上了我的心头："酗酒作乐的／是浪荡鬼，醉酒哭天的／是窝囊废，饮酒赞前程的／是咱们社会主义新人这一辈！……舒心的酒／千杯不醉，知心的话／万言不赘，今儿晚上啊／咱这是瑞雪丰年宣誓的会。"是，就是宣誓的会。这是一支充满朝气的队伍，这是一支充满希望的队伍，还有更繁重更光荣的任务等待他们去完成，谁也不能预测他们会为我国航天发射建立怎样的功勋，谁也不能预测他们会为航天发射增添怎样的光彩，就让这杯酒告诉未来吧！也许他们还会遇到挫折，也许他们还会有失误，但是我更愿意相信，他们走向成熟、走向辉煌的脚步任何力量都不可阻挡。今晚寒冬雪夜，他们又要宣誓出征！

离开发射测试站时，已近午夜，时光的脚步就要踏入2003年元旦的黎明。举目东望，似乎微光初露，新年的第一缕阳光即将喷薄而出，茫茫雪原即将融化消失在春风里，而迎春开放的第一朵春花将会多么灿烂。2003年，载人航天飞行的大幕就要拉开，英雄的中华民族千年飞天梦想就要变成现实，那一刻，震惊世界的鼓乐将在这里奏响。

倚天出鞘

"神舟五号":

载人首飞，千年梦圆

夜空灿烂，斗转星移，仰望天穹，心旷神怡。哪里是天河？哪里是牛郎织女？深邃的宇宙隐藏着无穷奥秘，群星闪烁似讲述消失在远古的传说。

一个不知道仰望星空的民族是没有希望的民族；从古至今，人类在太空中驰骋着最梦幻的畅想和最坚定的探索。飞天，是中华民族的千年梦想。

古代四大发明凝聚着中华民族的高度智慧。火药的发明催生了最早的火箭，从制作烟花爆竹，到今天各式各样运载火箭飞离地球射向苍穹。利用火箭飞向天空的努力最早始于中国明朝的"万户"陶成道。陶成道在椅子后方绑上47支自制的火箭，双手擎起两只大风筝坐在上面，想利用火箭的推力飞起来，然后利用风筝降落。点火后火箭不幸爆炸，陶成道为飞天梦想献出了宝贵的生命。

苏联现代火箭理论奠基人齐奥尔科夫斯基曾说过：地球是人类的摇篮，但人类不会永远生活在摇篮里。人类首先将小心翼翼地穿过大气层，然后去征服太阳系空间。1961年4月12日，苏联航天员加加林乘坐"东方一号"飞船进入太空轨道，绕地球一圈，历时108分钟，宣告人类首次进入太空，由此揭开载人航天的序幕。

从"东方红一号"卫星到钱学森提出的"曙光一号"载人飞船方案，中国人从来没有停止探索的脚步，飞天的梦想已牢牢植入中国人的心里。

我们来了！中国人自己设计和制造的载人飞船"神舟五号"来了！我国将成为第三个掌握载人航天技术的国家。

第五章　195

"神舟五号"：载人首飞，千年梦圆

一、中国航天人的定力与自信

2003年2月1日美国东部时间上午，正是中国癸未年（羊年）的正月初一晚上，在中国火树银花的万众欢庆时刻，大洋彼岸却传来令人震撼的消息——载有七名航天员的美国"哥伦比亚"号航天飞机在结束为期16天的太空任务之后返回地球时不幸失事。"哥伦比亚"号着陆前16分钟，突然从雷达信号中消失。上午9时，"哥伦比亚"号在得克萨斯州北部上空解体坠毁，机上7名航天员全部遇难。

这条消息对刚于1月21日召开完工程第十次工作会议、布置2003年实施"神舟五号"载人飞行试验的中国载人航天界来说，不啻振聋发聩的一记响雷。

这天晚上，总装备部胡世祥副部长家的电话响个不停，让人应接不暇。突然一个不同的声音从电话那头传来，这不是新春的祝福，不是节日的问候，是航天科技集团公司总经理张庆伟焦急的提醒："胡副部长，看新闻了吗？美国航天飞机出事了！"

胡世祥副部长应声答道："知道了。我也正想找你们进一步了解情况呢！"

他们把了解到的一些情况做了交流，表达了深切的关注与担忧，并表示将在各自系统内部迅速展开研究和探讨。

灾难尽管发生在大洋彼岸，却牵动中国载人航天高层的神经。他们更关注事故的真实原因，关注对载人航天飞行产生的影响。

"哥伦比亚"号是美国第一架正式服役的航天飞机，它于1981年4月12日首次执行航天飞行任务，拉开了美国国家航空航天局太空运输系统的序幕。22年来共完成28次天地往返飞行任务的"哥伦比亚"号，为美国太空计划立下了赫赫功勋。然而，不幸的是，就在返回地球即将着陆之际却发生了灾难。世界航天界为之震惊，中国航天界高度警惕。

几天后，"哥伦比亚"航天飞机事故独立调查委员会对外宣布，"哥伦比亚"航天飞机左翼前缘的隔热瓦或封片受到损伤形成孔洞，导致超高温气体进入机内，这是航天飞机返回途中解体坠毁的主要原因。

对种种数据综合分析后，各方一致认为，这架航天飞机左翼在起飞时遭到从燃料箱上脱落的泡沫绝缘材料撞击，使得机体表面隔热保护层出现大面积松动和破损，最终导致返航途中因超高温气体入侵而彻底解体。

美国国家航空航天局也承认，这架失事航天飞机在起飞过程中曾遭到外物撞击，在表面形成了可让"热气进入的洞"。数据显示，航天飞机发射后84秒，左侧机翼上传回来的信息即出现异常，这里的温度稍有升高，而在此前发射过程中从未出现过这种现象。可以说，"哥伦比亚"航天飞机在升空时就为返航灾难埋下了祸根。

上升段和返回段，是航天飞机飞行过程中的两个关键时段。即使美国载人航天飞行从"阿波罗"飞船到航天飞机，已积累了丰富的经验抑或教训，也难以避免此类灾难性故障。中国载人航天工程刚刚起步，真正的载人飞行尚未实施，对各个技术环节不能不进行深入研究，并要将此灾难引以为戒。

美国国家航空航天局已做出航天飞机集体停飞的决定，直至年底，才有可能重返太空。

然而，中国迈向太空的脚步不能停歇，不能因为别人的失利而踟蹰不前。中国载人航天飞行在此期间既要有所作为，又需要特别谨慎，严上加严，细上加细，甚至需要超严、超细，才能确保成功。

同年5月4日，又一则意外消息传来。搭乘俄罗斯"联盟-TM"载人飞船的国际空间站考察团的航天员们返回地球。理论上，飞船返回舱应在距哈萨克斯坦阿尔卡雷克市以北90千米处着陆，但地面搜索人员于预定着陆时间过后两个多小时才在距原定着陆点460千米的地方发现飞船返回舱。俄罗斯"联盟"号载人飞船返回舱采用降落伞方式减速降落。此次降落偏差虽不能排除风力因素影响，但着陆点偏差如此之远，大大出乎航天专家的预料。

对于"联盟-TM"飞船返回舱出现的偏差，专家分析的结论是改进后首次使用的导航计算机软件出了纰漏。

返航的"联盟-TM"飞船接近大气层时，其速度高达25000英尺每秒，这个速度是声速的22倍。此时的飞船应该水平掠过大气层最底层，利用空气阻力使之减速。飞船接触大气层的具体位置不能太高，太高了空气稀薄，不利于减速；也不能太低，太低了减速过快。飞船要通过调整重心等方法来保持恰到好处的向"上"的力量，而这些动作靠的是导航计算机的精密计算。

"联盟-TM"飞船接近大气层时，自动驾驶仪突然失灵，忘记了自己所处的位置，不知道接下来应该飞向何处。这样一来，飞船放弃了向"上"的努力，而是以比原计划快得多的速度进入大气层，加快了减速进程，其降落轨迹自然也就较原计划有了很大的改变。

又是返回段，又是返回舱，还有考核不充分的导航计算机软件。

我们的"神舟"号载人飞船与"联盟"号飞船有非常相似的结构、相似的飞行控制程序。对于"联盟-TM"飞船此次返回所发生的故障，我们自然更多了一份高度关注。

1990年至2003年上半年，据统计，世界各国共发生航天试验故障50多起，其中包括上述两起重大载人飞行事故。航天试验失利的原因，既有产品设计问题、工艺质量问题以及受自然环境影响造成的问题，也有组织管理和操作等问题。相比之下，我国近几年倒是连续成功完成了几十次大型航天发射任务，特别是"神舟一号"至"神舟四号"

的连续发射成功，可以说非常不容易。我们之所以连战连捷，原因在于对载人航天的高度重视，在于国家部委和各单位的大力协同与支持，中共中央政治局连续两年把载人航天工程列入政治局的工作要点。同时，得益于设计、研制、生产和试验各单位认真践行科研试验"十六字方针"，时刻牢记"严、慎、细、实"的要求，得益于我们始终坚持"成功是硬道理"的原则，得益于我们具备严格的质量体系和严密的试验作风。

"思所以危则安矣，思所以乱则治矣，思所以亡则存矣。"载人航天发射试验，具有极强的探索性和创新性，也必然具有一定风险。尤其是在试验任务连续成功的情况下，精细总结成功的经验，认真吸取美国与俄罗斯的教训，进一步增强忧患意识，居安思危，保持头脑清醒，尤其重要。

发射场是航天员进入太空之前的最后一站，发射场的工作质量和安全保障关系着航天员的安全，容不得半点粗心大意。如果说"神舟一号"至"神舟四号"无人飞船的发射对发射场还是锻炼，那么，"神舟五号"载人飞船的发射，则是对发射中心实质性的、全方位的考验。对于"神舟五号"载人发射任务，发射中心提出的口号是：一切为载人，全力保成功。

发射中心为保障首次载人航天飞行任务的各系统检修检测工作顺利向前推进，各项准备有条不紊。未料想，2003年开春一场突如其来的"非典"疫情蔓延全国，世界卫生组织把北京列为疫区，并进入中国进行协助调查处理。一时间，工厂停工，学校停课，商场关闭，路上车少人稀，首都一片萧条，风声鹤唳，草木皆兵。全国到处都在防"非典"，抗"非典"，而此时的"神舟五号"飞船和"长征二号F"火箭正在"非典"笼罩下的北京总装测试。

为了对抗"非典"，避免因非战斗减员而影响发射任务，发射中心也加入了预防戒备的大潮。外来人员不准进入，中心人员严格控制出差，严防死守，一定要把"非典"堵在航天城之外，不能让"非典"影响"神舟五号"载人航天发射任务的备战。

受其影响，科技人员到火箭技术研究院学习的任务不得不往后推。五一劳动节，稍有闲暇，人却不能外出，张建启主任就带着大家在东风水库插种毛柳，在发射场周围遍种梭梭，甚至到额济纳旗的居延海植胡杨。外面的世界被"非典"搅得昏天黑地，发射中心却是闲庭信步。

6月初，全国疫情基本趋于平静，发射中心立即组织下厂学习，把损失的时间抢回来。大家心里都清楚，这次学习安排，与以往确实有许多不同。

首先，经与火箭系统协商，发射中心技术人员在参加运载火箭出厂测试期间要担任部分一岗操作。在火箭出厂测试中担任一岗尚属首次，一方面可以全面了解、掌握火箭研制和测试的质量情况，另一方面把履行火箭质量把关职责的关口前移至工厂测试阶段，这也是对首次载人发射各项质量工作严加控制的一项具体措施。发射中心下厂学习人员特别珍惜来之不易的机会，全面了解运载火箭技术状态变化情况、测试中出现问题的归零情况，杜绝操作差错，指挥准确，操作到位，真正履行好一岗职责。

另外，那次下厂学习是"非典"疫情尚未解禁形势下发射中心第一批人员进京，所以大家行动也特别谨慎。针对当时北京地区的疫情，大家自觉不探亲访友，不会客，不私自上街，不聚众喝酒，每天遵循着招待所至车间的"两点一线"生活工作节奏。

随后，我也赶到北京，参加或检查这次特殊情况下的下厂学习和火箭测试。这个时候，发射中心技术人员已完成了大部分测试任务，与设计师系统共同解决了若干测试中发生的故障，收获很大。只是限于"非典"的阻碍，生活显得太过枯燥，工作之余只能在招待所走廊里溜达。

星期日，我带着同志们到附近的大兴县（今大兴区）农村西瓜采摘地，那里空气新鲜，阳光明媚，没有"非典"的阴云，尝鲜吃够之余，每人乐呵呵地抱回一个圆溜溜的大西瓜。

二、六双眼睛竟未发现插错的插头

8月23日，"长征二号F"运载火箭进场。经过几天准备，火箭各分系统陆续展开测试。

9月3日，火箭控制分系统开始加电。当进行火箭一级姿态控制子系统检查时，地面测试设备上未显示伺服机构反馈输出信号，综合放大器放大倍数也严重超差。位于火箭附近的火箭系统副总设计师张宝琨猛然听到"哐当"一声，看到一级发动机摆至最大位置。张宝琨分管火箭动力分系统，他知道肯定是测试出了故障，不然发动机不可能摆到最大位置，他更担心发动机这一摆会受到冲击致伤。同时在火箭旁看到这一现象的还有分管控制分系统的副总设计师孙凝生，经验丰富的孙凝生立即判断是控制分系统中的连接出了差错。

测试中断，展开排查。检查箭上电缆连接状态，果然发现了错误。

火箭控制分系统综合放大器上有两个并排放在一起的插座，一个标示为24×3，它是综合放大器至伺服机构的连接器；另一个标示为24×4Y，它是综合放大器至遥测分系统的连接器。这两个插座从外观上看几乎相同，如果不仔细辨认，很容易弄错。操作手误把24×3插头连到24×4Y插座上了，加电测试时造成伺服机构无反馈输出，系统工作在开环状态，使发动机受到冲击。

一向工作严格、严谨的孙凝生副总设计师，面对如此重大失误有可能带来的处理后果，不免起了"恻隐"之心。根据他的判断，控制分系统不会造成影响，发动机所受的冲击也不会超过例行试验的强度，但是需要做一些试验验证。他说宁可担一些风险，愿意内部"消化"掉

矗立在垂直厂房内的运载火箭

这次失误。面对孙凝生的担当和宽容，发射测试站一岗人员着实感动，但是，经一、二岗测试人员认真分析研究，最终还是如实上报发射中心任务指挥所和发射场区任务指挥部。

核对状态检查表和进出火箭舱口登记表，有以下清晰的记录：

8月31日下午，火箭一岗操作手安装综合放大器，连接电缆插头，火箭试验队二岗人员进行检查，共同签字确认。

9月1日上午，一岗操作手和二岗装配人员进舱检查仪器安装与电缆连接状况，共同签字确认。

9月1日下午，二岗装配人员进舱对仪器插头缠胶带，做防松处理。

9月2日上午，一岗操作手、二岗人员、一岗箭上技术抓总和控制分系统测试指挥一同对综合放大器插头连接状态进行检查，签字确认。

9月3日上午，加电测试前一岗操作手和二岗人员最后复查并签字确认。

签字表上留下的签名是：

一岗操作手	何宜程
二岗人员	蔺 杰*
一岗箭上技术抓总	李 兵
二岗箭上技术抓总	王利人
一岗测试指挥	张永双
二岗测试指挥	郭 庆*

如此5次操作与检查、多人次进舱、6人签字确认，均未发现插头的连接错误，直到测试异常才猛然醒悟，可是为时已晚。

一岗测试人员大脑一片空白，发射测试站一阵惊慌，发射中心领导和任务指挥部紧紧盯着分析结果。

---

* 此二岗人员签名为化名。因作者在本书出版前未能与其取得联系，未经许可不宜公开其姓名，故用化名。

大家的目光和疑问自然是与本项测试相关的火箭单机或分系统是否会受到伤害，理由当然充分，哪怕是暂且观测不到的伤害，也有可能在飞行中暴露出来，进而引发失效或失败，危及航天员的生命安全。小心复小心，谨慎再谨慎，这叫是领导们大会小会一再强调的原则。

相关单机和分系统进行影响分析或补充试验，发射测试站进行教育整顿。

几天后，分析结果出来了。

火箭系统副总设计师孙凝生批准了控制分系统的分析报告。正如孙凝生所预测，设计师对具体电路进行了分析和计算，认为此次插头误插对控制分系统15伏电源和综合放大器相关电路不会产生损伤。

火箭系统总设计师刘竹生批准了伺服机构试验报告。伺服机构共进行了三次模拟事故时的开环试验，七次模拟发动机试车前的冷摆试验。对比两种状态下发动机各测点冲击和过载数据，均小于冷摆试验状态下的相应数据。对于受冲击最大部位，两种状态下三个方向最大受力均小于允许值，而最担心的石墨环部位，最大受力在设计允许范围之内。

动力分系统用五倍放大镜进行了两遍全面细致的外观检查，未发现异常。鉴于冷摆试验为发动机研制、验收和抽检热试车之前必须完成的试验项目，要求发动机设计必须能够承受冷摆试验的冲击，而开环状态冲击小于冷摆试验。根据模拟冲击验证试验分析检查结果，发动机推力室支架、涡轮泵轴承和密封组件等能够承受此次开环冲击，不会影响发动机实物质量。

技术分析和相关试验使大家稍松一口气，但是，管理问题必须彻底归零。要使这次教训深刻地烙在每个操作手心上，不是成为挥之不去的噩梦，而是成为宝贵的财富。

9月5日，胡世祥副部长在发射中心呈送的报告上做出严厉批示：

"责任心不强、制度不落实，能说是压力大造成的吗？9月3日上午出的问题，48小时后我才看到报告，能说明领导对此问题的认识深刻吗？领导头脑中存在着严重的侥幸、麻痹和盲目乐观的思想，工作漂浮，要从领导抓起，深刻反省，坚决杜绝此类事故再次发生。"

胡副部长的严厉批评，敲打得我们心里发颤。那天中午，我刚躺在床上准备休息，张建启主任一个电话打了过来："老崔，你没有把情况向胡副部长汇报吗？"我说："未得到你的吩咐，我没有汇报。"张建启主任既像自言自语又像是对我说："我疏忽了，总以为有上级机关工作组在这里，没有及时汇报。等会儿我把情况向胡副部长说明一下吧！"

没过多久，张建启主任又把电话打过来："没事了。首长是批评我们，但是也确实关心我们，主要担心后面再出问题。要吸取教训，晚上开常委会总结，在发射中心全面总结，在指挥部会议上做检查，坚决防止操作差错。"

放下电话，我默默思索着张建启主任的话，感到责任很大。想到晚上要开常委会，便在脑中先梳理一下。我觉得，增强忧患意识是当务之急。这突如其来的当头一棒，会使后面每项工作都很艰难，真是如临深渊，如履薄冰。我们既要认清这次挫折给任务带来的严重影响，也要防止因此而畏缩不前。各单位、各系统开展举一反三教育是少不了的，应该认真查找存在的漏洞、事故苗头和事故隐患，及时处置。同时还要增强信心，变被动为主动，变坏事为好事，在哪里摔倒就在哪里爬起来。我在脑海里不断思索着做思想转化和疏导工作的原则与措施，翻来覆去，一中午未得入眠。

常委会开得非常成功，大家全面分析了近期工作和面临的形势，剖析查找出现问题的原因，明确了下一步工作采取的措施和工作重点，统一了思想，厘清了思路，坚定了信心。张建启主任提出了需要大家引起重视和反思的几个问题。其一，在参试队伍工作指导思想上还有偏差，忽略了个别人责任心、事业心和载人意识的教育，要密切注意并抓好每一个人、每一项操作、每一个口令。其二，工作作风上还需要进一步抓实，过去讲话强调得多，但真正俯下身子抓落实不够，要纠正工作不细不深的现象。其三，存在制度流于形式的现象，要进一步完善各种管理制度，细化岗位责任，扎扎实实、踏踏实实做工作。其四，机关要有强烈的责任心，主动沟通，密切协调和配合，主动承担责任，齐心协力，靠前工作。其五，排除一切干扰，集中全部精力，抓紧各项工作进度，力戒顾此失彼，真正变压力为动力，坚定信心，团结一致，完成后续任务。

讲话印到了纸上，最关键还是要落实到实际工作中；纸上的讲话是形式，工作效果才是内容；形式与内容是否统一，决定着试验任务成功与否。

会后，发射中心向所属各单位发布了信息通报，并向总装备部上呈检查报告。

发射场区任务指挥部召开工作会议，对此次操作差错进行检讨和总结，我代表发射中心诚恳地向指挥部做检查。

我说，我们发射中心的操作队伍，还是不够成熟，总认为自己的工作跟以前的任务没有什么两样，意识不到自己的每个动作都关系到任务进程甚至成败，关系到航天员的生命安全。

我们的一岗操作，总戒不掉工作作风上的粗心大意。看看我们承担的操作任务，哪一项难度大呀，都是粗心导致的失误。简单的操作都完成不好，何谈从事更复杂的工作！

我们的测试指挥们，表格化管理常常流于形式。为确保第一次加电状态正确无误，共组织了5次检查，有6人在检查表上签了名，所有这些努力竟都没有避免问题的发生，规章制度真是形同虚设。根本问题还是责任心。

由此我们明白一个道理，任何工作一次做对是多么重要！如果第一个人疏忽了，做错了，也许后来的100个人都发现不了，纠正不了。

由此我们明白一条哲理，航天发射靠一个人的力量完成不了，但是一个人的失误却可以推迟发射进程，甚至导致发射失败。

由此我们应该清醒，火箭和飞船产品质量越好，发射场的压力越大，指挥部责任越大，安全要求越高。发射任务结果圆满在很大程度上靠的是产品质量，而过程圆满则更多靠的是发射场的组织和实施。我们要力争每次发射任务都做到过程与结果双圆满，这是我们的责任，也是我们努力的方向。

由于我在检查发言时精力高度集中，情绪也很激动，竟把"我们一定要把坏事变成好事"说成了"我们一定要把好事变成坏事"。几年后，飞船系统总指挥尚志笑谈我当时的口误，我说："怎么没看到你们笑呀？"尚志说："那种场合谁还敢笑，严肃还怕不够呢！"——这是后话。

9月7日，传来载人航天工程总指挥、总装备部李继耐部长对发射中心呈送的检查报告的批示：

> 从这份电报可以看出，针对插头插错问题，你们高度重视，所开展的一系列活动、所总结的一系列教训、所采取的一系列措施都是好的，我完全赞成。我认为，最为深刻的教训是工作还有"死角"，对"个别人"的思想教育和要求还没做到家、做到位；规章制度不落实，形同虚设。这要引起我们的高度重视。航天工程是高度集成的巨大系统工程，必须严上加严，细上加细，慎之又慎；必须和衷共济，齐心协力，众志成城；必须有强烈的忧患意识，容不得半点的松懈和麻痹。任何事情都有两面性，我坚信，通过这次教训，举一反三，一定会使我们更加警醒，一定会使我们变得更加聪明，一定会使我们的各项工作做得更加扎实有效，一定能圆满完成我国首次载人航天飞行的伟大使命。

不久，胡世祥副部长来到发射场，他要组织部分技术干部，包括在此次操作失误中承担责任的几位操作手，召开座谈会，目的还是给他们卸包袱，总结教训，轻装上阵。

我陪同胡世祥副部长参加座谈会。

有几位科技干部在压抑的气氛中发了言，显然他们还未从这次操作差错中走出来，这也正是胡副部长所担心的。

胡世祥副部长点名让我讲几句。我说："大道理已经讲过好多了，检讨也做过多次了，要求也提了一大堆，我就说说我曾经犯的操作差错吧。这些您都知道呀，胡副部长。"

胡世祥副部长微微点头。

我讲起那次操作失误。1983年7月，2号发射场发射返回式卫星。就要进入临射程序，撤离活动勤务塔。在撤塔前要给火箭陀螺平台供上气，而供气前首先必须取掉陀螺平台的排气金属堵盖，否则气浮陀螺腔体内气压升高会对其造成损害。这是操作规程规定的内容。然而，供气时岗位操作手并不在场，配气台上的操作人员又催得紧，作为控制分系统测试指挥的我决定亲自上阵，但却忘记了取下排气金属堵盖，直到听到"嘭"的一声响动，堵盖被压力升高的气体吹落到火箭仪器舱时，我才如梦般惊醒过来。陀螺平台有可能受损，发射在即，后悔莫及。当时发射中心的石荣屺副司令员严肃批评我们违背操作规程，违背规章制度。无奈，在临射检查程序中不得不加入与陀螺平台相关的测试项目，以验证陀螺平台是否受损。那次发射任务虽然成功了，但给我留下非常深刻的教训。直到现在，那个金属堵盖都在我眼前晃来晃去，也许会晃一辈子。

胡世祥副部长开始讲话了："给你们讲点什么呢？讲多了也没有用，就说一个老板挑选马车夫的故事吧！"他绘声绘色地给大家讲起故事来：有一位老板想挑选一名马车夫，大家分头为他物色，身怀绝技的各色人等他都未相中，最后挑选了一名翻过车的马车夫，老板看中的就是这个马车夫有翻车的经历。这份失败的经历就是财富，只要记住教训，今后就不会再翻车，也就不会再犯同样的错误。

胡世祥副部长侃侃而谈，语气轻松，却给人以启迪。

宽容是更高层次的感化。

参加座谈会的人们似乎轻松了不少，脸上也露出些许微笑。他们是否已放下心头的负担？是否已抹去笼罩在脑海里的阴影？也许不那么简单，但是肯定有所减缓。

胡世祥副部长又检查了几座厂房和几处火箭操作岗位，总体上感觉还算满意。在厂房配电间，士官操作手郭晓明对首长的检查提问对答如流，显示出极好的专业素养，给胡世祥副部长留下深刻的印象。胡世祥副部长边走边赞扬："小伙子一看就精神，看人的形象气质就知道他的能力。"环视左右，见我跟在身旁，又补充了一句："大概崔吉俊除外。"

众人哈哈一笑。

直接导致差错的一岗操作手何宜程是一名经多次任务锻炼的技术干部，经历了从"神舟一号"到"神舟四号"四次飞船发射任务，一直从事箭上操作岗位，而且平时工作也比较认真细致。写到这次操作失误，我电话联系何宜程时，已经转业的他也没有刻意回避或回绝，而是真诚地进行了总结：

> 从主观上来说，还是工作不够细心，没有意识到自己会出这样的差错。从客观上来说，综合放大器在箭上安装位置不利于操作，安装时很费气力，导致注意力分散，在最后一环插插头时大意了。
>
> 在出错之前，这个插头容易插错的问题并没有引起自己足够重视，也没有听到别人的提醒，而且在前几次任务中都是其他人操作，这是我第一次当主岗操作。对岗位了解不深不细也是犯错

的原因之一。

平时防差错的意识还是有的，但是并没有具体到每一个细节，在操作和检查的时候没有多怀疑一下。如果这样做了，也就不会出错了。差错就这么轻而易举地发生了。每次回想起来，都为自己思想上麻痹大意和工作作风漂浮而深感痛惜！

事故中任箭上技术抓总、现任发射测试站副站长的李兵回忆说：

"神舟五号"任务是我第五次担任火箭控制分系统箭上技术抓总。虽然知道这是载人首飞，工作应该更加细致，但是，由于同样的工作已做了四次，还是有些麻痹大意了。这两个插头靠在一起，而且型号相同，没有防误插的措施，以前也知道这些，但检查时却忘记了，只检查插上去的插头，没检查空着的插座。如果复核一下就能知道插错了。后来一直很后悔：为什么当时不多看一眼呢？

多种因素加在一起导致了问题的发生，最终的严重后果使我一辈子都忘不了。

作为控制分系统测试指挥的张永双，更多的则是总结了自己在管理和协调方面的不足。张永双性格较为内向，肯钻研技术，善于分析和解决技术难题，在"神舟一号"任务中曾荣立一等功。但是，组织协调上的短板使他感觉担任控制分系统指挥有些力不从心。他总结说：

控制分系统出现的差错，根本原因是责任心出了问题，加上我个人性格缺点。我个人性格比较刻板，和同志们沟通得不够。其实我更适合干具体技术工作……尽管我心里有委屈，但我对外人都说是我的责任。……不安伴随了我好几年。作为指挥，技术上我即使合格，但管理上绝对不合格，几次任务下来，管理水平没有得到提高。……回想起来，这是主要原因。

后面的火箭控制分系统测试一切顺利，这个"下马威"打得我们头脑清醒，举步谨慎。但是，这种不和谐的"插曲"，我们还会唱吗？

三、飞船更换航天员座椅缓冲装置

"神舟五号"飞船8月5日进场，相继完成三舱对接、供电检查、分系统测试、匹配测试以及整船模拟飞行测试等项目。至9月6日，飞船准备转出总装测试厂房，开始热控分系统包敷、整船精测和状态设置。由于经过了"神舟三号"飞船穿舱插座质量问题的大整顿，飞船系统的产品质量明显越来越好，一切工作都按照计划流程顺利实施。

一派大好形势下，飞船系统突然向发射场区任务指挥部提出要更换飞船返回舱航天员座椅的缓冲装置，并且说此项更换是飞船出厂前在北京就确定了的工作。由此，指挥部对后续工作不得不立即做出计划调整。

事情还要追溯到7月中旬在北京召开的"神舟五号"飞船出厂评审会。

7月18日，中国空间技术研究院邀请30多位最具权威的航天专家，对"神舟五号"飞船出厂进行评审。评审非常严格，只有通过评审，飞船才能拿到前往发射场的"通行证"。

评审会上，专家们提出了一个关键问题，即飞船着陆缓冲系统的可靠性是否满足载人飞行要求，这关系到航天员返回时的生命安全，专家们自然高度关注。

对此，飞船系统总设计师戚发轫回答说，在故障状况下缓冲着陆，航天员的头—盆向过载可能过大，还不能完全满足要求，可以算一个残余风险问题。但是，我们多次做过补充点火试验和可靠性增长试验，证明飞船缓冲发动机的固有可靠性很高，发动机点火不会发生问题，因此，发生头一盆向过载超标的概率很小。所以说，"神舟五号"飞船能够满足载人飞行的各项要求，对正常缓冲着陆我们充满信心。

袁家军作为飞船系统第一责任人宣读了"质量保证书"。任新民、屠守锷、黄纬禄、梁守槃四位高级专家和载人航天工程的"两总"（总指挥与总设计师）给出了最终的评审结论，同意"神舟五号"飞船出厂。

飞船试验队整装待发。未料到袁家军突然接到航天科技集团公司张庆伟总经理的电话，要求飞船空运进发射场的准备工作暂停，系统还要进一步举一反三查找问题，特别是还有没有导致灾难性故障的单点失效故障模式，目标是确保航天员能站着走出返回舱。

袁家军接到这个电话并不感到意外，他心里清楚还是着陆缓冲设备的过载问题使高层思虑再三，这是影响航天员返回安全着陆的大事。尽管属小概率事件，但确实是一个令人不放心的单点失效故障模式。

参加飞船出厂评审的原班人马又一次集中到空间技术研究院，就新的着陆缓冲方案进行评审，交换意见。对于着陆缓冲设备，原先采用的是"拉刀式"方案，现在设计师系统提出新的保险系数更大的"胀环式"方案，请各位专家充分发表意见。

最终，工程"两总"系统做出决定，用新型"胀环式"缓冲器替代原来的"拉刀式"方案。这是一个把保险留给航天员、把风险留给自己的重大决定。"神舟五号"飞船按原计划空运到发射场，由飞船系统副总设计师张柏楠率人对"胀环式"缓冲器方案进一步攻关，用三个月时间赶制出新的缓冲机构，确保赶上计划节点，在发射场实施更换。

会上，胡世祥副部长强调："我们要用新的方案确保航天员站着走出来，这是天字第一号的任务，多一分努力就多一分保险，就多一分成功的把握。可能我们这个努力99.99%用不上，但我们还是要做到100%的努力。"军令如山，飞船系统必须确保按时完成攻关任务。

9月9日，胡世祥副部长在发射场召开专门会议，就座椅缓冲装置

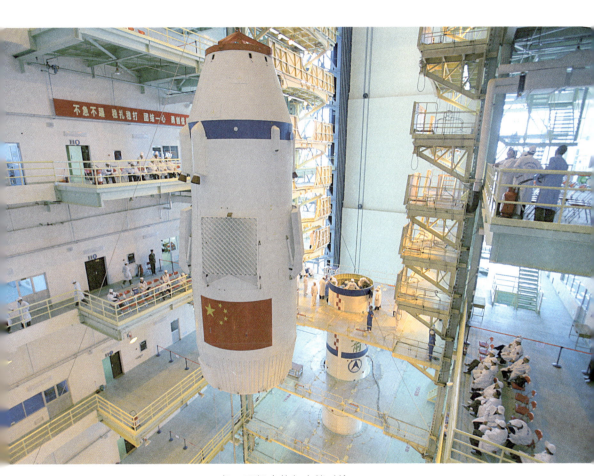

船—罩组合体与火箭对接

更换做最后决定。许达哲副总经理、袁家军、戚发轫、工程"两总"人员及发射场区任务指挥部人员均参加会议。

会上，张柏楠副总设计师详细汇报了"胀环式"缓冲器的试验攻关过程。试验数据表明，"胀环式"缓冲器对航天员胸背向的过载比"拉刀式"缓冲器减少了12个重力加速度，完全达到了航天员的安全指标。目前，已有三件新研制的"胀环式"缓冲器运抵发射场，可以从中选取一件交付装船。

与会人员对试验数据、试验方案和过程进行了仔细审查，也充分发表了各自的意见，一致同意用新研制的"胀环式"缓冲器替代原来的"拉刀式"缓冲器。

胡世祥副部长说："新型缓冲器研制和试验进展得非常好，在短时间内达到这个程度非常不容易。接下来还要把更换工作做好，做到尽善尽美。"

更换过程要影响到已完成测试的设备，为此飞船系统制定了更换具体措施，编制了更换操作工艺、补充测试大纲和测试细则等文件，确保不引起新的麻烦。

此时，"神舟五号"飞船已位于垂直总装测试厂房，正准备实施人—船—箭—地联合检查，更换工作非常紧迫。9月16日，发射场系统配合飞船完成"胀环式"缓冲器的更换。更换过程中，对乘员分系统、测控与通信分系统、姿控分系统、平移手柄、力学传感器以及座椅缓冲点火器等相关单机进行了断开和再连接操作，按照补充测试细则的要求，于9月17日做完相应的补充测试，包括整船加电检查、乘员分系统语音检查、测控与通信分系统语音检查、火工品阻值测试、生理参数测试，以及手柄功能测试等。

对于这段经历和插曲，胡世祥副部长回忆说：

　　载人航天对中国人来说毕竟是第一次，最令人担忧的是航天员的安全。尽管我们做了大量地面试验和仿真试验，但是仍然担心航天员的安全能否万无一失。产品零部件成千上万，万一有哪个失灵，带来的后果难以想象。事实证明，飞行试验成功了多少次，总还是要出这样那样的问题，卫星如此，何况载人首飞呢！2002年10月17日下午，朱镕基总理主持专委会。当我汇报到还需要经费时，朱总理说，问题不大，三百六十拜都拜完了，只剩下最后一哆嗦，要多少都给。但是质量问题、责任心、参试人员的素质不能马虎，马虎一点就完了。胡世祥，你关键要确保万无一失，几百亿成为灰烬无所谓，可人的生命安全至关重要。当时涉及航天员安全的有两个问题：一个是舱内有害气体，已经解决了；还有一个就是缓冲机构问题。我们花了六七年时间研制，做了大量试验，突然发现还有更好的一种缓冲方案。是否要更换，也存在很大分歧，主要是担心赶不上发射时间。经过研究讨论，下决心更换新的缓冲机构。万众一心，真的赶出来了，并且做足了可靠性试验。9月5日，航天科技集团组织通过了专家评审，我于6日飞到发射中心，亲赴现场更换缓冲机构。此时正逢韩国航天员乘俄罗斯飞船弹道式返回受了伤。我们的座椅缓冲机构能否应对？我仍然放心不下。

发射场测试发射流程中额外增加两天工作内容是值得的。张建启主任深有感触地说："我们的工作，真是每一个口令联系着祖国的荣誉，每一个操作维系着航天员的安全。在发射前，影响航天员安全的每个环节和部位，我们都必须拍着胸脯说放心了，那才是工作的最高标准。"

张建启主任（前排右一）检查发射设备

四、航天员参加发射场联合检查

保证航天员安全的还有火箭、飞船、地面相关设备与测控通信网络构成的逃逸救生系统。尤其是待发段和上升段，被看作实施逃逸救生的重点时段。

待发段是进入临射程序至火箭点火发射的一段时间。在待发段大部分时间内，发射塔工作平台紧紧拥抱着火箭和飞船，只有进入射前40分钟才开始收拢工作平台，至发射前30分钟火箭和飞船才完全暴露在外部环境中。在待发段，可能的故障模式包括：火箭推进剂泄漏，储箱漏气，着火，火箭点火失败实施紧急关机，紧急关机后控制分系统断电失败和火箭倾倒；飞船系统返回舱和轨道舱着火；发射塔着火，且火势难以控制而影响到航天员的安全；等等。若发生以上故障，则要视不同时段、不同状况选择航天员是紧急撤离还是逃逸救生。

上升段是火箭点火起飞至飞船入轨的飞行时段。在上升段，可能发生的故障模式包括：起飞时，助推火箭或一级飞行中逃逸塔未按程序分离；一、二级火箭分离时，二级火箭主发动机未启动；一、二级火箭分离时，二级火箭游动发动机未启动；飞行过程中，火箭推力下降；一、二级火箭未分离；飞船整流罩未分离；飞行过程中，火箭姿态失稳；等等。

根据待发段和上升段不同时段火箭可能发生的飞行故障，可采取不同的飞船救生模式，具体分为大气层内应急救生和大气层外应急救生，使飞船在陆上或海上应急着陆区安全着陆，或进入非设计轨道。另外，在飞船系统运行段和返回段也研究制定了若干应急返回故障模式与对策。

火箭飞行中的故障信息要靠其遥测分系统和故障检测处理分系统获取和处理，故障情况下由故障检测处理分系统发出逃逸指令。同时，遥测分系统的信息通过无线通道传输到地面测控系统，由飞行控制中心对这些数据完成综合分析与判断，做出飞船是否实施逃逸救生的决策。若实施逃逸，则将遥控指令发送给火箭。火箭上的故障检测处理分系统也会及时把火箭飞行故障情况发送给地面飞控中心各单位。

另外，发射中心还研发了地面逃逸控制台，完成待发段有线和无线逃逸救生信号的发送。

如此复杂庞大的天地网络构成的逃逸救生系统，需要在地面测试中经过严格细致的考核，才能放心地投入使用。我们设计的人—船—箭—地联合检查，也涵盖了这些系统设备和测试内容。

人，即航天员；船，即载人飞船；箭，即运载火箭；地，即地面测发和测控通信系统。由此可知，人—船—箭—地联合检查是由航天员参与的，对飞船、火箭和地面测控通信系统是否能够协同工作、共同完成正常飞行或逃逸救生功能而开展的大型综合测试项目。

人—船—箭—地联合检查共设计四项，即安排四次联合检查。

9月17日，14名航天员和教练员来到发射场，他们的任务就是参加人—船—箭—地联合检查。

已经基本确定的首飞航天员梯队由杨利伟、翟志刚和聂海胜组成。航天员系统向发射场区任务指挥部和发射中心任务指挥所介绍了首飞乘组的基本情况。

杨利伟1965年生于辽宁省葫芦岛市，1987年毕业于空军长春飞行学院，分配至空军歼击航空兵部队做飞行员，安全飞行达1350小时。1998年1月，杨利伟与其他13位空军优秀飞行员一起成为中国第一代航天员。他训练刻苦，学习认真，孜孜不倦，训练成绩优异，经评定具备了独立执行航天飞行的能力，入选首飞航天员梯队。

翟志刚 1966 年生于黑龙江省齐齐哈尔市，1989 年毕业于空军第三飞行学院，曾任空军航空兵某师战斗机飞行员，飞过歼-7、歼-8 等机种，安全飞行 950 小时，被评为空军一级飞行员。1998 年 1 月始，他从事航天员训练，圆满完成规定的训练任务，经评定入选首飞航天员梯队。

聂海胜 1964 年生于湖北省襄阳市，1983 年考入空军长春飞行学院，曾任空军航空兵某师某团领航主任，飞过歼-5、歼-6、歼-7 等机型，安全飞行 1480 小时，为空军特级飞行员。他在航天员大队经过多年训练，以优异成绩通过航天员专业技术综合考核，入选首飞航天员梯队。

关于航天员在发射场的安全保护，航天员系统明确规定，（航天员）不准吃什么，不准喝什么，不准摸什么，不准碰什么，当然更不准围观，不准照相，不准接触，不准握手，不准……这一系列"不准"，让从事发射准备工作的各系统工程技术人员目瞪口呆。那么，航天员参加联合检查，能不能有人帮他打开飞船舱门（这是程序中规定的操作）？航天员登发射塔能不能有人帮助开电梯？一时间，大家都感到为难，也颇有微词。后来，还是航天员系统总指挥兼总设计师宿双宁笑着解了围："没那么玄乎，一切按程序办，没有特殊要求，只需小心点就是了。"

9 月 19 日，发射场组织实施联合检查。第一次联合检查称为待发段有线逃逸状态联合检查。实际上，该项联合检查是待发段火箭未点火之前实施逃逸救生的一次演练。

程序规定，第一次联合检查航天员不参加。这次联合检查的目的主要是考核待发段逃逸控制台发送有线逃逸指令的功能，检查飞船在大气层内救生模式 I 模拟飞行程序，检查火箭故障检测处理分系统执行地面有线逃逸指令的功能，检查待发段逃逸控制台与东风飞行控制中心之间的逃逸指令传送线路。

0号指挥员郭保新担任联合检查的指挥。

程序进入发射前30分钟准备，指挥员下达"创造逃逸条件"口令，逃逸控制台收到各系统发出的"允许逃逸"信号，遂向东风飞行控制中心发出有线"逃逸"指令，由东风飞行控制中心转发测控站，再由测控站通过无线网络发送到飞船和火箭。

飞船接到"逃逸"指令后，运行救生模式Ⅰ程序，直到轨道舱与返回舱分离后结束程序。

火箭接到"逃逸"指令后，各分系统断电，中止待发段程序。

9月20日组织实施待发段火箭紧急关机和自动逃逸状态下的人—船—箭—地第二次联合检查。

本次联合检查的目的为检查航天员舱内工作程序和操作，检查航天员与各系统调度指挥的话音通信，检查火箭紧急关机功能及紧急关机后自动逃逸功能，检查飞船在待发段救生模式Ⅰ模拟飞行程序。

参加第二次联合检查的航天员是翟志刚。

翟志刚着航天服，模拟发射前2小时45分钟时段进入飞船返回舱，在指令长位置就位。只见他快速连好航天服通气和供氧管路，完成航天服气密性检查；接下来核对生理参数，演练关闭舱门和快速检漏。

在0号指挥员郭保新的指挥下，翟志刚分别与发射中心"东风"调度、发射首区测控通信系统"烽火"调度、航天员系统"先锋"调度以及飞船系统"神舟"调度等完成话音通信检查。最后，翟志刚与模拟工程总指挥通话。翟志刚略带沙哑的东北普通话回响在测试发射指挥大厅里，大家听得兴奋，受到感染，赞不绝口。天地话音检查顺利完成。

程序进行到0秒，火箭模拟点火。

模拟点火后6.26秒，火箭紧急关机。此时，火箭故障检测处理分系统发出"逃逸"指令，同时发送给飞船。

飞船收到"逃逸"指令后，进入救生模式Ⅰ程序，直到轨道舱与返回舱分离，中止模拟飞行程序。

联合检查结束后，翟志刚断开生理信号测试电缆和话音通信电缆，断开航天服通气和供氧管路，在0号指挥员的指挥下步出飞船返回舱。

第三次联合检查于9月21日实施。这次联合检查称为上升段抛逃逸塔前模拟飞行状态下的人—船—箭—地联合检查。

本次联合检查除了考核待发段航天员工作程序和天地话音通信之外，还要检查飞船系统接收转发"逃逸"指令的功能以及抛逃逸塔前大气层内救生模式Ⅲ模拟飞行功能，检查火箭外测安全分系统逃逸指令接收机接收转发"逃逸"指令的功能，检查火箭故障检测处理分系统接收无线"逃逸"指令后发送"逃逸"和"中止飞行"信号并执行"逃逸"的功能，检查火箭控制分系统实施一级中止飞行的功能，还要检查东风飞行控制中心无线"逃逸"指令的发送功能。总之，本次联合检查以考核无线"逃逸"信号在各系统间的接收和转发为主要内容。

参加第三次联合检查的航天员是聂海胜。

同样，聂海胜按规定程序时段进入飞船返回舱，做完各项检查后等待进入火箭和飞船飞行程序。

程序进行到火箭模拟起飞110秒，东风飞行控制中心逃逸控制台发出无线"逃逸"信号，通过测控站USB设备传送到火箭外测安全分系统的逃逸指令接收机和飞船系统，逃逸指令接收机再把"逃逸"信号传给故障检测处理分系统。故障检测处理分系统执行逃逸程序，使控制分系统中止火箭一级飞行。飞船系统收到"逃逸"指令后进入救生模式Ⅲ程序。

本次联合检查顺利完成，有效考核了天地无线网络之间"逃逸"指令传递和执行功能。

9月22日，实施最后一次即第四次联合检查。参加这次联合检查的航天员是杨利伟，其他不参加演练的航天员全部到指挥控制大厅观摩。

第四次联合检查设计为上升段正常模拟飞行状态下的人—船—箭—地联合检查，主要考核目的是演练航天员射前8小时发射程序和登

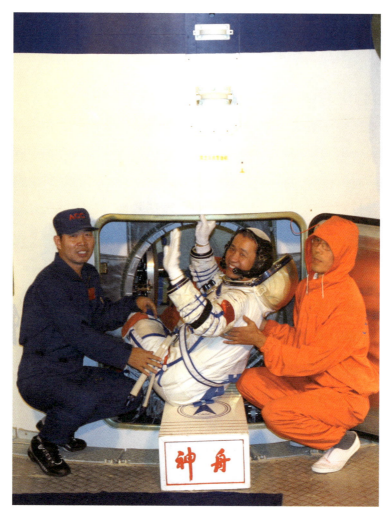

航天员聂海胜参加人—船—箭—地联合检查

发射塔的全过程，检查飞船上升段模拟飞行功能，检查火箭在真电池供电状态下的模拟飞行程序，检查人—船—箭—地模拟飞行状态下的协调性与匹配性。这是一次接近真实发射状态的全过程演练。

首先，杨利伟、翟志刚、聂海胜三名航天员身着航天服完成登发射塔演练，而后乘车进入垂直总装测试厂房。杨利伟模拟发射前2小时45分钟进入飞船返回舱。进舱后他麻利地完成各项检查，完成天地话音通信试验，随火箭和飞船进入正常模拟飞行程序。东风飞行控制中心接收、记录和处理火箭与飞船的测试数据，并向北京实时传送。天地大系统、发射场与北京飞行控制中心大回路连成了一体，成千上万个数据通过有线和无线回路飞速传递，成千上万幅画面在发射场和北京各个指挥大厅传播。这时，我们看到杨利伟的飒爽英姿，听到杨利伟洪亮而标准的口令，都为自己国家培养出的优秀航天员而暗暗自豪。

程序结束后，开始摄制航天员进舱影像资料。为了发射任务的顺利实施，临发射前航天员进舱时不准有记者随同上发射塔摄影和录像，新闻媒体宣传所使用的资料都在9月22日录制完成，实际发射选中哪位航天员，就调用哪位航天员那天留下的资料。所以，大家看到的2003年10月15日杨利伟进舱的镜头，其实是2003年9月22日录制完成的。

在四次联合检查过程中，尽管三名航天员轮流进入飞船实施操作，大家都非常关注，非常感兴趣，但是为保证测试现场的工作秩序，谁也不敢围观，不敢越位造次。今天专门安排时间为航天员录制进舱资料，气氛似乎轻松了许多。不断有人涌进垂直厂房，一睹航天员的风采，一些人还大胆地越过哨兵的阻拦，获得了与航天员合影的机会。那天，垂直厂房成为发射场最热闹的场所，由水泥、钢筋、工作平台、电缆、管路等设备组成的高大厂房，仿佛一下子多了色彩，有了韵律，有了星光，有了生命。

科学严谨又不乏热烈的四次联合检查胜利结束了，这是发射中心首次组织的有航天员参与的大型联合检查项目，给人留下非常深刻的印象。通过联合检查，航天员进一步熟悉了飞船舱内环境，熟悉、掌握了有关各项操作，熟悉了发射流程，达到了预期目的。工作过程中，杨利伟的冷静大气、翟志刚的英俊洒脱、聂海胜的内向沉稳，一直以来被大家津津乐道，传为佳话。说到翟志刚嘴角微微上翘的微笑，竟然迷倒了发射队伍中相当一部分人，以至于火箭系统总设计师刘竹生在最后一次指挥部会上激动地站起来说："我代表火箭试验队强烈要求选翟志刚为首飞航天员。"原来，工程师也追"星"。

五、火箭越"长"越大，红旗越飘越高

飞船要远行，遨游太空后还要返回地球，我们要为它备足燃料。

飞船在太空中就是航天员的工作间和卧室，我们不仅要考虑充足的氧气供应，还要从舱内空气中滤除二氧化碳。

航天员在太空中除了工作之外还有生活，我们要为他带足饮用水和食品。

准备好了。

飞船轨道舱加注单组元推进剂无水肼70千克，返回舱加注无水肼28千克。飞船推进舱又加注燃烧剂甲基肼340千克，氧化剂四氧化二氮560千克。加注后，对推进剂是否泄漏进行24小时连续监测，漏率为零，满足指标要求，让人放心。

最后为飞船环境控制与生命保障分系统充氧气和氮气，气体品质优良，满足航天员应用需求。

10月8日，飞船—整流罩组合体转入垂直厂房，完成与火箭和逃逸塔对接，整装待发。

10月11日上午10时，承载船—箭—塔组合体的活动发射台缓缓开出垂直厂房，在厂房门口稍稍停留，检查工作状态。郭保新站长向张建启主任报告后，活动发射台昂首向发射工位开去。

在讨论制定垂直转运方案时，发射中心有意安排各大系统参试人员及发射中心所属基层官兵近距离参观，这是航天城的大事、喜事，不管任务直接参与者还是间接参与者，希望让每个人都能分享这个重大历史时刻的喜悦与自豪。但是，上级保卫部门持有不同意见，他们认为，这么重要的节点和行动，保证安全是最高准则。因此，发射中心任务指挥所取消了近距离观摩转运的计划，后撤到转运轨道左右各50米之外远距离参观。

活动发射台在秋日的阳光下徐徐前进。突然，载人航天工程总指挥李继耐部长大声喊我："崔吉俊副主任，你过来。"我赶忙跑到他跟前，问首长有何嘱咐。李继耐部长说："垂直转运是航天城的盛事，为什么大家都离得这么远？"我把原委陈述了一遍。李继耐部长当即指示："让大家都过来，跟着船—箭—塔一块儿走，共同走向成功和胜利。"

我立即调集部队，在转运铁轨旁边拉起警戒线，观摩的人群可以就位于警戒线之外。这边的警戒线向前延伸，后面的活动发射台就开过来了，几乎是同步向前走。

参观的人群活跃起来，大家纷纷拿出相机，以运行中的船—箭—塔组合体作背景，留下一幅幅神采飞扬的照片。也有人甚至越过警戒线，簇拥着首长共同合影留念，首长倒是笑容可掬，欣然应允，场面十分热烈，但也稍显混乱。

参观的人群里有一位年轻的母亲（猜想是一位军嫂），怀里抱着两三岁的儿子。孩子眨巴着大眼睛问道："妈妈，火箭多长时间长这么大呀？它是不是越长越大呀？"母亲耐心地回答说："火箭不是长的，是科学家造出来的。"

这段有趣的对话被发射中心电视台的记者捕捉下来了。

是的，在孩子的眼里什么都在生长，花在生长，树在生长，小动物在生长，人也在生长，而且一般来说都是越长越大，越长越高。那么，火箭肯定也在生长，也应该越长越大，越长越高。要说用了多长时间长这么高，那可不好算。从我们的祖先发明火药到现在已经1000多年了，从新中国成功发射第一枚仿制苏联的导弹到现在已经40多年了，从载人航天工程启动研制"长征二号F"运载火箭也应该有11年

"神舟五号"任务船—箭—塔组合体垂直转运

了。11年的火箭长这么高大，小朋友们一定觉得不可思议吧！

这段视频在发射中心电视台播出后，充满童真可爱的小朋友立即引来大人们的好奇与兴趣。只可惜，记者再也没有找到这对母子。20年过去了，那名小朋友早已成长为男子汉了，也许他正坐在大学的教室里研究火箭"长大"的原理呢！

船—箭—塔组合体运抵发射工位后，即展开发射台对中锁定，火箭垂直度调整，射向粗瞄；各系统连接测试电缆，布设天线，开展最后的发射测试准备。

10月12日，航天员首飞梯队杨利伟、翟志刚、聂海胜由总装备部迟万春政委陪同，分乘两架专机抵达发射中心，进驻问天阁。中华民族千年的飞天梦想进入激动人心的倒计时，中国的首次载人航天发射进入最后冲刺阶段。

问天阁，是坐落于弱水河岸边的一座航天员公寓。公寓为仿徽派建筑，古色古香，设计独特，二层小楼自成一体，飞檐护墙，白壁灰瓦。"问天阁"三个大字出自著名军旅书法家李铎之手，挂在门侧，十分醒目。

航天员公寓冠以"问天阁"的名字，引发了发射中心众多人的想象。有人说取自宋朝大文豪苏东坡的《水调歌头》"明月几时有，把酒问青天，不知天上宫阙，今夕是何年"之意；有人说源自战国时代伟大的浪漫主义诗人屈原的长诗《天问》。《天问》通篇是作者对天地、自然和人世等一切事物现象的发问，问宇宙，问天象，问日月，问星辰，以问而不答的启迪语气，激发人们对科学真理的不断追求。问，是探索，是开拓创新，是追赶超越；问，正是航天人披荆斩棘、顽强拼搏的精神象征。

进入问天阁一楼门庭，墙上挂着敦煌女画家王亚玲以飞天为题材的工笔画作品，飞天仙女，霓裳飘飘，栩栩如生。拾级而上，便是航天员位于二楼的居室了。居室是标准的三室一厅。每间房都是普通的双人间，摆着普通的单人床。

一楼是各种医监医保和任务准备间，也备有餐厅、学习室和文体活动室，以及桑拿洗浴室等。玻璃透明厅是航天员出征前首长接见和会见记者的场所。玻璃透明厅使航天员尽量与外界隔离，减少接触。

车队开到问天阁，载人航天工程总指挥、总装备部李继耐部长及其他任务指挥部领导在大厅门前迎候航天员的到来。杨利伟向李继耐部长行军礼，用洪亮的声音报告："总指挥同志，首飞航天员梯队奉命来到发射场执行任务，请指示。航天员杨利伟。"

李继耐部长与三名航天员热情握手，一起走进公寓大厅。杨利伟、翟志刚、聂海胜都非常激动和兴奋，表示一定要以最饱满的精神状态去迎接挑战，绝不辜负全国人民的期望。

随着航天员的进驻，一面五星红旗在问天阁上空高高飘扬起来，那是对祖国无限忠诚的航天员们亲手升起的国旗。

秋风送爽，河滩里的胡杨林渐次红透，在五星红旗的辉映下，更加绚烂。航天员在这里向祖国报到，向祖国宣誓。

五星红旗为什么越飘越高？那是因为在祖国近50年的航天征途上，它始终为我们引路，为我们导航，为我们增添勇气和力量。苏联撤走专家，我们高擎五星红旗打翻身仗，很快成功发射国产导弹；三年困难时期，我们高擎五星红旗迎接大自然的挑战，打沙枣，挖野菜，自产自救，从未停止前进的脚步；第一颗卫星，第一枚远程运载火箭，第一艘"神舟"飞船……哪一次胜仗没有五星红旗的辉映？在航天城的每个地方，在航天战士的每个工作岗位，人们都自豪地向这里眺望，心里充满向往，充满力量。

今天，问天阁上空，鲜艳的五星红旗正挥舞出天路轨迹，在飞天的长途上荡起民族复兴的浩浩春风。航天员首飞梯队，智慧和勇敢的团队。我们相信，几天之后，这里必定为中华人民共和国献上一份震惊世界的厚礼。

距问天阁7.5千米之外的发射场上，临战的气氛更浓更烈，一切工作都在按计划有条不紊地向前推进。火箭—飞船功能检查，火箭射向精瞄，飞船与火箭接口检查，联合检查，发射状态设置，等等，一项项测试顺利完成。

火箭推进剂加注工作准备就绪。

定位于发射首区应急搜救系统的直升机、运输机先后飞抵发射中心的鼎新机场，随后组织了直升机通信设备与地面车载通信设备的联试，选定了航天员应急送往医院的直升机降落场坪。银川、榆林、邯郸三个应急搜救分队以及海上搜救协调人员全部就位，以防不测。

在更远方，参试人员已全部进驻内蒙古主着陆场，完成设备恢复和联试。

海上应急搜救舰船和飞机已完成任务前各项准备，海军和交通部海上打捞局都派出救捞的船只和飞机，做好应急准备。

遍布四面八方的任务测控通信系统已组织完成全系统联试，电波信息通过网络快速准确地传递，参试设备状态良好，各方向电路畅通，数据收发正常。

四艘"远望"号测量船劈波斩浪奔赴太平洋和印度洋任务海域，参试官兵驰骋大洋疆场，设置设备状态，调整系统参数，精神振奋地等候着"神舟五号"飞船飞过，航天员飞过。

还有，协助执行应急搜救和保障任务的中国人民解放军空军、总参陆航局、兰州军区、北京军区、成都军区、海军北海舰队等兄弟单位，也在相应位置集结完毕，待命执行任务。

天时地利人和，万事俱备。

"神舟五号"飞船发射准备的脚步坚定不移地向前走，全世界都听到了这阵脚步声！

六、心有定力，300吨推进剂顺利注入火箭储箱

10月14日15时，发射场区举行最后一次指挥部会议。会议确定载人首飞发射日期为10月15日上午9时，此时尚未公布首飞航天员到底是谁，据说要再等一段时间才能确定。指挥部对即将进入发射程序的各项工作提出了严格而具体的要求。

17时开始火箭推进剂加注。

火箭加注系统是发射场最重要的地面设备之一。加注库房位于发射工位附近，氧化剂和燃烧剂两套加注系统基本相同。氧化剂为四氧化二氮，燃烧剂为偏二甲肼，这是火箭常规推进剂，属于剧毒和高腐蚀性化学推进剂。在库房罐间横卧着八座大储罐，装满火箭飞行所需的推进剂；泵间则并排安放着数台耐酸防腐屏蔽泵；控制间是技术人员的操作场所，正面墙上悬挂着加注流程模拟屏，嵌入计算机和各类控制模块的控制台与控制柜，分别布设在控制间中央和外侧。

"长征二号F"火箭飞行需要燃烧剂约140吨，氧化剂约300吨。

燃烧剂顺利加注完毕，20时10分，氧化剂开始液体流动。控制间外夹间已坐满了人，在这里可以隔着玻璃窗观看加注过程。技术人员的操作，加注过程的数据和状态显示，都能看得一清二楚。我随一群人在外夹间刚一落座，就有人走过来悄悄告诉我，加注系统中的流量计出了问题，不能正常计数。我心里一惊，真是关键时刻掉链子！

顾名思义，流量计是用于计量注入火箭储箱内推进剂的设备，若出现故障，等于加注失去了计量基准。

我心里着急，找来技术部主任王福通，他是发射中心火箭加注系

统技术专家，设计和改造过2号发射场的加注系统，对载人航天发射场的加注系统也很了解。他平静地说："问题不大，我们设计的还有迂回加注回路，发生故障时可以用上。"迂回加注，即绕过故障流量计，经由旁侧冗余的正常流量计计数而把推进剂注入火箭。这是故障隔离的设计思路，也是系统降级运行的方式，对于处理应急故障十分有效。

我所担心的是，在如此紧张的氛围中，指挥员能否面对设备带着故障的情形实施正常指挥，最好停下来商量一下，选用哪一条冗余支路，改变哪些口令和操作，制定一个补充方案，等等。

氧化剂加注指挥员李伟，时年28岁，面对突如其来的挑战，表现得十分沉稳。

在旁边的另一个工作间，得到消息的几位领导和专家正翻着图纸指指点点，小声争论，他们大概是在帮李伟寻找最合适的迂回之路，制定故障应对措施。

在控制间，李伟沉着地下达一条条口令，操作手按照指挥的口令正确操作着设备，从李伟的脸上和声音中丝毫觉察不到设备出现故障时的着急和采取应急措施的忙乱。从发现故障的那一刻起，在他心里就打定了主意，按时开始加注，不惊动任何人，按故障预案实施。他胸有成竹。

几个所谓了解情况的人，也只是知道采用了迂回加注方案，而具体实施步骤也并不完全清楚，不免为李伟捏着一把汗。在外夹间观看加注过程的大部分人根本就不知道其中出现的问题，他们只看到模拟屏上推进剂按设置的流速和流量源源不断地注入火箭储箱，看到加注泵的开启与停止，阀门的打开与关闭，间或赞叹几声新加注系统设计先进和可靠，与十几年前2号发射场加注系统相比真乃天壤之别。

加注工作结束，加注量和精度满足火箭加注要求，火箭系统签字认可。大家谈笑着从加注库房轻松散去。

李伟若无其事地指挥着设备撤收，依然一丝不苟。

我们几人长吁一口气，悬着的心终于放了下来。

李伟在工作岗位上的不断成熟，得益于自身的勤奋，得益于载人航天发射提供的宏大平台，也得益于老一辈航天人的言传身教。李伟17岁考上浙江大学，21岁临近毕业时被酒泉卫星发射中心宣传海报上火箭腾飞的壮丽画面所震撼和吸引。在众多的就业选择中，李伟毫不犹豫地选择了酒泉卫星发射中心。当时，这件事曾在浙江大学引起不小的轰动，连《人民日报》也做了报道，还刊登了一张李伟和同学们的合影。

尽管有穿上军装就要吃苦的准备，但当李伟坐了三天三夜的火车，来到发射测试站时，从未见过的茫茫戈壁，那种空旷和荒凉，还是令这位城市长大的大学生心灵受到不小的冲击。

发射中心组织老一代航天人为新入伍的大学生讲传统，带他们瞻仰东风革命烈士陵园，参观发射中心历史展览馆，参观"两弹结合"发射试验旧址，令李伟他们心潮澎湃，振奋不已。从前辈们为国家强盛而艰苦奋斗的历程中，李伟开始懂得，在这片大漠深处，祖国航天事业令老一辈航天人魂牵梦萦，献了青春献终身，献了终身献子孙，死在戈壁滩，埋在青山头。当看到火箭拔地而起、直刺苍穹的一刻，那排山倒海的气势令李伟受到巨大震撼。他从此下定决心，驻守这片大漠戈壁，让青春无悔。

李伟没有辜负领导的期望，他的智慧、他的忠诚、他的奉献，熠熠闪烁在载人航天发射的征程中。

后来，李伟回忆这段故障处置经历时，也是感慨万分。他说：

加注工作即将开始时，突然发现9号流量计不能正常工作。这个流量计是对Ⅱ、Ⅲ助推火箭储箱二液位之后加注计量，是一个关键流量计，直接决定Ⅱ、Ⅲ助推火箭推进剂的加注精度。故障出现时间是19时50分，距离8小时发射前程序还有5小时，而氧化剂加注及撤收时间就要占用4小时，基本上没有任何故障处置时间了。如果不能及时正确给出故障处置方案，氧化剂加注就要推迟，必然直接导致火箭发射错过第一窗口，给整个载人航天首飞造成巨大影响。

时间紧迫，我带领一名操作手，首先对9号流量计所有接线端子进行检查，确认接线端子均无松动，故障出现在流量计本身。由于在时间上不具备更换流量计的可能性，我立即向在场的王金安总工程师提出，根据加注故障处置预案，放弃9号流量计，使用火箭二级加注管路上的6号和7号流量计，对Ⅱ、Ⅲ助推火箭实施迂回加注，得到了王总的果断批准。

迂回加注作为一种紧急状态下的加注模式，与正常程序相比，存在一定的风险。作为一种故障处理模式，我们只在信号仿真中模拟运行过，而在正式加注甚至液体流动训练中都没有演练过，所以加注把握肯定差一些。与正常加注程序相比，迂回加注要使用二级火箭加注管路，迂回到Ⅱ、Ⅲ助推火箭储箱，加注管路变长了，分支多了，如果准备不充分，极有可能造成一部分液体又回到库房内，从而导致Ⅱ、Ⅲ助推火箭加注量不准确，最终使火箭因为推进剂不足而不能准确把飞船送入预定轨道，这也是最大风险。另外，迂回加注中一部分工作需要手动操作完成，而有些操作手对迂回加注流程不如正常加注流程熟练，易发生操作差错。

因为我在任务前已经做好了充分准备，对加注系统各种故障模式下的处理都心中有数，并考虑好了各种状态下的重点与难点，所以迂回加注开始后，我毫不慌乱，集中精力指挥。为了避免操作手因为紧张而出现误操作，我鼓励他们大胆操作，把每一个动作都做准确，精确调节好每个阀门的开度，按时顺利完成了迂回加注的工作程序。

真应该为李伟的智慧和果敢点赞。此时，我想起毛主席说过的一句话："在某种意义上来说，最聪明、最有才能的，是最有实践经验的战士。"长期在加注一线摸爬滚打的李伟，从软件编程到硬件配置，他掌握得一清二楚；从系统可能的故障模式到处置措施，他心里都非常有数。别看李伟平时说话稍有口吃，但是一旦走上指挥岗位，则口齿清晰，抑扬顿挫，没有一个多余的字眼。"神舟五号"飞船任务，李伟以其精湛的技术和良好的心理素质，圆满完成任务，一鸣惊人。

氧化剂加注完毕，距8小时发射前程序还有1小时的间隔。

七、勇士直上九霄

其实，10月14日15时发射场区任务指挥部会议结束之后不久，就由工程最高决策层投票选出了首飞航天员，不出意外就是杨利伟。

火箭推进剂加注的同时，在航天员公寓问天阁的接见大厅里，正举行一个简短的记者见面会。杨利伟、翟志刚、聂海胜身着蓝色训练服，出现在记者面前，胸前的国旗图案分外醒目。三位航天员精神饱满，英气逼人，脸上带着微笑。这是中国航天员首次对外公开亮相。

中国的航天员大队成立于1998年1月5日。14名空军航空兵优秀飞行员秘密来到北京航天城，一个简短的宣誓仪式翻开了中国航天史崭新的一页。中国人民解放军航天员大队正式成立，中国人从此有了自己的航天员。

简单介绍情况后，新华社记者首先提问："你们中的一人将成为叩响太空大门的第一个中国人。此时此刻，你们最想对祖国说的一句话是什么？最想对家人说的一句话是什么？"

杨利伟一贯严肃沉稳，他不慌不忙地回答："我在这里想对祖国说，感谢祖国和人民对我的培养和信任，我一定不会辜负祖国和人民的重托。在这里，我也想对我的家人说，感谢家人对我的支持和鼓励，请家人放心，我们已做好了充分准备，有信心和能力圆满完成这次任务。"

有记者问："在这全国关注、举世瞩目的时刻，你们想得最多的是什么？"

杨利伟回答："实现中华民族千年飞天梦想是一个神圣的使命，我

"神舟五号"航天员梯队杨利伟（中）、翟志刚（右）、聂海胜（左）与记者见面

们有幸能够担负这次任务，感到无上光荣。……我们现在想得最多的就是飞行程序和操作，以及如何全力以赴地完成这次任务。"

《解放军报》记者问："你们三位曾经都是我军优秀的战斗机飞行员，现在是我国第一代航天员。作为共和国军人，在即将出征太空的时候，你们认为军旅生涯对这次特殊飞行任务有何帮助？此时此刻，你们想对三军将士说些什么？"

仍然是杨利伟回答："作为一名航天员，我首先是一名共和国的军人，在任务中，我会发扬我军的光荣传统和大无畏的革命精神，服从命令，听从指挥，战胜一切困难，坚决完成任务。同时感谢全军战友对我们的鼓励、关心和厚爱。也请他们放心，我们一定不辜负他们的期望，为军旗增辉。"

记者们还没有停止提问的意思，他们大概也想听一听翟志刚和聂海胜的声音。

这时，一位记者接着提问："在被选为航天员的五年多时间里，你们经历很多，也做了充分准备。作为首飞梯队的航天员，你们会以什么样的心态去完成这次任务？"

聂海胜回答："我们每个人都以最平常的心态、最佳的精神状态去完成这次任务。"

聂海胜说话向来简明扼要，不拖泥带水。

又有记者提问："当一名航天员是很多中国青年的梦想。你们中的一人将成为中华民族第一位飞天英雄，是中国青年心目中的天之骄子。请问，你们是怎样看待成功与成才的？"

这一次轮到翟志刚回答了，只见他微微一笑："我想，只要你对自己充满信心，你就一定能成才，就一定能成功！"

航天员们对每位记者的提问回答得都很到位，铿锵有力，落地有声，令见多识广的记者们大为赞赏，颇为满意。从他们三人从容淡定的语气中，能咀嚼出发自内心的平静与自信。面对中国历史上史无前例的腾飞，他们将对祖国、对人民、对家人的忠诚表达得淋漓尽致，将神圣的使命同自己的完美素质结合得天衣无缝，以平和的心态勇敢迎接挑战。一颗平常心，一身英雄胆。

10月15日凌晨1时，发射场进入发射前8小时程序。

发射塔下灯火辉煌，参试队伍陆续进入发射场，来往车辆打破了深夜的寂静。此时，火箭各分系统开始安装箭上电池，外测安全系统安装爆炸器和引爆器。

凌晨2时，在问天阁，工作人员叫醒了还在酣睡的杨利伟等三人。学习俄罗斯航天员出征的"规矩"，他们分别在自己的卧室和客厅的门上留下签名。

杨利伟在卧室的签名：首飞航天员杨利伟，2003年10月15日凌晨3:00。

他们三人在客厅的集体签名：首飞航天员梯队杨利伟、翟志刚、聂海胜，2003年10月15日凌晨3:00。

洗漱完毕，他们三人一起进早餐，饮壮行酒。翟志刚为自己和聂海胜倒了半杯红葡萄酒，给杨利伟倒了半杯矿泉水并掺了一点儿红酒，三人举杯相碰，喝下了这杯"红火"的壮行酒，战友的深情厚谊尽在酒水中。杨利伟吃了一碗面条和小菜，饭菜虽然简单，却很可口，也有利于飞行，以最好的身体状态飞上九天。

之后，杨利伟来到任务准备间穿戴舱内航天服，做航天服气密性检查。

凌晨5时20分，天已微微发亮，东方晨曦初露，航天员出征仪式在问天阁举行。胡锦涛总书记及黄菊、吴官正等中央领导、军委领导在刚刚结束党的十六届三中全会后连夜赶到发射场，为航天员壮行。

杨利伟身着航天服坐在隔有玻璃墙的小厅内，翟志刚、聂海胜身着蓝色训练服站在后排。胡锦涛总书记一行缓缓走进大厅，对3名航天员说："'神舟五号'马上就要发射了，这是你们盼望已久的庄严时刻，也是全国各族人民盼望已久的庄严时刻。一会儿，杨利伟同志就要作为我国第一个探索太空的勇士出征，就要肩负着祖国和人民的重托去实现中华民族的千年梦想。相信你一定会沉着冷静，坚毅果断，圆满完成这一光荣而神圣的使命。我们等待着你胜利归来！"*

杨利伟激动地表示："请总书记和全国人民放心，我一定聚精会神地做好每一个动作，决不辜负祖国和人民的期望。"

送行仪式后，杨利伟站起身，提起航天服风箱，坚定地向大厅侧门走去。偶回头，只见胡锦涛总书记又向前迈了几步，再次向杨利伟挥手送别。

航天员公寓外的广场上已经挤满了来自各部门、各单位的送行人群，响起一阵阵欢呼声和军乐声。杨利伟一边向送行的人们挥手致意，一边走向话筒前，立正向载人航天工程总指挥李继耐部长敬礼、报告："总指挥同志，我奉命执行首次载人飞行任务，准备完毕，待命出征，请指示！中国人民解放军航天员大队航天员杨利伟！"

李继耐部长还礼，响亮回答："出发！"

"是！"杨利伟铿锵作答，又是一个标准的军礼，随即将坚毅的目光投向前方迎风飘扬的五星红旗，勇士充满力量和向往，场面那么庄严，那么神圣，令所有送行的人心潮激荡，振奋不已。

杨利伟走向停在广场的中轿汽车，翟志刚、聂海胜守护着杨利伟，把他送上轿车。此刻，他们三人热烈拥抱，紧紧握手，一切祝福和期待尽在不言中。

勇士出征，天歌浩荡。

车队离开问天阁向发射场驶去，沿途仍有不少自发前来送行的人。勇士出征代表祖国和人民，人民用发自内心的热情送别远征的勇士。

---

* 我国进行首次载人航天飞行 "神舟五号"飞船发射成功. 人民日报，2003-10-16（1）.

车队驶过弱水河和岸边连绵逶迤的胡杨林。

弱水河，航天城赖以生存的母亲河。弱水从祁连山雪峰冰巅流来，流着嫦娥奔月的远古传说，流着敦煌飞天神女的梦幻；弱水向额济纳旗的居延海流去，传说那里是西王母的瑶池，老子羽化成仙的圣地。浪漫的远古飞天与科学的现实飞天，今天在这里完美地结合在了一起。

胡杨林舞动如火如霞的枝叶。"一千年不死，一千年不倒，一千年不朽"的胡杨啊，此时正搭起飞天画廊，让我们看个如痴如醉；从这里通往发射场，夏走到秋，冬走到春，孜孜求索，奋斗不息。如今，就从胡杨林给天宇投去一封长信：中国使者就要到了！

清晨5时50分，车队抵达发射塔脚下。载人航天工程总指挥李继耐率领众人在此与杨利伟最后话别。一道道深情的目光传递着祝福、鼓励、期盼，以及隐隐的担忧，也有人用轻松的语言缓解内心的些许紧张和不安，为杨利伟增强信心。

与首长和专家们道别后，杨利伟乘发射塔上的防爆电梯登上50多米高的飞船工作平台。

6时整，杨利伟在工作平台上等待进舱。此时，距规定的进舱时间还有15分钟，工作平台上只剩下杨利伟和一名教员、一名工程师及一名医生四人。为了打发这"漫长"的15分钟，有人提议给杨利伟讲个笑话，放松放松心情。帮助杨利伟最后关闭舱门的那位工程师想了想问杨利伟："知不知道当年给苏联航天员加加林关舱门的工程师现在干什么？"杨利伟说："还真不知道……"工程师说："告诉你吧，他现在是俄罗斯航天博物馆的馆长。"这几句不是笑话的笑话倒也多少缓解一些气氛。

凌晨6时，距点火发射还有3小时。经过一夜紧张工作，火箭各分系统测试人员已非常疲惫，趁一段空闲间隔，有人打起盹来。航天员就要进舱了，我把这些昏昏欲睡的小伙子一个个喊起来，无论如何不能错过这个伟大的历史时刻。

6时15分，即发射程序倒计时2小时45分钟，0号指挥员下达"'神舟五号'可以进舱"口令，大家目不转睛地在指挥大厅监视屏幕上看着杨利伟通过飞船轨道舱进入返回舱。杨利伟的代号为"神舟五号"。

进舱后，杨利伟首先进行返回舱状态确认，每确认一项就报给舱外的工程师，后者就在确认单上打一个"✓"，十几分钟后状态确认完毕。工程师在关闭舱门前对杨利伟说："利伟，咱们明天见。"

杨利伟微笑回答："馆长，咱们明天见。"

舱外的几个人都会心地笑了。

发射程序继续进行。

杨利伟开始连接通信头戴，插好生理信号插头，连通供氧和通风软管，检测航天服气密性，打开航天服通风机。然后，静静地坐到航天员座椅上，心里默默背记后面的操作程序和动作，观察火箭、飞船的发射准备进程。此时，我通过遥测系统记下一组数据：返回舱内总气压为90.12千帕，氧分压为21.74千帕，二氧化碳分压为0.35千帕，温度为19.61℃，杨利伟心率为83，呼吸率为19。一切正常！

清晨7时，发射程序进入2小时准备。

火箭控制分系统启动地面电源，接通箭上电源，装订测试程序；遥测分系统启动磁记录检查；外测安全分系统主控台开始加电，启动地面计算机；推进剂利用分系统启动地面电源，接通电池加温通路。火箭系统要在这个时间段对各分系统做最后检查测试。

飞船系统关闭轨道舱舱门，检查各分系统状态设置，飞船的制导、导航与控制分系统完成数据装订，撤收轨道舱与地面相连的电缆，关闭电池操作窗口，停止地面热控调温，撤收加温电缆和检漏电缆，等等。

发射场勤务系统撤收活动发射台与火箭相连的防风螺栓以及支撑臂电缆，撤收工作梯；检查地面电场强度，提供最后一次高空风数据。

7时59分，距发射程序进入1小时准备还差1分钟，火箭系统测试指挥员王学武突然报告："火箭推进剂利用分系统地面测试电源掉电！"大家都清楚，地面不间断电源UPS只能提供20～30分钟供电，如果8时30分不能排除故障，原定9时点火发射的计划就要被迫取消。在紧张和焦虑的气氛中，王学武迅速调集各种应急处置预案。推进剂利用分系统指挥员李里洋立即将无关紧要的打印机、监视器和录像机等断电，发射测试站总工程师王金安带领配电抢修小组赶到现场紧急排查。经抢修，推进剂利用分系统没有影响发射程序。

1小时准备程序顺利向前进行。

火箭控制分系统检查射向精瞄数据，抽测关键测试项目，对推进剂储箱实施增压，向箭上计算机装订飞行程序；遥测分系统开始箭上加电测试；外测安全分系统进行箭上单机加电，试验发送上行信号；故障检测处理分系统箭上加电，装订飞行程序；推进剂利用分系统进行箭上供电，试算飞行程序。

飞船系统转电池供电，检查飞船功能和状态，检查与航天员通话状况，整流罩内停止送风。

发射场勤务系统陆续收拢各组工作平台，启动摆杆油泵，发射塔上人员陆续撤离。

发射准备工作按照设计好的程序一分一秒地接近这个历史性时刻。

"30分钟准备"口令下达。位于发射指挥大厅最后一排的各大系统总指挥、总设计师们情不自禁地起立，大家以发射场指挥监控系统的大屏幕为背景，拍下了一张珍贵的合影。

0号指挥员下达"15分钟准备"口令。

这时，载人航天工程总指挥李继耐与航天员杨利伟通话："我们一定要牢记中央首长的重托，和你并肩作战，让你实现成功发射、精确入轨、顺利返回的目标，也希望你沉着冷静，坚定自如，按预定程序认真做好每一个动作，任务指挥部信任你，全国人民期待着你！"

杨利伟沉稳地回答："我向全国人民保证，坚决完成此次任务！"

　　左起：发射场系统总设计师周建平、火箭系统总设计师刘竹生、火箭系统总指挥黄春平、本书作者崔吉俊、飞船系统总指挥袁家军、飞船系统总设计师戚发轫、航天员系统总指挥兼总设计师宿双宁，于"神舟五号"飞船发射30分钟准备时合影

李继耐部长满怀期望地说："利伟，明天早晨，我们将在内蒙古草原迎接你凯旋，预祝你圆满完成任务，咱们明天见！"是鼓励，也是祝福！

杨利伟回答："明天见！"

一句"明天见"寄托多少信任和期待，饱含多少把握和信心，减少多少牵挂和担忧。

通话完毕，杨利伟向0号指挥员汇报："'神舟五号'报告，15分钟准备完毕！"

"5分钟准备！"在监视画面上，我们看到杨利伟再次检查调整束缚带，把自己紧固在座椅上，抬手关闭了面窗，然后双手握住操作盒，静待起飞。

此时，杨利伟的心率是77。

最后10秒开始倒计时：10，9，8，7，6……

数到4的时候，杨利伟以一名军人的庄严，用戴着航天手套的右手，对着摄像头，敬了一个标准的军礼。寂静的发射指挥大厅里响起热烈的掌声。

程序倒计时到0秒，正是10月15日9时，火箭准时点火，起飞。

大漠上响起山呼海啸般的轰鸣，火箭迎着满天霞光，载着首飞航天员杨利伟，扶摇直上九霄。抬头仰望，留在湛蓝天空中的飞行轨迹恰似一个草书汉字"龙"。"中国龙"直冲云天。

令人不放心的是，火箭起飞后，留在发射指挥大厅大屏幕上的返回舱图像一直是一幅静止的画面。大家十分惦记杨利伟在飞行中的状况，但是，图像却不能为我们提供任何有关的信息，只能等待。

飞行200秒，火箭已经飞出大气层，飞船整流罩像花瓣盛开一样打开，一缕阳光透过飞船返回舱的舷窗，照在杨利伟的航天服上。

只见杨利伟的眼睛眨了一下，随即报告："'神舟五号'报告，整流罩分离！"这是杨利伟的声音，是中国航天员首次从太空传回的声音。

发射指挥大厅人们的担心顷刻变成了欢呼，上百双眼睛齐刷刷盯向大屏幕。飞船工作正常！杨利伟正常！

接下来的图像"活"了。

飞船即将入轨的时候，看着大屏幕上不断跳动的时间，大厅的人员不由自主地随0号指挥员的读秒有节奏地喊起来：580，581，582……

587秒，飞船与火箭分离，飞船准确入轨。在这个激动人心的时刻，大家忘情地跳起来，为成功鼓掌，为胜利拥抱，为英雄欢呼。霎时间，发射场变成欢乐的海洋。

发射中心总工程师、发射场系统总设计师周建平抓起我的左手就要向空中举，我"哎哟"一声换成了右手，我的左臂有伤他竟忘记了。火箭系统总指挥黄春平与总设计师刘竹生互相拥抱，热泪盈眶。而飞船系统的袁家军和戚发轫，航天员系统总指挥兼总设计师宿双宁，空间应用系统总指挥高铭、总设计师顾逸东等人，在高兴之余，想的更多的是后续的飞行过程。飞船入轨仅仅是迈出第一步，更多的考验还在后头。他们在默默祝福，暗暗鼓劲。

0号指挥员郭保新脖颈一软，后脑勺"瘫"在了椅子后背上。经历了极度的疲劳，高度的紧张，此刻郭保新如释重负。

从"神舟一号"到"神舟五号"，大家看到的是一次又一次的壮丽腾飞，而对航天人来说，每一次发射都如履薄冰，承受着常人难以承受的巨大压力和挑战。如果说从"神舟一号"到"神舟四号"的发射是向喜马拉雅山艰难攀登，那么，"神舟五号"发射就是向极顶的最后冲刺。忘不了，为了这一刻，几代航天人青丝变白发，一茬茬发射官兵汗水洒大漠。是他们铸就了我国航天发射的座座丰碑，圆了中华民族的千年飞天梦想！

我们从发射场赶回东风飞行控制中心，这里更是人声鼎沸，欢乐如潮。胡锦涛总书记在此与大家共同见证了代表中华民族自强不息的壮丽腾飞。

刚进大厅，先我一步到达的宿双宁急急忙忙对我说："我们来晚了，别人都得到了胡锦涛总书记签名的首日封。"

"是吗？"我来不及细想，只是感到错失机会的惋惜。

"赶快找几张首日封弥补一下吧，现在还来得及。"宿双宁说。

不知从谁手里抓来了两张发射中心为本次任务发行的首日封，但是，我却没有胆量递给胡锦涛总书记。刚巧，载人航天工程副总指挥、中国科学院副院长江绵恒走了过来，我急中生智把首日封塞给了江绵恒副院长，他立刻呈到胡锦涛总书记的桌上。成了，我得到了两张宝贵的有胡锦涛总书记签名的首日封，分了一张给宿双宁。多年后我才知道真相，胡锦涛总书记那天根本就没有给别人签过名，那是宿双宁"忽悠"我。不过，我的这次"上当"和冒失，换来的是永久的纪念品。

9时45分，载人航天工程总指挥李继耐向全世界宣布："神舟五号"载人飞船发射圆满成功！

胡锦涛总书记走上讲台，代表党中央、国务院、中央军委，向为我国载人航天事业做出突出贡献的广大科技工作者，向所有参加载人航天工程研制、建设和试验的同志表示热烈祝贺，并致以崇高的敬意。他强调，"神舟五号"载人飞船的发射成功，是我们伟大祖国的荣耀，标志着我国首次载人航天飞行初战告捷，也标志着中国人民在攀登世界科技高峰的征程上又迈出了具有重大历史意义的一步。航天战线的同志们为祖国、为人民、为民族建立的卓越功勋，党和人民永远不会忘记。……十多年来，在党中央、中央军委的领导下，经过广大科技人员和解放军指战员的不懈奋斗，我国载人航天事业取得了举世瞩目的成就，谱写了中华民族自强不息的壮丽诗篇。他希望航天战线的全体同志大力弘扬"两弹一星"精神和载人航天精神，科学求实，开拓进取，团结协作，不懈进取，不断夺取我国航天事业和国防科技发展

"长征二号 F"火箭托举着"神舟五号"飞船直冲九天

的新胜利，为全面建设小康社会、实现中华民族的伟大复兴再立新功。*

胡锦涛总书记与工程人员一一握手表达祝贺和慰问，大厅里不时响起热烈的掌声。

次日凌晨，"神舟五号"返回舱平安降落在内蒙古四子王旗的大草原上，杨利伟自主出舱。中国首次载人航天飞行取得圆满成功。

用什么语言似乎都难以形容中国首次载人航天飞行的壮丽辉煌，用什么赞歌似乎都难以抒发对伟大祖国的崇敬。戈壁，草原，见证了中国奇迹，见证了飞天的艰辛与欢乐，这一切将永载中国航天史册。

---

* 我国进行首次载人航天飞行　"神舟五号"飞船发射成功.人民日报，2003–10–16（1）.

发射场的黎明

"神舟六号"：

双人多天，再探天宇

中国载人航天首飞取得了巨大成功，极大地鼓舞和推动了载人航天工程的发展。鲜花和贺信从祖国四面八方飞来，酒泉卫星发射中心一时名声大振。

"神舟五号"飞船在太空运行到第七圈时，杨利伟在太空中展示中国国旗和联合国旗帜，在距地面343千米的太空中说："向全世界各国人民问好，向太空中工作的同行们问好……"尽管杨利伟精神状态很好，但他是被束缚在座椅上半倾着身子说这番话的。而此时工作在国际空间站的美国宇航员站在实验舱内，双手抱肩，回应杨利伟：欢迎中国航天员来到太空。

有记者采访，问中国航天与美国航天有多大差距。我的脑海里突然涌现出以上两幅画面，答曰："一个犹似襁褓中的婴儿，一个犹似已学会站立行走的儿童。"

1961年苏联航天员加加林进入太空，至此已有42年；1969年美国阿姆斯特朗登上月球，至此也有34个年头。中国载人航天飞行刚刚起步，尽管起步较高，但任重道远，前面注定还有一座座高山等待我们去攀登，去翻越。

一次成功不等于次次成功，成功不等于成熟。空间探索永无止境，科学技术进步永无穷期。中国载人航天将从"一人一天"向"多人多天"迈进，将从"天地往返运载器"向"长期驻留空间站"迈进。"神舟六号"载人飞船是新的开始。

漫漫征途，风雪雷电，勇士们将继续出征，携手前行。我们走过这个过程，我们享受这个过程。

一、血的教训，泪的教训

距"神舟"飞船发射工位东北约700米处耸立起一座新型发射塔，代号"9401"。这是为卫星发射新建造的发射工位，发射塔高约92米，采用全新的钢筋混凝土结构设计，可以为"长征二号C""长征二号D"和"长征四号"运载火箭提供发射服务，把各类应用卫星和科学实验卫星射入中、低椭圆轨道或太阳同步圆轨道。

新的发射工位采用新的发射模式。运载火箭和卫星经铁路或空运进场后，在技术区检查测试单元仪器。对运载火箭，只在技术区进行简单的内外观检查、拆卸单元仪器，随即以水平、分段方式转运至发射工位，在发射区利用固定的密封勤务塔将火箭各级起竖对接在固定发射台上，然后在密封的环境中对火箭进行装配、测试和全部技术准备。火箭上述测试发射模式称为"一平两垂"模式。而卫星仍保持我国传统的测试发射模式，即在技术区完成全面检查，垂直转运到发射区与火箭对接；星箭实施必要的联合检查测试，对火箭加注推进剂，进入发射程序。

这种"一平两垂"的测试发射模式，其最大的优点是减少了测试项目的重复，缩短了测试发射周期，避免了发射准备中的火箭状态变化，提高了火箭发射的可靠性。但是，它对火箭组装和测试环境密封要求较高，而且占用发射工位周期长。这在当时我国运载火箭、卫星技术成熟度和发射频率并不算很高的情况下，还是比较适用的。

在技术区垂直总装测试厂房东侧，赫然竖着一座铜钟，它是为铭记2000年12月31日误撞火箭事故并警示后人而铸造的一座警钟，寓意"警钟长鸣"。此钟由张建启提议铸造，这是他心中酝酿已久的设想，也是他大力抓预防操作差错的思想文化举措。

那次事故刻骨铭心，令所有经历者难以忘怀。钟声鸣时，不管是曾经的亲历者还是后来者，自是心中一警、行动一慎。一队队官兵路经此钟，走进厂房，走向发射塔，但愿他们都能看上一眼，有所警醒，也不枉首长的良苦用心。

然而，事故和差错真的能就此杜绝吗？很难给出肯定的、令人满意的回答。防止事故和差错是航天发射永恒的主题，杜绝事故和差错是我们努力奋斗的目标。事故和差错的出现，是责任心问题，还是作风和技术水平所致？似乎都有。如果我们的责任意识不到位，试验作风达不到"严、慎、细、实"的要求，抑或技术水平不到位，即使警钟响起100遍，那也是进得了耳朵进不了心，进得了眼睛进不了脑。

警钟，但愿震响在我们心上。

9401工位第二次发射任务为返回式科学实验卫星，任务代号"01-30"。任务实施以来，进展顺利。

2004年8月11日上午10时左右，我正在垂直厂房内检查活动发射台的改造情况，发射测试站王学武副站长急匆匆跑来，气喘吁吁地说："不好了，加注器材间那边有战士出事故受伤了！"

我们俩跑到发射工位的加注器材间，受伤的战士已经送到医院抢救。只见门口路面上有好几摊鲜红的血，房间墙壁上也溅有血迹。现场告诉我，这不是一般的事故，战士受伤可能很重，甚至可能有生命危险。

我们赶到医院时，抢救的医生说伤者已经没有任何生命体征，瞳孔已经放大，恐怕是不行了。我呆呆地想，究竟是怎么回事？是什么原因导致这么严重的事故？刻不容缓，我立即向总装备部张建启副部长（刚由发射中心主任升任此职）以及在外地的任务指挥长、发射中心书记鲁思诚汇报。

加注器材间有一套试压吹干设备,专门用以对加注软管进行耐压气密性试验和吹除清洗。加注软管是地面加注硬管路与火箭推进剂储箱之间的连接部分。

根据发射测试站任务计划安排,11日上午进行加注软管的气密性检查、吹除和清洗工作,由加注中队班长宿俊龙带领操作手孔繁强、关琰琛和滑金峰等六名战士实施。

班前会上,宿俊龙明确了软管气密性检查和清洗的工作内容,明确了人员分工和注意事项,特别强调按操作规程操作,注意安全。

按照工作流程,将一根软管放置在地面上,开启低压充气阀门对其充气,待压力稳定在1.0兆帕(相当于10个大气压)后,关闭低压充气阀门,将软管抬入水槽,观察其是否漏气冒泡;若5分钟未发现软管有气泡冒出,则视气密性检查合格。然后,放空软管中的气体,抬出水槽,用5.0兆帕(相当于50个大气压)的高压气体对软管吹除清洗。

按此流程,前八根软管气密性检查和吹除清洗正常完成,开始对第九根软管进行检查。保压3分钟,正常,滑金峰在水槽边继续观察在检的软管是否漏气。此时,软管突然爆裂,强大的气流、水流和碎片将滑金峰击倒在地,事故发生了。

发射测试站成立了以总工程师冯永利为组长的事故调查小组,对参试人员、试验方案、试验流程、试验器材等各方面展开调查分析,研究讨论,以期得出正确的事故结论。

软管生产厂家南京航天晨光股份有限公司也迅速派来专家和技术人员,协助发射中心调查处理事故。

晨光股份有限公司派来的人员中,有最具权威的航天科工集团部级专家赵滨清女士。她于1960年毕业于北京航空学院导弹地面设备专业,一直从事加注设备的设计工作,1976年开始从事金属软管的设计、工艺和质量管理工作,具有非常丰富的理论知识和实践经验。

赵滨清非常清楚,软管在出厂前的气密性检查压力为1.6兆帕,火箭推进剂加注正常使用时的最高承受压力是0.6兆帕，而本次气密性检查软管压力为1.0兆帕，怎么就爆裂了呢？她紧蹙眉头，陷入沉思。

也许是误操作，譬如说用于吹除清洗的高压气体被误注入软管，但现场调查证明压力表的读数经过了一岗人员和二岗人员的共同确认，并没有超压。也许是软管在保压过程中受到较大外力冲击，但岗位人员此时均未做与气密性检查无关的工作，没有外力冲击碰撞软管的可能。也许是软管爆裂前有小漏先兆，其后漏点逐渐扩大，但保压过程的前3分钟时间内均未发现有气泡冒出，说明软管不存在小漏先兆。……也许，软管自身存在质量缺陷，导致事故发生。

分析，推敲，试验，判断。

8月15日，事故调查小组给出了两个可能的原因：其一，由于充气超压导致软管爆裂。现场查看，系统组合存在不合理因素，可能造成高压气体窜入低压管道，导致软管爆裂。其二，软管在长期使用过程中，因正常的疲劳老化损伤造成耐压强度下降，导致在正常气检过程中发生爆裂。但是，这两种可能中分别也有否定的因素，有待权威部门确认。赵滨清也同意以上分析，不过她还建议，请晨光股份有限公司的机械工业材料质量检测中心对其进一步检测。

不久，检测中心的报告出来了：软管外面缠绕的钢丝和软管爆裂是受大应力造成的。……软管器件在多次使用或收藏的过程中，可能会在钢丝的焊接部位、钢丝的缠绕部位及软管的某些部位产生微裂纹或缺陷，这些损伤的部位均会成为爆裂源。一旦受损部位承受不了正常的压力，就会导致其他部位大应力破裂。

检测结论看似合理，但是，我们不要忽略，软管爆裂首先是"大应力造成的"，后面的解释也是为了自圆其说。

发射中心向上级机关呈报的事故处理报告中，把其定性为"非责任亡人事故"。

操作手滑金峰牺牲在工作岗位上，理所当然被评为烈士。我与发射测试站的官兵一块儿参加了滑金峰的安葬仪式。滑金峰2004年7月才从士官学校毕业，8月就不幸牺牲，这让滑金峰的父母悲痛欲绝。尽管如此，这对老实巴交的河北农民一边老泪纵横，一边对发射测试站领导说，滑金峰为航天事业牺牲值得，光荣！闻此言，在场的每个人都大为感动。他们没有一句抱怨和不满，没有一句争执和要挟，甘愿把儿子年轻宝贵的生命献给航天事业，这就是中国普通农民的胸怀和大义。越是这样，我们越要扪心自问：战士的生命是宝贵的，这种牺牲是不可避免的吗？我们当领导的尽到责任了吗？

1.0兆帕的压力竟然产生如此威力的爆炸，我的脑海里始终盘桓着一个大大的问号。

几天后，试验装备处副处长钟仁全向我汇报工作时，又谈起了这起事故。钟仁全是发射场闻名的加注专业技术能手，他对这起事故有自己独到的见解，他指出事故的祸根是误操作，也就是用于吹除清洗的高压气体进入了气密性检查的软管之内所致。为了讲明原理，他为我画了一张草图，我顺手就贴在了自己笔记本的最后一页，觉得将来也许有必要澄清这一事故原委。遗憾的是，我在写这段文字的时候，怎么也找不到那张图了。于是，我又拨通了钟仁全的电话，他说："肯定是误操作。那张图找不到了？我再给你画呀，你一看就清楚了！"

钟仁全用微信发给我一张图，同时，他还写了一段文字：

> 对软管做气密性检查时，通过两级减压，气体从23兆帕降至1兆帕。气检阀门打开后，给软管加压至1兆帕。若观察无泄漏则关闭气检阀门，放掉软管内的气体。然后打开吹除阀门，用5兆帕高压对软管进行吹除。吹除的目的是用高压气体去除清洗后软管内的水分和机械杂物。
>
> 若吹除后忘记关闭或未关严吹除阀门，下一次气检时必然导致软管内压力升到5兆帕，使得软管超工作压力爆裂。

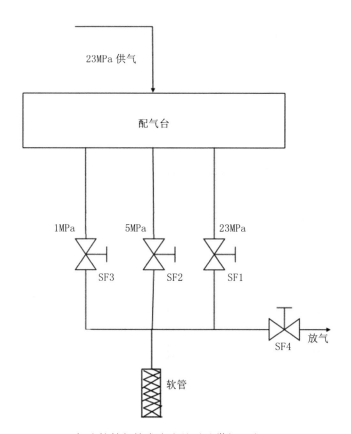

加注软管气检发生事故时的供气示意图

后来，我们用另一根新软管做破坏性试验，压力升至5.5兆帕后爆裂了。

钟仁全把问题描述得很清楚，分析到位，判断较为准确。所以，我们既要重视设备的可靠性，也要重视系统设计的合理性，更要重视操作人员操作设备的准确性。

为了根除隐患，克服软管气密性检查在程序和技术上存在的缺陷，我们重新设计了软管气密性检查的系统结构，把高、低压气路进行了彻底分离，从根本上提高了系统工作的可靠性和安全性。

血的教训警示我们，安全隐患隐藏在每一项具体工作中，事关任务成败和官兵性命，是科研试验任务的大敌，必须倍加关注、倍加留心、倍加警惕。

让我们再回到"01-30"任务的发射准备。

8月28日，发射任务进入临射程序。卫星发射射前准备为5小时倒计时。按照程序，火箭各分系统开始检查状态。这时，工作在火箭尾端发动机舱的操作手邓小军、雷保文发现一级伺服机构三分机压力传感器插座在尾部断裂。伺服机构压力信号通过此插座输出到火箭遥测分系统进行测量，并不构成控制功能，充其量损失一个测量信息。但是，此插座为何损坏？损坏会不会影响其他工作部位？这是我们必须弄清楚的问题。为保险起见，经阵地技术协调小组提议、任务指挥部同意，决定更换伺服机构三分机，时间还来得及。

邓小军简单回忆了这几天工作人员进入发动机舱的情况。26日下午发动机分系统设计师有两人进舱，对发动机位置复位，邓小军和雷保文还协助他们推发动机呢！从此以后，火箭尾舱再未开启，更没人进入，以此论断只能是发动机分系统设计师不小心踩到了伺服机构所致。但是，我们的一岗操作手当时并未注意到，只能怪我们警惕性不高。发动机复位后未按规定对舱内产品状态再次检查确认，终究是一岗操作手未尽到责任。

好在工人们操作熟练，庞大的伺服机构很快更换完毕，未影响发射程序。发射准备工作继续向前推进。

发射前 2 小时准备，火箭控制分系统开始加电。此时，发射控制台上应该点亮的"电爆管"指示灯未亮。"电爆管"指示灯点亮表示火箭飞行必不可少的所有电爆管火工品安装到位。此指示灯未点亮，一种可能是火箭上起码有一根电爆管未安装，另一种可能是"电爆管"指示灯显示电路出了问题。如果是前者，今天的发射程序必须中止，重新检查火工品安装情况；如果是后者，可以继续发射程序。我们希望是后者，起码不会影响今天的发射，但是有什么手段证明是后者呢？

任务指挥部紧急召集有关技术人员进行分析。设计师回忆，发射控制台今年改动了小部分电路，其中有一根线缆中两点应该跨接形成回路，以保证"电爆管"指示灯工作。如果这两点忘记跨接，就会出现显示故障。但是，焊接工人并未随队来发射场。紧急向北京打电话联系，由于 8 月 28 日是周六，焊接工人早撂下手机游玩在外，联系未果。

时间一分一秒地流逝，看来处理此故障尚需时间，任务指挥部不得不中止发射程序。令人汗颜的是，总装备部领导亲临发射场指导观摩发射任务，现在由于时间紧张等不到下一个发射窗口而不得不返回了北京。

那么，电爆管安装这么重要的环节，为什么到临射程序中才检查确认呢？原来根本问题出在控制分系统的操作规程中。

按照控制分系统的测试细则，在火箭推进剂加注前、箭上火工品安装完后，设计有一测试项目。该项测试十分简单，发射控制台加电，观察"电爆管"指示灯点亮，即可断电，测试完毕。由此可见，该项测试就是检查电爆管的安装情况，以防漏装。

然而，控制分系统年轻的测试指挥谭洪义把这项简单的测试遗漏了，导致进入发射前 2 小时准备才发现问题，为时已晚，当天发射窗口无论如何都来不及处理。

虽然"电爆管"指示灯未点亮的故障根本原因最终确认为焊接工人漏焊跨线，但是，控制分系统的测试漏项则是造成中止发射程序的根源。试想，如果按照正确测试程序，我们就会提前一天发现故障，就有充足的时间处理故障，打开电路板把漏焊的导线焊上即可，发射将会是一帆风顺。

年轻的测试指挥因为粗心导致发射中止。不难想象，此故障如果发生在战争中的应急发射时，如果发生在信息化的天战时，将会给国家带来怎样的损失？即使是今天的科学卫星发射，推迟发射日带来的损失也很巨大，发射中心的声誉也会受到不良影响！

谭洪义还很年轻，当时刚30岁出头，背后的泪水代表了自己对粗心大意的悔恨，此后的发愤催发了他的成熟和进步。

"01-30"任务最后以发射成功而圆满结束，但是任务实施过程中的血泪教训，让试验任务陷入被动，在航天系统中产生的不良影响，令我们汗颜，令我们深思，令我们警惕。一次卫星发射任务，却发生了那么多问题，使我们陷入十分尴尬的境地。

事故和差错难道成了顽疾，屡禁不止？

任务结束了，但是事故和差错带来的影响没有结束，警钟还在长鸣！

总结教训，大家首先想到的是人的事业心和责任心，这是毋庸置疑的。但是，仅仅对此加以强调或进行加强，就能避免事故和差错吗？恐怕没那么简单。对参试人员加强事业心和责任心教育，开展警示教育、质量和安全意识教育等，看似轰轰烈烈，恐怕大多走了过场；参试人员遵守规章制度的自觉性和对科研试验任务规律的认识程度，参试人员的安全意识、工作经验和技术能力，是一支队伍综合试验能力的构成要素，对以上要素的分析，我们的工作即使不是空白，恐怕也是蜻蜓点水；贯彻落实科学的规章制度，严格各项操作规程，改"粗放管理、模糊处理"为"科学管理、精确处理"，这些本应是看得见、摸得着的措施，但落实到每一项任务和每一个操作过程中，恐怕也是苍白无力的。

尚有许多学问有待我们发射中心去考究，去完成。

试验作风不是一朝一夕就能养成的，需要一个长期积累的过程。试验任务越重，作风要求应该越严；试验质量要求越高，作风要求应该越细、越慎。试验作风建设既要从大处着眼，更应该从小处着手。

为防止差错，我们新增了几项规定。特别注意容易出现差错的环节，例如下班前的操作、加班时的操作、附加试验时的操作，以及改变测试项目或技术状态时的操作；适当减压和放松，把操作人员的心态调整好；科学计划，合理安排工作，尽量减少加班；坚持每人每天做一份操作作业，总结当天的得与失。

为防止差错，在进入重要操作程序之前，我们不妨闭上眼睛想一想：根据操作细则和操作规程，有没有漏测的项目？有没有未归零的项目？自己所分管的工作部位有没有不放心的地方？有没有正确的技术状态被改变或技术状态临时改变而未恢复的地方？

防止和杜绝操作差错，确实是一个看起来简单而实施起来很难的课题。不可否认，我们的操作岗位就其技术性质来说属工程试验型，既需要一定的技术水平，又需要严谨的作风。把简单的事情千百遍地都做对就是不简单，把容易的事情非常认真地都做好就是不容易。一个人的操作岗位只是一个局部，但没有精彩的局部，就没有成功发射的壮观全局。我们应该热爱自己的岗位，敬重自己的职业，敬业就是敬重自己，成功就在其中。

"神舟六号"载人飞行任务就要来了，我们应该以怎样的心态和工作姿态，以怎样的技术水平和试验作风来面对新的挑战呢？

血滴，泪飞，教训一堆，但愿换来"神舟六号"发射任务的顺利。

二、"神舟六号"不是"神舟五号"的简单重复

2005年5月，杨利伟随代表团回访酒泉卫星发射中心，他向发射中心全体官兵深情描述了飞越"九天"的历程，以及他看到的深邃的太空、美丽的地球、可爱的祖国、祖国辽阔的海岸线和蜿蜒的长江与黄河，还有巍峨的昆仑和天山。发射战士听得如痴如醉，也深感发射场责任重大、使命光荣。

航天城的热情像一团火包围着杨利伟。他沿着自己出征太空的路线又重走了一遍，从问天阁到发射塔架，自是感慨万千，激情难抑。

杨利伟首飞带来的轰动和取得的丰硕成果自不必说，杨利伟返回地球后对惊心动魄的飞行过程的描述，更对科学家和设计师们提出新的挑战。

火箭上升至三四十千米高度时，因为火箭结构与发动机脉动同频，产生共振，这让杨利伟感到非常难受。人体对10赫兹以下的低频振动非常敏感，它会让人的内脏产生共振。这个低频振动又叠加在大约6倍重力加速度的过载上，这种叠加效果使痛苦的感觉更加强烈，杨利伟感觉自己的五脏六腑似乎都要碎了，痛苦达到了极点。

起飞阶段发生的共振并非正常现象，这是火箭固有的低频振动对飞船的影响。共振持续了26秒之久，其后慢慢减轻，杨利伟从那种难受的状态中解脱出来。（在此阶段，飞船中下传的电视画面正好"定格"在起飞时的状态，我们也幸好未看到杨利伟痛苦的模样；否则，我们这些在地面的人该做何感想啊！）

杨利伟描述，从太空归来时也是惊心动魄。快速飞行的飞船返回

杨利伟（左）重返发射场与发射中心交换礼物

舱与大气摩擦，产生的高温把舷窗外面烧得一片通红，窗外红的白的碎片不停划过，右边的舷窗开始出现裂纹，纹路就跟强化玻璃被打碎之后的小碎块一样，眼看着越来越密。外边可是1600～1800℃超高温度啊！不仅高温，还有尖锐的呼啸声，飞船不停地振动，咯吱咯吱乱响。一向沉稳冷静的杨利伟也不免紧张起来，心里念叨着：完蛋了，舷窗破裂就意味着航天器解体。最后让杨利伟放下心来的是看到左边的舷窗也开始出现裂纹，毕竟对可靠性要求极高的载人航天器同时出现同一故障的可能性不大。事后分析，这实际上是熔化的胶流过舷窗玻璃所致。

载人航天，人命关天。载人航天是当今世界最具挑战性的领域之一，是系统极为复杂、风险性极高的高技术工程。载人航天在发射、运行、返回甚至地面试验的每一个阶段、每一个环节都存在风险，这种风险是全方位、全过程的，也是载人航天所特有的。

另外，技术人员通过对火箭飞行遥测数据的分析，发现二级伺服机构三分机在大约347秒停止了摆动，即停止工作。此问题着实令人惊出一身冷汗。伺服机构是控制火箭发动机摆动的执行机构，而伺服机构三分机为偏航通道和滚动通道姿态稳定提供控制力矩。幸亏已飞行到347秒，那时外部对火箭飞行的干扰已经很小，该分机又停在零位附近，火箭可以依靠其他伺服机构控制正常飞行，送飞船准确进入轨道。如果伺服机构三分机停摆发生在更靠前的一些时段，或者偏离零位角度较大，就有可能导致火箭姿态失稳，偏离理论轨迹。真乃不幸中之万幸！

运载火箭和载人飞船在经受住考验的同时，也有很多需要改进的地方，这些改进措施必须落实到"神舟六号"工程研制中。

针对火箭低频振动（工程上常称作"8赫兹振动"）的问题，火箭系统着手分析数据，展开攻关，确定火箭飞行出现了POGO振动。

何为POGO振动？即火箭纵向耦合振动，是大型液体运载火箭的箭体结构本身与动力分系统相互作用而产生的不稳定振动，是箭体结构纵向振动与推进剂输送管路流体脉动的频率彼此接近或相等时所产生的一个闭合回路的共振现象。它开始于火箭飞行过程中的某时刻，随后其振幅逐步增大，助推器分离后消失。共振会引起火箭剧烈振动，使整个火箭出现不稳定状态。振动量级超过设计允许值时，会影响火箭上仪器和设备的工作可靠性，严重时会危及火箭的飞行安全。当然，对于载人飞行的火箭，更会危及航天员的安全。

对于"长征二号F"火箭来说，一共有六个低频振动源构成了POGO振动。一个是火箭自身存在的纵向振动，一个是火箭芯一级氧化剂液体输送管路振动，另外四个分别为四个助推火箭氧化剂液体输送管路振动。这六个频率比较接近，形成了POGO振动。

巧合的是，人的心脏结构也可以等效成一个弹簧质量块的物理模型，如果这个物理模型的固有振动频率十分接近火箭POGO振动频率，就会产生共振，这就是杨利伟感到"五脏六腑似乎都要碎了"的异常痛苦的原因。

消除POGO振动最常用的简便方法是采用蓄压器进行抑制。蓄压器相当于具有一定压力和一定容量的气球或气瓶。将其连通在推进剂（氧化剂）输送管路内，通过蓄压器提供的能量改变推进剂管路系统的固有振动频率，起到变频、降幅等破坏共振条件的作用，达到消除不稳定纵向耦合振动的效果。

要消除"长征二号F"火箭的POGO振动，最有效的方法是在蓄压器上做文章。刘竹生总设计师介绍说，通过分析计算，火箭芯级和助推火箭所采用的蓄压器，可以分别选用不同的参数，另外，在四个助推火箭上再各取消一个蓄压器，保证各自振动频率不再重叠。

为验证分析结论和采取的措施是否正确，火箭系统花费大量时间和精力，分别完成了管路试验、船—箭联合振动试验和全箭纵向振动特性试验。特别是管路试验，程序和过程都很复杂，在模拟管路里注入氧化剂液体，以一定的压力向下流动，由此测得液体固有振动频率。同时，还完成了POGO设计复核和稳定性分析方法的研究。根据确定的改进方法，完成新蓄压器的设计、生产和试验，合格后装入发射"神舟六号"飞船所用的运载火箭。

针对火箭二级伺服机构三分机停摆的故障，设计师们分析认为，最大可能是伺服机构电机电刷组件上的弹簧压力下降所致，但是也不排除高温环境损坏了信号输出的电缆连接。针对故障机理和薄弱环节，系统采取了综合治理的多项措施。刘竹生总设计师给我们一一介绍这些措施：增加弹簧转轴螺母拧紧力矩；换用新型耐高温弹簧；适当降低二级伺服机构供电电压；改进供电电缆插头；调整二级尾舱的电缆走向，尽可能使其远离热源；加强二级尾舱热环境监测；电缆增加防热处理；改变弹簧转轴与螺母的旋转螺纹，保证弹簧转轴与螺母的拧紧可靠性；加厚螺母，由原来的四圈增加到五圈；更换弹簧转轴材料；加严碳刷设计指标，保证碳刷质量；等等。改进后的二级伺服机构经过六次热真空试验考核，证明措施有效。

真可谓加严加细，一丝不苟，事无巨细。

除此之外，火箭系统还有70余项技术状态变化，进一步提高了火箭的飞行可靠性和安全性。

飞船系统针对"神舟五号"飞行中出现的异常现象和航天员讲述的诸多不适，进行了大量技术归零和状态更改。技术归零计有十余项，技术状态更改计有90余项，涉及飞行任务变化、整船减重、设计完善、产品可靠性提高、性能指标提高以及元器件和原材料更换等方方面面。甚至，为使航天员尽快调整刚进入失重状态时所产生的"本末倒置"的错觉，在飞船返回舱上下专门涂刷不同的颜色，以示区别。这些改进，使航天员在飞船里的生活和操作更为方便，更为安全，体现出以人为本的设计思想和人性化设计理念。

"神舟六号"不是"神舟五号"的简单重复，它是首次"多人多天"

飞行，也是承上启下的飞行。一次成功不等于次次成功，成功不等于成熟，这是"神舟六号"工程研制必须遵循的原则。

在发射场任务准备过程中也完全遵循以上原则，发射测试站开展了全新的训练。测试操作手面对的工作对象是火箭，操作手应该对产品十分熟悉，操作才能熟练，才能避免操作差错。火箭各舱段装有190余类上千个插头，在发射场要完成上万次操作。舱内仪器多，工作空间小，有的地方根本看不清，极易出现操作失误，"神舟五号"任务火箭控制分系统出现的插错插头的失误就是典型例子。为确保操作一次到位，准确可靠，发射测试站专门研制出高仿真的插头插拔装置，可以帮助操作手成百上千遍练习。熟能生巧，巧能生精，练到后来，每个操作手用眼一瞄就能分辨出插头型号，用手一掂就能判断出插头种类，用耳一听就能知道插头是否连接到位。

在3个月时间内，发射场完成了对16万个接线端子逐一检查比对，对5000多台套设施设备、40000多个接插件和8000多个电源插座的全面检修检测，每一个螺钉都认真检查一遍，每一个焊点都仔细确认，共排除150个疑点和隐患。围绕"神舟六号"任务实施，发射场尽可能把工作做得更完善、更安全、更可靠。

特别是，发射塔架经过五层喷漆处理，焕然一新。一座晶莹湛蓝的发射塔，可与蓝天比美，可与白云竞秀，漠风吹拂，熠熠生辉。

新安装的风廓线雷达，可以准确测量10千米高空风，供火箭起飞阶段计算参数所用。

新到位的大型光学设备，用以记录火箭飞行中级间分离和整流罩分离等重要事件信息，增加了新的测量手段。

发射场准备好了，时刻恭候"神箭"与"神舟"的来临，时刻迎候我们可爱的航天员再次飞天。

三、发射场测试不是出厂测试的简单重复

2005年7月13日，"神舟六号"飞船空运至发射场。8月9日，"长征二号F"运载火箭由铁路运抵发射场。

8月18日，火箭控制分系统开始安装单元仪器。操作手王海涛负责安装位于火箭二级箱间段的三个速率陀螺。

速率陀螺是姿态控制分系统的重要敏感器件。一般来说，对应于俯仰、偏航和滚动通道的三个速率陀螺安装在火箭特定部位上，以消除火箭弹性振动的不利影响，保持火箭的姿态稳定。"长征二号F"火箭速率陀螺进行了冗余设计，即俯仰、偏航和滚动通道各有两只速率陀螺，六只速率陀螺构成两组，一组安装在火箭二级箱间段，另一组安装在其他部位。

上午10时许，王海涛与火箭试验队二岗人员共同实施速率陀螺安装。王海涛进入舱内，看好支架上标识的俯仰和偏航通道速率陀螺安装位置，首先麻利地将偏航速率陀螺安装在相应的支架上，并将定位销插入速率陀螺的定位孔内，然后请二岗人员确认安装方向是否正确。三名设计师仔细看了安装标识，认为安装无误。

王海涛准备安装下一个速率陀螺，但此时他多了一份思考，速率陀螺安装极性最为关键，应该再检查一遍，以免出现差错。于是他又重新钻进舱内，从舱门口仔细看了速率陀螺敏感轴的指向，发现本应该指向火箭Ⅲ象限的敏感轴却指向了火箭Ⅳ象限，但是按照安装图纸与支架上的标识却没有错误。王海涛很诧异，遂请三名设计师共同商议，通过坐标图来确认偏航速率陀螺敏感轴指向是否正确。

　　他们再次仔细察看了仪器安装图和安装支架上的标识，确认完全一致。一名设计师突然想起，图纸上偏航速率陀螺和俯仰速率陀螺与"神舟五号"任务时的状态互换了位置，而火箭上的安装支架标识可能没有进行相应的更改。请来火箭总体设计人员核对，果然差错出在这里。

　　问题弄清楚了，设计师系统签发更改通知单，速率陀螺安装顺利完成。

　　多了一份细心，防止一次差错。如果粗心大意，应付了事，对异常毫无疑问，就会酿成一次事故。

　　试想，如果王海涛机械地按照安装图纸与支架上的标识操作，势必为后续的加电测试带来差错，影响测试进程；如果测试再把不住关口，火箭飞行就会发生灾难！

　　王海涛严谨细致的操作作风受到大家一致赞扬，火箭试验队也对小伙子表达了敬意。发射中心给王海涛火线记功，以示褒奖。

　　2005年8月27日上午，火箭在技术区进行第二次总检查测试。当控制分系统测试程序运行到"转电"时，发射控制台上九个"耗尽关机"信号指示灯异常点亮，飞行软件自检指示也不正常。见此，控制分系统测试指挥员立即下令断电，第二次总检查程序中止。

　　工程师们开始对故障进行排查。他们断开火箭地面与箭上的连接插头，对相关的接点进行导通绝缘检查；又断开控制分系统配电器上所有的插头，检查相关点的阻值。我们怀疑故障发生在配电器部位，因为"转电"动作是在配电器内完成的，"转电"后随即发生的不正常动作，应该也与配电器有关。检查发现，不该接通的两点却短路了，造成上述异常现象。

　　配电器是火箭控制分系统的箭上配电装置。在地面测试时，地面电源通过配电器形成多路直流电压，供给控制分系统设备用电；发射时，完成地面电源到箭上电池的转换，即"转电"。除此之外，它还为

"耗尽关机"传感器提供电源。配电器内大多是由继电器组成的逻辑电路。

在上述总检查测试中，"耗尽关机"传感器本不该加电，所以"耗尽关机"信号也不应该发出。

为了进一步定位故障点，将配电器从火箭上拆了下来。那天晚上，就在垂直厂房，对配电器开盖检查，目测未发现异常；随后重新封装，人为对其晃动，故障现象并未消失。但是参加排故的人员及闻讯前来查看的工程领导，都觉得配电器内元器件的焊接质量实在不敢恭维，也可以说比较粗糙，走线颇为紊乱。不难想象，如此工艺质量极易产生多余物，而多余物是造成短路的最大可能。

初步分析认为，两点短路的可能原因是内部或外部的某种因素使得两点搭接，使控制"耗尽关机"传感器加电的继电器启动工作，发出了"耗尽关机"信号。而相关的现象证明，继电器本身没有问题，意外搭接应该是主要怀疑点。

故障归零必须找到故障源。

经过一系列检查验证，最终确认为焊点质量缺陷，在焊接外引线时形成了不该有的牛角形焊锡毛刺，该毛刺把不该搭接的两点搭接在了一起，导致"转电"控制信号串入"耗尽关机"传感器供电回路，点亮了"耗尽关机"指示灯。

面对故障，指挥部决定，更换配电器内产生搭接的继电器，重新焊接外引线，补充绝缘检查、常温测试、高低温测试和振动测试，验证更换继电器后的正确性和可靠性。配电器测试合格后，重新装箭，补充前期已经完成的测试。

举一反三也是必不可少的。配电器的备份件返厂复查，复查合格后方可正式作为备用产品；对于使用同型号继电器的其他仪器重做单机测试，避免同类焊接差错进入火箭系统。

由中国科学院研制的飞船空间应用系统有效载荷在7月16日通

电检查时也出现了故障。有效载荷控制箱5伏电压遥测信号设计值为4～5伏，典型值应为4.5伏，而实测值却为0伏。显然，其中出现了问题。

空间应用系统总指挥高铭立即向发射场区任务指挥部报告了故障情况。空间应用系统开始着手制订排故计划和程序，安排人员和设备，有效载荷测试厂房一时忙碌起来。

有效载荷交付飞船系统之前，已经进行过全面通电测试，载荷功能和性能指标全部达到要求。有效载荷与飞船轨道舱组合后的通电检查，与之前的测试相比，主要差别仅仅是测试电缆与测试环境的变化。因此，排故首先对测试电缆和测试环境进行初步检查。

16日晚上，排除了测试电缆、舱内电缆及其连接、地面检测设备等引起故障的可能性，故障点基本可以定位在有效载荷控制箱本身5伏电源上。

由此，空间应用系统向任务指挥部请示，希望将装船的有效载荷控制箱拆下来，对故障进一步定位和处理。

17日下午，排故人员对有效载荷控制箱做了大量检测工作，其中包括特征阻值测试、单机通电检查、开箱检查、5伏电源模块引脚与焊盘分离检查，以及引线状态检查等。最后故障定位在5伏电源模块1号引脚与焊盘断路，造成5伏电压没有输出。

一般来说，引发断路有两种可能，一是虚焊，二是金脆。

在焊锡凝固过程中引脚发生移动，熔锡未完全凝固，会造成内部虚焊；或者焊接温度不够，也可能导致虚焊。

电子元器件的镀金引脚在焊接前需要一个搪锡处理工艺。没有搪锡的引脚与焊盘过孔中的焊锡会化合形成金锡合金，在焊接3个月以后，引脚与周围焊锡的机械结合强度会有一定程度的降低，此现象称为金脆。经查，5伏电源模块未进行搪锡处理，可能会产生金脆现象，这也是引起引脚断路的原因之一。

17日晚上，正在发射场工作的载人航天工程副总指挥胡世祥来到有效载荷测试厂房，听取了空间应用系统对故障的分析汇报。他严肃指出，要查清是哪个人干的这件活，查清还有哪些活是这个人干的，查清后严肃处理。接下来他对后续工作提出要求："现在时间还来得及，不要着急，要把故障彻底处理好，扎扎实实，不赶进度，归零以后再向下走。故障机理一定要请专家确认，按正确的故障处理程序进行。"

北京工艺专家赶到发射中心，19日上午给出了故障机理分析意见。他们认为，一是模块引脚稍短；二是电路板的孔隙过大；三是模块引脚没有做搪锡处理，致使金锡合金生成并断裂。故障原因在于焊点断路引起输出异常，属于元器件安装工艺设计和焊装工艺不严问题。对其他元器件焊接情况进行检查，发现焊点的一致性较差，焊点有大有小，有的光滑，有的不光滑，只有重新焊接才能补救，才能保证质量。

胡世祥表态同意进行补焊处理，而且要下决心补焊好，用最小的工作量做最大限度的补救。

接下来讨论补救措施和修复方案。20日召开了有效载荷控制箱电源模块焊点修复工艺规程评审会，通过了修复工艺，明确了修复步骤与程序。20日下午据此对发生故障的模块引脚完成补焊处理，对举一反三清理出来的控制箱其余47个有问题的焊点一并实施焊点工艺修复。

21日下午，处理后测试合格的控制箱完成公路跑车振动试验，设备状态完好，控制箱的技术状态达到了正常设备交付的水平，于晚上正式交付飞船系统参加后续测试。

虽然本来预计用7天处理故障的时间缩短为4天，但是对于飞船系统来说，整个测试流程因此而延误4天。后续计划需要科学调度，合理安排工作，才能抢回4天的流程。

火箭系统和空间应用系统相继发生的几个故障，使我们更加明白一个道理：发射场测试不是出厂测试的简单重复。发射场测试是航天产品进一步发现问题和解决问题的最后机会，是提高产品可靠性的最后一关，发射场有责任把好最后一关。发现问题体现的是责任，解决问题体现的是水平。

在发射场，由于测试状态的变化，测试环境的差异，特别是产品经过长途颠簸运输后可能出现问题，发射场测试可以发现产品存在的设计缺陷、工艺缺陷以及技术状态协调等方面的不足，进一步检测产品并提供产品的全部特性功能和技术指标。

对测试中发生故障的处理也极大地考验和提高了发射中心科技队伍的技术水平，考验了发射中心组织指挥能力、管理能力、协调能力以及处置紧急情况的计划调度能力。庆幸的是，通过"神舟"飞船发射任务的不断磨炼，发射中心的上述能力也在不断提升。

四、B码终端故障成全一次手控"点火"

按照工程研制计划，"神舟六号"飞船本定于2005年9月发射。但是，此计划对于工程研制周期和发射场测试周期都显得较为紧张。胡锦涛总书记在一次讲话中也提到，如果条件不成熟，不一定在9月份发射。

8月10日，发射中心第一次向胡世祥副部长汇报发射日的选择。按照75天的任务工作流程，其间连续作战，不安排休息日，可以定在10月2日发射；若其间安排3天休整，可以定在10月5日发射；若其间适当优化工作流程，出现问题加班解决，也可提前于9月30日发射。这个计划是发射场区任务指挥部与各大系统商量后排出来的最初设想，大家倾向于选择10月2日作为发射日，尽管连续作战，但不同系统总可以在不同节点找到休整的机会，工作也不会十分紧张。因此，在首长首肯的情况下，发射场按10月2日发射排出了工作流程计划，准备交由任务指挥部会议讨论。

8月11日，在发射场区任务指挥部召开第一次会议之前，胡世祥副部长出于其他方面的考虑，问我能否将9月30日作为发射日提交大会审议。我想，胡世祥副部长大概还是想实现工程原定的研制计划，尽量在9月份完成发射。我说："三个发射日的选择昨天给您汇报过了，哪一天都行，只要上级定了，我们坚决执行。"胡世祥副部长说："你说得不错，但9月30日发射必须写在文件里确定下来；否则，我们都理解，但陈炳德总指挥不清楚呀！"我恍然大悟，立即赶向会场，与飞船系统总指挥尚志商量，把发射日由10月2日改为9月30日。此时，离开会时间还有10分钟，会议文件早已下发，上面印的都是10月2日为发射日，只有发射中心计划部张道昶副部长的汇报稿临时改成了9月30日。

9月30日为发射日就这么定了下来。

其间，中央专委召开了第三次会议，对工程研制提出了严格要求。在任务实施过程中，研制队伍要大力弘扬"两弹一星"精神和载人航天精神，有关情况应及时向党中央、国务院和中央军委报告。在实施发射、运行和返回的过程中，要把握好关键环节，把握好安全和质量，避免出现意外。具体要求我们，要认清"神舟六号"任务的特点——试验内容新，技术要求高，任务艰巨，责任重大；要加强统一领导，实施强有力的组织指挥；要坚持质量第一，安全至上，确保航天员的生命安全；要遵循航天试验的科学规律，严格测试，精益求精，对发现的问题必须彻底归零，把问题千方百计解决在地面，不带任何隐患上天。

中央首长的关怀和鼓励，为战斗在发射场的各路人马送来了东风。我们深知，"神舟六号"载人航天飞行任务是发射中心全年度发射任务的重中之重，各种资源和保障条件都必须向"神舟六号"任务倾斜，以确保指挥部确定的发射计划落到实处。

参试各系统思想集中，全神贯注，全力以赴，质量和进度都得到了有效保证，朝着"成功发射、正常运行、安全返回、健康出舱"的任务目标稳步迈进。

就在火箭系统配电器故障和空间应用系统故障排查过程中，胡世祥副部长多次问我发射日是否会受到影响。我回答说，没问题，肯定能够保证9月30日发射。面对发射场测试中出现的几个问题，胡世祥副部长显然思考了很久，提醒我不能单纯为了保发射日而忽略质量，排故不彻底不行，要严格审视排故方案，进度一定要服从质量，甚至不惜为此重新确定发射日。此时，我想起胡世祥副部长最近常说的一句话：搞了一辈子航天发射，越搞胆子越小，总觉得失败就在眼前，离失败越来越近了。不难理解胡世祥副部长未雨绸缪的忧患意识，我们应该把工作进一步做细，处理好质量和进度的关系。

当天晚上，我把胡世祥副部长的指示向发射任务指挥部做了转达。于是，指挥部召集各大系统领导，对当前的工作形势进行了认真分析，对发射日的选择重新进行研究，确定9月30日和10月15日两天供领导选择。

胡世祥副部长显然有点不满意，9月30日似乎早了点，10月15日又似乎晚了一些。他经过反复思考和斟酌，最终提出10月5日作为发射日。各系统都乐意接受这个时间。

10月5日的发射日选择上报总装备部，顺利得到批准，然后上报军委。曹刚川副主席在报告上批示，10月5日中央要召开全会，可能会受到影响，建议再斟酌。

于是又回到10月15日。

然而不巧的是，温家宝总理10月13日将出国访问，与总理亲临发射场指导发射任务的计划发生了冲突，所以，最终确定发射日为10月12日。

无论是出于技术原因、质量原因，还是政治原因，发射日的多次调整反映了发射中心顾全大局、服从大局的意识，留有余地、进退自如的计划艺术，执行计划、调控计划的水准，把握全局、妥善处置应急情况的能力。这是重大航天发射任务成功的重要保证。

较之以前发射卫星所使用的"长征二号C""长征二号D"等运载火箭，"长征二号F"火箭测试发射信息化和自动化程度有了很大提升。一个明显的进步是，发射程序进入5分钟准备后，火箭控制分系统地面发射控制运行自动程序。在这段时间内，接通火箭一、二级伺服机构，系统转电，点火等关键性动作，均由地面测试计算机自动控制完成，无须人为干预，这也在一定程度上缓解了人员的紧张。尽管发射控制台上配置有"点火"按钮，但那个令人自豪的动作不需要人员来操作，除非遇到特殊情况。

这个特殊情况在"神舟六号"任务中竟真的发生了。

2005年8月26日和27日，火箭系统做第一次、第二次总检查测试，地面发射控制台上的B码点火控制终端工作异常，表现为倒计时时间和北京时间显示错误，信号指示灯和状态指示灯非正常点亮或非正常熄灭，键盘功能失效，等等。

9月1日重新做第一次总检查，点火时间设置失败。

何谓B码点火控制终端？它是为满足飞船入轨精度及发射窗口精度控制要求而研制的设备。它以B码时间统一信号作为发射的精确时间基准，将B码时间信号转换为继电器触点信号，发送给发射控制台实施点火发射控制。设备采用三冗余的电路结构形式，A、B、C三个单元都能独立接收B码时间信号；可以分三路分别设置点火时间，采用三取二判决；还可以显示北京时间和5分钟倒计时时间。简言之，B码点火控制终端是为控制临射前5分钟火箭控制分系统几个关键动作而提供精确时间基准。该设备由北京测量通信技术研究所研制，提供给火箭系统，嵌入发射控制台内。

B码点火控制终端发生上述故障，势必影响到正常的测试发射进程，不容小觑。大家通过分析和验证，发现设备所使用的电源线公共地端与机壳地端断路，这是不应该有的现象。断路后使B码点火控制终端机壳处于浮地状态，而机壳上存在着交变感应电压，导致设备内部综合单元键盘和显示控制芯片的外围电路信号线受到干扰，出现了8月26日和27日的故障现象。

对设备进一步开盖检查，发现通信口驱动芯片电路板的接地信号焊盘与引线间焊接不良，导致综合单元和分单元间的通信握手信号瞬间丢失，造成通信失败。这是9月1日的故障原因。

以上两类故障，理论分析清晰，处理措施也较为简单，马上就可以得到落实。更换电源线，使之公共地端与机壳相连通；更换备用的 B 码点火控制终端，参加后续测试发射工作；对故障设备电路板的接地信号焊盘引线重新焊接，改作备用。

故障看似解决了。但是，问题并没有就此解决。

10 月 2 日，火箭控制分系统发射控制台与发射塔架上摆杆设备做联试，更换后的 B 码点火控制终端设置点火时间时，C 单元点火时间设置失败，倒计时显示异常。

临近发射，B 码点火控制终端又出现故障，而且该故障似乎与前期发生的故障不属于同一类型。这是怎么回事？为什么 B 码点火控制终端如此疑云重重，举步维艰？问题的根源究竟在哪里？

大家对测试现场的接地及电磁环境进行监测，并与历次任务的环境参数进行比对，没有发现异常。对设备开盖检查，核查电路焊接与连接，一切正常。对设备软件进行复查，初步发现综合单元与各分单元之间的通信软件存在缺陷，出错概率大约为 7‰，这也许是导致故障的根本原因。

但是，为设备设置点火时间毕竟有三取二的冗余手段，即使其中一个分单元不能正确设置点火时间，只要另外两个分单元能够正确设置，也不会影响设备提供精确的时间基准。如果弃用该设备，则只能选择手动点火模式，点火时间精度会受到些许影响。

B 码点火控制终端能不能参加发射任务？阵地技术协调小组展开了激烈讨论。

火箭系统认为，如果故障未得到验证和改正，不希望该设备参加发射任务。

发射中心操作岗位上的工程师认为，设备工作不可靠，进入 15 分钟准备后操作动作比较多，会为此分散精力，所以倾向于不使用 B 码点火控制终端，改用手动点火控制。

发射中心试验技术部总体技术人员也认为，设备不带疑点参加任务是原则，如果故障在转运至发射区之前没有得到验证，还是取消自动发射模式为好。

最后，技术协调小组形成一致意见：可接收故障机理分析，但是需要验证；如果得不到验证和改正，B码点火控制终端不参加后续测试和发射。发射场区任务指挥部审议批准了该项决议，并要求继续完成故障归零工作。

B码点火控制终端研制单位的领导和设计人员一脸的无奈，他们眼巴巴地看着自己的设备被搁置在发射系统之外，沉重的心情可想而知。

"神舟六号"发射任务中操纵发射控制台的操作手叫徐文西，这对习惯于自动点火发射的操纵员也是一次新的体验和挑战。过去，进入发射程序最后5分钟准备，操纵员只需用眼睛观察发射控制台上的信息，无须动手操作。这次任务，就要用他的拇指庄重地按下那颗"点火"按钮。随之，控制分系统的操作规程、指挥协同程序和预案都相应做出修改，指挥员与操作手之间通过多次口令协调和操作训练，达到了熟练操作的水平。

对于这次手动控制"点火"发射，徐文西回忆说：

由于B码点火控制终端故障，火箭改为手动点火发射。当时有领导征求我的意见，我认为设备带故障参加发射不符合航天质量管理原则。如果采用B码自动点火方案，在射前15分钟至点火过程中，我的很大一部分精力就会放在B码点火终端的操作和应急处理上，会担心它突然出故障，这样对正常工作会产生一定的干扰。采用手动点火方式反而相对简单、可靠。在此之前，我作为发控台操作手已经执行过几次"长征二号C"火箭的手动点火发射任务，积累了一定经验，具备顺利完成此次任务的条件。

当指挥部最终决定采用手动点火方式发射时，我一方面觉得责任重大；另一方面又觉得自己十分幸运，能够亲手送航天员起飞，见证这一非凡的历史时刻。为了保证任务中不出现丝毫差错，我与当时的控制分系统指挥员谭洪义修改完善了相应的操作规程，把15分钟之后的流程反复练习了100余次，做到把动作刻到大脑里，不需要思考就可以把操作做到行云流水般流畅。

果然，徐文西顺利地完成了发射操作任务，成为载人航天发射任务中第一个用拇指按下"点火"按钮的人。

五、越到最后越要注重质量

10月5日，载人航天工程总指挥、总装备部陈炳德部长亲临发射场，坐镇指挥"神舟六号"发射任务。

10月7日，船—箭—塔组合体转到发射工位。船—箭—塔组合体转运，标志着技术区的工作已经圆满结束，任务真正到了最后的冲刺阶段，箭在弦上，蓄势待发。

1.5千米的转运路程，欢声笑语，热闹异常。秋阳当空，晴空万里，云朵似絮，一阵阵爽人的秋风拂过脸面，好不惬意。转运中的活动发射台威风凛凛，不知从哪里飞来三只喜鹊，围绕在飞船之上尖尖的逃逸塔顶，上下翻飞，久久不愿离去。参加转运的队伍都看到了这惊喜的一幕，当然，这一喜庆的画面也没有逃过我们摄影师的镜头。

翩翩飞翔的喜鹊啊，我们不知它们从哪里来，但是却知道它们为什么来，因为这里有火热的战场，因为这里有一群创造奇迹的人。日夜奋战的科学家和工程师，顽强拼搏的发射中心官兵，吸引了它们的目光，令其向往，令其追崇。再探天宇的航天员就要踏上征途，是送行，还是祝贺？就把小小生灵的那份不舍，那份祝福，一块儿带入宇宙吧，在宇宙播撒喜庆和欢悦。

后来，摄影师把这幅照片题名曰"喜运神舟"。喜鹊，总是为我们带来好运！

次日，发射测试站王学武副站长到发射塔上检查测试准备工作，眼前又是新的惊奇一幕，上千只蜻蜓在塔架封闭间内四处飞舞。原来，戈壁10月夜间气温骤降，蜻蜓通过工作平台通道和电缆口飞进封闭间

本书作者（左五）向载人航天工程总指挥陈炳德（左三）汇报 B 码点火控制终端故障情况

内取暖。在船箭打开舱门进行操作的过程中，如果这些不速之客进入箭体，有可能成为引发事故的多余物；如果进入飞船舱内，也就成了"编外航天员"，这是绝对不允许的。

飞船舱内洁净度要求10万级，若用药物捕杀，药物渗进船舱将会破坏舱内空气质量；若用工具拍打，又怕伤及船箭产品。怎么办？王学武找来四名地面设备营管理塔架平台的操作手，想出绝妙的一招。他们给封闭间迅速降温，使蜻蜓飞得缓慢，甚至停飞不动，他们得以小心翼翼地用双手一只一只捕捉。连续奋战多时，终于将上千只蜻蜓全部"俘虏"，连一只蜻蜓翅膀也没有留在里面。

看喜鹊翻飞，该来的喜事总归要来；叹蜻蜓被捉，该去的麻烦必须去除。美好的留下来，无用的去矣。

10月9日，在完成发射区总检查之后，火箭系统开始测试火工品回路阻值。操作手测到二级火工品时，突然发现214插座上的1号点回路阻值超量程，进一步检查发现插座上1号针已经缩入，根本就没有构成阻值测试回路。

大家清楚，火箭上每个火工品都设计有一个保护电阻，其功能是保护火工品以免其误受干扰电压引爆。8月19日曾在技术区垂直厂房内对保护电阻有过一次测量，结果正常，而后盖好插座保护盖，转往发射工位。

听闻此情况，人们纷纷赶到发射工位商量处理办法。

从外观上看，1号针几乎被齐刷刷地顶了进去，露在外面的长度目测不超过1毫米。应该说，1号针缩针的原因是受到了较大的外力，而外力最有可能是在插拔过程中引入的。

当完成发射区总检查时，火箭动力分系统连接火工品电缆，并在214插座上连入短路插头，这是测试状态规定的操作。

所谓短路插头，就是一个对火工品的保护装置。短路插头上所有的点全部与地线连在一起。短路插头连入系统后，即使火工品回路串入电流，通过短路插头也可将电流引入地线，保护火工品的安全。

众人分析，在实施火工品回路阻值测试时，取下短路插头，连接测试电缆，就在这几个动作中可能使1号针受力，导致缩针。

那么，1号针缩针会产生什么影响呢？仅仅从功能上来说，214插座只在发射前提供火工品保护和回路阻值测试，火箭飞行中再没有任何作用。因此只要对1号针采取垫铝箔的临时措施，即可替代发射前的火工品回路阻值测试和保护功能。但是，缩针会不会引发额外的其他故障，谁也不敢断定。譬如，插针固定爪变形，可能导致绝缘层破损，使相邻插针接触短路；插针从根部脱出封线体，处于非紧固状态，在振动条件下有可能被整体拔出；固定爪被顶出封线体，就会成为活动多余物。

如此分析，无论哪一种故障模式发生，都有可能使火箭时序指令中原本相互隔离的独立通路之间形成串路，使不该引爆的火工品被引爆。若产生这种现象，将是致命的飞行故障。

发射临近，来不得半点拖延；时代电子公司825厂受命，立即创造条件做相关试验。

他们选择一只相同类型的插座，配套92根插针；并选择相隔一定距离的18根插针，使用硬器将其压缩到底。完成上述工作后，检查试验结果：相关插针之间绝缘良好，满足要求；18根插针与导线压接状态仍保持良好连接；抽检10根插针的固定爪和相应绝缘体、封线体及橡胶孔，无裂纹、无开裂、无掉块。

以上试验结论，可以保证火箭飞行中不会出现短路故障，于是发射场区任务指挥部也就有了决策的依据。对1号针采取临时垫铝箔的措施，以使发射前该路火工品能得到保护，其他不再做任何处理。

10月10日晚上，陈炳德总指挥召集会议，听取了发射场区任务指挥部对该故障的处理汇报。他把解剖过的插座拿在手里反复观察，似乎是对插座说："还好，你缩进去了，没有影响别人。"与会人员微微一笑，会议氛围很轻松。

其后，陈炳德总指挥对排故过程给予了充分肯定。他说："在地面暴露问题比在天上暴露问题好，可以得到有效解决。故障处理遵循着规范和程序，任务指挥部发挥了很好的作用。我们应该相信专家的意见，一切结论都在调查工作的末尾，解决问题要用事实说话，相信技术，尊重科学，尊重客观，尊重事实，尊重实际。这些原则我们都做到了，哪有不成功的道理！"陈炳德总指挥还赞扬，排故过程中体现了各系统之间的协调和配合，不扯皮，不埋怨，不推诿，大家心平气和处理问题，这一点非常重要。最后，他语重心长地说："现在看来，质量工作是永恒的主题，越顺利越要保持清醒的头脑，越到最后关头越要注重质量。"

行百里者半九十，最后时段每一步都是关键。

10月11日，任务指挥部决定，当日上午实施火箭推进剂加注，12日凌晨1时进入发射前8小时程序，瞄准发射窗口前沿为12日9时，窗口后沿为9时40分，窗口宽度为40分钟。

液体竖流，又到火箭加注时。

不幸的是，我们的加注指挥员李伟又遭遇了重大变故。

前面讲过，在"神舟五号"任务火箭加注的关键时刻，李伟凭着过硬的技术基础和心理素质，面对突然发生的故障，临危不乱，圆满完成加注任务，获得大家一致好评，他自己也荣立一等功。面对潮水般的赞誉，李伟仍然保持着谦虚谨慎、不骄不躁的作风，兢兢业业干着自己分内的工作，全力以赴准备"神舟六号"任务。

然而，就在临近火箭加注时，天大的噩耗降临到即将踏上加注指挥岗位的李伟身上。

10月10日早晨，李伟与同事们早饭后等班车到发射场，准备进行加注前的全箭气密性检查，这是正式加注前的一项重要工作。就在此刻，李伟的手机铃声突然响了，是远在千里故乡的母亲打来的电话。

接通手机，先听到的是母亲悲痛欲绝的哭声，在母亲泣不成声的诉说中，李伟了解了事情原委。原来父亲早晨外出散步，被疲劳驾驶的司机撞倒，当场身亡。闻此噩耗，李伟顿时脑子一片空白。这个世界上，也许每一天都会有成千上万个父亲离去，但当那人是自己父亲时，真的感觉天塌了。这是李伟当时真实的想法。

父亲车祸身亡的晴天霹雳正好炸响在火箭实施加注的前夕，似乎一切磨难都向李伟袭来。怎么办？

来到发射场后，李伟向技术室政委做了汇报，请求任务完成当天下午回家处理父亲的丧事，话讲到一半就哽咽住了。站领导闻讯赶来，轻轻拍着李伟说："哭出来吧，哭出来痛快一些！"

任务在即，领导也很担心李伟悲伤过度，准备找人替换。李伟选择了坚强和刚毅，选择了忠贞与奉献，选择了国家和事业。他对站领导说："加注指挥我最熟，临阵换将是兵家大忌。父亲一直对我的工作引以为豪，父亲在天之灵也不愿我此刻离开岗位，我应该继续当加注指挥，请组织放心，我挺得住！"

发射测试站派出李伟所在技术室的政委奔赴南昌，帮助李伟家里料理后事，也给了李伟极大的安慰。

10月11日13时20分，开始加注氧化剂。李伟镇定自若地坐在指挥岗位上，不知内情的人根本看不出这一天来他内心经历了怎样的痛苦和煎熬。他下达着一条条口令，打开阀门，启动加注泵，输入数据，环环相扣，有条不紊。

液体流动之后，加注控制台收到一个异常液位信号，现场气氛骤然紧张。李伟根据自己多年的指挥加注经验，准确判断该信号属于气体膨胀后误发的液位信号，可以不做处理，继续加注程序。在座的人无不称赞李伟判断准确、心理素质良好。

在李伟的准确指挥下，4小时的氧化剂加注和撤收程序一气呵成，近300吨四氧化二氮加注误差还不到允许误差的四分之一。

任务完成，大家握手祝贺，李伟的泪水再也抑制不住了。是激动？是痛苦？也许都有。

"神舟六号"飞船发射成功后，李伟快速拨通家里的电话，含泪告诉妈妈："妈，我们成功了，明天我就可以到家了。"回到家中，李伟跪倒在父亲遗体面前，守灵多日，用电视中"神舟六号"腾飞的画面告慰父亲的在天之灵。

六、航天员踏雪出征

10月11日上午，在发射中心东风宾馆的第一会议室，总装备部航天员选评委员会就费俊龙—聂海胜、刘伯明—景海鹏、翟志刚—吴杰组成的三个乘组在发射前的训练考评情况、思想和心理状态、身体健康状况等进行讨论与审议，做出执行"神舟六号"任务飞行乘组最后排序，第一乘组定为费俊龙、聂海胜。这个最后决定也在大家的预料之中，因为航天员乘组在发射场参加人—船—箭—地联合检查时就基本确定了一个排序，在其后的训练中若没有特殊情况也就不会发生变化了。

10月12日凌晨2时30分，工作人员叫醒了熟睡中的费俊龙和聂海胜。飞行前夜他们睡眠良好，共休息了6个多小时。临离开卧室时，他们照例在门上签下自己的名字，留作纪念。

凌晨4时，发射程序刚刚进入5小时准备，各系统参试人员和发射场的官兵都已进入工作岗位。载人航天工程总指挥陈炳德部长也来到发射场测发楼的指挥厅，一个人端端正正坐在最后一排中间的椅子上，默默地看着运载火箭和飞船各系统测试人员忙碌地工作。别人问他来这么早干什么，他说："反正也睡不着，还不如到这里看看。"眼前这位总指挥可是指挥过千军万马，指挥过"九八抗洪"的赫赫上将啊，见过多少世面，经历过多少风浪，可曾皱过眉？可曾摇过头？但这回陈炳德部长彻夜难眠，与技术人员一块儿早早进入工作现场，是压力使然，也是激情难抑。他一定是深深感到肩上的责任，再过2小时，他就要发出命令，指挥一场壮伟的出征太空仪式，完成比以往自己所经历的任

即将出征的"神舟六号"航天员梯队

何一次军事行动都更惊天动地的壮举，而这一切必将浓墨重彩地记入历史。

金秋十月是戈壁滩最好的时节，胡杨红了，瓜果熟了，风和日丽，蓝天白云。然而，老天爷似乎也要为"神舟六号"载人飞行增添一点紧张气氛，意料之外的天气情况突降发射场，瞬间狂风大作，飞沙走石，风速竟然达到17米每秒，一时间不见了星光和明月。见此状况，发射场的人们都紧张起来。发射中心领导赶忙向陈炳德部长汇报，说这是一个小天气过程，稍后就会过去，不会影响航天员出征，更不会影响发射时刻的气象条件，让首长放心。陈炳德部长点头，仍然平稳地坐在指挥大厅里观看大家的工作。

5小时准备期间，各系统工作异常繁忙，从测发楼到发射工位，人员和车辆来来往往，穿梭不息。外面的风丝毫没有减弱的迹象，而且还飘起了雪花，这样的天气情况在10月的戈壁滩罕见。我有些担心地赶到发射工位，在火箭和飞船各个舱段察看了一番。风很大，人在塔上很难站稳，只能扶住栏杆行走，冰冷的雪花打在脸上，感到生疼。当我准备乘电梯下塔时，狂劲的西北风竟然吹得电梯出口的拱门打不开，等到一段风雪稍有缓和的间隙，才得以出电梯，下发射塔。

回到测发楼，中央电视台的几位记者在走廊里把我围住，他们被眼前的风雪惊呆了。一双双眼睛盯住我询问："这样的天气也能发射吗？"

是的，这样的天气也能发射！请相信我们发射中心的气象技术队伍。此时，发射中心气象室主任刘汉涛就坐在测发楼指挥大厅里，他胸有成竹："到6点，风雪肯定会停，天气没问题。"

凌晨5时20分，温家宝总理、李长春、罗干等中央领导同志在陈炳德部长的陪同下，来到问天阁，接见航天员并为其壮行。

温家宝总理对两位航天员说："两年前，我国自主研制的'神舟五号'载人飞船把航天英雄杨利伟送入太空，中华民族的飞天梦想变成了现实。今天，你们将驾乘'神舟六号'载人飞船遨游太空，再次向世人展示，中国人民有志气、有信心、有能力不断攀登科技高峰。相信你们一定会圆满完成这一光荣而神圣的使命。"

费俊龙和聂海胜掷地有声地表示："一定完成好航天飞行任务，绝不辜负祖国和人民的期望！"

问天阁外的广场上是庄重热烈的送行场面。风来送行，雪来致敬，飞天的壮士，在风雪中整装出征。此时，西北风依然呼呼作响，漫天雪花飞舞，晶莹剔透。费俊龙、聂海胜身着白色航天服，更显得英俊潇洒。他们迈着坚定的步伐来到广场，送行的人们立刻欢呼起来，鲜花和掌声顷刻包围住两名出征的勇士。他们庄严立正，向陈炳德总指挥报告出征。受领任务后，伴随着飞扬的雪花他们乘上了中型轿车。

北风卷地白草折，胡天八月即飞雪。眼前的大漠伴弱水，胡杨伴红柳，勇士伴风雪，是一幅多么壮烈雄伟的出征图啊！

凌晨6时，费俊龙、聂海胜来到发射塔下。奇迹发生了，风雪就像与我们的气象预报约定好了似的，顷刻风停雪消，树不摇，草不动，一切归于平静。真乃神奇的天气过程！神奇的天气预报！

在这样准确的预报背后，不知凝聚着发射中心气象人员多少心血和汗水。从年初开始，他们就把本次任务的天气预报作为全年的工作重点，跟踪研究欧洲、日本、韩国等提供的气象资料，把气象要素分成大风、降水等8个课题组织攻关，把发射中心历史上准确和不准确的预报特例统计出来，逐一剖析，总结经验。那年10月，发射场遇到了40多年来最为复杂的天气过程，从发射前10天开始，气象室的技术骨干就吃住在机房，全天不间断地跟踪预测，推算天气变化规律，最终自信地拿出了准确可靠的预报结果。10月飞雪，漫天狂风，何尝不是对气象人员定力和自信的挑战？

谈起这次惊险的天气预报，时任发射中心气象室主任刘汉涛回忆说：

"神舟六号"航天员费俊龙、聂海胜踏雪出征九天

飞船转运到发射工位后，强冷空气系统逼近发射场。通过细致分析，我们预报强冷空气将分三次影响发射场：第一次在 10 日夜间，将造成发射场大风和扬尘天气；第二次在 11 日早晨，这股冷空气较弱，不会造成明显天气现象；第三次在 11 日下午，是冷空气的主力系统，将会造成发射场大风、降温、降水天气，12 日凌晨冷空气影响结束。

10 日下午，陈炳德部长率领指挥部成员亲临气象室听取天气汇报。我详细汇报了强冷空气系统未来的发展趋势及会造成的天气现象，对第一股冷空气将在当晚 11 时左右影响发射场做了重点汇报。当晚 11 时 02 分第一股冷空气到来，造成瞬间 14 米每秒的地面大风和扬沙天气，持续 5 ～ 6 小时。

11 日早晨 4 时 30 分，我们气象室进行天气会商，这次预报结论，将决定我国第二次载人飞行任务能否按计划如期实施。虽然对强冷空气系统影响结束的时间会商意见分歧很大，但在前期过硬的技术准备支持下，大家还是做出了冷空气影响结束时间在 12 日凌晨 5 时至 6 时、发射窗口多中云和小风、能见度好的预报结论。

在 11 日上午的射前指挥部会上，陈炳德部长说："昨天晚上 11 时，我开完会出门，看见外面刮起了大风，我心里非常高兴，不是因为我喜欢刮大风，而是因为预报员把它报准了。我为你们高兴，为你们自豪！"

11 日下午，我在发射中心任务指挥所会议上发言提醒大家，这次冷空气会造成发射场大风，气温大幅下降，还有降水等天气，希望做好防护措施。

11 日 17 时 30 分，第三股冷空气比预报时间晚了 2 小时到达发射场，地面风速逐渐加大，最大风速增大到 14 米每秒。23 时 30 分，指挥部领导来到气象室查看天气情况，我汇报了 12 日 6 时风力肯定能减小的预报结论。

12 日 3 时，风力再次加大，最大风速达到 17 米每秒。此时的

发射中心气象人员在进行气象会商

天气成为各级首长关注的焦点。3时30分，陈炳德部长要求我到测发楼汇报天气情况。陈部长温和地说："不要有压力，客观汇报就行。"我将天气实况做了简单汇报，并肯定地说，大风将会在6时以前停止，在强多云移来时，会出现降水天气；发射窗口满天中云，小风，无雷电，无降水。听着我肯定的汇报，看着我自信的表情，在座的首长们都放心了。

回到气象室即发现雷达回波上出现一降水云系，并向发射场快速移来。我马上向指挥部领导汇报，并预测5时后发射场将出现降水天气，持续时间1小时内。指挥部领导听完后问我："你有什么建议？"我回答说："降水时间不长，降水量不大，不会对发射窗口造成影响。"

5时05分，发射场飘起漫天飞舞的雪花，航天员在飞雪中出征。

5时45分，风力开始减小；5时55分，风力减小到0.6米每秒；6时05分降雪停止，此时离发射已不到3小时。

一场惊险的预报，一场精彩的战役，发射中心气象室技术人员与老天拼争，用灿烂的笑脸融化了雪花。

6时15分，即发射倒计时2小时45分钟，发射场传出0号指挥员洪亮的口令："飞船准备好，'神舟六号'可以进舱。"

在发射塔九层密封间，飞船工程师协助聂海胜从轨道舱进入返回舱；随后，费俊龙进入轨道舱。他们分别对飞船两舱状态检查确认。完毕，费俊龙来到返回舱就座。

舱内，两位航天员各自连接通信头戴、生理信号插头、着陆冲击测量仪插头，接通供氧装置。12分钟内，他们熟练地完成了一连串规定的动作。

接下来，航天员依次完成与各系统调度指挥之间的语音通信。

7时30分，即发射倒计时1小时30分钟，东方欲晓，一轮红日从大漠的地平线上喷薄而出，染红了巍峨的发射塔架。

指挥大厅的屏幕上清晰地显示，费俊龙和聂海胜并肩仰卧，神情自若地对照飞行手册，默记各项操作程序。飞船返回舱似乎很安静，指挥大厅里只听到各类测试设备发出的嗡嗡声，人员鸦雀无声，有的对照记录测试数据，有的监视测试曲线，没有交头接耳，没有说笑，气氛异常严肃。

8时整，发射倒计时进入最后1小时准备，费俊龙和聂海胜下意识地调整了一下航天员束缚带。

火箭推进剂储箱开始增压。增压好，卸下加泄连接器，一股浓浓的推进剂味道散发了出来，不过很快就消失在空气中。

30分钟准备！发射塔各层工作平台陆续收回，工作完毕后的操作手们乘大轿车撤离发射工位。此时，发射场地面勤务系统发出"允许逃逸"信号。逃逸指挥员郑永煌向我报告："逃逸系统准备好！"此时，火箭和飞船已经脱离发射塔工作平台的环抱束缚，逃逸系统进入值勤状态，若发生影响航天员安全的紧急事件，随时可启动逃逸火箭，将载有航天员的轨道舱与返回舱带离危险区域。

15分钟准备，在东风飞行控制中心，载人航天工程总指挥陈炳德与航天员最后通话："希望你们全神贯注，沉着冷静，准确操作，圆满完成此次任务。以优异的成绩向党中央、国务院和全国人民汇报，向全世界展示中华民族的风采。"

费俊龙回答："感谢首长的关心和鼓励。我们绝不辜负中央首长和全国人民的重托，密切配合，精心操作，坚决完成任务。请首长和全国人民放心！"

5分钟准备，费俊龙和聂海胜不约而同地抬手关闭面窗罩。航天员的一举一动都牵动着大厅里人们的心。发射准备到了最后阶段。

9时整，发射控制台操作手徐文西用力按下"点火"按钮，顷刻间烈焰升腾，巨龙震吼，大漠颤抖，"长征二号F"火箭托举着"神舟六号"飞船，飞船载着两名英雄的航天员，扶摇直上，奔向九霄。

9时12分，船箭分离，飞船准确入轨。同时，位于太平洋的"远望二号"测量船传来"太阳帆板打开"的报告，陈炳德总指挥大步走向东风飞行控制中心的主席台，用带有浓重江苏口音的声音宣布："神舟六号"载人飞船发射取得圆满成功！

温家宝总理高兴地走上主席台，代表党中央、国务院、中央军委，代表胡锦涛总书记，向参加这次载人航天飞行任务的全体科技工作者、干部职工和解放军指战员表示热烈祝贺和亲切慰问。温家宝总理在盛赞中国载人航天取得的辉煌成就后庄严宣布，中国进行航天飞行科学试验，完全出于和平的目的，也是对人类科学与和平事业的贡献。我们愿与世界人民一道为和平利用太空而携手共进。*

掌声和欢呼声一阵阵响起。

"神舟六号"飞船发射成功，祝捷的信件雪花般飞到发射中心。中国科学院、中国航天科技集团公司、中国电子科技集团公司、北京航天飞行控制中心、清华大学等单位纷纷致电，向发射中心表示祝贺，向发射中心全体官兵致以诚挚的问候和崇高的敬意。发射中心老主任、原总装科技委副主任李凤洲发来热情洋溢的贺信，他说："发射中心高标准、高质量完成了'神舟六号'飞船发射和跟踪测量的光荣任务，这是中心各级指战员长期坚持工作精益求精、爱岗敬业、艰苦奋斗、无私奉献的结果，是中心广大科技人员、一线操作人员集体智慧和汗水的结晶。全国人民为你们的成功欢呼，世界各个角落都在注视着中国航天的新跨越，祝你们乘胜前进！"

成功了，胜利了，发射中心载人航天测试发射和测量控制两大队伍共同沉浸在无限的兴奋之中，航天城又一次卷起欢乐的浪潮。

青山和大地记住了我们胜利的笑，记住了我们自豪的笑，记住了我们在坎坷中的跋涉，记住了航天发射战士的付出与骄傲。

---

* "神舟六号"载人飞船发射成功. 人民日报，2005–10–13（1,4）.

"神舟七号"：

"天神"出舱，漫步太空

"神舟六号"载人飞行任务的圆满结束，标志着我国载人航天工程"三步走"战略第一步任务胜利完成。接下来，我们将进入"三步走"战略的第二步，即突破航天员出舱活动技术、空间飞行器交会对接技术，发射空间实验室，解决有一定规模的、短期有人照料的空间应用问题。其间需要突破两项重大关键技术，一是航天员出舱活动技术，二是空间飞行器交会对接技术。

　　出舱活动是指航天员离开载人航天器乘员舱，只身进入太空的活动。航天员出舱活动有两种方式：一种是用早期研制的脐带式的生命保障系统与乘员舱连接，航天员身穿舱外航天服，所需氧气、压力、冷却物质和电源均由载人航天器提供。另一种是后期发明的装在航天服背后的便携式环控生保系统，航天员背着便携式装置在舱外进行活动。实际上，舱外航天服及便携式装置就是一个微型载人航天器，使航天员可在服装内正常生存，并能进行太空作业。

　　从1965年3月苏联航天员阿里克谢·列昂诺夫首次从"上升二号"飞船"飞"出舱外、1965年6月美国航天员怀特从"双子星四号"飞船出舱活动之后，已实现几百次航天员太空漫步，为人类进入外层空间和其他星球打下良好基础。

　　我国"神舟七号"任务是将三名航天员安全送入太空，在轨运行三天，完成航天员出舱活动，验证、突破和掌握航天员出舱活动技术，全面考核飞船载人环境，进一步考核验证工程各系统的安全可靠性和匹配协调性。该任务成功具有非常重要的战略意义和深远影响。

一、青山脚下崛起一支航天精英

"神舟五号"和"神舟六号"两次载人航天飞行任务的圆满成功，为隆重纪念我国航天事业创建50周年增添了新的光彩。中共中央宣传部把酒泉卫星发射中心发射测试站作为重大先进典型推了出来，全国各大媒体集中对发射测试站进行宣传报道。

为纪念我国航天事业创建50周年，2006年秋天，发射中心请来了发射测试站的前几任站长及老一辈航天发射战线代表人物。他们中有的人告别发射中心已经几十年，如今已是白发苍苍，步履蹒跚。故地重游，当年的战斗情景又浮现在眼前。导弹核武器（"两弹结合"）试验发射场，"东方红卫星"发射场，这片承载光荣和梦想的土地，这片为之付出青春和热血的发射场，留下老一代航天人奋斗的足迹；弱水河畔新耸起的载人航天发射场，让他们自豪和兴奋。老人们重走戈壁之路，又涉弱水青山，深感创业的艰辛、事业的伟大，发出无限感慨。

弱水悠悠，青山隐隐。

青山与发射中心的载人航天发射场遥相呼应，相守相望。人们之所以把绵延在戈壁大漠中的这段山脉称为青山，是因为它在蓝天白云下映出一派黛青，庄严挺拔、巍峨耸立。人们又称之为狼心山，是因为其山形酷似狼心，惟妙惟肖。

青山所处的这片戈壁大漠，自古便是边塞要地，弱水两岸至今仍耸立着残破的烽火台，其中有一座就坐落在青山主峰之下的山头上。距青山北端五六千米处保存着一座至今最为完整的烽火台，内蒙古自治区额济纳旗政府为其立了一块重点文物保护石碑，细看碑文，才知道此乃广地侯官遗址。碑文写道："汉代张掖居延都尉府所辖广地侯官治所，建于西汉武帝太初三年（公元前102年），废弃于东汉末年。是西汉居延都尉重要的防御设施和交通枢纽。其所辖烽燧南起查科尔帖，北至布肯托尼。"广地是地名，也就是青山所处的这片区域；侯官是官职，相当于现在的团长。据居延汉简记载，居延都尉下设十个侯官，各治一方。广地侯官官职不高，却镇守着一段漠北通往河西走廊的咽喉要道，是自古以来兵家必争之地。

2006年灿烂的秋阳照亮了青山苍老的脸颊，一群久别的战友投入青山的怀抱："两弹结合"发射试验点火操作手佟连捷和徐虹、"东方红一号"卫星发射点火操作手胡世祥、发射阵地0号指挥员杨桓……这群鬓发斑白的老人走进青山，捧起弱水，在场的每个人都禁不住阵阵激动，热泪盈眶。

佟连捷深情地回忆起激情燃烧的岁月，"死在戈壁滩，埋在青山头"的铮铮誓言仿佛还在耳边回响。"两弹结合"发射试验是何等气魄，何等壮举，何等震撼！无论如何，敢于钻进距离核导弹160米的地下室，按下那颗神圣的"点火"按钮，足以令我们惊叹不已。"两弹结合"发射试验震惊了世界，震惊了那些蔑视和敌视新中国的人，大长了中国人民的志气！青山永久地记下这一壮丽的辉煌瞬间。中国人用2年时间完成了西方人13年才走完的路程，勇敢地、大无畏地在自己的国土上完成了"两弹结合"试验，外国人惊呼："这是中国震撼世界的一声惊雷！"

胡世祥，这位爽朗的东北汉子，端详着青山，回忆起当年发射"东方红一号"卫星的峥嵘岁月。1970年正处于"文化大革命"时期，全国内乱，部队也不稳定。然而，官兵们以国家利益为重，恪尽职守，兢兢业业战斗在自己的岗位上，一丝不苟地进行着任务准备。"东方红一号"卫星矗立在发射场的日日夜夜，官兵们排除了各种干扰，把准备工作做得细之又细、慎之又慎。胡世祥记得，他们大胆创新了卫星发

弱水河边的胡杨林

射的流程，创新了发射程序，使我国的航天发射从一开始就建立在规范化和科学化的基础之上。如今，胡世祥当初按"点火"按钮的照片还赫然悬挂在发射中心的历史展览馆内。当《东方红》乐曲响彻整个宇宙时，全世界都听到了一个东方大国正在崛起的声音，这声音令中国人听得心醉，听得动容，听得沸腾！

我们相信，青山一定还记得杨桓当年在发射场发出的一串串铿锵有力的口令："一分钟准备！""点火！""起飞！"这是历史的铭记，这是民族骄傲与自豪的回响，是难以忘怀的巨声！在杨桓的口令中，一枚枚导弹拔地而起，一颗颗卫星九天飞翔，惊天地，动山河，中国人民的腰杆子从此硬起来了，中华民族自豪地屹立在世界东方。

青山迎来新世纪朝气蓬勃的方阵，这是一个英气逼人的方阵，是一个继往开来、勇往直前的方阵。他们令人欣慰地、忠诚地传承着老一辈航天人用热血和生命铸就的"两弹一星"精神，书写出新时代的载人航天精神，他们拥有知识和智慧，勇于拼搏，乐于奉献，高擎火炬，奋勇前行，誓把中国的航天事业推向一个新的高度。

不老的青山看清了青年方阵中每一副英气勃发的面孔，听清了每一个人那激昂跳动的心声，看到了我们的事业一往无前的滚滚洪流，看到了航天发射一次次壮美腾飞。

发射中心的庆典结束之后，中共中央宣传部和中国人民解放军总政治部、总装备部又联合组织报告团，拟定在人民大会堂及武汉、西安、西昌、马兰等地，对发射测试站顽强拼搏、奉献航天的先进事迹进行宣讲。报告团成员由我、郭青、郭保新、李伟、贾艳萍五人组成。

在航天发射战线奋斗了大半辈子，在发射测试站工作了27年并担任过总工程师和站长的我，有机会向大家介绍发射测试站的先进事迹，自然是件令人高兴的事情。我有资格、有责任把我所熟悉的发射测试站介绍给部队官兵和广大人民群众，使发射测试站一代代官兵所传承的"两弹一星"精神和载人航天精神在国防科技和航天战线生根发芽，开花结果。

在报告团成员中，郭青年龄最大，他生于1930年，2006年已是76岁高龄。他16岁参军，开始扛枪打仗，参加过解放战争和抗美援朝战争，是从枪林弹雨中走过来的老战士，并亲身经历了我国第一枚导弹、第一颗卫星和第一枚远程运载火箭的发射试验任务。他也是20世纪七八十年代的发射团老团长。选择郭青介绍发射测试站创业时期的故事，既让郭青感到十分激动，也给老一辈航天人带来极大的自豪与荣耀。

郭保新时任发射测试站站长，是"神舟一号"到"神舟六号"六次飞船发射任务的0号指挥员。他在发射任务中铿锵有力的口令和沉着冷静的风格给人们留下深刻印象。尤其是"神舟五号"飞船发射成功后，他曾参加载人航天报告团在人民大会堂和各省市做巡回报告，给人留下非常好的印象。

李伟是发射测试站的高级工程师，火箭推进剂加注系统指挥。在"神舟五号"和"神舟六号"两次载人航天发射任务火箭推进剂加注中做出了突出贡献，荣立一等功，并两次出席在人民大会堂召开的载人航天飞行任务庆祝大会。由他代表年轻一代科技干部向祖国和人民做汇报，也非常合适。

贾艳萍是发射测试站一名工程师的妻子，当时在发射中心的中学任教。小贾人长得漂亮，气质也好，说话甜甜的、柔柔的。出于对航天人的崇敬和热爱，她放弃了舒适安逸的都市生活，毅然嫁给发射测试站的一名科技干部，不免令人肃然起敬。她的一言一行、一颦一笑，无不透露着知识女性的聪颖和贤惠。很钦佩报告团的组织者，选取这样一位发射测试站军人家属作为代表，以女性独有的视角，来宣传发射测试站官兵为航天事业忘我工作、拼搏进取的崇高精神，以及他们热爱事业、热爱家庭、热爱生活的炽热情怀。

我们五人基本代表了发射测试站的不同时代和不同层面，相聚在一起正是一支继往开来、承上启下的队伍。要把发射测试站近50年走过的艰辛而辉煌的历程、把几代人用鲜血和生命铸就的宏伟业绩浓缩成五份报告，把千军万马的征战、把"十个第一"的壮丽史诗尽情表达，我们深深感到责任重大，使命光荣。

2006年11月21日，第一场报告在人民大会堂隆重举行。

中共中央宣传部高俊良副部长主持报告会。另外，中国人民解放军总政治部刘永治副主任、总装备部迟万春政委等首长也在主席台上就座。中央和国家机关干部代表，中国科学院、航天科技集团和航天科工集团公司的代表，驻京部队大单位和武警部队官兵代表共800余人出席了报告会。

我第一个走向报告席，心中不断暗示自己把略感紧张的心情放松下来。我报告的题目是"忠诚国家使命，铸造航天辉煌"。我用简短的句子描述着我国航天事业所走过的艰难历程，用朴素的语言讲述着一次次航天发射不平凡的经历：1960年，被聂荣臻元帅称作"争气弹"的我国自己制造的第一枚近程导弹发射成功；1964年，被外媒评为"震撼世界的一声惊雷"的导弹、原子弹"两弹结合"试验获得圆满成功；1970年，将《东方红》乐曲送入浩瀚太空的我国第一颗人造地球卫星发射成功；1980年，首次跨越国土的远程运载火箭飞向太平洋；2003年，实现中华民族飞天梦想的"神舟五号"载人飞船遨游九霄……台下不时响起热烈的掌声。我继续讲述着发射测试站一代代官兵为中国航天事业顽强拼搏的故事，描绘着中国航天事业一幅幅绚丽多彩的画卷。在东风革命烈士陵园里长眠着发射测试站52名英烈，从冬到春，年年岁岁，他们庄严地守望着远处曾经战斗过的高大的发射塔，守望着中国航天事业的一次次壮美腾飞。在发射的异常时刻，官兵们奋不顾身，勇往直前，一次次化险为夷；在试验室里，他们夜以继日，呕心沥血，一项项高质量的科技成果脱颖而出；在发射场上，他们视事业为生命，奉献聪明和才智，推动着航天发射技术的不断跃升，使我国航天发射技术跨入世界先进行列。

郭青团长第二个走上报告席。他老人家刚刚报出自己的年龄，台下便响起雷鸣般的掌声。郭青团长以其特有的老军人的气质深情回忆起奋斗的历程、难忘的岁月：为了建设发射场，官兵们冒着60℃的地表温度在大漠上施工；寒冷的冬季令自称能抗冻的苏联专家竟然把擦拭仪器的酒精喝了下去；吃的是干白菜、干豆角，掺着骆驼刺和沙枣叶子磨成的面粉……六七万人硬是挺了过来，建成我国第一个导弹卫星综合试验靶场，把一颗颗导弹和卫星送上了天，创造了令后人赞叹不已的人间奇迹。没想到郭青团长竟然具有如此好的演讲才能，说到激昂处会情不自禁地挥起拳头，讲到动情处声音哽咽，泪水潸然。他的报告把大家带回到那段令人刻骨铭心的艰难岁月，在人们心灵深处引起强烈的震撼和共鸣。

郭保新站长的报告主要讲述了发射测试站新一代官兵在不断创新中实现航天发射新跨越的故事。载人航天这项全新的事业，为发射测试站官兵提供了开拓创新、拼搏进取的宏大舞台，官兵们攻克一道又一道技术难关，实现一次又一次新的突破，以百分之百的成功率夺取了飞船、卫星发射的一个又一个重大胜利。依靠创新，航天发射的质量控制实现了全系统、全过程、全员额的规范管理；依靠创新，载人航天发射从一开始就遵循科学化、规范化的试验流程；依靠创新，发射设施设备逐渐实现自动化和信息化；依靠创新，发射能力由过去的一年发射几发提高到一年发射几十发的水平。

青春靓丽的贾艳萍走上报告席，她报告的题目是"无悔的航天情缘"。作为军嫂，她是发射测试站官兵舍小家为大家、甘愿牺牲奉献精神的最直接见证者。她娓娓道出一心扑在发射场而寝食俱忘的火箭控制分系统测试指挥员，为了执行飞船发射任务而泪别癌症染身的父亲、毅然归队的技术室主任，发射任务来临提前结束产假、每天都在发射场找个没人的地方悄悄地把胀满的奶水挤掉的女工程师……这是一串

在人民大会堂举行的酒泉卫星发射中心发射测试站先进事迹报告会

催人泪下的故事啊！特别是小贾讲到一位科技干部的儿子，长到两岁半了，只和父亲见过两次面，其他时间只能打电话联系。时间久了，在儿子心中电话机就是爸爸。在一个雪花飘飘的寒夜，儿子用小褥子把电话裹起来，当母亲问他干什么时，儿子说，好冷啊，别把爸爸冻着。此时，台下唏嘘一片，个个听得泪流满面，会场上的人们受到了极大的感染。

李伟最后一个走上报告席。为了准备这次报告，小伙子特意理了发，显得更加精神，更加英姿焕发。李伟讲了自己及战友们把青春融入大漠、奉献航天的平凡而崇高的事迹。他们中有国防科学技术大学毕业的高才生，在发射测试站一干就是20年，硕果累累；有清华大学毕业的硕士，为了"神舟六号"飞船发射自愿放弃回清华读博士的机会，可钦可敬；有从50多万条数据中找到一帧跳变数据的专业组长；有为火箭发射而取消结婚仪式的女工程师。这群由浑身透着蓬勃朝气和昂扬锐气的发射测试站科技干部组成的生气勃勃的青年方阵，有力推动了中国航天发射事业的不断进步。最后，李伟讲述了"神舟六号"发射期间父亲突遭车祸不幸身亡，自己忍受着巨大伤痛，冷静沉着完成火箭加注任务的经历。当讲到发射成功后，自己默默来到父亲灵前献上"神舟六号"腾飞的电视画面时，大家都潸然泪下。

我们在人民大会堂做报告的新闻，在当日中央电视台《新闻联播》节目中进行了报道。晚上，我们不断收到一些老首长、老战友以及亲朋好友的电话和短信，他们对报告会给予了热情的鼓励和赞扬，对发射测试站的先进事迹给予了高度评价。

原发射团发射营副营长、"东方红一号"卫星任务火箭系统测试发射指挥员张积华来电话说："听了你们的报告，很激动，很感人，让我们这些老航天人又想起了当年那些难忘的岁月。祝贺你们报告成功！"

原测试站副站长、曾参加过"两弹结合"试验的老军人莫沛德，他的电话也是情真意切。他说："我现在虽然身处繁华的广州，但是自己的心一刻都没有离开过戈壁大漠那片火热的土地，那里有我们的青春，有我们的热血，有我们的理想，有我们的寄托。那里永远是我们的根。"

曾担任"神舟一号"发射任务火箭加注指挥、现在广州某大型企业供职的彭国标发来短信："我们平时时间紧，不过幸好能通过网络方便了解发射中心的大事和战友们的风采。感谢发射测试站对我们的培养，感谢航天事业给我们提供的舞台，让我们终身受益，这是我们众多转业战友的共同心声。"

无论是解甲归田的老战士，还是另辟战场的复员转业军人，他们无时无刻不在密切关注着中国航天事业的发展，无时无刻不在密切注视着发射测试站的成长和进步。因为他们曾是这个光荣群体中的一员，曾为祖国的航天事业倾注了真情大爱。这是我们共同的荣誉，共同的骄傲和自豪。

之后，报告团奔赴各地，向当地驻军和社会各界宣传发射测试站的先进事迹，同时，也不失时机地向他人学习，丰富自己的思想和境界。

在江阴海上测控中心，我们就在"远望"测量船上与工作人员亲切座谈和交流，畅谈祖国航天事业的成就，畅谈一次次航天发射和海上测控的不平凡经历，表达相互学习的真挚情感。航天，连起戈壁与大洋，连起中国与世界，联系着几代人的追求与奉献。

北方冰封雪裹，西昌卫星发射中心此时却是艳阳高照，春意融融。我们曾手挽手、肩并肩，沿着同一条道路走了过来。那些熟悉的日子令我们振奋不已，那些熟悉的面孔就是我们同舟共济的战友，那些熟悉的口令如今犹在耳边回响。今后我们还会义无反顾地走下去，因为我们共同承担着中国航天的未来，承担着振兴中华、走向世界的重任。

在白城兵器试验中心，天空飘洒着纷纷扬扬的雪花，北风呼啸，天地苍茫，一束束沾着白雪的鲜花送到我们手中。白城兵器试验中心的开拓者、首任主任张怡祥将军就是我们酒泉卫星发射中心的第三任主任。如今，将星已陨、斯人西归，但先辈们开创的不朽业绩，在草原、在戈壁将永远闪光，永远镌刻在共和国的丰碑上，永远活在我们的记忆里。

从细雨绵绵的江南到白雪皑皑的塞北，从鲜花盛开的西南到大漠苍苍的西北，报告团的最后一站是马兰核试验基地。马兰核试验基地与酒泉卫星发射中心同为国防科技战线组建最早的单位，大家共同奋战在环境艰苦的西北大地，同沐大漠之风，同踏大漠之沙，共同走过"两弹一星"研发的峥嵘岁月。理想把我们连在了一起，事业把我们连在了一起，胜利把我们连在了一起。

党和人民给了我们莫大的荣誉，我们应如何面对？全国学习发射测试站，发射测试站怎么办？祖国的航天事业正在飞速发展，我们应如何为其继续做出更大贡献？我们深知自己的责任之重，我们深知脚下的路还很长很长，圆满完成"神舟七号"载人飞船及其后一系列发射任务就是对我们最直接、最现实的考验。

二、接受新的检阅

2008年，神州大地大事连连。先是四川汶川地震，大悲大恸；再是第29届夏季奥运会在北京成功举办。事实证明，中国人民不但有能力医治自然灾害带来的创伤，有能力办好一场精彩的奥运会，也有能力让航天员在太空留下中国人的足迹。

7月10日，"神舟七号"飞船抵达发射场。烈日炎炎，白云朵朵，发射中心在发射场举行隆重的欢迎仪式。飞船三个舱段分别载于三辆平板车上，缓缓驶来，顿时锣鼓响起，彩旗飞扬，发射中心领导和飞船系统、空间应用系统、航天员系统等"两总"人员排成一列，向驶进发射场的飞船致意，犹如迎娶新娘般真挚，更像呵护自家儿郎般用情。

"神舟七号"飞船任务的最大亮点是航天员出舱活动。出于此需要，将飞船轨道舱改成了气闸舱。轨道舱本是航天员的生活工作舱，之所以改造成气闸舱，主要在于通过压力控制能够正常顺利地让气闸舱泄压，使之成为真空状态，舱内外压力达到平衡，得以打开舱门，支持航天员出舱。航天员由太空返回后，再实施复压控制。如此保证航天员在常压状态和真空状态下安全往返飞船，这是气闸舱设计最重要的功能。为保证航天员安全，飞船系统设计师们制定了有害气体控制等30多项出舱期间的应急预案。

"神舟七号"飞船真正实现了乘坐三名航天员的最大设计容量。乘坐三名航天员，必须配置与其数量相适应的用品，包括座椅和睡袋、舱内航天服、供气供氧流量及其他气体消耗等。满载设计也影响飞船的重量和功耗，尤其是重量增加，会增加回收难度。基于这些变化，飞船系统做了许多改进和试验。

除航天员出舱活动技术之外，"神舟七号"飞船还安排了多项科学技术试验，包括"天链一号"中继卫星数据传输试验、释放伴飞小卫星、固体润滑材料和太阳电池外太空暴露试验等。中继卫星数据传输试验的目的，是要建立我国已经在轨运行的"天链一号"中继卫星与飞船和地面的通信链路。这次试验成功，将会大大提高我国未来中低轨道航天器的测控覆盖能力。释放伴飞小卫星，进行两个飞行器相对运动的轨道测量、预报和控制，为未来飞行器交会对接的引导和控制积累经验，同时也可推动小卫星技术的发展。

我们看到，"神舟七号"飞船比以往功能更强大、更新颖。

"神舟六号"任务完成后，费俊龙和聂海胜告诉火箭系统设计师，已经感觉不到低频振动，效果很好。

除此之外，火箭系统还有30余项技术状态变化。为保证火箭质量，在出厂测试中增加了两轮拉偏电压测试，增加了两次模拟飞行总检查。火箭累计通电时间达67小时，较之"神舟六号"任务，火箭通电时间增加了21.8%。

为了准备"神舟七号"飞船发射任务，发射中心人员完成了大量技术改造和科技创新，备战工作扎扎实实、卓有成效。

测试发射系统缺乏实装训练手段，测控系统跟踪测量缺乏真实训练目标，是长期困扰发射中心科技人员训练的难题。经过深入调研和思考，我们决定研制航天发射一体化仿真训练系统，作为备战"神舟七号"任务的重要内容实施。系统以航天发射为应用背景，采用半实物仿真技术、虚拟仪器技术和虚拟现实技术，形成一套集虚拟装配、测试发射、测量控制、指挥通信和地面勤务支持于一体的仿真系统，组成综合演练基本仿真平台。在任务准备过程中，仿真训练系统在岗位训练、火箭分系统测试训练、测控系统演练诸环节发挥了重要作用。即使没有真实的火箭，大家利用仿真系统，也能实现火箭虚拟吊装和虚拟仪器安装，实现火箭各分系统测试；同样，在缺乏真实飞行目标情况下，系统可以产生一条仿真弹道，训练操作手的跟踪操作技能。发射场的训练热情空前高涨，共完成四十余次火箭全系统测试训练，十余次测控系统模拟跟踪训练，六次全系统合练，有力促进了发射中心各类技术人员操作技能的提升。

火箭推进剂加注系统是发射场技术含量较高的地面设备，推进剂加注工作是发射场所承担任务中的重要环节。推进剂的化学性质也决定了火箭加注是一项高风险的工作。一直以来，加注系统采用火箭储箱液位传感器和地面流量计联合定量的计量方法。这种计量方法虽然简单，但对火箭液位传感器信号的可靠性要求很高，依赖性很强。火箭储箱液位传感器在火箭进场前即已安装完毕，虽然在发射场经过测试，但在加注过程中很难保证不出现故障。实际上，在2004年的卫星发射任务中，火箭加注时就曾出现过火箭储箱液位信号失效和误发信号等故障，给加注工作带来很大障碍。地面设备中的流量计使用时间已近十年，一旦出现故障，也会贻误加注时机，影响正常发射程序。对加注系统进行深入分析和研究后，我们决定设计研制一套火箭推进剂加注量模型化测量系统。顾名思义，系统只参与加注过程的测量，而非参与控制。在原有加注设备资源基础上，系统新增加非接触式超声波流量计和高精度磁致伸缩液位计两套设备，通过冗余测量、数据融合和故障诊断技术，提高推进剂加注系统的可靠性与精度。超声波流量计安装在加注管线之外，通过检测流体的流速，换算成流量，与原系统中的流量计并行计数，以进行数据比对；磁致伸缩液位计安装在库房储罐内，加注过程中实时检测储罐的液位，即使火箭上液位信号出现故障，也可以用储罐流出的液体量推算出注入火箭的液体量。发射测试站科技人员通过两年技术攻关，系统研制获得成功。经测试，计量设备和数据融合功能正常，精度指标满足设计要求，在卫星发射任务火箭加注中获得验证性应用。面对"神舟七号"任务火箭加注，该

发射测试站工程师利用虚拟技术进行火箭仪器装配模拟训练

系统将会对加注量地面监视起到重要比对作用，为箭上液位信号出现故障时准确确定加注量提供可信的理论依据。

三年时间不长，发射场全体人员用自己的勤奋和智慧，解决了大量技术难题，取得了有目共睹的技术进步。

这些成果来之不易，我们很希望看到这些新研设备在载人航天发射中发挥作用，把任务准备成果很好地应用到任务实施中，展示酒泉卫星发射中心的技术水平和科技素养，展现发射中心人员良好的精神风貌。

不巧的是，"神舟七号"飞船刚刚进场，时任发射中心主任却调离了工作岗位。不日，总装备部迟万春政委来发射中心考核班子成员，选拔中心主任这一职务的继任者。

7月16日下午，迟万春政委与发射中心党委常委交换考核组意见。迟万春政委说，经过几天的严肃认真考核，决定由崔吉俊同志暂时履行中心主任和发射场区任务指挥部代理指挥长的职责。希望大家以事业为重，顾全大局，心无旁骛，确保班子平稳过渡。迟万春政委特别指出，2008年是发射中心形势最好的一年，好形势来之不易，代价和教训也不少，因此更要珍惜，努力发展，能不能圆满完成"神舟七号"任务是对新班子最现实的考验。他希望我们不仅不受班子调整的影响，而且要做得更好。

在众人发言之后，我郑重表态："组织赋予我这么重的任务和职责，我心里既感到压力很大，决心也很大，信心也很足。目前是一个特殊时期，'神舟七号'任务已全面展开，中心全体参试人员信心百倍，士气高昂，这是我承担重担最大的动力，也是我们完成任务的基础。我一定会谦虚谨慎，努力工作，绝不懈怠；向首长多请示，多汇报；与同志们多沟通，多协调；同舟共济，团结一致，共同前进。把主要精力用在'神舟七号'任务上，接受考验，迎接挑战，圆满完成任务，这是我们丝毫不能亵渎的神圣职责。"

新的战役打响了，新的挑战开始了。

7月30日，中国科学院微小卫星工程中心研制的伴飞卫星运抵发射场；8月4日，"长征二号F"运载火箭抵达厂房，又一场轰轰烈烈的大会战开始了。各路航天大军齐聚戈壁大漠，拥抱新的梦想；航天发射队伍即将接受新的检阅，吹响激昂的号角。

战士遥望征程，多少坎坷的路我们走过，多少挫折与失误的泪我们流过，多少成功与喜庆的酒我们也喝过，今天，我们愿意献上忠诚与勇敢，昂首接受新的检阅。发射场的每个人不敢懈怠，更不会忘却自己的职责，我们这支善于创造奇迹的队伍，定将把脚踏风火轮的骄子送上九天！

三、发射场堵住"漏"，止住"散"

航天员出舱活动的关键装备是舱外航天服。舱外航天服技术含量高，研制流程也十分复杂。一定要让中国的航天员穿着自己国家研制的航天服出舱，这是航天界全体人员的共同心声。中国舱外航天服从设计到生产用了三年多时间，尽管为此推迟了"神舟七号"飞船的发射，但由此取得的国产舱外航天服的研制成果是非常重大的科技进步，这个等待是值得的。

胡锦涛总书记为国产舱外航天服亲笔题名"飞天"，这是对载人航天系统干部群众巨大的鼓舞和激励。

舱外航天服装备由航天服本体、生命保障、信息与通信、航天员个人装具四部分组成。它能够为航天员提供适当的大气压力、足够的氧气和适宜的温湿度，保障航天员的生命安全；它还要有足够的强度，防止辐射、微流星和空间碎片对航天员的伤害。同时，它还应具有必要的灵活性，保证航天员出舱后在空间的工作能力。

我国"飞天"舱外航天服的研制，调动了全国相关领域最优秀的资源，集中了国内顶尖专家的意见，航天系统和多家高校、科研院所直接参与了研制工作。它是中国航天界集体智慧的结晶。

"飞天"舱外航天服躯干壳体为金属薄型硬体结构，壁厚超薄，却有极高的强度，抗压能力超强，经得起地面运输和火箭发射时的震动。这种薄壁的不规则结构焊接起来很容易变形，仅焊接工艺攻关就长达两年之久。

舱外航天服气液控制来自一个精巧的控制盒，控制盒的大小大概

本书作者与完成测试的舱外航天服合影

相当于一本《现代汉语词典》的规模，可以自动控制气体与液体的流动，使航天员获得适宜的空气和温湿度。在控制盒里集成了多种阀门，每个阀门都是精致的集合体。很多阀门外形奇特，涉及多种特种材料，其加工难度在国内前所未有。

舱外航天服最外层的防护材料，堪称国内最昂贵的服装面料。这种面料可耐受较大的温度变化。服装携带的氧气瓶采用复合材料，既能保证安全，又可携带尽量多的氧气。在全国数十家相关单位的鼎力支持下，手套、头盔、面罩、四肢和活动关节等部位的服装部分陆续研制成功，最终一套完整的舱外航天服呈现在航天员面前。

通过艰苦努力，中国载人航天系统掌握了先进的舱外航天服设计、工艺、关键材料、测试与评价方法，突破了舱外航天服关节技术、水升华技术、风机小型化技术、出舱活动手套技术等一系列关键技术，达到了国际先进水平。

中国第一套国产舱外航天服及相关配套产品研制完成，不但振奋了中国航天人，也震惊了为我国提供舱外航天服进口配套的俄罗斯同行。由此可见中国人的志气、智慧和能力。

根据"神舟七号"载人航天飞行任务主要技术要求，航天员乘组由3人组成，01号航天员为出舱航天员，出舱活动期间着"飞天"舱外航天服，执行舱外行走任务；02号航天员为气闸舱航天员，出舱活动期间着从俄罗斯引进的"海鹰"舱外航天服，协助出舱航天员行动；03号航天员为返回舱航天员，出舱活动期间着舱内航天服在返回舱值守。

航天员系统在飞船气闸舱配置了两套舱外航天服及相应的配套设备，与出舱保障设备接口匹配，可以在"一中一俄"模式下共同实施出舱活动。这是一种保险和安全的使用策略。因此，来到发射场参加测试的舱外航天服及其舱载设备共有两套，分为主份和备份。主份为"飞天"舱外航天服A和42号"海鹰"舱外航天服，备份为"飞天"舱外航天服B和41号"海鹰"舱外航天服。

为争得主动,舱外航天服及其测试设备于7月4日先于飞船系统运抵发射场展开工作,很快完成了测试厂房、测试区域和测试条件准备,完成测试设备展开与自检,对"飞天"舱外航天服的各项测试一气呵成,进展非常顺利。

然而,从俄罗斯引进的"海鹰"舱外航天服测试却遇到了些许麻烦。

42号"海鹰"舱外航天服进入发射场后很快完成多项测试。7月20日下午,舱外航天服与舱载对接系统液路联试结束后,对气液组合插座进行状态设置,发现气液组合插座液路接头有水渗出。测试人员仔细观察,在80秒内渗出的水滴直径约为4毫米。断开插头,继续观察,渗水速度略有减缓,2小时40分钟后渗出的水滴直径约为2毫米。

此现象引起测试人员的高度重视,要知道42号"海鹰"舱外航天服也是主份出舱装备,一旦在太空中发生故障,后果非常严重。

航天员科研训练中心于7月21日电传俄罗斯星星公司,请对方给出初步的分析和解决方案。同时还询问备件包内阀门接头的用途,航天员是否可以在轨更换?现在是否可以用其替换气液组合插座上的故障阀门接头?最后,希望对方给出地面更换该阀门接头的操作流程,以及更换后的补充测试项目。

航天员科研训练中心一面继续分析故障,一面焦急地等待俄方的回复。

7月24日,俄方专家波兹尼亚科夫总设计师做出如下答复:为了排除42号"海鹰"舱外航天服气液组合插座液路接头的渗水故障,我们建议按照文件进行液路系统的维护工作。该项工作中必须用管路附件与液路接头插拔十次,之后对接头的气密性进行目视检查(表面是否有水滴)。如果泄漏没有增加,星星公司允许42号"海鹰"舱外航天服继续参加后续工作。

按照俄方的回复意见,7月25日上午进行排故处理。

首先对液路系统进行分离和净化，将管路附件与液路阀插拔10次，每次插拔间隔为12～20秒，液路加压，此时观察原渗漏部位仍然有渗漏现象。大家又降低液路压力，将管路附件断开，渗漏没有改善。此现象说明，俄方提供的排故措施并没有改善液路阀的渗漏状况。

经与俄方再次沟通，俄方同意中方自行更换备份阀门，并给出了更换的具体操作步骤。看来俄方专家与中国航天人的排故思路和方法很相似，实在没有办法时，也只能更换备份件。限于不同国家、不同观念和标准的差异，对此故障处理也只能到此为止。

7月27日，液路阀更换完毕。更换过程十分小心谨慎，既要避免对产品造成损伤，又要避免任何多余物带入其内。

据俄方专家介绍，该现象在空间站上也曾发生过，更换备件有效。目前，我们还不能对故障做到最终归零，但结果表明措施有效。"海鹰"舱外航天服装船之前，按照合同规定，俄方派两名专家飞抵发射场，与中方专家共同确定舱外航天服的装船状态。

8月22日晚，一个重要的任务节点。舱外航天服按计划完成装船前的所有测试工作，专家组和质量控制小组联合对其进行质量评审，一致通过"飞天"舱外航天服的测试质量报告，也一致认可"海鹰"舱外航天服气液组合插座液体阀渗漏故障处理措施有效，不影响飞行任务。指挥部通过了舱外航天服装船决议，按计划于8月23日打包装船。

真是凑巧了，一个"漏液"点堵住了，飞船系统又出现了一个"漏气"点。

刚刚进场不久，飞船返回舱推进子系统用吸枪对副路充气阀单点检漏，发现充气阀的内漏率超出设计指标要求。按照技术规范，发现内漏时，可连接地面服务阀对充气阀开关三次，再次检漏，但三次操作后漏率仍超出指标要求。

大家复查过去的检漏数据，原来飞船出厂测试中就曾出现过副路充气阀内漏率超标，但开关三次充气阀后恢复正常，也就未继续深究，埋下了故障隐患。

飞船试验队立即向任务质量控制小组做了汇报。经讨论决定，将该充气阀从返回舱上拧下来，再次复测内漏；奇迹没有发生，内漏依然超标。

飞行状态时，充气阀共有两道密封措施，第一道是阀芯，第二道是堵盖组件内的垫片。

充气阀在此前历次飞行任务及地面检漏和气瓶充气过程中，均未发现过异常，而且此后没有任何技术状态更改。此次内漏超标，必须找出故障的确切原因，彻底处理，以免产品带隐患上天。

限于发射场的条件，故障阀门返京进行CT扫描，以观察内腔是否存在多余物。扫描结果并未发现多余物。随即送回上海阀门生产厂家801研究所，实施进一步排查。技术人员通过特殊手段，从阀体刃口和阀芯氟塑料面的相接处观察，大约每分钟溢出一个气泡。

用25倍放大镜进一步观察，发现阀芯端面有交错的挤压摩擦痕迹，并发现多根连接在氟塑料基体上的塑料细丝，其中有一根贯穿密封压痕。

故障原因清楚了，氟塑料多余物是充气阀内漏超标的根本原因，而非充气阀自身的质量问题。出现多余物是地面服务阀手轮多次旋转，顶杆端面与阀芯端面氟塑料挤压摩擦所致。

指挥部听取了故障汇报，同意将故障充气阀更换为同批次的合格产品，任务中飞船加注充气将使用改进后的地面服务阀，杜绝多余物的产生。

小小的充气阀门，使飞船推进系统检漏工作耽搁数天。但是，通过优化后续测试程序，合理加班，计划流程并未受到太大影响。

如果说充气阀门的多余物有偶然和未知因素，那么，接下来飞船系统火工品电池在放电过程中发生的短路故障则纯属人为操作差错。

7月24日，在飞船系统银锌电池活化间，操作人员按计划对轨道舱火工品电池实施放电检查。由于岗位人员的粗心大意，未对电池型号和放电电缆型号认真核对，错将应急电池使用的放电电缆连接到火工品电池上，导致火工品电池发生瞬间短路。他们惊慌地立即断开连接，但是电池内部所装的测温热敏电阻已经损坏，应急电池放电电缆插头也遭损坏。

电池活化和放电检查本不是飞船测试工作的主线，但是，出现故障也会影响主线的测试计划，特别是这种人为故障更令人沮丧。原计划7月26日实施的飞船分系统自检和匹配测试，不得不为此调整状态和时间。

7月25日，发射场区任务指挥部召开工作会议，对飞船系统出现的操作差错进行了严肃批评，再次强调试验作风和试验纪律，强调对待故障的处理要举一反三，要求合理调整后续工作计划，严格故障的技术归零和管理归零。

航天科技集团公司连夜召开"两总"通报会，传达指挥部的指示和要求，紧急研究确定下一步工作中操作质量控制措施，决定飞船推迟一天加电，组织质量复查。

这种低层次的操作差错，不但任务领导层不满，就连飞船系统试验队员也感到自责。他们反思自己的工作，意识到非主线上人员的操作和管理确实还存在死角。为此，飞船试验队进行了分析和动员，深刻认识了操作失误的严重后果，要求大家对待每项工作都要竭尽所能，精益求精；每个环节都要倍加细致，一丝不苟；每个人员都要全神贯注，尽心尽责。主线上操作人员如此要求，非主线上工作人员同样不可懈怠，确保质量工作不留死角。

于是，飞船试验队在餐厅、会议室和厂房工作间各处张贴KT板，详细解释"严、慎、细、实"的具体做法；制定吸取"7·24电池事件"教训的具体措施和承诺，上墙张贴；要求每个队员在自己岗位上不误点、不误事，做好自己的工作，让航天员放心。

张建启副部长在听取最近发生的几起故障汇报后，总结归纳两个字：漏、散。

漏，"海鹰"舱外航天服气液组合插座液体阀漏液，飞船充气阀门漏气。

散，飞船系统非主线操作岗位操作散漫。

堵住"漏"，止住"散"，这是发射场工作中的当务之急。

张建启副部长要求指挥部认真抓好后续工作，叮嘱大家千万别再出现人为差错，工作内容要吃透，别蛮干，容易出错的地方要采取特殊手段。他说：不担心产品质量，就担心操作失误。他要求大家防松懈、防疲劳、防分心，稳扎稳打，不等不抢，把工作做扎实。

8月13日，载人航天工程总指挥、总装备部常万全部长抵达发射中心，检查指导任务进展；看望并慰问奋战在任务一线的科技人员和发射中心官兵。

在指挥部会议上，常万全部长充分肯定了发射场区的工作，要求大家时刻保持头脑清醒，进一步强化忧患意识和责任意识，特别强调管理工作在试验任务中的作用。他说，管理就是使被管理者完成不可能完成的任务。在我们载人航天系统，就是用装备文化熏陶人，用特色制度规范人，用先进理念引导人，用领导带头折服人，这是管理工作的重要内容。我们每个领导既是管理者，也是被管理者，最省劲的办法就是自己做好。任务进展顺利是管理工作到位，任务进展受挫肯定是管理工作出现了问题。在谈到测试故障和操作差错时，常万全部长展现出高级指挥员举重若轻的大局驾驭能力。他说："操作有责任心的问题，有熟练不熟练的问题，也有心理状态问题。你看奥运会上，某某运动员能发挥平时水平的80%就不错了，指的是关键时刻容易心理紧张。……大家不要紧张，要有自信。搞航天发射，心理素质是非常重要的。你看人的血压，平时没有任何毛病，一紧张马上就会蹿高。对于从事脑力劳动的人来说，一定要有沉着冷静、处变不惊的良好心理素质。"

　　虽然工程领导的话语为一线队伍和操作人员减轻了不少思想负担，但在操作上依然不能有丝毫马虎。质量控制小组对参加飞船测试的岗位人员再次进行核查，对操作和测试项目定岗定人，明确具体职责；对测试准备再次进行确认，签字生效；班前会上对所有测试人员再次进行测试细则宣贯，强调加电顺序，明确注意事项，确保操作零失误。

　　操作失误的短板补齐了，质量控制的漏洞堵住了，飞船测试工作顺利实施。

　　举一反三，其他系统也受益匪浅。

四、伴飞卫星亦闪光

　　航天员出舱，漫步太空，这无疑是"神舟七号"载人航天飞行任务最核心的目的。除此之外，由航天员从飞船中释放伴飞微小卫星，也是本次任务的重要闪光点。

　　微小卫星充分利用现代微电子、微机械和先进材料等基础技术的最新成果，以全新的设计理念，成为航天领域最活跃的研究方向，现已广泛应用于数据通信与传输、地面与空间环境监测、导航定位以及科学实验等诸多领域。

　　顾名思义，伴飞卫星是专门环绕空间站或其他空间飞行器运动的卫星。由于伴飞卫星的相对运动总是伴随空间站或其他空间飞行器，故得"伴飞"的美名。同时，根据伴飞目标的不同，伴飞卫星又可细化为空间站伴飞卫星、空间实验室伴飞卫星、飞船伴飞卫星等。1984年8月，美国第三架航天飞机"发现"号在轨道上成功发射三颗卫星；1985年10月，美国第四架航天飞机"亚特兰蒂斯"号部署了两颗卫星后返回地面。这些试验很好地检验了在轨释放技术。

　　虽然伴飞卫星是卫星家族里的"小个子"，但其作用不可低估。目前来看，伴飞卫星的主要作用是实现对主航天器的观测和照料，并辅助主航天器完成任务。伴飞卫星作为造价昂贵的大型航天器的功能延伸，可以对航天器的工作状态、安全防护及空间机械操作等任务提供直接的技术支持。

　　2005年4月，载人航天工程将微小卫星伴飞试验列为"神舟七号"任务的应用试验项目，这是我国首次在大型航天器中做释放小卫星的试验。利用载人飞船开展微小卫星在轨释放与伴飞试验，是一项跟踪世界前沿的新技术。它不但在拓宽载人航天应用领域有重要的显示度，而且在发展军事航天装备的战略层面和战术层面都具有重要作用和深远影响。

试验项目要求研制一颗微小伴飞卫星。通过在轨释放，对空间目标姿态定向和观测、伴飞轨道形成和控制等多项关键技术完成演示验证。无疑，这些关键技术，对拓展载人航天应用、加快航天新技术发展、跟踪世界航天先进水平，将会有很大的促进和提升。

伴飞卫星的研制由中国科学院上海微小卫星工程中心承担。如同伴飞卫星是卫星家族的新成员一样，上海微小卫星工程中心也是卫星研制的新厂家。工程中心成立于2003年9月，主要从事微小卫星、皮纳卫星及相关技术的科学研究、技术开发和科学实验等工作。尽管工程中心于2003年11月成功研制和发射了"创新一号"小卫星，但是对微小伴飞卫星的研制开发尚属新的课题。上海微小卫星工程中心团队是一个非常年轻的群体，平均年龄尚不足33岁。这也是一支充满创新和朝气的队伍，敢于攻关是他们的特质。接到任务后，他们立即组织人员进行分析和分解，不久即完成总体方案设计和各功能模块设计，此后陆续完成软件编制与测试、总装集成、环境试验、对接测试和综合电性能测试，将一颗功能齐全、技术先进的伴飞卫星呈献给载人航天工程。最终，伴飞卫星按计划于2008年7月30日顺利抵达发射场。

在8月6日发射场区任务指挥部召开的第一次会议上，伴飞卫星总设计师朱振才向大家介绍了卫星总体技术方案。麻雀虽小，五脏俱全，伴飞卫星与其他卫星一样，包括有效载荷、结构、电源、姿控、轨控、测控与数传、星务、热控等功能模块。有效载荷是一台双镜头可见光彩色相机，双镜头采用不同焦距实现对不同距离目标的观测。获得的图像经压缩后存储在大容量存储器内，卫星过境时通过数传发射机下传到地面。

朱振才总设计师还介绍说，伴飞卫星研制过程中，他们采用了多项创新设计，突破了多项关键技术，有些技术在国内属首次使用，例如高效电源模块、微型液氨推进技术、小型空间观测相机、多指向小型姿控模块以及小型无线收发机等。正是这些创新技术进步，才使得伴飞卫星同时具有了光学成像、大容量压缩存储、机动变轨、伴随飞行、自主导航、多模式指向和测控数传等多种功能。

大家都为上海微小卫星工程中心在短时间内研制出一颗功能齐全、工作可靠的伴飞卫星而高兴。但也有指挥部成员担心，提出卫星是否会对飞船安全飞行产生影响的疑问。

朱振才总设计师解释说，尽管伴星释放后要进行变姿、拍照、测控、数传、GPS定位以及后期变轨等一系列复杂动作，但是经分析和验证试验，伴星飞行程序与飞船工作匹配良好，电磁兼容，互不影响。即使考虑各种极端恶劣的故障，释放机构和星体均不会对飞船产生干涉和碰撞，完全可以保证飞船安全。

从7月31日开始，伴飞卫星在飞船总装测试厂房有效载荷测试间展开工作。首次进入发射场的上海微小卫星工程中心的设计师们，非常谨慎地展开地面测试设备，检查测试状态，伴飞卫星就位。他们按照测试规程，先后完成卫星通电检查、电源模块功能测试、测控和数传模块功能测试、姿控和轨控模块开环测试、相机功能测试等项目，接下来又成功做完模拟飞行检查。短短几天时间，顺利完成基本通电测试项目。测试结果表明伴星功能正常、状态良好。

由于伴星重量和体积都较小，只能采用表面贴太阳电池片的方式获取电能。8月6日，通过砷化镓太阳电池阵光照检查，表明伴星的太阳电池阵可以获取足够的电能，满足系统工作对太阳电池的需求。

根据发射场测试发射流程和"神舟七号"飞船在发射场的计划安排，伴星在完成液氨加注、与释放机构组装测试后，于8月14日交付飞船系统。

伴星装入飞船，即为飞船系统的一个分系统，随后与飞船系统一块儿参加了飞船—舱外航天服—伴星联合测试、火箭与伴星的星—箭电磁兼容测试，以及有航天员参与的人—船—箭—地联合检查。这一系列检查测试，验证了伴星系统硬件和软件功能以及软硬件接口的正确性，同时，也验证了伴星的运行控制和飞行程序的完好性。载人航天工程首颗伴星，从设计生产到发射场测试，全过程质量受控，技术状态稳定，迈出了航天器伴飞的重要一步。

伴星设计师系统为自己取得的成就而高兴，为发射场测试成功而感到心里踏实。朱振才总设计师回忆说：

伴飞卫星在发射场测试非常顺利，这也出乎我们的意料，毕竟是第一颗微小伴飞卫星，我们非常重视、非常谨慎，从系统设计到人员配置，我们都尽量优化，因此顺利完成了任务。记得当时制定的任务圆满成功的标准是，在自主飞行期间，地面接收到伴星拍摄的清晰的图像视频，收到飞船不同角度清晰的照片；飞船返回舱返回后，能够对轨道舱或虚拟目标形成伴飞，接近伴飞目标4千米的范围内。这两点我们都做到了。

伴飞卫星任务的圆满成功，为空间飞行器在轨监测与维护、安全防护、对接导航等提供了重要的技术支持，为我国空间技术研究提供了丰富的技术储备。我们有幸参与了载人航天工程的这一试验项目。

莫道小卫星，必有大未来！

五、金丝银针绣红旗

中华人民共和国国旗——鲜艳的五星红旗，由无数革命先烈和仁人志士的鲜血染就，这不是夸张，不是浪漫，而是真实的历史。绣红旗，最感人的莫过于江姐在狱中与难友们和着血泪一针针、一线线，绣出那面五星红旗，绣出一片新天地。

张建启副部长提议，在"神舟七号"载人飞行任务中，由工程各大系统总指挥和总设计师们共同绣制一面五星红旗，装进"神舟七号"返回舱，随飞船升空运行，返回地面后作为永久性纪念。他的提议得到工程"两总"的热烈响应。

老总们暂时停下手中繁忙的工作，拿起银针，穿上金线，有模有样地绣起来。没见过如此长的绣线，一头悬在天宇，一头连着大地；没见过如此光彩夺目的金丝，令日月失色，令星光暗淡。

曾经奋战了50多年的老专家，针针线线绣出无悔的奉献和追求；曾经接过接力棒宣誓出征的新一代航天人，针针线线绣出朝气蓬勃的韶华流年。

第一位落针的是总装备部副部长、载人航天工程副总指挥张建启中将。这位转战西昌卫星发射中心和酒泉卫星发射中心两大战场的航天指挥员，不知处理过多少急难险重任务，不知放飞过多少卫星和航天器，今天拿起针线，似乎也不那么轻松。他深知"神舟七号"载人航天飞行任务的影响，深知其政治意义、科技意义和经济意义重大。他经常告诫参试人员，2008年上半年灾难频仍，只有成功才能为兴邦出力，才能为鼓舞民族斗志、凝聚民心出力。我们只能成功，没有退路。张建启副部长正是把这份信念和坚定绣进了五星红旗。

载人航天工程新任总设计师周建平拿起针线。对于"神舟七号"载人航天飞行任务，他曾分析说，任务技术跨度大，要突破舱外航天服技术，突破航天员出舱技术，突破天基测控技术；任务风险大，飞船第一次满负荷飞行，在上升段存在残余风险；航天员自主操作多，带来一定操作风险；航天员出舱阶段测控系统必须连续覆盖40分钟，给地面测控可靠性带来风险。发射场工作难度也相应加大，为保证航天员白天出舱、白天返回，发射时间必须选择在晚上八九点钟，不同于以往的计划流程，而且发射场测试发射设备已处于老化期，会带来严峻挑战。周建平总设计师正是把这份缜密和严谨绣进了五星红旗。

工作人员请来航天员系统总指挥兼总设计师陈善广。陈善广在中国载人航天领军人物中属于少帅式人才，出任航天员系统副总设计师时刚满30岁。在20多年的航天道路上，他一直负重前行，由于年轻，在他身上几乎看不到太多的压力与踌躇，更多的是大气与从容。陈善广绣入红旗的当是蓬勃的朝气，是对航天员辛勤培育和严格训练的心血。

飞船系统总指挥尚志和总设计师张柏楠被同时请到。

毕业于哈尔滨工业大学的尚志，一直以来把母校"规格严格，功夫到家"的校训作为自己工作的座右铭。功夫到家，即每件事都要做深做细做实做到位，这是尚志对飞船队伍的要求，也是他的自我要求。在十多年的载人飞船研制过程中，无论在哪个岗位上，尚志都事必躬亲地实践着让他铭记在心的校训。他经常对别人说起自己的感受："我感觉自己很伟大，伟大是因为我从事参与了一项伟大的事业；又感到自己很渺小，渺小是因为在整个航天大军和国家发展中我只是一个小人物。"作为飞船系统的"大管家"，尚志正用自己的言行和胸怀践行着孔夫子"其身正，不令而行"的深刻含义。尚志的一针一线把"神舟"文化绣进了五星红旗。

　　张柏楠于2004年1月从戚发轫手中接过总设计师的帅印。他率领"神舟"团队在不到两年的时间里，对飞船进行一番新的设计与改造，满足了"神舟六号"多人多天的要求，也让自己的航天历程焕发出新的风采。张柏楠认为，一个人如果能够从小培养起某种兴趣，那他就找到了未来快乐的方向。他说："飞船的工作对我来说是一种享受，而不是负担，也不是谋生的手段，对此我感到很知足。"张柏楠总设计师正是把自己追逐事业的快乐和兴趣绣进了五星红旗。

　　刘宇于2004年2月接任火箭系统总指挥，用他自己的话来说："当总指挥以后，连感冒都少了，这是因为有压力，要求你保持更好的状态，你身体应该更健康，不允许有感冒的时间。"他带领团队继续提升火箭的水平，在思想上、技术上和管理上不断创新，体现火箭研制生产的精细管理和科学有效。刘宇希望接下来把这个篇章谱写得更加精彩，他把火箭的呼啸和腾飞的壮丽绣进了五星红旗。

　　荆木春是刘竹生总设计师的继任者。2008年，荆木春和火箭团队全体人员将迎来"神舟七号"任务的大考。他们严格控制火箭质量，做到不带任何质量问题出厂，认真组织火箭各分系统、各岗位工作复查，不留任何隐患。令人欣慰的是，火箭来发射场之后未出现任何质量问题，这不能不说是火箭团队严格控制产品质量的结果。荆木春说，取得今天的成绩，应该有自己的努力和奋斗，但是，最重要的，若没有载人航天工程，就没有我们这一群人的成绩。载人航天工程与我们的人生密不可分。荆木春总设计师把金牌火箭的质量绣进了五星红旗。

　　空间应用系统总指挥高铭是载人航天工程七大系统"两总"人员中唯一的女性。她以执着的信念、坚强的品格和聪慧的头脑，在载人航天大军中为女性争得一席地位。从载人航天工程一名普通科技人员成长为总指挥，高铭做出了很多牺牲。然而，大舍必有大得，她收获的是精彩的事业和不同寻常的人生。高铭常说，我们每次任务要做到最好，要让全世界认识中国，中国要为世界科学的发展做出贡献。这也是空间应用系统全体科学工作者发自内心的声音。虽然远离针黹和女红，但高铭捏起针线还是具有不一样的风采，她把女性的干练与隽秀、美好的憧憬与希望，随着纤细白皙手指上的丝线绣进了五星红旗，也绣出自己的花样年华。

中国科学院院士、空间应用系统总设计师顾逸东是老一辈科技专家。在载人航天工程中，他代表的是科学家队伍。通过航天工程，人类逐渐开始了解神秘的太空，开发利用丰富的太空资源。中国载人航天工程"神舟"系列飞船，不仅把中国自己的航天员送上太空，用中国人的眼睛瞭望星空，俯视地球，更重要的是要和平利用太空，开发太空资源，让探索太空的成果走进千家万户，改变我们今天的生活和未来。应该说，空间应用系统的科学家们做到了。从微重力条件下的蛋白质结晶、通用生物培养和细胞融合实验，到地球物理学的大气密度探测、卷云探测和地球辐射探测，空间物理学的 X 射线探测、γ 射线探测，太阳物理学的紫外光谱监视，再到多模态微波遥感和国土资源详查等，无不浸透着科学家们的大量心血，也取得了丰硕的太空探索成果。顾逸东总设计师说，每一次"神舟"飞船发射，人们欢呼胜利的时候，我们的工作才刚刚开始。因为飞船轨道舱还要在太空运行半年，为了完成空间科学实验，我们丝毫不敢松懈。我们必须像康德一样，对头顶的苍穹永远充满敬畏。顾逸东总设计师把科学家的严谨求实以及取得的辉煌成果，丝丝缕缕绣进五星红旗，同时也为中国空间科学事业绣出一片光明。

我作为发射场系统总指挥，与发射中心刘克仁书记共同绣完一颗金灿灿的五星。发射场系统总设计师陆晋荣和测控通信系统副总设计师盛捷，都是发射中心培养的年轻科技专家，他们有知识、有朝气、有干劲，绣得更轻盈、更漂亮。回顾从"神舟一号"至"神舟六号"的发射过程，发射场积累了宝贵的经验教训，六艘飞船连续发射成功，来之不易。在载人航天这项具有探索性、试验性、社会性的高风险工程中，航天产品首先要质量过硬，发射系统也必须安全可靠，操作必须准确无误，保证产品不带隐患上天，千方百计发现问题，千方百计解决问题，千方百计防止人为差错，这是发射成功的基本要素，也是发射场的神圣职责。我们手中的绣线似乎很轻，但是肩上的责任很重。我们不仅要把酒泉卫星发射中心50来年的光荣传统和将士们创造的无数辉煌绣入五星红旗，还要为发射中心绣出美好的发展前景。

闪烁着工程"两总"人员忠诚和智慧的五星红旗被庄重地装入飞船返回舱，它将伴随中国航天员遨游九霄，历经太空洗礼，变得更加灿烂无比。在这面旗帜下，阔步行进着一支队伍，他们特别能吃苦，特别能战斗，特别能攻关，特别能奉献。

六、祖国，航天，永恒的主旋律

弱水潺湲，胡杨婆娑，秋天的脚步走进戈壁大漠。大漠的秋天，梨黄了，枣红了，葡萄紫了，哈密瓜熟了，好一派醉人的塞外美景。

秋风是歌，秋露是酒，迎接中央电视台"心连心"艺术团来到航天城。艺术团带着全国人民的祝愿和期盼，为即将出征的航天勇士壮威，为即将升空的"神舟七号"飞船送行。

艺术团阵容庞大，星光灿烂。著名歌唱家郭兰英、郁钧剑、殷秀梅、韦唯赫然在列，中央电视台节目主持人赵忠祥、董卿、李瑞英、朱军、朱迅出现在我们面前，著名京剧表演艺术家李维康、耿其昌、孟广禄、袁慧琴笑容可掬地向我们走来，还有刚刚获得北京奥运会冠军的军队选手廖辉、肖钦、陈燮霞等也随团光临。航天城张开热情的怀抱，拥抱尊敬的人民艺术家和为国争光的奥运健儿，盼他们在航天城一展歌喉，一展风采。

航天城的将士们近距离观看艺术界明星的精彩演出，明星们近距离接触神奇的航天。艺术团成员怀着极大的热情和好奇参观载人航天发射场，他们惊叹运载火箭的巨大巍峨，感慨大漠雄浑、弱水苍凉，更深刻体会航天人默默吃苦奉献的精神品格。

演出现场热烈隆重，就在东风大道临时搭起的舞台上，高高悬挂着"神七再圆飞天梦，东风又奏和平曲""大漠凌云志，航天中国心"大幅彩条，硕大的红色气球飘浮在上空，一派祥和喜庆的气象。

歌手韩磊一曲《我爱你，中国》唱得声情并茂，唱得航天人激情满怀；香港著名歌手张明敏一曲《我的中国心》唱出全体中华儿女的共同心声，也唱出航天人对祖国的忠诚；李维康、耿其昌、孟广禄、袁慧琴四位京剧表演艺术家演唱的《我是中国人》，唱出了身为中华儿女的自豪感和责任感；歌唱家郭兰英演唱的《我的祖国》更是响遏行云，热情飞扬……

著名演员王刚和节目主持人李瑞英朗诵的《胡杨颂》，深深打动了守望戈壁50来年的航天城。半个世纪以来，一代代航天将士扎根戈壁，矢志航天，用成功报效祖国，用卓越铸就辉煌，航天人犹似"一千年不死，一千年不倒，一千年不朽"的戈壁胡杨，顽强地战斗在这片荒无人迹的大漠上，创造了中国航天发射史上一个又一个奇迹。牺牲、奉献，正是大漠官兵高贵的品格，我们无愧于祖国和人民，不愧为不朽的胡杨之魂。

跟随中央电视台"心连心"艺术团的脚步，中央和地方各大新闻媒体纷至沓来，采访和报道"神舟七号"载人航天飞行任务，宣传载人航天发射场。其中，中央电视台的白岩松在发射中心搭起《新闻1＋1》直播间，李小萌、董倩带来专题摄制组，还有众多文字记者、摄像记者，熙熙攘攘，热闹异常。他们采访参与发射任务的各大系统，采访"两总"人员，报道任务进展，制作人物专题片。一时间，支持新闻媒体采访成为发射中心的重要政治任务。除了报道"神舟七号"任务之外，就连发射中心的蔬菜大棚、街头绿化，牛、鸡、鱼的养殖，等等，也成为记者们津津乐道的内容。这是我们发射中心的荣耀。当然，在繁忙的工作之余，我也配合完成了诸多采访任务。不为别的，只为宣传载人航天精神，宣传酒泉卫星发射中心，宣传我们默默无闻、无私奉献的航天人。

在李小萌录制的专题节目中，我回答了主持人提出的问题：发射中心如何实现从卫星发射到载人发射的转变？

李小萌：酒泉卫星发射中心以前是一个卫星发射场，现在变成载人航天发射场，您感觉这中间最大的转变是什么？

崔吉俊：最大的转变是提高了我们发射中心的载人意识。载人发射和卫星发射最大的区别就是载人。载人发射质量要求非常高，成功率要高，可靠性要高，我们承担的责任更大。不管是我们的组织指挥、测试操作，还是我们的跟踪测量、技术勤务保障，都应该有一流的工作质量，才能够满足载人航天发射的需要。

李小萌：这种转变是从什么时候开始的？做了哪些具体调整和安排？

崔吉俊：从卫星发射向载人航天发射的转变，我们的准备工作，大概从1994年就开始了。因为1994年载人航天发射场开始启动建设，发射中心的科技队伍也是从这个时候开始组建，开始跟踪学习，掌握载人航天发射技术，包括设施设备的安装调试和操作，开始技术储备。

李小萌：具体到一个岗位，一个人，这种转变有多大？

崔吉俊：还是比较大的。我想有这么几个方面。第一个是我们的试验作风，对于载人航天发射来说，人命关天，质量第一，我们的每一项测试，每一个操作动作，都与航天员的安全密切相关，容不得半点疏忽；测试发射中试验作风的一些把握，应该说比过去要严格得多。第二个是对产品的质量控制更严。过去发射卫星，即使到了临射前产品出现故障，只要更换一台合格的备份，就可以继续实施发射。载人航天发射就不允许了，必须彻底归零，才能放行。第三个是规章制度落实更严。在载人航天发射任务中，我们制定和完善了大量规章制度，方案预案几十个，每一个方案预案都要仔细讨论，反复演练，确保落到实处。正是有了这些转变，才保证了"神舟"飞船的次次成功。

在《面对面》节目中，录下了我与主持人董倩就航天发射计划与质量的一段对话。

董倩：协调各系统之间的工作需要技术，更需要艺术，您是如何做到的？

崔吉俊：发射场系统是发射场区任务指挥部指挥长单位，我们要制定航天产品进场以后的测试发射工艺流程，并负责监督执行。对于飞船系统的测试，我们并不承担一岗操作，但是要为其制订计划，也要提供技术保障，这些看起来简单，但要求很高。自从航天产品来到发射场，所有系统的工作都要同步进行，时间上要严丝合缝，谁也不耽误谁，谁也不等谁。协调各系统计划安排上有时会有矛盾，要合情合理地解决，这是发射场系统的责任。譬如，飞船在总装测试厂房完成各项测试后，要转入飞船加注厂房，实施推进剂加注，扣整流罩，而扣整流罩又是火箭系统的一项工作。火箭系统当然希望飞船早点转过来，给自己留有更多的工作时间，而飞船系统觉得提前向外转自己的工作就得抓紧，就得加班加点，这就是矛盾。这时候要求我们发射场系统进行协调，找两个系统合理地排一排计划，或者取一个中间值，科学合理地制订一个各系统都能接受的计划，最后达成理想的结果。涉及计划上的变更，两个系统接口间的工作，时间上的安排，这次任务做得非常圆满。我觉得这是指挥技术和艺术的结合。

董倩：艺术体现在什么地方？

崔吉俊：艺术嘛，我觉得作为指挥长单位，首先要大度，要真诚，大度和真诚也是艺术。要真正获得其他系统的信任，让他们觉得你确实在为整个任务考虑，而不是出于任何私心杂念。有时候，我要求我们发射场必须做出牺牲，我们该吃苦时就吃苦，该加班时就加班，甚至受点委屈。这是大度的艺术，就是这样。

董倩：质量问题应当是各个系统自己的事情，进入到你们发射场，你们把的是哪道关？

崔吉俊：从原则上说，应该是各个系统各自解决自己的质量问题，但是，我们发射场区任务指挥部对各个系统的质量问题都要进行约束，组织归零处理，要做到质量问题透明管理，而不仅仅在自己系统内部解决就算完了。任务指挥部下设质量控制小组，由各个系统技术人员组成，所有的质量问题，都要由质量控制小组进行复核。所以，我把发射场区任务指挥部的主要职责归纳为两件事，一是控制计划，二是控制质量。

在中央电视台《新闻1＋1》直播节目中，我与主持人白岩松畅谈了东风航天城的建设，从发射中心的生态建设聊到自由市场，从场区的社会管理聊到子女教育，从发射任务之外的另一个侧面展现了酒泉卫星发射中心的风貌。

白岩松说："发射中心的管理，给外来人的印象就是一个普通的城镇，你们内部可能很严肃，但外部丝毫看不出来，该有啥都有啥。这种社会化的成分是有意识培养的吗？"

我回答说："发射中心人员比较多，既有工程技术人员，又有职工和家属。除了任务之外，还要分出一定精力处理这些社会生活上的事情。我们确实有意识地把航天城建设得更加和谐、更加祥和、更加丰富多彩。"

白岩松好奇地问："发射中心既是执行重大任务的严肃的基地，同时又是普通社会生活的场所，这两者在管理上最大的挑战是什么？"我回答说两者在管理上肯定有一定差别。作为执行重大发射任务主体的科技队伍，在管理上应遵循"严、慎、细、实"的原则，要有精湛的技术、良好的作风，才能保证每次重大发射任务圆满成功。然而，对于职工、家属社会层面的管理要相对宽松，我们有社会服务部这样一个组织机构，其中包括公安局、教育局、广播电视局、工商局等，一般的社会化机构我们航天城都有，由他们维护社会生活正常秩序。

同样，在中央电视台新闻频道《神七问天》直播节目中，主持人海霞也提到了类似的问题。她说："酒泉卫星发射中心已走过50年

通往发射场的道路充满绿色、充满生机

的历程，发生了翻天覆地的变化，我们都很好奇，当年这里是什么模样呢？"

我结合自己的亲身经历回答说："当年我刚来到这里时环境还是比较艰苦的，不管是试验条件还是生活条件，都比较落后。生活上能够满足基本需求，但谈不上舒适，这也是由当时国家的经济实力和综合国力所决定的。我印象最深的是，7月初能吃到第一根黄瓜，8月初能吃到第一个西红柿，到10月中旬新鲜蔬菜就没了。我们这里冬季比较漫长，吃的就是白菜、萝卜、土豆'老三样'。就是这么个条件。"

海霞接着说："我们记者看到市场上进来那么多新鲜蔬菜……"

我打断了海霞的话："可不是进来的蔬菜，现在我们吃的蔬菜大都是自己种植的，一年四季，夏天是大田，冬天是大棚，茄子、辣椒、黄瓜、西红柿，样样都有，已经没了季节之分，而且还特别环保、绿色，无任何污染。内地来的人吃了我们的蔬菜都说，这才是真正的黄瓜味、西红柿味，是儿时的味道。"

我接着说下去："过去大家的业余生活也就是打打篮球、乒乓球，那时收音机都很少。现在业余生活丰富多了，体育馆、游泳馆、游乐场，一应俱全。我们的游泳馆设备非常完善，条件很好，一年四季对科技人员及家属开放，戏水畅游。体育馆可以同时开展各种球类活动。"我总结了一下：这些变化得益于党和国家对我们的关心，得益于改革开放的成果，是几代航天人艰苦奋斗、流血流汗换来的，是他们"献了青春献终身，献了终身献子孙""死在戈壁滩，埋在青山头"的生命付出。我们每个人都是其中的一分子，和大家一块儿为航天城建设添砖加瓦，贡献一份力量。

海霞的直播节目结束时，她邀请我在《神七问天》节目墙上签名留念。我郑重地写下自己的名字，这是自己从事载人航天工程的一份光荣，更是一份沉甸甸的责任。

七、走开吧，不合时节的秋雨

9月20日14时，经任务指挥部批准，"神舟七号"船—箭—塔组合体转到发射工位，就位后，活动发射台对中锁定，发射区工作随即按计划展开。

自然，人们非常关注未来几天的气象情况，是否会影响发射区的工作和发射实施。令人不安的是，气象室预报，9月20日夜间就有一场明显的降雨过程，这给发射区工作带来许多不便和麻烦。不合时节的秋雨，偏偏这个时候来到发射场！

如果大雨淋坏了发射设备或飞船、火箭的要害部位，将会影响到发射区的测试和发射准备，后果不堪设想。按照事先拟订的防雨应急预案，人们在发射工位上忙碌起来。

直接受环境影响的是火箭系统。因此，火箭系统总指挥刘宇提出，希望在逃逸塔顶端搭一个防雨棚，这样可以非常安全地为船—箭—塔遮住风雨。但是这个方案过于复杂和庞大，受到塔架上设施设备的干扰，不便于实施。鉴于此，地面设备营的战士们，用宽12米、长60米的两块塑料布，以十字交叉的方式，从逃逸塔顶端一直搭接到与飞船的对接面。塔架上的其他部位也采取了相应的防雨措施。只要不是狂风暴雨，应该比较安全了。

午夜1时30分钟左右，大雨如期而至。虽然发射场已经采取了上述防雨措施，然而秋季罕见的大雨还是出乎人们的预料。

凌晨4时左右，我被外面逐渐加大的雨声惊醒，顿时睡意全无。尽管晚上对发射塔架的防雨措施已详细检查过，但忽紧忽慢的雨声还是令我担心起来。我赶忙起床穿衣，叫来司机，乘上汽车冲开雨帘向发射场奔去。

发射塔下，发射测试站王军副站长正带着地面设备营的官兵在忙活，看来他们一夜都没休息。此时，雨还在哗哗地下，发射场坪上水流成洼，穿着鞋走过去，水立刻漫过脚面，灌满了鞋里。另外，风也比较大，把雨斜吹着往塔架上打，而且风向也不稳定，忽左忽右，雨被吹得不断变换方向，似乎在寻找塔架的缝隙往里钻。

雨水中，王军副站长陪着我从上到下检查了一遍。来到塔架14层平台，这里是与逃逸塔对应（对齐）的地方。当时的塔架此段没有封闭，只在此段向下有彩钢板密封处理。我看到暴露在外的逃逸塔用塑料布紧紧地包裹着，一直延伸到与飞船的对接面，很安全，稍微宽心一些。检查到对接面时，从塑料布搭接处突然冒出一股水流，吓得王军赶紧用手去接，幸好下面飞船段也有塑料布保护，未对产品造成影响。王军喊来几名战士赶紧加固，任何部位都不能漏雨。下到助推火箭密封间，由于横截面增大，密封间的密封效果不是很好，多处有雨水进入，在塑料布搭接部位接水的十几个水桶滴滴答答响个不停，但是这些部位离火箭距离还较远，不会浸湿火箭。

王军对我说，夜间1时30分雨就淅淅沥沥下起来了。总装备部司令部牛红光参谋长带着五六个人检查了一圈，对防雨情况比较满意，向我们交代几句就离开了。他们走后，我们值班人员又逐层检查一遍。大约3时30分，火箭试验队的人陪同航天科技集团公司的领导来了，他们也不放心，要亲眼看一看防雨情况。没想到雨越下越大，真的出乎我们意料。

下到塔架底层，眼前白茫茫一片。我对王军说："防雨措施基本可靠，但还是有漏洞，你们再调些人力，各层布防，严防死守，绝不能出现问题。"

此时已是凌晨6时，天已微亮。不知飞船和火箭在风雨交加的秋夜是否"睡"得安稳,但我知道王军和地面设备营的官兵肯定是一夜未眠。秋雨妩媚,总想与火箭悄悄接近,但是,这里不需要你的情话缠绵;秋雨狡黠,总想与飞船偷偷亲吻,但是,这个夜晚不欢迎你的温存。走开吧,不合时节的秋雨!

随后,王军又调来人员,对防雨薄弱环节进一步加固,塔架每层定位三四人,严密监视。雨夜里,他们揉着惺忪的眼睛,重又抖擞起精神来,俨然一尊尊火箭和飞船的守护神。

上午8时,雨渐渐停息,但是空中依然布满厚厚的云层,随时都有降雨的可能,防雨工作时刻不敢松懈。

9月23日,发射测试站工程师们测量火箭系统逃逸塔抛塔装置绝缘电阻,这是火箭加注前最后一次测量火工品回路阻值。此项测试的目的是检查抛塔输出控制点与正、负母线有无误接通情况,防止飞行时误发逃逸塔分离指令。测试方式是测量箭上213插座上具体两点之间的绝缘阻值。结果出来了,大家吃了一惊,两点的绝缘阻值为1.05兆欧,距10兆欧的理论值相差很远。后来,火箭设计师提出断开遥测分系统某个插头后重新测量,结果正确。但是,为什么要断开这个插头呢?设计师们所写的测试细则中并没有这项要求啊!

晚上,在发射工位的会议室召开会议,专门讨论这个问题,希望设计师们能把这个现象解释清楚。担任一岗测试的发射测试站技术人员坚持认为过去几次任务的测量从未断开过遥测分系统插头,而本次任务的测试细则也没有明确这个状态,怀疑有内在原因。

一位设计师试图解释,他从测试原理讲到测试方法,又画出测试电路,但是总不提及测试状态变化这个实质问题。讲的人口干舌燥,听的人云里雾里;讲的人没有讲清楚,听的人没有听明白。一岗测试人员与二岗设计师们争执起来。

我也参加了这次讨论会,见此情景,要求发射测试站人员找出过去几次任务的测试记录进行比对。王军副站长立刻到资料室查找资料。不多会儿返回，很沮丧地说，这种功能性测试项目，只要正常，就不会留下测试记录。

大家又争论起来。

我颇为生气和不满。对发射测试站不满是因为他们工作不够规范，为什么历次测试不留记录，关键时刻找不到比对数据；对设计师系统不满，为什么不能直面问题。如果测试细则不完善，有漏项，补一张通知单就可以了，用不着兜圈子。也许大家心里都清楚，出一张状态更改通知单是要负责任的，因为那是差错所致。

最后，在发射场区任务指挥部的发射准备情况汇报中，火箭系统对此问题是这样描述的：经分析验证，绝缘阻值大于10兆欧是在不连接短路插头状态下的阻值要求，超差现象是测试细则对短路插头连接状态表述不够清楚造成的。在连接短路插头状态下，被测两点绝缘电阻实测值为1.05兆欧，与理论计算一致，属正常现象。注意，这段描述并未涉及遥测分系统的插头是否应该断开，似乎有些模糊。

对此，发射测试站副站长李兵回忆说：

> 这件事给了我两个教训：一是功能性测试也必须做记录；二是学习要细心，把产品细节搞清楚。目前状态下（"神舟七号"之后的发射任务），遥测分系统插头不需要断开了，而测量结果却又正常。当时"神舟七号"任务的遥测分系统到底有什么不一样，现在是一个谜了。

是的，这是一个像当年的秋雨一样扑朔迷离的谜。几天来，发射场上空始终阴云不散，雨下一阵，停一阵，地面设备营的战士们昼夜坚守在塔架上严阵以待，生怕有丝毫闪失。其间，火箭系统总指挥刘宇几次问我防雨棚怎么没搭起来呀，我理亏，曾经承诺的防雨措施没有落实，总觉得亏欠刘宇一座防雨棚。

八、茫茫太空留下中国人一串闪光的足迹

9月24日17时，已由工程最高决策层明确出征太空的三名航天员翟志刚、刘伯明、景海鹏，在酒泉卫星发射中心问天阁与记者见面，蜂拥而至的媒体记者挤满了会见厅。

有记者问："与'神舟六号'相比，'神舟七号'任务更加艰巨复杂，将进行我国首次太空出舱活动。请问你们如何看待这次使命？"

翟志刚神情自若地回答："从'神舟六号'到'神舟七号'不是简单的数字递增，而是中国载人航天的一次新突破、新跨越，是一次具有历史意义的光荣使命。作为中国航天员，能够代表祖国出征太空，是我们最大的心愿，也是我们最大的荣耀。请祖国和人民放心，我们已做好充分的身体、心理和技术准备。"

接着有记者问刘伯明："'神舟七号'任务是我国历次载人航天飞行人数最多的一次。你们三人在执行任务时如何分工？如何确保三人能够互相协调、配合默契地完成太空行走任务？"

刘伯明巧妙地回答道："我们是一个团队，具体分工是一人出舱，一人在轨道舱协助，一人在返回舱值班支持。我和志刚、海鹏在十多年的学习和训练中，特别是在'神舟七号'训练中，结下了深厚的友谊，形成了高度的默契。这次任务中，我们一定会互相关心、相互支持、互相鼓励、团结一致、密切配合，完成任务。"

最后，记者提问："2008年是我国极不平凡的一年。从艰苦卓绝的抗震救灾，到成功举办北京奥运会，让全世界再一次见证了中国人的团结、坚韧和创造力。现在，标志着中国人又一伟大创举的'神舟

"神舟七号"航天员翟志刚（中）、刘伯明（右）、景海鹏（左）报告出征

七号'即将发射,请问此时此刻你们有什么感受?想对全国人民说些什么?"

这次轮到了景海鹏作答,他坚定地说:"我相信,全世界人民都对北京奥运会开幕式那29个大脚印记忆犹新。这一次,我们有信心、有决心、有能力在太空走出中国人的第一步。"景海鹏回答得铿锵有力,人群里响起掌声。

9月25日中午,胡锦涛总书记和其他领导人亲临发射场,坐镇指挥"神舟七号"发射任务。这是胡锦涛总书记第二次来到发射中心,为即将出征的航天员壮行。下午,胡锦涛总书记不顾旅途劳顿,立即出席会议,听取"神舟七号"载人航天飞行任务有关情况汇报。胡锦涛总书记充分肯定了各参研参试部门和单位为完成"神舟七号"载人航天飞行任务所做的大量准备工作。他说,现在,任务准备已全部就绪,飞船发射已进入倒计时。希望大家以勇攀高峰的昂扬斗志、严谨细致的科学作风、沉着冷静的良好心态、顾全大局的协作精神,精心组织、精心指挥、精心实施,胜利实现"准确入轨、正常运行,出舱活动圆满、安全健康返回"的任务目标,再创我国载人航天事业的新辉煌。*

17时30分,航天员出征仪式在问天阁举行。胡锦涛总书记来到这里,亲切看望即将执行任务的三名航天员。胡锦涛总书记的亲切问候和鼓励,为三名航天员注入完成任务的强大动力。胡锦涛总书记微笑着向航天员挥手致意,目送他们离开问天阁。

广场上,送行的人群欢声如潮。载人航天工程总指挥常万全上将一声"出发",三名航天员举手敬礼,雄赳赳登车前往发射场,进入飞船,做最后的飞行准备。

此时,0号指挥员郭忠来和他的同事们已经在这里工作了近8小时。这是郭忠来第一次担任0号指挥员,为了这一天,他早做好了精心准

---

* "神舟七号"载人飞船发射成功.人民日报,2008-09-26（1）.

备。发射前夕，他反而显得很轻松。发射前他把自己的身体素质调整到最好，心理素质也调整到最好，没有任何紧张的感觉。

21时，郭忠来准时下达"点火"口令。

火箭托举着"神舟七号"飞船呼啸而起。583秒后，飞船准确进入预定轨道。常万全总指挥在东风飞行控制中心向全中国和全世界高兴地宣布了这一特大喜讯。

根据计划安排，27日16时30分，航天员翟志刚将开始出舱活动。16时35分，身着白色"飞天"舱外航天服的翟志刚，开始慢慢旋拧轨道舱舱门。这个简单的动作，由于太空失重和真空环境的影响，显得沉重而缓慢。

一次，两次，舱门几次略微震动后又关闭，似乎考验着翟志刚的毅力。16时41分，轨道舱舱门终于打开。翟志刚费尽周折正准备出舱，耳机里突然传来轨道舱失火的报警声。如果发生险情，就意味着三位航天员无法返回地面。然而，失火的报警声并没有让准备出舱的翟志刚停下来。翟志刚缓缓地把头探出舱外，把两个安全挂钩依次固定在舱外的扶手上。随后翟志刚轻飘飘地"飞"出舱外，置身于浩瀚宇宙之中。

这注定是一个具有里程碑意义的伟大时刻，这将是中国人永远铭记的历史瞬间。2008年9月27日16时44分，那一年，那一月，那一日，那一刻，宇宙寂静无声，大地寂静无声，都在聆听一个从太空、从五千年历史深处传来的声音："我已出舱，感觉良好！'神舟七号'向全国人民、向全世界人民问好！请祖国人民放心，我们坚决完成任务！"中国航天员的声音，翟志刚的声音，如同当年"东方红一号"卫星播放的乐曲，响彻茫茫宇宙。

16时53分，刘伯明身着"海鹰"舱外航天服将身体探出舱外，把一面五星红旗递给翟志刚。翟志刚接过五星红旗，在太空尽情挥舞，这一神圣时刻通过电视直播传遍了全世界。太空做证，星辰做证，勇敢智慧的中国人在宇宙留下的第一串脚印，金光闪闪，永不褪色。这一画面将会永久地定格在中华人民共和国的航天史册里，定格在人类征服太空的壮丽征程中。

随后，翟志刚敏捷地取下空间应用系统在舱外做搭载实验的固体润滑材料和太阳能电池试样，刘伯明接住放回轨道舱。

17时许，翟志刚结束出舱活动返回轨道舱，关闭舱门，舱内复压。

19时24分，"神舟七号"飞船飞过31圈，在智利圣地亚哥站测控弧度内，成功释放出伴飞卫星。20分钟内，伴飞卫星获取1680余幅对飞船清晰的观测照片。20分钟视频和拍照试验后，伴飞卫星相对飞船逐渐远离。当飞船返回舱返回时刻，伴飞卫星距飞船轨道舱约400千米。十天内通过轨道控制，伴飞卫星完成了对400千米外轨道舱的接近，接近至4千米的范围内，并形成连续70圈的绕飞保持。

伴飞卫星的成功释放和绕飞，标志着我国航天测控通信技术首次实现对多目标的同时测量和控制。

翟志刚、刘伯明、景海鹏三位航天员返回地面后，发射中心电视台对他们进行了跟踪采访。

翟志刚说："马上就要出舱了，听到报警声，我没有任何犹豫。我知道那时正全球直播，全国人民都在看着我们，必须完成任务。"

就在舱内配合翟志刚出舱活动的刘伯明和景海鹏，那时也显得十分镇静。

刘伯明说："当时心里也是有一种很悲壮的感觉。我把国旗递过去（半个身子探入太空），思想很单纯，就是想，即使我们回不去了，也要把五星红旗插在太空，保留永恒的瞬间。"

景海鹏说："完成中国人的首次太空行走，要让五星红旗高高飘扬，这是最终目的。当时我们就是这么想的，首先要把五星红旗亮出来，要展示出来。"

万幸的是，轨道舱火警只是一个误报。虽然虚惊一场，但是三位

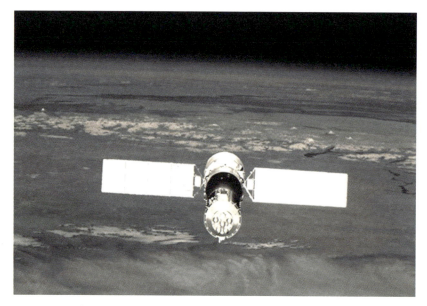

伴飞卫星拍摄的"神舟七号"飞船在太空中的飞行姿态

航天员从容镇定的神情，给电视机前亿万观众留下了英雄大无畏的深刻印象。

"神舟七号"返回舱9月28日成功着陆后，国外媒体第一时间对此进行了积极的报道，认为中国航天计划又向前迈出了一大步。

瑞典瑞通社说，中国成为继苏联和美国之后第三个完成人类太空漫步的国家，这标志着中国成功地向太空强国迈出了一步。

法国新闻台认为，中国通过航天员的首次太空行走，实现了历史性突破。

日本共同社说，作为中国改革开放30周年的成果，"神舟七号"再次向世界展示了中国的形象。

28日出版的美国《华盛顿邮报》和《纽约时报》称"第一次太空行走是中国太空探索项目的又一个里程碑"，"这只是中国朝着建立空间站目标迈出的第一步"。

是的，从1965年3月18日苏联航天员列昂诺夫太空行走12分钟，到1965年6月3日美国宇航员爱德华·H.怀特太空漫步21分钟，中国人自强不息，默默奋斗，终于攀上太空漫步这座高峰。

是的，翟志刚在太空仅仅迈出了一小步，但中国在世界却迈出了一大步。这是一段奋斗不息的历程，这是一个正在崛起的民族。这一步，使我们伟大祖国登上世界舞台的高处；这一步，引领民族复兴的大军昂首阔步，我们前进的步伐谁也不能阻挡。

中华民族在世界历史发展长河里曾留下一串串闪光的足迹，这是全体中华儿女的光荣和骄傲；今天，在征服宇宙的进程中，中国人在太空留下的足迹，足以证明中华民族具有一往无前的精神，具有无与伦比的智慧和勇敢，定会克服一切困难，到达胜利的彼岸。

展翅欲飞

"神舟八号"：

万里追吻，筑梦"天宫"

空间交会对接是指两个航天器于同一时间在轨道同一位置会合并在结构上连接成一个整体。空间交会对接技术是载人航天发展不可逾越的必由之路，也是研制建设载人空间站不可或缺的基本前提。为实现两个航天器交会对接，需要研制追踪飞行器和目标飞行器，具备高精度相对测量能力以及自动和手动交会对接能力，需要提高运载火箭入轨精度，具备对两个航天器同时测控及高精度远距离引导能力。

无人航天器自动交会对接首先由苏联于1967年实现，其后11年的时间里，苏联先后在第一代和第二代空间站进行的交会对接活动不下70次。苏联"和平"号空间站从1986年2月发射到2001年3月坠毁，与各类航天器实施交会对接达30多次。

美国的空间交会对接技术开始于"阿波罗"飞船登月计划。为运送和接回空间实验室中的航天员，美国于1973年先后发射了三艘"阿波罗"飞船与太空实验室交会对接。航天飞机和在轨组装的国际空间站交会对接是美国交会对接最大的工程项目。自1998年至2006年，航天飞机共完成20次与国际空间站的交会对接。

突破和掌握空间交会对接技术，对于推进我国载人航天工程"三步走"的战略目标至关重要。我们的目标飞行器命名为"天宫一号"，它是天空实验室的一个雏形；我们的追踪飞行器是"神舟"系列飞船改进后的航天器，仍然称为"神舟"飞船。

接下来，让我们寻踪中国人筑梦"天宫"的历程。

一、发射中心两只翅膀都要硬，才能
飞得高、飞得远

　　戈壁深处的航天城，周围几无人烟，从地理位置上来说，与繁华的外部世界似乎相距甚远。然而，由于现代社会信息渠道的畅通和快速，"万花筒"似的外部世界也无时无刻不在影响着航天城，影响着生活在大漠深处从事航天事业的这群人的思想和行为。航天城也不甘寂寞，入夜霓虹闪烁，广场上音乐声起，女人们跟着音乐节奏翩翩起舞；还有一些人在夜幕的掩饰下，脱下军装，走进应酬场所，喝酒唱歌，没有节制。各种社会影响在航天城里碰撞，衍生出健康或不健康的氛围。

　　不节制的活动和不健康的场所影响航天发射队伍，尤其是领导干部队伍，侵蚀着航天城原本健康的肌体，也有可能损毁航天城誉满全国的名声。这对于伟大的载人航天事业，对于这个具有光荣传统的发射部队群体，当属于不应沾有的作风和恶习。也有现象表明，一些人的不健康活动已影响到交会对接任务准备和日常工作，他们眼睛红肿，精神恍惚，会上打瞌睡，汇报问题语无伦次。若不下大力气抓好队伍的作风建设，势必会直接影响交会对接任务的准备与实施。

　　一定要找一个合适的机会，痛下决心整治这种作风！

　　2010年全军政治教育的内容是党建理论学习。着眼建设坚强有力、奋发有为的领导班子，建设党性好、能力强、作风实、形象正的领导干部队伍，集中研究发射中心党的建设面临的新情况和新问题，十分重要，也非常必要。发射中心党委安排中层以上领导干部参加的党建理论轮训班于5月10日在兰州办事处开训。按照计划，5月11日由我为轮训班进行题为"大兴艰苦奋斗之风，树立勤俭创业的良好形象"的授课。

授课稿共分三部分内容，分别为艰苦奋斗精神的时代内涵、弘扬艰苦奋斗优良作风的现实意义和新形势下如何保持与发扬艰苦奋斗的优良作风。

首先，我和大家共同学习了"艰苦奋斗"这个词所涵盖的基本内容。艰苦奋斗作为一个历史的、发展的概念，在不同时代必然有不同的时代内涵。从古代的夸父逐日、精卫填海、愚公移山、卧薪尝胆、悬梁刺股等典故，讲到革命战争年代的一不怕苦二不怕死、冲锋陷阵、勇敢杀敌；从新中国成立初期的艰苦朴素、勤俭节约、脚踏实地、埋头苦干，讲到改革开放取得巨大成果的今天，艰苦奋斗已不单纯是个经济概念，也不仅仅是一种工作和生活作风，更表现为一种精神力量，一种科学发展和创业的动力，是党员干部党性修养的重要体现。

当讲到第三部分"新形势下如何保持与发扬艰苦奋斗的优良作风"时，我干脆脱稿把自己最近调查发现的一些情况一股脑儿抛了出来：

> 发射中心目前有两种不良现象最为突出，一是喝酒，二是唱歌。喝酒喝到醉，唱歌唱通宵，而且大都是公款消费，严重影响了部队的正常工作秩序，影响了载人航天发射任务的准备工作，影响了干部的工作精力。据我掌握的信息，喝酒唱歌的人有不少是部站领导和机关干部。即使酒是自己花钱买的，也应该珍惜自己的身体。歌厅都是暴利行业，两三块钱的一小瓶啤酒，在歌厅里要卖二三十元，这是慷国家之慨，慷集体之慨，用公家的钱为自己套关系、送人情。长此下去，我们的干部就会一批批倒在酒场上，倒在歌厅里。不刹住此风，发射中心不得安宁！大家想一想，小小航天城竟然养着16家歌厅，这个现象正常吗？人家开

歌厅我们管不住，但是管住我们的领导不去这些场所，是我们的责任。

今后机关有关部门一定要加大检查监督力度，一旦发现，定要严肃处理。希望各位领导干部身体力行，模范带头，从我做起，改变这种不正常的局面。

最后，我引用胡锦涛总书记的一段话结束授课："一个没有艰苦奋斗精神作支撑的民族，是难以自立自强的；一个没有艰苦奋斗精神作支撑的国家，是难以发展进步的；一个没有艰苦奋斗精神作支撑的政党，是难以兴旺发达的。"

同样，一支没有艰苦奋斗精神作支撑的发射部队，是难以创造航天辉煌的。

我在兰州授课中对这些现象的批评，很快传到了航天城。没有任何传达讨论，但是大部分人显然都已知晓，尤其是有关业务部门，迅速加大对涉及娱乐场所人员的监管检查力度，对歌厅进行整治。

一天晚上，我的手机收到一条短信，大意是："自从你限制大家唱歌以来，我们歌厅经营受到很大影响，收入明显减少。办歌厅是合法的，我们有正当手续。大家在繁忙的试验任务和工作之余，来歌厅消遣，缓解了紧张情绪和精神疲劳。我们也在为发射中心接待上级机关和兄弟单位提供条件，实际上也是间接为航天任务做贡献。"最后笔锋一转，对我进行攻击："你那和蔼可亲的形象离我们远去了，完全是一副狰狞的面孔……"

对于这类短信，无须解释，无须辩论，也无须生气。

庆幸的是，经过几个回合的较量，在领导机关的通力合作管控下，歌厅门庭逐渐清冷，酗酒现象也得到一定控制，领导干部和机关队伍的精神面貌有了很大改观，大家抓工作和任务准备的劲头更大了，精力更集中了，呈现出好的发展趋势。干部队伍作风建设，抓与不抓，效果大不一样。

与此同时，发射中心专业技术队伍的建设步伐也在不断加快。自从1996年发射中心提出"184人才工程"计划以来，人才培养取得了很大成就，培养对象在载人航天发射及其他科研试验任务中发挥了重要作用。但是，由于遴选对象几经更换，入库名单出出进进，也在一定程度上制约了人才培养的系统性和连续性。

发射中心提出的"184人才工程"瞄准的是载人飞船任务测试发射和测量控制人才之急需，没有大批专业技术人才，尤其是领军人才，完成如此繁重的发射任务是不可想象的。发射中心老主任李凤洲曾回忆说："184这个数不是随心所欲定下来的，也不是靠主观愿望定下来的，而是根据发射中心的专业、任务、各部站在任务中的分工和人才结构而定下来的，使之能够满足任务需求。应该说这对各个层次、各个岗位而言，都是比较合理的一个结构。"

面对当前和未来一段时间载人航天发射和其他大型科研试验任务，有必要对人才培养对象，尤其是第一层次培养对象，实施全面考核与验收，使他们以发射中心技术专家身份投入交会对接任务中，发挥积极作用。此时，验收条件已经成熟或接近成熟。

第一层次培养对象有20名左右，通过考核与验收，从中选出十余名技术专家，成为发射中心总体型、创新型技术领军人才，可以从根本上突破影响部队发展的人才"瓶颈"。

2010年11月初，发射中心组织首次考核与验收。考核小组由发射中心领导和有关业务部门人员组成。被考核人员详细汇报自选入第一层次培养对象以来所从事的技术工作，参加的各项科研试验任务及所取得的成就，包括所获科技成果、发表论文、出版专著等。考核小组对其述职提问，对相关问题进行核实，结合被考核对象所从事的专业，或者基于未来发展，提出令其思考的深层次技术问题。考核会场既严肃又活泼，既紧张又轻松，是一场深刻生动的学术技术交流活动，是对发射中心十余年来人才队伍建设的检阅，人才培养成果的展览。

会后，机关职能部门全面梳理考核情况，从政治思想、能力素质、学术技术成果诸方面，对考核对象给出综合评定，最后确定陆晋荣、盛捷、王福通、周韶斌、王金安、王家伍、刘国良、郑永煌、陈德明、郎定川、李国顺、张荣杰12名同志为发射中心技术专家。

2010年年终总结表彰大会上，第一道程序就是为以上12名同志颁发技术专家荣誉证书。他们身披"发射中心技术专家"红色绶带，脸上挂满灿烂的笑容，神采奕奕地走上领奖台，接过证书，接过鲜花。这是大漠盛开的科技之花，是拼搏奉献的荣誉之花。

翻开陆晋荣的履历，我们看到一串跋涉的足迹。陆晋荣时任发射中心总工程师、载人航天工程发射场系统总设计师，是航天工程测试发射专家，1997年入选国家"百千万人才工程"。在长期工作实践中，陆晋荣养成了扎实、求实、严谨、沉稳的技术风格。他说话声音不高，富有幽默感；他基础理论扎实，具有很强的创新能力；他埋头实干，但也能寻得技术突破方向，在卫星和飞船航天发射任务中，常常作为副指挥长主持解决涉及全局或系统间的重大技术难题，为任务成功贡献出自己的精力和智慧。在一项项高等级科研成果背后，是陆晋荣的不竭付出。陆晋荣总工程师可谓硕果累累，荣誉满满，不愧为发射中心专业技术队伍的带头人。

谈起盛捷的技术成就，他总是谦虚一笑。盛捷是发射中心副总工程师，航天工程测量控制和计算机专家。当年，风华正茂的盛捷作为国防科学技术大学优秀毕业生分配到发射中心工作。工作不久即参与了东风飞行控制中心计算机系统改造升级，灵气初现，才华渐露，后来在测控系统多个岗位锻炼成长。他热爱事业、淡泊名利的品格备受官兵称道和赞扬，专心致志、心无旁骛的工作作风助其快速成熟。他曾被中宣部、国家教委、共青团中央联合表彰为"全国八十年代优秀大学毕业生"，获得过"中国载人航天工程突出贡献奖"，还有一系列高等级的科研成果奖。从优秀大学毕业生成长为发射中心技术专家，盛捷副总工程师呕心沥血，奉献不已。

王福通同为发射中心副总工程师，他是发射场系统专家。在王福通身上透着山东人的憨厚和质朴，又不失智慧与灵动；他话语不多，但句句能说在本质和关键处；他分析问题透彻，很有技术主见。王福通从最基层的连长干起，先后担任发射测试站站长、试验技术部主任、发射中心副总工程师，积累了丰富的基层工作经验，培养了组织指挥重大科研试验任务的能力。从过去卫星发射场加注系统改造，到载人航天发射场加注系统设计、安装调试和使用，王福通倾注了大量心血，他是发射场加注系统响当当的专家。载人航天发射场建设中一项项高等级科技成果的取得，离不开王福通的倾情奉献。

试验技术部是发射中心总体技术单位，也是发射中心高精尖人才的培养基地。周韶斌、王金安、王家伍、郑永煌等六位技术专家均来自试验技术部，他们把六本红光闪闪的专家荣誉证书在展览室一放，立刻引来众多科技干部羡慕的眼光。是的，他们都是科技干部学习的榜样、追赶的目标，是引路的火炬，定会照亮后来人前行的路。

周韶斌时任试验技术部主任，虽然在领导工作岗位上，他的精力从来没有离开过航天测控，没有离开过雷达。他凭着扎实的专业基础理论和科研创新能力，完成多项测控设备新研、改造和安装调试，完成雷达动态多目标模拟系统研制，完成测控信息融合和组网同步工作重大课题研究，成长为发射中心测控系统技术专家。在周韶斌身上不难看出清晰、严谨、务实、创新的技术特征。此时，周韶斌心中清楚，自己肩上的担子很重，技术部的工作任重道远，他还要带领大家创建军队重点实验室、航天飞行器评估中心、仿真中心、数据存储分析中心，还有许多关键技术等待他们去攻克。

王金安、王家伍、郑永煌三位同为出自技术部的航天测试发射技术专家，同为研究员职称。

发射中心科技人员刻苦钻研业务

王金安长期从事火箭测试发射技术工作，长年摸爬滚打在发射场，最能现场解决发射准备过程中的技术难题。飞船检漏间漏率超标、发射脐带塔升降工作平台射前异常等急难险重任务都在他手下化险为夷，为发射任务圆满成功直接做出贡献。为准备交会对接任务，王金安承担了"发射场系统可靠性增长技术研究"和"发射脐带塔健康检测技术研究"等重点研究课题，继续为发射任务聚集技术能量。

王家伍是专业基础知识扎实深厚的科技干部，是难得的总体技术人才，在航天发射试验理论、试验总体技术、测试发射控制技术和发射试验组织管理等方面均有较深的造诣。他参加了新一代卫星发射场的设计和建设、运载火箭通用测试设备研制以及任务实施中总体方案拟制和质量控制，善于协调解决重大技术问题。难能可贵的是，王家伍工作踏实，心静如水，与世无争，只专注于技术，名利场上没有他的纷争；他生活简单又充实，煮一杯咖啡，读一段英语，打一场乒乓球，便是王家伍业余生活的写照。

与以上诸位相比，郑永煌最为年轻。他继承了老一代航天专家的光荣传统，先后走向载人航天工程发射场系统副总设计师、飞船发射任务待发段逃逸救生指挥员等重要工作岗位。最近，郑永煌刚刚主持完成航天发射故障诊断技术研究，建立起航天发射故障诊断技术理论和方法体系，提高了航天发射场故障诊断能力与效率。翻开郑永煌的科研成果数一数，军队一等奖、二等奖十余项，参与编写多部专著，发表高质量论文多达30余篇。郑永煌在科研试验中所奉行的格言是：团结、拼搏、创新、先进。一个朝气蓬勃的年轻技术专家出现在我们面前。

我们应该为试验技术部骄傲，因为它为发射中心输送出一批科技精英，提升了发射中心的科研试验能力。

唯一一个从士兵成为技术专家的是李国顺。李国顺长期工作在科研试验第一线，脚踏实地，勤于钻研，立足于理论与实践结合、科研与设备结合，解决了大量国防科研试验任务中的关键技术。李国顺不仅是航天测控专家，还是科研团队的学术技术带头人，他始终瞄准国际和国内技术前沿，善于发现工程需求与科研的结合点，组织团队，引进智慧，联合攻关，一大批技术骨干在他的带领下迅速成长起来，挑起科研和国防工程试验的重担。李国顺团队开展在轨航天器探索研究，成功突破轨道测量、特性识别、信号分析等关键技术，在国内产生重要影响。李国顺带领的重点实验室，更是人才济济，硕果累累，他们在航天测控领域开辟了一片新的天地。

郎定川是技术保障战线成长起来的电力技术专家。郎定川开展工作时，兢兢业业，默默无闻，为航天发射做出了自己特殊的贡献。他操一口浓重的山西口音，为人们分析和讲解一个个高压配电的技术难题。在解决测试发射过程中突发的电力故障时，都能看到他忙碌的身影。电力系统虽然不是航天发射的一线岗位，却是火箭和航天器的动力源泉，是航天城各项工作和生活不可或缺的专业。请看郎定川的科研成就：发射场无扰动供电系统研制、载人航天发射场电力系统综合自动化技术应用研究、发射场电力快速响应技术研究等，这些工作和研究有效保障了每次大型航天发射的成功。火箭腾飞，飞船遨游，不要忘记为它们注入最初动力的人。

在追逐"天宫"的漫漫征途上，发射中心的12名专家作为排头兵，组成了实力雄厚的技术队伍。无疑，在发射中心的发展历史上，定会刻下他们闪亮的名字，留下他们坚实的身影。

领导干部队伍和专业技术队伍是发射中心的两只翅膀，两只翅膀都要硬，才能飞得高、飞得远。历经风雨，这两只翅膀羽翼渐丰，越来越坚强，越来越健康，定会披荆斩棘，穿破云雾，飞向辽阔的蓝天。

二、中美两国在载人航天领域真能实现合作吗

美国国家航空航天局（NASA），是美国负责太空计划的政府机构。NASA拥有世界上最先进的航空航天技术，在载人航天飞行、航空学、空间科学等方面均取得巨大成就。它参与了包括美国"阿波罗"登月计划、航天飞机计划、太阳系探测等在内的航天工程，相继组建起肯尼迪航天中心、约翰逊航天中心和太空飞行器中心，为人类探索太空做出了突出贡献。NASA的使命和愿景是"改善这里的生命，把生命延伸到那里，在更远处找到别的生命"。NASA的目标是"理解并保护我们赖以生存的行星；探索宇宙，找到地球外的生命；启示我们的下一代去探索宇宙"。

实事求是地说，中国航天尽管没有悠久的历史和辉煌的昔日成就，但是，中国人有志气、有能力、有智慧，有社会主义制度集中力量办大事的优越性，尽管起步晚，基础薄弱，依然取得了举世瞩目的成就，特别是三次载人航天飞行成功，令世人刮目相看。

中国正走在民族复兴的伟大征途上，载人航天"三步走"战略的一步步成功推进，增强了民族自信心，极大地提升了在国际舞台上的地位和话语权。

原来对中国航天技术实施封锁的美国主动表示与中国合作的意愿，欧洲空间局表示中欧航天合作前景良好，印度、巴西等国也呼吁发展与中国的航天合作。这些国家的态度，都有赖于中国航天科技的进步，有赖于发射场的日益现代化，有赖于"神舟"飞船任务连战连捷。我们为国家的航天成就感到由衷的欣慰。

　　2009年9月25日，由美国航天基金会首席执行官埃利奥特·波海姆率领的美国航天基金会代表团访问酒泉卫星发射中心。那一年，他们将"太空成就奖"这一航天领域的重要奖项授予了中国"神舟七号"载人航天飞行任务团队，这是对中国航天人几十年艰苦奋斗、不懈努力的充分肯定。酒泉卫星发射中心非常热情地接待了埃利奥特·波海姆一行。

　　2010年10月中旬，NASA局长博尔登率领NASA代表团一行八人来华访问，落实中美两国2009年11月发表的《中美联合声明》有关内容，正式开启中美在载人航天领域的对话。按照计划安排，博尔登一行要参观酒泉卫星发射中心、北京航天飞行控制中心、中国航天员科研训练中心和中国空间技术研究院。

　　博尔登最早是美国海军航空兵，曾在越南、老挝、柬埔寨和泰国执行过100余次飞行任务。1980年博尔登被选为航天员候选人，此后执行过四次航天飞机飞行任务，并在两次任务中担任指令长，空间飞行时间超过680小时。之后，博尔登先后担任航天员办公室安全官员、约翰逊航天中心安全部门主任、肯尼迪航天中心火箭测试与航天员考核小组组长。2009年，退役后的博尔登经美国总统奥巴马提名，担任美国国家航空航天局局长。他是NASA首位非洲裔局长，也是历史上第二位航天员出身的局长。他对世界载人航天发展十分熟悉，在美国航天界话语权举足轻重。

　　10月18日晚，博尔登一行从嘉峪关乘车抵达发射中心问天阁，我与陆晋荣总工程师、王学武副部长一同把美国客人迎入宾馆。

　　晚上，发射中心设宴款待美国客人。为了表达我们的诚意和热情，特地把当地蒙古族待客的最高规格食物——烤全羊摆上了宴席，博尔登先生黝黑的脸上露出微笑和谢意。

　　我代表发射中心致祝酒词，然后大概介绍了酒泉卫星发射中心的发展历程，并表达了非常愿意与国际同人开展广泛交流合作、共同迈向浩瀚太空的真诚愿望。我说："博尔登先生率团来到发射中心，这是我们与国际同人交流学习的宝贵机会。在座各位都是造诣深厚的航天专家，能与各位欢聚一堂，听取各位对载人航天发展的真知灼见，令我们非常高兴。我相信，这必将进一步增强我们之间的相互了解，加深我们之间的友谊，为探索中美在航天领域的交流合作架起桥梁。"博尔登致辞说，他对酒泉卫星发射中心一直怀着一颗崇拜和好奇的心，今天踏上这片神奇的土地感到很荣幸，相信我们的合作定会成功。

宾主频频举杯，谈得很尽兴。衣着民族服装的蒙古族姑娘为客人们献上洁白的哈达，用银杯向客人敬酒。博尔登来者不拒，一饮而尽，表现出超常的酒量。席间，我令人端上从自家院中果树摘下的苹果与葡萄，美国客人极为惊讶。一是惊讶发射中心主任不但是航天专家，而且还是园艺师（博尔登语）；二是惊讶戈壁大漠竟然能培育出如此高品质的水果。

次日，我与陆晋荣总工程师、王学武副部长陪同美国客人参观载人航天发射场。客人们先后参观了飞船总装测试厂房、垂直总装测试厂房、测试发射指挥大厅以及发射脐带塔。边看边聊，我向美国客人介绍飞船和火箭运抵发射场后的工作流程，介绍发射场技术区、发射区设施设备的功能与技术特点，客人们听得饶有兴趣，不时探讨和议论。在飞船总装测试厂房，美国客人看到墙上悬挂的"神舟七号"任务留下的标语，问我这是什么内容。我回答："这是中国特有的任务政治动员口号，也许你们美国不会有。"出人意料，美国客人说他们在任务实施中同样张贴此类标语。看来，作为支撑大国地位的载人航天，对每一个国家都是同等重要的政治任务，都是国家级重大科技事件。诚如美国当年的"阿波罗"登月计划，其中一项重要政治任务就是，通过载人登月展示他们的生活方式比苏联更有成效而赢得世界中心地位。

在参观发射工位时，敏锐的博尔登一眼看到航天员紧急撤离滑道。我没有刻意遮掩，把中国航天员紧急撤离方法、紧急撤离工作时

本书作者与美国 NASA 局长博尔登互换纪念品

序、紧急撤离滑道使用情况，向客人做了适当介绍。博尔登则简要介绍了美国载人发射中逃逸吊篮的工作过程，认为不如中国的紧急撤离滑道科学合理、使用方便。在场的中国载人航天工程办公室负责人说，这是我们首次向外国客人透露紧急撤离滑道的情况。博尔登对此报以感谢的微笑。

在参观过程中，博尔登表示，希望在他们航天飞机项目结束后，能与中国在国际空间站以及中国"天宫"在轨飞行器项目上，在载人航天工程领域其他方面，开展更多、更深入的合作。我们都表示赞同，而且很期待这样的合作。

下午，博尔登一行离开发射中心。临别时，博尔登真诚地邀请我访问NASA。当然，我也很希望有这样的机会。愿望尽管美好，然而我也怀疑，中美航天真的能迈出合作的步伐吗？事实也印证了我的疑虑，2011年，应NASA邀请，中国载人航天工程拟由酒泉卫星发射中心组团访问NASA所属的航天系统，但这一行程遭到美国国会的无情否决。

但是，中国航天的崛起和发展进步不可阻挡，这种发展进步从来就是建立在自力更生、艰苦奋斗的基础上，我们希望有外援和外协，但并不依赖于此。今天，世人已经对中国航天取得的成就感到惊讶；明天，一定会为我们的奇迹竖起大拇指。

我们不会忘记，在人类征服海洋和天空的历史进程中，中华民族曾失去了许多机会。所以，我们绝不能再失去开发太空的历史机遇。所以，毛主席不无担忧地说："没有洲际导弹，我觉都睡不稳！"他又号令说，我们也要搞人造卫星。所以，邓小平说，如果60年代以来中国没有原子弹、氢弹，没有发射卫星，中国就不能叫有重要影响的大国，就没有现在这样的国际地位。这些东西反映一个民族的能力，也是一个民族、一个国家兴旺发达的标志。所以，中国人抓住了历史机遇，正迎头赶上。

20世纪五六十年代，国际上风云激荡，以美国为首的帝国主义势力妄图把新中国扼杀在摇篮之中，千方百计封锁新中国的发展。封锁吧，封锁个十年八载，我们什么都有了。于是，震撼乾坤的蘑菇云在罗布泊腾起，万里呼啸的远程运载火箭溅落在大洋之中，铿锵悦耳的《东方红》乐曲响彻九霄。那个年代，"两弹一星"支撑起我们的大国地位。

进入21世纪，世界高科技之争愈演愈烈。改革开放的中国人再一次抓住了历史机遇，载人航天工程如火如荼，蓬勃发展。杨利伟代表13亿中国人叩响宇宙大门，实现了中国人的千年飞天梦想；翟志刚挥舞着五星红旗太空漫步，那一刻令全世界中华儿女无比自豪。短短几年，中国载人航天事业的发展令人刮目相看。我们正按照自己的步伐，披荆斩棘，稳步前进。

放眼未来，放眼宇宙，这是我们这代航天人不可推卸的神圣职责。

此时，我的脑海里又浮现出博尔登黑黑的脸庞、憨憨的笑容。也许，他没有想到他的邀请会落空；也许，他想到了，那个邀请只是出于礼貌的举动。现在，我能理解博尔登的无奈与尴尬。也许，落实《中美联合声明》中航天合作之内容本来就很渺茫；也许，应景的承诺并不能变为实在的成果。现在，我敢肯定，博尔登根本就不可能完全理解中国人发愤图强的决心。国际合作只是手段，不是目的；自力更生、艰苦奋斗、顽强拼搏，才是中国航天到达胜利彼岸最现实、最可靠的手段。

中国载人航天工程交会对接发射任务按照自己的节奏和计划如期来临。

三、航天发射高风险时刻制造着成功与失败的悬念

"天宫一号"目标飞行器于 2011 年 6 月 29 日空运至发射中心，用于发射"天宫一号"的运载火箭"长征二号 F/T1"于 7 月 22 日由铁路运抵发射场，轰轰烈烈的交会对接发射任务大幕徐徐拉开。航天发射战士历经 3 年的能量积聚，个个摩拳擦掌、斗志昂扬地投入任务实施之中。

总装备部批准组成发射场区任务指挥部。经指挥部会议充分讨论和审议，拟定 2011 年 8 月 30 日至 9 月 1 日择机发射"天宫一号"目标飞行器，然后发射"神舟八号"无人飞船，完成两个航天器的交会对接试验。时间紧迫，任务艰巨。载人航天工程对本次交会对接任务确定的工作目标是，准确进入轨道，精准交会对接，稳定组合运行，安全撤离返回。在指挥部有效组织下，发射场各项工作进展顺利。

"天宫一号"目标飞行器实际上是一个空间实验室的雏形，用以完成与"神舟"飞船的交会对接。与国外试验性空间站相比，"天宫一号"在功能和用途方面有相似之处，但其质量较小，约为 8 吨，而国外试验性空间站大都在 20 吨级以上。因此，称"天宫一号"为简易空间实验室也许更为合适。

在飞船总装测试厂房，我们可以近距离认识一下"天宫一号"，其主体为短粗的圆柱形，直径比"神舟"系列飞船大，前后各有一个对接口。与"神舟"飞船的三舱结构不同，它采用了两舱结构，分别为实验舱和资源舱。实验舱由密封的前锥段、柱段和后锥段组成，前端安

装一个对接机构和交会对接测量通信设备，用以支持与飞船交会对接，使航天员可以在"天宫一号"中工作、训练和生活。"天宫一号"与载人飞船对接后，航天员进入全密封的前锥段和圆柱体内，进行工作和训练，一些必要的活动和睡眠大多在这里进行。非密封的后锥段安装再生生保设备。实验舱内还设有航天员太空体育锻炼设备。资源舱为轨道机动提供动力，为飞行提供能源，控制其飞行姿态。

"天宫一号"目标飞行器陆续展开单舱和整器组装，实施分系统和匹配检查，准备开始模拟飞行测试，所表现出的产品技术状态和质量非常好。

"天宫一号"目标飞行器可以在近地轨道长时间飞行，供多名航天员巡访、长期工作和生活。与之前发射的"神舟"系列飞船相比，此次发射的关键是突破交会对接技术。空间交会对接技术的难度很大。在对接过程中，如果飞行器工作出现失误或计算不准，就有可能发生与飞船相撞事故。苏联的"礼炮"系列和"和平"号空间站都曾发生过因对接失败而导致的事故。因此，需要完成大量试验才能掌握这一技术，而发射场最后阶段的测试，无疑是保障交会对接成功的关键一环，容不得半点疏忽大意。

在航天发展历史上，航天器空间交会对接有两种控制方法：一种是手动控制，另一种是自动控制。手动控制完成太空交会对接，成功率更高；自动控制交会对接，则可靠性更高。"神舟八号"飞船与目标飞行器交会对接采用自动控制方式，其后陆续发射的"神舟九号""神舟十号"载人飞船与目标飞行器的交会对接除了自动控制之外，还会采用手动控制方式。"神舟"飞船采用手动控制和自动控制相结合的方式，提高了交会对接的灵活性、可靠性和成功率。

自动交会对接技术就是一块奠基石，它过去和现在一直支撑着载人航天技术的发展。

对于交会对接发射任务的难度，我们有着清醒的认识。为此，发射中心提出完成任务的目标是，成功发射，精确测控，过程完美，结果圆满。鉴于苏联最初几次交会对接任务都曾出现过问题，我们丝毫不敢松懈和麻痹大意，唯有兢兢业业，把好航天产品飞天之前的最后一道关口。

在 2011 年 7 月 2 日发射中心任务周例会上，我把搜集到的苏联早期交会对接任务实施过程中出现的问题，与指挥所成员共同学习与探讨，以期引起重视。

苏联的第一次交会对接不完美。1967 年 9 月 28 日，"宇宙 -186" 无人飞船发射升空，两天之后另一艘无人飞船"宇宙 -187"也进入相同轨道。后来两艘飞船对接机构紧紧相连，一体飞行，创造了航天史上的奇迹。但是，遥测信息很快就发现，对接机构的驱动设备没有拉紧到位，还留有几厘米，且数据表明电气系统并没有接通。通过遥测参数分析原因，发现是多余物掉在了驱动设备的螺母内，此多余物就是为对接机构遮挡灰尘的薄膜，被对接机构的螺杆卷进了螺母内。这是对接机构在太空的第一次严重故障，给苏联人以后的工程实践留下深刻教训。后来予以改进，将对接机构的防护薄膜改为刚性防护罩。

苏联的第三次交会对接采用手动控制方式。1968 年 8 月 28 日，苏联发射"联盟 -2 号"无人飞船，两天后发射"联盟 -3 号"载人飞船。航天员别列格沃依是参加过战争的空军飞行员。第二艘飞船进入规定区域，远程交会也自动完成，未出现偏差。在距离目标飞行器 160 米处，航天员开始进行手动控制，但接下来发生的事情却是谁也未曾料到。"联盟 -3 号"未能与"联盟 -2 号"精确靠拢，无法完成对接。这是第一次手动控制对接，航天员似乎没有完成复杂操作的经验积累。分析原因，载人飞船刚刚入轨就开始交会对接，航天员还未能适应太空失重；当时交会对接在夜间进行，黑暗中"联盟 -2 号"目标飞行器在航天员眼里只有不太明亮的闪光，要依靠这点光来导航自己的飞船绝非易事；航天员年龄偏大，视力不佳未戴眼镜，在舱外能见度不佳、舱内只有一点点光亮的条件下，很难识别目标。所有这一切，使他把"联盟-3号"飞船滚动姿态搞错了，转向180°。在靠拢的最后时刻，就像人们常说的汽车方向盘已不听使唤。那时飞船上尚没有计算机，否则它会发出"滚动出错"的警示。第一次手动对接未能成功，目标飞行器离得那么近，却可望而不可即。

1969年1月，"联盟-4号"无人飞船与"联盟-5号"载人飞船完成了第二次手动对接控制，但在飞船返回时却遇到了大麻烦。原来，返回舱与仪表舱之间的连接没有完全解锁，未能实现两舱分离，直到进入大气层后靠热力加载才分开，有惊无险地回到地面。

苏联的第五次交会对接任务发生在1969年秋天。"联盟-6号""联盟-7号"和"联盟-8号"三艘载人飞船，每隔一天相继发射入轨。其中，承载两名航天员的"联盟-6号"担任观察任务，承载三名航天员的"联盟-7号"与承载两名航天员的"联盟-8号"完成交会对接任务。史无前例的"伟大七人组"航天员队伍，组成大型团队同时在轨飞行，可惜没有完成交会对接任务。原因是"联盟-7号"的雷达系统出现故障，任凭航天员怎么努力，都无法完成对接，而此时三艘飞船彼此间距离已不足200米，目标就在眼前，却只得无功而返。

苏联早期交会对接试验走过许多坎坷之路，他们不断总结经验教训，蹒跚前行。那时，他们距真正掌握在轨交会对接技术还相去甚远，直到10年以后才算成熟。

前车之覆，后车之鉴；前事不忘，后事之师。我之所以不惜时间长篇累牍引述苏联交会对接试验中发生的事故，主要还是缘于对交会对接任务艰巨性和技术复杂性的担心，希望以此警示参试部队，充分认清交会对接任务创新性和探索性的特点，吸取别人的教训，少走弯路，对发射场的各项工作，坚持"质量第一，安全至上，综合研判，科学决策，稳妥可靠，万无一失"的原则，尽善尽美地把好航天产品质量关。

在交会对接任务实施过程中，发射中心的卫星发射任务，逐渐呈现出高密度的特点。高密度发射，不仅是数量的增加，更应该是发射中心发射能力质的飞跃。目前的发射水平和解决问题的能力，似乎还没有完全适应高密度发射的需求。最近几次卫星任务出现的因产品故障延长发射周期，发射前遭遇气象异常险情，都为我们顺利实施高密度发射任务敲响了警钟。

2009年10月10日，发射"实践十一号"卫星01星的"长征二号C"运载火箭进行第二次总检查测试，在地面主控微机为箭上仪器供配电阶段，发控台虚拟显示屏"关机"指示灯异常点亮，持续时间为2～3分钟。次日故障排查试验，故障现象复现。随后62次故障排查，再未复现。故障排查过程中发现，地面测试系统光端机地线与箭上计算机机壳连在了一起，由此造成箭上计算机电源地线与火箭箭壳短路。设计师们分析后认为，箭上计算机电源地线对箭壳短路属不正常现象，这是地面测试系统地线连接错误造成的。这种错误连接是否会对计算机通信造成干扰？受干扰后是否会对计算机造成损害？问题还需要进一步排查和验证。虽然设计师们对测试系统的错误连接采取了纠正措施，但是故障排查的工作并没有到此为止。他们拆下箭上计算机，返回研制生产单位，欲将故障彻底归零。经过高低温试验、随机振动试验、绝缘电阻测量、电性能参数测试、计算机开盖多余物检查、焊点检查、元器件检查、线束走线检查等，没有发现任何异常，故障也未复现。采用故障树分析法，逐一排除引发故障的底事件，最后，疑点聚焦在箭上计算机二次电源选用的标号为C16的云母电容器上。如果该电容值发生变化，就会导致二次电源输出电压发生改变，引发测试中发生的故障。然而，电容器完好无损，没有任何故障特征。于是，解剖电容器，动用20万倍显微镜，发现其中一个云母片表面有两处贯穿性孔洞微缺陷。元器件质量专家分析说，该缺陷属于云母片先天性缺陷或加工过程中引入的损伤，在较长时间低电压作用下，银离子沿缺陷部位发生电迁移，电容器在缺陷部位形成低阻通路，导致漏电流变大；低阻通路在电流作用下经过一段时间会烧断，所以电容器特性又恢复正常。这就是故障出现后不再复现的原理，两个微缺陷只导致两次异常发生。然而，"实践十一号"卫星工程总设计师郭宝柱研究员与我沟通，认为此结论还存有不少疑点。诚然，我们没有理由否认电容器上这两个用20万倍显微镜才看得到的微缺陷是导致故障的"元凶"，同样，我们也不应该忽视测试系统错误连接地线的客观存在；我们赞赏故障归零归到微观世界这种超常的举措，却也难以认同对测试系统错误连接轻描淡写甚至有意回避的做法。不知其中有怎样的隐情。好在计算机研制单位的人也接受了故障归零的结论，更换了箭上计算机，而且测试系统的错误连接也得到更改，可以说是隐患全消，对发射任务已无影响，用18天发现的两个"洞"也就认了。

2011年7月6日12时28分是"实践十一号"卫星02星发射的窗口前沿。进入发射前2小时程序时，发射场突然刮起大风，平均风速达13～16米每秒，瞬时最大风速达19.4米每秒。一时间，发射场上风沙弥漫，在发射塔上工作的操作手们睁不开眼睛，站不稳身体。此时的气象条件严重超出"地面平均风速不大于10米每秒、瞬时风速不大于15米每秒"的最低发射条件，而且，一时半会儿还看不到大风减弱或停止的迹象。此时，坐镇指挥发射任务的总装备部牛红光副部长把我叫到跟前，询问发射程序能否继续。看了一眼厂房外愈刮愈猛的西北风，我需要稳定情绪，通盘思考一下，才能作答。于是，我把在发射场值班的气象室副主任尹洁叫到首长面前，让她把气象过程叙述一遍。在如此严峻的气象形势面前，尹洁紧张得说不出一句完整的话。幸好我及时接到气象室李兴东主任的电话，得知风速在12时即可转小，满足最低发射条件。我担心风速减小时间的准确性，找到发射测试站郭忠来站长商量预案，我们一致认为发射程序可以正常进行下去，最坏情况可以把程序停止在15分钟准备的节点上，对火箭和卫星不会造成影响。我把这些情况向牛红光副部长做了详细汇报，牛红光副部长又征求了火箭和卫星系统"两总"人员的意见，同意发射程序继续向下进行。正如李兴东主任预报的那样，12时左右风速明显减小，发射塔各层工作平台得以顺利收回，至点火时刻平均风速已小于8米每秒。火箭升空、卫星入轨后，我赶到东风飞行控制中心，牛红光副部长一边与我握手祝贺，一边指着我说："你呀！你呀！"后面的意思是，这次发射风险大了点，但是我们的决策还是正确的！

李兴东在总结这次气象预报的得失时说："那天的场区遇到的是双低涡天气系统。气象室对7月6日的阵性强风量级预报出现了较大偏差，超出了最低发射气象条件。气象人员及时分析诊断各种气象资料，加强会商，反复推敲，最终判断并汇报强风天气将在中午12时前过境，那时气象条件满足发射任务，不会影响发射。"

这是一次"风"险发射。我们应该总结，如何把握小概率天气大影响和大概率天气小影响的风险决策。"宁重勿轻"与"宁轻勿重"的预报都不太科学，科学的态度是实事求是地提供信息。无论如何，这次气象预报在发射中心质量管理体系中是一个"不合格品"。

"实践十一号"02、03、04星三颗卫星和三枚运载火箭同时进场，分段串行发射，在时间上正好与"天宫一号"目标飞行器任务并行实施。

8月10日，"天宫一号"在飞船总装测试厂房完成全部工作，即将转往加注扣罩厂房，实施加注与扣整流罩。

近几日，戈壁滩阴雨连绵，以至于测试完毕的"天宫一号"找不到一个合适的时间段转到加注扣罩厂房。有一天，"天宫一号"已被吊到转运车上又停了下来，因为外面的小雨渐渐沥沥下个不停。8月14日，陆晋荣总工程师把气象人员召集到厂房，现场接收气象云图，现场预报，总算找到一个间隙，把"天宫一号"转出飞船总装测试厂房。路上的水洼一个接一个，我们小心翼翼地把"天宫一号"护送进加注扣

　　"实践十一号"卫星 02 星"风"险发射成功，总装备部副部长牛红光（右）在东风飞行控制中心与本书作者握手祝贺

罩厂房。

"天宫一号"就位，厂房大门关闭，外面的雨又渐渐沥沥地下了起来。天有不测风云，难道"天宫一号"发射真的要历经风雨、历经坎坷吗？令人始料不及的是，自从"天宫一号"进入加注扣罩厂房完成推进剂加注后，就迎来了漫长的等待过程。

"实践十一号"02星、03星相继发射成功，04星和"长征二号C"Y26火箭在发射场测试也很顺利，2011年8月18日迎来发射日。火箭准时点火起飞，一级火箭飞行正常，二级火箭飞行约170秒开始出现异常，箭体姿态失稳。

我们在东风飞行控制中心大厅里紧紧盯着大屏幕上的火箭飞行轨迹以及由火箭遥测分系统传回地面的发动机工作图像，大家的心随着数据和图像的异常被提到了嗓子眼。"长征二号C"被誉为金牌火箭，可靠性很高，怎么会失利呢？牛红光副部长紧蹙眉头坐在指挥台前，火箭系统总指挥肖耘、总设计师杨建华被惊得目瞪口呆。我们不敢相信眼前的一切，但又确确实实发生了，我们无能为力，只能看着火箭天旋地转般的画面（这是火箭箭体滚动使箭上摄像机画面造成的旋转效果）。发动机推力越来越小，飞行速度未达到卫星入轨要求，最后坠入印度洋，飞行失利！

牛红光副部长立即组织人员分析故障，按照预案对外发布消息。我电话通知发射现场的张道昶副部长，赶快检查火箭射前状态设置，得知未发现异常，起码排除误操作的可能。

火箭遥测数据表明，箭体滚动角首先出现异常，二级火箭推进剂储箱压力开始下降，火箭游动发动机涡轮泵转速也随之下降，最终降至0。分析认为，火箭剧烈旋转导致储箱内推进剂和气体混合，游动发动机涡轮泵产生气蚀，最终停止工作。

火箭残骸坠入印度洋，我们已得不到故障第一手资料，显然，故障归零难度很大。更要命的是，"天宫一号"目标飞行器发射在即，能

"天宫一号"目标飞行器在阴雨间隙转往加注扣罩厂房

否对故障进行举一反三的处理，势必影响到与"长征二号C"火箭设计和生产工艺有许多相同之处的"长征二号F/T1"火箭的状态。"长征二号C"火箭"病"了，"长征二号F/T1"火箭也必须"吃药"，而且还必须"对症下药"，这是举一反三的规矩。

失利，是对发射中心全体人员最直接、最严峻的考验；在"天宫一号"发射前，队伍的沮丧情绪是一个危险的信号。多年以来，我们大多端起的是庆胜的美酒，而这次，失败的苦酒我们必须吞下。失利，我们必须面对，不能消沉，更不能失去战斗力。

对此次飞行失利，我在各种会议上反复强调过三句话："从1980年至今，酒泉卫星发射中心持续31年的大型航天发射连续成功，今天打上了休止符。从1996年10月，始于酒泉卫星发射中心的'长征'系列火箭连续发射成功，今天结束于我们手中；我相信，下一个成功轮回仍然从我们这里开始。从1992年始，酒泉卫星发射中心曾经几次在中国航天发射遭遇挫折时担当起'龙抬头'的重任，今天我们一定能顽强地自己把头抬起来！"

四、举一反三，只为"天宫一号"发射更安全、更可靠

　　航天发射的高风险告诉我们，成功是差一点点的失败，失败是差一点点的成功。每一次发射成功带来的兴奋和愉悦只有短暂几日，而每一次失败所产生的影响却是刻骨铭心。辩证法告诉我们，失败是成功之母，而成功也有可能是失败之母。高风险的航天发射，不可能有百分之百的成功率，就像足球场上踢点球，总会有踢不进去的时候。成功了不能忘乎所以，失败了也不能垂头丧气，没有永远的常胜将军，常胜只能是一个阶段的相对概念。沧海横流，方显英雄本色。酒泉卫星发射中心经得起胜利的考验，同样经得起失败的考验。

　　失败使我们头脑更清醒。卫星可以旋转起来，火箭可以滚起来，我们的头脑却不能晕起来。

　　实际上，"实践十一号"04星的飞行失利，在发射中心弥漫着两种认识和情绪。一种认为飞行失败纯属火箭产品质量问题，与发射场没有多大关系，大可不必担忧犯愁；另一种则为"天宫一号"发射受到牵连影响而焦虑沮丧。

　　针对第一种情绪，我们强调同舟共济的责任担当。航天试验本来就是各系统协同作战的一盘大棋，不管在哪一步失利都是全局的失利。如果说飞行失败与发射中心没有关系，那么飞行成功又为什么与我们有关系呢？我们又为什么为每一次的成功而欢呼雀跃呢？我们应该把这次失败定位于发射中心质量管理体系中最大的一个"不合格品"。我们有责任协助火箭系统完成故障归零。于是，发射中心派出试

验技术部杨建农副主任，带领一个精干的技术小组，携带全套飞行测量数据，参与到故障归零工作中。

针对第二种情绪，我们告诫大家以积极的心态面对"天宫一号"发射任务准备，不急躁，不懈怠。充分利用这段时间，固强补弱，把准备工作做得更扎实，更有针对性。

按照计划，"天宫一号"加注完毕后在厂房最多停放10天。现在看来，发射任务推延，至少要在厂房停放一个月。保障"天宫一号"完好的状态是当务之急。

不幸的是，连日的阴雨天气，使厂房内相对湿度超出了35%～55%的技术指标范围。这种湿度在干燥的戈壁滩很少见，现在竟然让"天宫一号"碰上了。我们无暇享受戈壁滩上稀有的连日阴雨给航天城带来的凉爽，更无心情欣赏弱水两岸弥漫着的水雾，厂房内的空调除湿不见效果让我们心急如焚。任务指挥部决定立即购买1500千克干燥剂为厂房除湿。然而，在干燥的西北地区，整个嘉峪关和酒泉地区的干燥剂只有几百千克的储量，远远不能满足要求。发射中心装备部的叶茂伟参谋开动脑筋，另寻出路。他想办法从兰州铁路局联系到1000多千克干燥剂，但是通过铁路很难在预定时间运抵发射场。无奈，叶茂伟设法联系到一辆小型货车，连夜将干燥剂运往发射场。不巧，车辆行驶到甘肃天祝县境内时，大雨引发的洪水冲毁了道路，几十辆过往车辆挤在路上不能通过。怎么办？他们深深知道干燥剂对"天宫一号"保障的急迫，费了九牛二虎之力，千方百计越过泥泞路段，按时把干燥剂运到发射场。有了足够的干燥剂，再加上厂房内两台中央空调互为备份，日夜不停地工作；技术人员又想出升温除湿的新方法，集中抽送室内的空气并使之升温，利用升温消除空气中的水蒸气，然后把这些空气输送到室内反复循环，终于将厂房湿度控制在技术指标范围之内。

"天宫一号"目标飞行器在加注扣罩厂房安然无恙地度过了34个昼夜，发射场人员为此付出了艰辛的努力。

时间紧迫，"长征二号 C"火箭故障归零在北京夜以继日地进行着。

故障归零已经过去十几天，当时故障怀疑点集中在发动机与伺服机构的安装框架上。2011 年 8 月 31 日，杨建农给我发来归零信息：今天上午召开复现试验逐级加载评审会，五次试验发动机框架两次出现断裂，一院（火箭技术研究院）认为质量缺陷，六院（发动机技术研究院）认为属于过试验，条件苛刻。评审建议，低频振动与正弦振动分开进行，振动强度降低 3dB。下午开始试验，若再出现框架断裂，则举一反三力度很大；若不出现，则认为框架问题属薄弱环节，继续验证。

9 月 1 日，杨建农发来第二条短信：牛红光副部长指示不要放过任何疑点。今天上午牛副部长来到试验现场，了解到框架第三次出现断裂，提了上述要求。目前定于中午的会议取消，继续进行试验，并进一步计算裂纹处所受应力是否超过材料强度。

9 月 2 日，杨建农连续发来三条短信，主要介绍故障与当前正在西昌卫星发射中心等待发射的"长征三号 B"火箭进行剥离的试验。由于"长征三号 B"火箭游动发动机独立工作时间很短，控制分系统设计不同，基本不会受到影响。针对"长征三号 B"火箭状态设计的试验考核通过，框架未出现断裂，而且"长征三号 B"装箭产品尺寸优于试验品，同意将经打磨并改善应力后的框架用于飞行任务。由此大家也注意到"长征二号 C"Y26 火箭飞行失利可能与框架加工尺寸极限条件有关系。

9 月 3 日 11 时，杨建农在第六条短信中说，10 时召开调查委员会预备会议，Y26 火箭失利定位姿态失稳，是游动发动机与伺服机构连接失效，游动发动机三分机未能与伺服机构随动所致。通过仿真、地面试验和产品差异性复查，认为是端面齿脱开或框架断裂引起的。最大可能：一是内六角螺栓与游动发动机传动轴尺寸出现极限配合，当拧紧力处于下限时，振动后出现松动。二是伺服机构安装框架螺孔部位动强度存在薄弱环节，在相关尺寸偏差极限条件下，锪孔与框架边缘间距过小，应力集中，在动载荷作用下产生裂纹，逐渐开裂，导致框架断裂。该问题属技术认识问题，非人为责任事故。上述结论一院和六院初步达成共识。17时杨建农又发来短信：调查委员会会议结束，专家同意端面齿脱开与框架断裂两个故障模式并存。大家关注的是，试验验证后采取的措施和措施的有效性。现正在对"长征二号F/T1"火箭举一反三评审。这是我们目前最为关注的问题，评审结果将会影响"天宫一号"的发射计划。19时杨建农再次发来短信：评审会同意对"长征二号F/T1"进行打磨，采取加固措施，参加飞行任务。晚上继续讨论某院士提出的铁丝捆绑加固措施。明天上午向审查委员会汇报。

9月4日12时，杨建农发来第九条短信：审查报告指出，故障定位游动发动机框架断裂是最大可能，同时也不排除游动发动机与伺服机构连接端面齿脱开这个故障模式。机理分析，断裂导致伺服机构机体失去传力支撑点，游动发动机不能随指令正确摆动。故障性质为产品设计存在薄弱环节，发生小概率事件，属可靠性设计认识问题，同时反映生产质量控制精细化不足。用于发射"天宫一号"的"长征二号F/T1"火箭和发射"神舟八号"的"长征二号F"火箭举一反三后，还要采取加强板加固方案。最后，杨建农告诉我，他的工作到此结束。牛红光副部长已经表态原则同意调查委员会的分析，赞成审查委员会的结论，接下来可以启动"天宫一号"发射任务的准备工作程序。

几天之后，故障调查报告传到发射中心。我们看到正式的故障描述为"火箭二级箭体姿态失稳，箭体失稳是由于游动发动机三分机与伺服机构连接异常。连接异常的最大可能是连接端面齿内六角螺钉与传动轴内螺纹极限尺寸配合偏差和内六角螺钉装配预紧力不足的组合；动静载荷导致个性差异的框架结构遭到破坏"。

何为发动机与伺服机构连接异常？打个形象的比喻，就是汽车方向盘断开了与发动机的连接，失去了对发动机的控制。端面齿类似于汽车的离合器，伺服机构类似于汽车的方向盘。

故障归零的过程艰难，仿真，试验，分析，最后得出科学合理的归零结论。一次失败带来的教训和经验比10次正常发射还要多。

因为导致飞行失利的是两个故障模式的"组合"，所以"长征二号F/T1"火箭针对上述两个故障模式都要采取相应的措施。

针对框架断裂模式，采取了四项措施：其一，设计师明确游动发动机框架设计的理论尺寸，现场测量是否满足设计要求；其二，打磨框架内侧铸造时堆成的四处螺孔锪窝，锉修U形口，不允许留有尖角；其三，对打磨部位着色检查，确认不存在裂纹；其四，对框架采取加固措施，侧面和底面用加强板加固，并用高强度玻璃纤维保护。

针对游动发动机与伺服机构连接部位端面齿脱开的故障模式，也采取了四项措施：其一，为防止松动，增加箭上鞍形垫圈；其二，量化内六角螺钉安装力矩和螺母拧紧力矩；其三，为了确保一次安装成功，伺服机构与游动发动机安装前先进行试装；其四，目标飞行器与火箭在发射场完成联合检查后，对内六角螺钉的拧紧力矩最后再复测一次。

这些苦涩生硬的专业术语读来虽然颇费气力，却让我们读懂故障归零和举一反三处理的严格、严细、严谨，读懂航天人的精益求精、一丝不苟。火箭试验队的工人师傅们更是锦上添花，用他们精湛的手艺，把更改修补工艺做到了极致，消除了看不见的每一处隐患。

圆圆的螺孔，坚实的框架，一处处似乎都在闪烁着智慧的光芒，责任的重大。过去也许对它们关注不够，因为这是发射场不可测试的项目，今天却发现它们的作用犹如山重。在一个大系统中，一个部件成功不一定意味着系统成功，但是一个部件失效却一定会导致系统失效。航天系统中的设备如此，航天系统中的人何尝不是如此？

至2011年9月13日，在"长征二号F/T1"火箭上采取的举一反三处理措施全部落实到位，"天宫一号"发射任务准备工作重回正常流程。

如此缜密的举一反三处理，我们相信，"长征二号F/T1"火箭可靠性更高了，成功把握更大了，我们有充足的理由坚信"天宫一号"的发射定会成功。发射中心官兵振奋精神，重整旗鼓，凝聚智慧与力量，以新的姿态投入新的战斗。

为准备交会对接任务，发射中心对试验流程进行了详细研究，实施科学优化，大大减少重复测试项目，缩短任务准备时间。与前三次载人发射相比，航天产品的室内外转运减少了5次，吊装操作减少了7次，不但缩短20天试验流程，而且有益于产品操作的安全，显著提高了发射准备的效益。

9月20日，历经坎坷的"天宫一号"目标飞行器与"长征二号F/T1"火箭组合体顺利转往发射工位，总装备部王洪尧政委、牛红光副部长与我们一路同行。途中，王洪尧政委深有感触地说，第一次参加如此重大的载人航天发射任务，对指挥部的工作评价是严肃认真，简明朴实，技术民主，充分体现了严慎细实的航天作风。他再三叮嘱我们，指挥部的工作要尽最大努力做到技术与思想、过程与目标、信心与措施的辩证统一，这是指挥工作的高标准。

按照计划流程，发射区工作安排7个工作日，27日是首选的第一个发射日。然而，气象预报告诉我们，27日将受到一个天气过程的影响。23日晚间，气象人员向指挥部汇报，27日8时天气过程来临，持续12小时，风较大，伴有扬尘。28日云较多，高空风力较大。29日天气晴好，发射窗口期间天气状况在这三天中最为理想。

面对不可控的天气过程，我们有可选择的余地。

确实，27日是原计划确定的第一个发射日。选择27日发射，不但可以合理地安排发射区工作流程，减少火箭和目标飞行器在发射区的停留时间，而且对未来与"神舟八号"的交会对接也更有利。

就在气象室，各系统表达了对发射日选择的不同意见。火箭系统总设计师荆木春、目标飞行器系统总指挥尚志表示，如果27日能基本满足发射条件，还是希望选择27日发射。发射场系统总设计师陆晋荣等人则希望选用29日作为发射日，理由是好中选优，对发射实施更为有利。航天科技集团公司副总经理袁家军表示，选择发射日要稳妥，要有把握，发射目标飞行器与发射卫星不同，与发射飞船也不同，要考虑的因素更多，27日发射是常规选择，29日发射是特殊选择。

牛红光副部长认真听取各方意见，以他的工作风格，现在似乎还未到做最后决策的时候。牛红光副部长在长期的工作实践中形成了沉稳、全面、善于听取不同意见、综合分析研判的决策风格。他一向遵循规范决策、程序决策的原则，一旦做决策就必须正确，轻易不再更改。他凝思片刻，表示今晚暂不做决策，根据明天早晨天气预报信息订正后，由指挥部工作会议决定。

24日上午，发射场区任务指挥部召开专题工作会议，讨论天气过程对发射日选择的影响，确定后续工作计划调整。

根据接收到的气象信息，气象室技术人员认为，选择27日发射风险较大，选择29日发射更为保险和稳妥。如此选择发射日，确实体现了确保成功的原则，也体现了充分酝酿的技术民主作风。指挥部成员一致同意改选29日作为发射日，大家意见统一，心情舒畅，皆大欢喜。

实际上，推迟两天发射，为发射场工作带来的不是轻松，而是麻烦。发射日提前对我们是压力，推迟发射同样也是压力；既要调整当前任务计划流程，还要考虑到对"神舟八号"飞船任务流程的影响。发射中心计划部协调各系统，立即调整制定出新的计划流程。

通过计算，29日发射日的发射窗口前沿为21时16分，窗口宽度为15分钟。根据交会对接轨道，若"天宫一号"发射窗口推迟28分钟，"神舟八号"飞船发射则要推迟一天；若"天宫一号"推迟一天发射，"神舟八号"飞船的发射日则需要重新计算。因此，"天宫一号"发射的压力非常大，每一位指挥员心中都揣着这些预案和数据在积极主动地做工作。按时发射，是我们力保的工作目标，而实现按时发射，需要发射场各系统和设施设备工作可靠性有出色的表现。我们充满信心！

9月29日上午，天气过程按预报时间通过了场区，发射场阳光灿烂，清风徐徐，温度较低但凉爽宜人，"天宫一号"发射即将进入8小时准备程序。

发射前8小时30分钟，0号指挥员王军早早来到测试发射指挥大厅，提前进行口令合练。

王军1991年毕业于国防科学技术大学航天动力学与飞行试验本科专业，后来又相继获得硕士和工程博士学位，在发射试验一线积累了比较丰富的实践经验，今天走上0号指挥员的重要岗位。在普通人心目中，0号指挥员十分神秘。每次"神舟"飞船发射，0号指挥员的口令及最后时刻的倒计时读秒，都引发人们的极大兴趣和兴奋。

王军曾担任过几次卫星发射的0号指挥员，听王军谦虚解读："0号指挥员，实际上只是一个调度代号，也是千千万万参与到载人航天事业中的一个普通岗位，一个普通人。"但是，0号又不仅仅是个普通的调度代号。这个岗位不仅要求熟练掌握上千条指挥口令，还要了解发射场、火箭、航天器等各大系统的知识，具备全面指挥协调能力。从发射程序倒计时8小时开始，行使测试发射指挥权；发射前30分钟，他又是各大系统的最高指挥。

14时16分，王军按时下达"7小时准备"口令，火箭各分系统陆续加电，实施射前功能检查。遥测分系统加电后发现，助推火箭IV氧化剂启动活门前压力测点无输出信号，测试压力为0兆帕，正常值应为0.35兆帕。经过大家紧张讨论和分析，认定该故障为压力传感器出现问题，而启动活门前压力值应该属于正常，在临射情况下可以断掉传感器，取消该测量点。虽然遥测丢弃一个测量点，但还会有其他测量值予以弥补。然而，操作人员在处理传感器过程中，又发现传感器壳体上的均压孔向外冒烟，这股烟是推进剂四氧化二氮，一直持续泄漏。

传感器可以舍弃，但是推进剂泄漏事关重大。发射场区任务指挥部在现场召开紧急会议，研究处理措施。

根据技术人员分析，传感器上应该有疲劳裂纹，随后逐渐扩展，最后完全穿透，引起密封破坏，导致泄漏。四氧化二氮进入传感器内

本书作者签署"天宫一号"飞行任务发射命令

部，遇空气中的水汽生成硝酸，覆铜印制板遭到腐蚀，电路损坏，导致传感器输出为0；同时通过传感器壳体的均压孔向外泄漏。两个故障实际上是一个根源。

在如此紧张的时刻，能做出如此细致的分析，实属不易。

权衡利弊，总不能因为这股泄漏而取消发射程序，若那样，影响和损失太大了。大家紧急商量，决定将作废的压力传感器用涂环氧胶的玻璃布实施多层包裹，堵住泄漏。

事关重大，时间紧迫，容不得半点拖延。我点着名要指挥部成员及在发射场工作的工程总体人员等表明态度，大家意见完全一致，最后由牛红光副部长拍板，立即投入实施。

发射程序进入90分钟准备。按照明确的工作项目和内容，发射塔上回转工作平台内圈液压翻板和手动小翻板开始收起。塔架上第二层工作平台很复杂，在这个高度要对芯一级火箭和四个助推火箭实施操作，因此设有几个液压翻板和手动小翻板。地面设备营操作手陈学龙来到此处，发现翻板与固定平台之间缝隙较小，而且与固定平台端面相比略有下沉。操作手试图用点动方式收起翻板，但是翻板与固定端干涉较厉害，左侧铰链出现脱焊现象，在匆忙的操作过程中，铰链与翻板的焊接处被撕裂，翻板左侧下沉更加明显，只有右侧一个铰链承力，根本无法正常收回。

液压翻板与助推火箭靠得很近，若有闪失，就有可能砸到火箭上；若翻板不能正常收回，则会影响发射准备程序。

发射测试站总工程师高敏忠闻讯赶到现场，发射中心装备部邹利鹏部长带着阵地抢险小组也匆忙赶到。经过紧急察看和研究，他们认为采用正常的液压工作方式很难把翻板收起，只能采用吊葫芦和钢丝绳这些特殊手段才能奏效。眼下只有一个吊葫芦，看来不够用，他们又从抢险工具车上找来两个。他们用三根钢丝绳和三个吊葫芦，一边点动回收翻板，一边紧固吊葫芦，慢慢将翻板收了起来。

操作人员个个忙得出了一身大汗，总算没有影响发射程序的正常推进。

后来邹利鹏部长对这起地面设备故障组织了归零处理。他总结说："由于翻板铰链焊缝质量存在缺陷，在翻板反复放下和收起、自身重量以及风载荷综合作用下，铰链焊缝发生疲劳损伤，强度降低，致使焊缝产生裂纹。当翻板收起时，铰链焊缝处所产生的外载荷强度大于铰链焊缝焊接强度，由此导致焊缝开裂、脱焊，翻板无法正常收起。"发射任务结束后，邹利鹏他们组织人员，对发射塔四组十层回转工作平台的35个翻板74个铰链222处焊缝统统完成举一反三检查，共发现13个铰链存在缺焊、漏焊等质量问题，全部实施补焊加固处理。

如果说火箭遥测传感器和四氧化二氮推进剂泄漏的处理是指挥部快速应急反应和正确果断决策的体现，那么，发射塔液压小翻板的处理则是发射部队在紧急关头抢险能力的真实反映。越临近发射，对发射队伍的应急处理能力要求越高。紧急关头的决策与实施，既体现智慧和技术，更体现责任与担当。

进入1小时准备程序，大戈壁已经入夜，此时万籁俱寂，高远天幕上银河横贯夜空，星光灿烂的天穹静静地等待"天宫一号"到来。

时间好像突然加快了脚步，发射塔第二组、第三组回转工作平台接连收回，缓缓地靠拢在塔身一侧，火箭与目标飞行器组合体呈现在灯光下，惊艳亮相。

大漠风清，繁星点点。分布在发射场周围的数十台光学、遥测和雷达等测量设备，以最好的工作状态一齐对准发射塔，时刻准备捕获光灿灿的目标。

21时16分，火箭准时点火起飞。数据流、图像流源源不断地传到东风飞行控制中心。助推火箭分离，一、二级火箭分离，整流罩分离……583秒，火箭二级游动发动机关机，"天宫一号"与火箭在200千米高空成功分离，准确进入预定轨道。

"长征二号 F/T1" 火箭托举着 "天宫一号" 目标飞行器点火起飞

茫茫太空终于迎来中国人制造的"天宫一号"，一个多月后它将与"神舟八号"飞船在太空实现自动交会对接，创造华夏新的神话，全世界中华儿女翘首以待。

香港爱国企业家、社会活动家、协成行集团主席方润华老先生给发射中心写来热情洋溢的贺信，拳拳爱国之心尽情流露。他说："'天宫一号'的发射成功，标志着我国载人航天工程将迈向新的里程。敝人与全国人民共同热切期待下一步'神舟八号'与'天宫一号'对接之历史性时刻。相信在中国航天精英们的不断努力下，对接任务定将圆满成功。……踏入21世纪，随着中国在世界的崛起，祖国的航天事业发展一日千里，捷报频传，身为中华儿女，深感自豪。难能可贵的是，中国人的太空技术不仅与美、俄相媲美，同时更加精简节约，降低成本，提升效率，令人赞赏。中国建立永久太空站指日可待！"

发射中心全体人员感谢方润华老先生的鼓励，更愿借老先生的吉言，顺利完成首次交会对接任务。

五、"神舟八号"与"天宫一号"激情"亲吻"

"神舟八号"飞船于2011年8月26日空运至发射场，在"8·18"飞行失利故障归零的紧张氛围中，按部就班地进行着发射准备工作。

与"神舟一号"至"神舟七号"飞船相比，"神舟八号"飞船增加了交会对接机构和多种测量设备。实际上，交会对接机构在6月24日就已进入发射场，开展前期技术准备。

目前，国际上用于大型航天器之间空间交会对接的机构主要有两种类型，一种是锥杆式对接机构，另一种是周边式对接机构。锥杆式对接机构为"杆—锥"式构型，由主动对接机构上的导杆组件和被动对接机构上的接纳锥组件组成。这种机构相对简单，重量轻，对接初始条件适应范围较宽；但缺点是对接精度不高，并且布置在航天器中心位置的导杆组件会影响两航天器对接后的过人通道。周边式对接机构围绕周边布局，对接精度高，对接后易形成两飞行器间的过渡通道；其不足是对接机构相对复杂。

20世纪60年代，苏联研制成功锥杆式对接机构，成功应用于"联盟—礼炮"飞船对接，至今已有上百次成功对接经验。其后，美国与俄罗斯合作，对原有锥杆式对接机构进行改造，使其具备舱门开启后形成过人通道并保持密封的能力，成功实施了载人对接飞行。后来，美国与俄罗斯通过国际合作成功研制出周边式对接机构，美国现役国际空间站采用的就是周边式对接机构。

我国空间对接机构研制，先后经历关键技术攻关、方案设计、初样设计和正样研制四个阶段，完成充分的地面试验验证，获取了大量试验数据, 累计完成几百次部件级试验, 900余次捕获缓冲试验, 600余次连接分离试验。

"天宫一号"目标飞行器与"神舟八号"飞船采用的空间交会对接机构被称作异体同构周边式对接机构, 被动对接机构安装在"天宫一号"目标飞行器上, 主动对接机构则安装在"神舟八号"飞船上, 后续"神舟九号"和"神舟十号"载人飞船理应也保持这种结构。

对接机构承担的任务归纳为三项, 即实现对接锁紧、保持对接和分离。主动对接机构包含机械组件、控制器、驱动器、温控仪等, 具有捕获、传动缓冲、校正、连接分离和密封等功能。被动对接机构只有机械组件、控制器和温控仪三台单机, 仅具有连接密封和应急分离功能。我们可以想象, 主动和被动机构这种异体同构形式, 在捕获、连接分离及密封过程中, 必须相互配合, 才能完成对接功能。

为支持交会对接功能, 在"神舟八号"飞船上还配置了多种交会测量设备, 包括微波雷达、激光雷达、CCD光学成像敏感器和电视摄像机。这些测量设备按照使用方案由远及近, 分别与目标飞行器配置的测量设备合作目标构成交会测量系统。

"神舟八号"飞船上配置的微波雷达主机和天线与"天宫一号"上配置的微波应答机和天线, 组成微波雷达测量子系统, 用于两飞行器相对距离100千米以内的位置和速度测量。同理, 飞船上配置的激光雷达主机、信息处理机与目标飞行器上配置的无源激光雷达远场合作目标和近场合作目标, 组成激光测量子系统, 用于两飞行器相对距离20千米以内的位置和速度测量。飞船上CCD光学成像敏感器远场主/副相机和近场主/副相机、目标飞行器上六个CCD远场目标标志灯和六个近场目标标志灯作为主动光源, 组成CCD光学相对测量子系统, 用于两飞行器相对距离140米以内的位置和姿态测量。飞船上配置的电视摄像机与目标飞行器上的无源反射十字靶标, 组成电视摄像机相对测量子系统, 用于两飞行器相对距离140米以内航天员监视和测量相对运动,支持手动交会对接。

值得一提的是，"神舟八号"飞船空间应用系统利用德国研制的通用生物培养箱，将在太空开展四大领域 17 项科学实验。四大领域涉及基础空间生物学、空间生物技术、先进生命支持系统基础生物学以及空间辐射生物学。此次合作的顺利实施，展示了中国载人航天工程的开放姿态，为开展更广泛的国际合作提供了组织管理经验，为不同国籍的科学家打开了合作研究太空科学的窗口。同时，也为中国科学家开展空间特殊环境的生物学基础研究创造了条件。

发射场测试中，飞船试验队对测试过程实施精细化管控，他们重点关注新技术和新状态，加强测试状态控制，强化数据判读比对，针对关键过程、不可逆操作和不可测项目做工作，取得了令人满意的效果。带有主动对接机构和测量设备的全新的"神舟八号"飞船，在发射场测试中未发生任何质量问题。但是，"神舟九号"飞船在北京工厂测试中发生的问题，却差一点影响了发射场的发射计划。

10 月 22 日，"神舟九号"飞船在工厂进行整船真空低温拉偏试验。所谓拉偏试验，即为偏离正常工作状态一定程度进行的试验。试验结束，状态恢复，飞船中央单元执行三机复位指令，此时 B 机当班，数据管理分系统无遥测数据下传，测试异常。经分析验证，故障原因为 B 机与 A 机或 C 机在 0～7℃ 环境下通信异常。进一步分析认定，这种异常可能是 B 机对先入先出器件的控制电路复位信号接触不良或复位信号管脚悬空所致。

故障处理完毕，他们想到正在发射场等待发射的"神舟八号"飞船，遂将信息迅速传到发射场。

如何保证"神舟八号"飞船不会发生相同的故障？是否针对"神舟八号"飞船与其相同的设计电路做出举一反三处理？这些问题让飞船系统设计师们颇费思量，也让发射场区任务指挥部举棋不定。针对举一反三处理的难度，经轨道计算，若后续工作推迟在 4 天之内，"神舟八

发射场灯火辉煌，"神舟八号"飞船整装待发

号"飞船发射日仍可选在 2011 年 11 月 1—5 日；若后续工作推迟 5 ～ 20 天，发射日当选在 2011 年 11 月 17—20 日；若后续工作推迟 20 天以上，发射日则要推迟到 2011 年 12 月 20 日—2012 年 1 月 2 日。

这是交会对接任务的特殊性，它不但受制于待发射航天器的状态，也受制于太空飞行中航天器的状态，可谓牵一发而动全身，任务中每一项决策都必须极其严谨和慎重。设计师系统和发射场区任务指挥部为此展开紧张而严肃的讨论。

比较举一反三的更改方案，肯定会影响"神舟八号"飞船的发射计划。

大家进一步分析，若"神舟八号"飞船不做举一反三处理，飞船的测试充分性、试验充分性、操作风险、进度风险和发射窗口余量五个方面更优，可规避举一反三处理带来的操作风险和试验不充分风险。"神舟九号"发生的故障是特定温度范围影响到三机复位功能，而飞船在轨工作温度不会出现这种低温工况；况且，目前的"神舟八号"飞船各项性能指标正常，状态良好。最后，指挥部审慎决策，对"神舟八号"飞船未做举一反三处理。

决策，需要遵循科学规律，需要权衡进度与质量孰轻孰重。航天发射决策，有时必须格外谨慎，有时则需要冒一点风险，这个度的把握，需要智慧和技术的完美统一。

发射场区任务指挥部于 10 月 30 日上午举行本次交会对接任务的第八次会议，对任务转入火箭加注和发射阶段的工作进行研究审议，向总指挥部建议实施火箭加注和发射。

根据"天宫一号"目标飞行器在空间的飞行轨道和状态，选择 11 月 1 日发射，窗口前沿为凌晨 2 时 58 分 07 秒，窗口宽度为 1 秒，就是说，火箭点火必须在 2 时 58 分 07 秒和 08 秒之间完成。而且，这个点火时间还要根据"天宫一号"的飞行状况，在发射前予以最终确认，于发射前 15 分钟在发射控制台上完成设置。点火时间精确到秒级，这在航天发射中尚属首次。1秒的窗口宽度，要求我们的指挥、操作及发射设施设备不能出现丝毫闪失，这是对发射中心发射能力的历史性考验。以往发射任务中，在射前紧急处理各类故障的历练，也许就是为把握这1秒窗口宽度的积累。积累多了，即使发射窗口宽度为0，我们也能毫不犹豫地说，发射场一定能做到！

2011年11月1日2时58分07秒，"长征二号F"运载火箭准时自动点火起飞。飞行582秒后船箭分离，"神舟八号"飞船进入近地点200千米、远地点330千米的预定椭圆轨道。此时，"天宫一号"目标飞行器已在轨寂寞飞行32天又8小时，在距"神舟八号"10000千米处热切等待着，等待着"神舟八号"如期到来。

11月1日凌晨，我们在机场送别任务总指挥部各位领导和专家，他们还要迅速赶往北京飞行控制中心，指导和指挥后续交会对接任务。在飞机舷梯旁，常万全部长和马兴瑞总经理等与我们握手告别，一再说，连续打了两场硬仗，太辛苦了，回去好好休息，也安排部队休整一下。

我们感谢首长的关心，可是，部队真的来不及休息。

两天之后的11月3日凌晨，将迎来我国航天史上首次交会对接试验。

按照计划，"神舟八号"飞船发射后经过五次变轨，到达"天宫一号"的后下方。两个飞行器在相距约100千米处开始通信，飞船采用差分GNSS和微波雷达自主导航，控制其逐步接近目标飞行器；在相距约140米处，飞船使用CCD光学相机进行相对距离和姿态测量，控制飞船捕获目标飞行器，最后通过对接机构实现对接。

发射中心的东风测控站USB设备是支持交会对接任务的重要测控设备。11月2日晚，USB设备操作人员早早进入工作岗位，全神贯注地投入任务实施中。东风飞行控制中心所有监控显示设备也全部开启，与北京飞行控制中心保持信息畅通，同步显示图像和数据。

我们于11月2日23时进入指挥大厅，兴奋地见证首次交会对接全过程。

23时08分，经过五次远距离导引控制，"神舟八号"飞船飞抵"天宫一号"后下方约52千米处，转入自主控制飞行状态。其后，为了保证交会对接试验的安全可靠，对接程序分别设置了5000米、400米、120米和30米四个停泊点。在这些停泊点，"神舟八号"要"小憩"片刻，借助地面测控系统，看清目标，也看清自己所在的位置，检查自己的工作状态。

3日凌晨1时03分，"神舟八号"经过第四次脉冲控制，进入5000米停泊点，等待地面对两个航天器相对导航结果进行确认。

随后，"神舟八号"继续加速，向400米停泊点前行。在400米停泊点停留约3分钟，确认对接机构准备良好，再度追赶"天宫一号"目标飞行器。

1时16分，"神舟八号"飞船进入相对距离120米停泊点。

1时23分，"神舟八号"飞船进入相对距离30米停泊点。

指挥大厅里所有人员都屏住呼吸，目不转睛盯着大屏幕上的图像，生怕眨一下眼睛而错过这一历史瞬间。此时，可以看到两个飞行器相对距离越来越近。

10米，5米，3米，2米，1米……

1时28分，两个飞行器对接环轻轻接触，微微晃动。

接下来，对接机构捕获，缓冲，锁紧。

令人兴奋的是，此时的对接画面正是由发射中心东风测控站USB设备接收并传送到北京飞行控制中心的图像。东风飞行控制中心大厅里响起热烈的掌声。

1时35分58秒，"神舟八号"飞船与"天宫一号"目标飞行器成功实现首次交会对接，组合体以优美的姿态飞翔在茫茫太空，犹似一对恋人在太空激情亲吻、狂舞。

迢迢银河，万里飞渡，这是何等的业绩！茫茫太空，万里穿针，

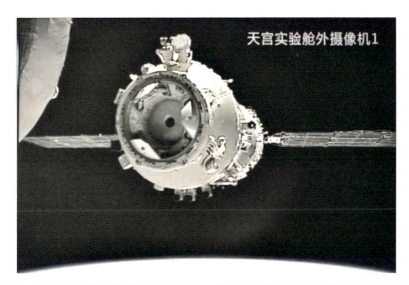

"天宫一号"舱外摄像机传到地面的图像："神舟八号"正向"天宫一号"缓缓靠近

这是何等的精准！中国在突破和掌握空间交会对接技术上迈出了第一步，这一步迈得扎实，迈得稳健，迈得尺度巨大；中国航天人在世界高科技领域占有的不仅仅是"一席之地"，而应该是"一片天地"。

对接完成，激情祝贺。我们来到东风测控站，对参加今晚对接测控任务的USB设备指挥和操作人员表示慰问。指挥控制站白建军站长带领全体参试人员列队等候在机房门口，他们穿着工作服，戴着工作帽，一个个丝毫没有倦意，似乎还沉浸在刚才紧张的操作中。我们与一线技术人员一一握手，致以问候与祝贺，对他们的辛勤付出表示感谢。我也清楚，他们还没有时间休息，接下来还要参加组合体飞行及后续一系列飞行试验的测控任务。掌声的背后是默默奉献的身影。就是他们，在本次任务准备过程中，完成18台测控设备新研、改造和安装调试，满足了交会对接任务高精度测控需求；就是他们，完成试验任务IP网改造以及调度、时通、天地通信等设备的迭代升级，提升了试验信息传输和处理能力；就是他们，完成了东风飞行控制中心一体化指挥显示软件和配置项开发、评测及适应性改造，提升了试验任务指挥决策的信息化和智能化水平。一张张熟悉的脸庞在我们眼前闪过，他们的业绩写在了交会对接之夜，他们的汗水映在交会对接图像画面上，闪闪发光。

数日后，为了感谢周边地方政府和人民群众对发射任务给予的支持和帮助，我们来到甘肃省酒泉市和嘉峪关市，地方领导对交会对接任务的成功赞不绝口。酒泉钢铁集团公司总经理说："我们炼钢工人炼一炉新钢，要反复演练多遍，才敢请领导到现场观看点火。你们在茫茫太空首次交会对接，就敢现场电视直播，真了不起！"我们听后，都自豪地放声大笑。

是的，首次交会对接，神话般的传说，教科书般的完美。我们想到会成功，但没有想到会这么成功；我们想到会完美，但没有想到会这么完美。这是成千上万航天人辛勤汗水和智慧的结晶，是工程全体人员通力合作与奋力拼搏的结果。

"神舟九号":

九天飘瑞，龙凤呈祥

"天宫一号"与"神舟八号"交会对接任务的圆满成功,实现了我国空间技术发展的重大跨越,是我国载人航天发展史上的重要里程碑。发射中心在这场举国关注、举世瞩目的大会战中,经受住了前所未有的高密度发射任务的考验、应对复杂局面能力的考验、面对重大挫折的考验和进行多次风险决策的考验。

基于任务性质的认识,载人航天发射既是科学试验,更是重大政治任务,只有时刻保持强烈的政治使命感和责任感,才能以坚定的信心和毅力,高标准履行好担负的使命。基于对科学规律的认识,航天发射高风险的特点始终存在,圆满成功后更加感悟到"成功是差一点点的失败,失败是差一点点的成功"的深刻哲理,成败系于毫厘。基于组织试验任务的原则,要始终立足于最复杂、最困难的情况做准备,居安思危,穷尽认识所能,穷尽能力所及,把每项工作做到极致。既要有夺取成功的坚定信念,也要有面对失败的责任担当;部队打胜仗考验定力,打败仗考验意志。这是发射中心队伍成熟的重要标志。面对"实践十一号"04星发射失利,始终保持旺盛的战斗热情和敢打必胜的坚定信念,以"天宫一号"与"神舟八号"两次重大航天发射任务的圆满成功,为自己实现"龙抬头",展现了发射中心的能力、气度和风范。

征人未下鞍,"天宫一号"与"神舟九号"首次载人交会对接任务又要拉开帷幕,吹响号角。本次任务亮点突出:航天员首次实施手控交会对接,航天员首次进入"天宫一号"驻留,女性航天员首次太空飞行,首次十天以上载人飞行,等等。中国乃至全世界届时将看到"中国龙"与"中国凤"翩翩舞于"九天"。

发射中心再次扬起风帆,以"追求卓越,追求完美,追求极致"的理念,迎接新的挑战,创造新的辉煌,且看"九天"之上演绎新时代的"龙凤呈祥"。

一、发射场英雄辈出

龙，传说中极具灵性的动物。龙是威猛的象征，是智慧的隐喻，是中华民族文化的主要图腾。因此，人们把火箭升空称作巨龙腾飞，把航天员飞天喻为龙翔九天。

在巨龙腾飞的这片大漠，是谁写下可歌可泣的不朽篇章？是战士的青春，战士的生命。

翻开发射中心的英雄史册，王来、李再林、潘仁瑾、谢秀玉、周熙、黄鹤云……一个个闪光的名字映入我们的眼帘，一个个鲜活的形象长留在我们心中。

王来，火箭加注专业技术骨干，预备党员。

1965年10月20日，发射部队按计划进行发射任务的推进剂加注合练。操作前，中队长交代注意事项，对每一位操作手提出安全要求，逐一检查加注服穿着情况，检查推进剂储罐、过滤泵、阀门、操作台等设备的工作状态。

14时20分，加注指挥员开始调度点名。

"1号准备完毕！"

"2号准备完毕！"

2号操作手就是王来。此时，他正在操作台上认真观察仪表和指示灯的数据和状态，做着加注合练准备。

16时50分，加注合练完毕，全班人员脸上洋溢着胜利的笑容。王来心里明白，此时工作还没有全部完成。加注合练虽然结束，槽罐车里剩下的液氧还必须排放干净。液氧在常压下极易挥发，虽然自身不燃烧，但是助燃能力很强，一点火星就会燃起大火。根据操作规定，剩余液氧要及时排空。

四辆加注槽罐车驶向戈壁滩，指导员、分队长和王来、周孟山、武润喜等几名操作手来到空旷的戈壁上，在远离发射场的地方处理液氧。槽罐车的阀门拧开了，液氧开始汽化，车旁升腾起一片白雾，迅速融入空气中。

很快，王来负责的槽罐车和另外两辆车将残剩液氧处理完毕。按说，此时王来完全可以离开现场休息，但是他看到还有一辆车未处理干净，就向指导员请求留下来帮助战友处理。

指导员看看现场情况，感觉工作所剩无几，不会出现什么问题，便答应了王来的请求，让他带着三名操作手和汽车司机留下来继续处理第四辆槽罐车剩余的液氧，完毕后尽快归队。

指导员离开不久，在王来的监督指导下，眼看着加注槽罐车残氧就要处理干净，王来便着手整理装备，准备返回营区。

此时，惊心动魄的一幕发生了。

汽车司机出于好奇，认为自己身上没有沾染液氧，思想麻痹大意，并违反不准私自携带火种的规定，取了一盆液氧，点燃一块油布放入盆中，"呼"的一下蹿起很高的白色火焰。

司机见势不妙，便一脚踢翻脸盆。液氧顺势洒进旁边的一丛红柳中，红柳当即燃起大火。其他人发现后，赶紧跑来用铁锹铲起沙土，七手八脚将火扑灭。

就在这时，操作手周孟山发现一根柳枝上还有火星，就漫不经心地用脚踢去。谁知他的工作服上已形成一层液氧汽化分子膜，周孟山脚一沾到火星，火苗顺着裤管瞬间蹿了上来。

当了五年加注操作手的王来，深知液氧助燃的厉害，他和武润喜看到后迅速跑回来扑打，奋力将周孟山的裤子脱了下来。谁知他们两人的衣服上同样也沾染着浓浓的液氧汽化分子，火焰毫不留情地烧到了他们身上。

火苗在王来、武润喜身上呼呼作响。在液氧分子的作用下，火势越烧越猛，王来、武润喜顿时成为两支烈焰熊熊的"火炬"。

武润喜只迈出第一步鞋底就烧掉了。没走几步，就一头栽倒在沙地上，再也没有起来。

王来见火势太大，就地一滚，但未起作用。这时其他几位战友拿着铁锹跑来，试图扑灭王来身上的火。已成火人的王来，想到火势再蔓延下去，很可能烧及别的战友和附近的加注槽罐车，就对冲过来的战友大吼一声："不要靠近我！"说完，转身向远离战友和车辆的方向艰难地跑去，身上的衣服也燃成灰烬纷纷扬扬落在地上。

10米，20米，30米……烈火在他身上无情地燃烧，烈焰中已看不清人影，只见一支"火炬"摇摇晃晃地向前移动。

一步，两步，三步……王来倒下了，两只手深深插进戈壁坚硬的沙土里，再也没有爬起来。

战友们哭喊着跑上前扑灭他身上的火，他却再也不知道了，浑身上下已经烧成焦黑色，惨不忍睹。

王来走了，他成为航天发射官兵心中永远的火炬；王来走了，他变成一条金光四射的火龙，翱翔在戈壁之上，永远陪伴着他的战友们，陪伴着他所钟爱的航天事业，一天天走向辉煌。

遥远的塔克拉玛干，八千里沙丘，九万条沟壑，不知编织出多少远古的梦幻，写下多少苍凉的诗篇，也不知吞噬掉多少怒放的生命。

1967年7月13日，火辣辣的塔克拉玛干大漠里跋涉着一支火箭残骸搜索分队，其中有一名战士叫李再林，他原本是电影放映员，主动请缨参加这次搜索任务，成为搜索分队中最年轻的队员。

李再林身体瘦弱，被安排在搜索队伍中间，但他硬气地说："请不要为我操心，我能行！"大家在前行搜索途中不时发现火箭发动机脱落的铝合金碎片残骸，每捡到一个残片，队员们便是兴奋的一阵欢呼。

上午11时，烈日当空，万里无云，热气在大漠上蒸腾，地表温度上升至60℃左右，塔克拉玛干犹似一个大烤炉，搜索队员们踩着松软的沙丘艰难前进。沙土又软又烫，走一步退半步；沙丘更是难走，不能直着上坡，只能转着圈一步步缓慢登攀。搜索队员渴了喝水，越喝越渴，随身带的两壶水很快就喝干了，接下来，每前进一步都很困难。为了完成任务，他们奋不顾身地向残骸散落区前进。

地面温度实在太高，不久就有队员出现恶心、头晕、目眩的症状，一个接一个走不动了。这时的李再林，因为瘦小，浑身已经没了力气，差点就倒在沙地里，但他又顽强地站起来，向前走去。渐渐地，李再林感到自己的体力到了极限，会影响队伍行动，他对身边的战友说："我可能不行了。如果你们回去，就告诉我的父母和亲人，我没给他们丢脸！"

小分队在艰难跋涉中走散了，九死一生的队员们陆续回到观察所。大家清点人数，唯独不见了李再林。部队领导立即启动紧急救援措施，让分散在各观察点的队员搜寻营救。

"李再林，李再林，你在哪里？"战友们用嘶哑的声音呼喊着，直到天黑也未寻到他的踪迹，只得收兵回到指挥所。

第二天，部队投入更大力量前往搜救，在李再林失踪的地点再次搜索排查。无边无际的山峦和沙海，阻断了战友们的呼唤，掩埋了李再林的足迹。四个多小时后，在一个沙丘的半坡上终于发现了李再林。他趴在沙包上，右腿弯曲着，眼睛里布满了沙子。战友们赶到后，大家给他喂水，做人工呼吸，李再林再也没有反应。

战友们哭喊起来："李再林，你醒醒啊，战友们救你来了，我们把水带来了，你快喝一口吧！兄弟，快醒醒……"可是，任凭战友们如何呼唤，李再林紧闭的双眼再也没有睁开。他脸上及全身的皮肤几乎被灼热的风沙烤干了，紧紧地贴在骨头上，1.7米的身高只剩下1.4米。

　　解开上衣风纪扣, 发现他的前胸已被自己用手抓了几十道血印, 这是他在极度干渴无法忍受的情况下抓破的。

　　李再林倒在了沙海里, 他化成了一条腾飞的沙龙。一个普通的生命, 没有豪言壮语, 只为了祖国的国防科技事业, 悄悄地走了。但是, 这条沙龙永远不会离去, 他是大漠里永恒的生命。

　　在航天发射大军中, 从来巾帼不让须眉, 女性技术人员是科技队伍中一道亮丽的风景线。她们进厂房, 爬发射塔, 调试操作设备, 编制计算机软件, 样样工作不甘落后。在巨龙腾飞的烈焰中, 也融入似水的柔情, 为发射中心建设奉献花样年华。

　　这里介绍的是发射中心试验技术部女研究员潘仁瑾。

　　潘仁瑾毕业于当时我国著名的西北军事电讯工程学院。毕业后因成绩优异留校任教, 在人才资源丰富、科技资源优厚的军事院校, 她完全有机会成为一名教授。但是, 为了支持丈夫工作, 为了祖国的航天事业, 她不顾学校的多次挽留, 投身到当时条件极为艰苦的戈壁大漠, 做了一名航天战士。

　　潘仁瑾没有被戈壁漫天的风沙和干燥的气候所吓倒, 毅然扛起航天发射场电磁兼容技术研究的重任。当时对于载人航天发射场来说, 电磁兼容是一项全新的课题, 没人研究过。为了摸清整个发射场系统电磁辐射源频谱特征, 为电磁兼容分析提供原始数据, 她和年轻的助手们带着测量仪器千里辗转, 白天测量, 晚上整理分析数据, 历时3个多月, 获得近万组数据, 弄清了发射场周围的电磁分布。在她的带动和指导下, 发射中心计量技术室涌现出一大批优秀的专业技术人才, 成为航天发射计量和电磁兼容技术的中坚力量。

　　载人航天发射场首次合练任务期间, 为确保船—箭—地各系统电磁兼容, 潘仁瑾带领团队开展了大规模电磁辐射、电磁干扰测试试验。为了保证试验数据精准, 她不顾年高体弱, 坚持和年轻人员一起干，顶着呼啸的狂风，爬遍了发射场所有的机房楼顶，架设仪器开展试验。当时她的身体已经非常虚弱，经常胃疼，吃不下东西。同事们都劝她歇一下，去做个检查，可她却说："时间这么紧，我们这头停下来会影响其他系统的工作，坚持一下就好了。"经过艰苦卓绝和精益求精的探索，船一箭一地电磁兼容试验圆满完成。在工作总结会上，时任载人航天工程总设计师王永志院士高兴地说："有老潘在，发射场电磁兼容我就放心了。"

她时常胃疼，严重的时候连东西都吃不下，但她依然在为我国将要发射的第一艘无人飞船强忍疼痛做着发射场的计量工作，直到有机会到北京开会，才顺便去医院做了检查，结果出来了：胃癌晚期。

她终究没能等到飞船上天的那一天。6个月后，她的美丽人生在鲜花烂漫的春季停止了。"活着没有看到飞船升空，死去也要守望祖国的航天事业。"这是她的亲笔遗嘱。灵车将她的骨灰运回戈壁大漠的那一天，无数官兵垂首默立，为我们的技术专家送别。这一年，她55岁。

发射场恋恋不舍地送走自己的女儿，大戈壁升起一道绚丽的彩虹，飞起一只美丽的金凤凰……

大戈壁，发射场，腾起的龙，飞起的凤，直上蓝天，变成一颗颗明亮的星星。他们没有离去，没有消失，他们为航天事业送来吉祥和祝福，为战友送来叮咛和呵护，每一个在发射场奋战的人，都为之振奋。

二、"神舟九号"紧急更换外回路泵

2012年4月9日，"神舟九号"飞船空运进场。

"神舟九号"飞船沿用了与"神舟八号"相同的轨道舱、返回舱、推进舱及相应交会对接设备组成的结构。与无人飞行的"神舟八号"相比，由载人飞行状态引起的变化复杂了许多。94件航天员用品要分别装入飞船轨道舱和返回舱，其中包括：上行物品柜中的食品包、口腔护理包、废物收集包、企鹅服包和失重效应实验用包，装于乘员物品包中的食品包、卫生用品包、备用内衣包、舱内工作服包和航天药箱，用束缚带绑扎在轨道舱侧壁上的餐具包、睡袋包、医监设备备件包和摄像机包，返回舱中的卫生用品包、舱内服备件包、应急备份食品及饮水包、救生船包、抗浸防寒服包和着陆用鞋包，等等。除此之外，还要加注饮用水105千克，满足3人14天的太空生活需求。这些航天员用品都要作为飞船特殊技术状态在整船测试期间安装设置完毕。

较之顺风顺水的火箭测试，飞船测试遇到了些许麻烦。

4月19日，飞船进场的第十天，推进舱已经安全吊装至总装测试台架上。按照试验流程，4月18日晚上测试人员开始给位于推进舱的热控分系统加注工质。这种工质是特殊液体，其作用类似于空调中的氟利昂，专门用于调节飞船在太空飞行时的舱内温度，把飞船内产生的热量散发到太空中。19日凌晨，加注完工质后，测试人员开始对热控回路通电测试，就在这时，意外发生了。安装在飞船推进舱内的热控外回路泵突然出现异常，无法正常工作。通过地面专检设备发送"外回路泵开启"指令后，泵无转动声音，检测泵的转速未发生变化，供电电流

"神舟九号"飞船扣整流罩

也未发生变化，表明泵未启动。这个意外相当棘手。外回路泵是调节飞船舱内温度的关键设备，飞船在太空飞行时，其外部环境温度受太阳影响很大，最大温差可达到200℃，离不开外回路泵的调节。

身兼飞船和空间实验室两大系统副总指挥的叶勋在第一时间接到现场测试人员的电话，他与主管副总设计师立即赶到现场。经他们仔细查看，做出判断，这台外回路泵必须马上更换，但要顺利安全地实施更换却异常困难。

发射场区任务指挥部接到叶勋的报告后，立即召开专门会议，研究解决方案和对策。飞船进场数天刚刚展开工作就出现这样的质量问题，无异于当头棒喝。大家都觉得这是个大问题，必须彻底解决。从发射场的工作角度，应该为外回路泵的更换提供一切可能的支持和帮助，配电和吊车保障随时恭候，人员和设备全力以赴。事实上，指挥部成员心里都很清楚，能不能在发射场现有的条件下完成外回路泵的拆卸更换，取决于更换方案的可操作性，取决于工人的操作技能。接下来需要制定合理可行的拆卸更换方案。

这台泵的安装位置对操作人员来说非常不便利，位于仪器圆盘的下方，刚刚能够容纳一个人的头伸进去，周围又布满电缆和管路，同时推进舱的承力截锥上还贴有许多加热片和测温用的热敏电阻。周围环境之复杂，要求工人操作不能出现丝毫意外。稍有不慎，周围设备就很容易受损。

按照既定的工艺流程，处理这样复杂的问题，需要将推进舱运回位于上海的工厂，把外回路泵周围的仪器和电缆全部拆除后，才能更换新泵。这一拆一装，再加上相应的恢复测试，至少需要2个月的时间，而"神舟九号"的发射日期根本等不起。如果故障不能及时排除，"神舟九号"飞船在发射场的测试将被中断。

此时，我们不由得想起，"神舟三号"飞船由于穿舱插座质量问题而中断发射场准备流程，致使发射日期推迟了3个月之久。难道"神舟九号"飞船又要遭遇如此严峻的考验吗？若是那样，我们为此付出的代价就太大了，付出的时间、人力和质量成本就太昂贵了！

叶勋副总指挥产生了一个大胆的设想，必须在发射场把这个问题解决掉，试验方案可以在上海的结构推进舱上验证。

叶勋紧急召开调度会议，商讨解决问题的最佳方案。在场的操作工人说，还是有这种可能性，但是风险比较大。

操作工人叫沈蔚松，是试验队中一位经验丰富的高级技师。沈蔚松说，确实很难取舍，现场能换不能换，首先得回上海在结构推进舱上演练一回。

经过紧张讨论，会议决定兵分两路。一路由技术组组长庄越牵头，制定在发射场实施外回路泵拆卸方案和操作工艺流程；另一路由副总设计师查学雷带领操作工人沈蔚松和陆学滨当天启程返回上海，在试验室结构推进舱内模拟实战演练。

发射场区任务指挥部同意以上解决方案，希望在上海的演练能取得满意的结果，为故障排除争取时间。

19日晚上8时，发射场区任务指挥部和中国航天科技集团相关研究院所联合召开视频会议，在北京、上海、西安和发射场之间同步进行。会议认可了上述解决方案，要求参试各方密切配合，制定好实施方案和预案，确保拆卸更换一次成功，不留隐患。会议还讨论了有关分工和计划安排。故障归零工作由北京方面组织完成，故障排除主线工作由发射场区任务指挥部负责实施。由此可能导致任务准备推迟5天，但我们要尽量往前赶。

此时，上海航天技术研究院正在紧锣密鼓组织换泵演练的各项准备。沈蔚松等到达上海的当天，便会同院里的专家和技术骨干，确定了拆泵演练方案。为了能更真实地模拟"神舟九号"飞船推进舱的实际环境，他们费尽了周折。换泵演练开始后，沈蔚松发现事情远比他们想象的还要艰难得多。主要难度是舱内空间太狭小，而且很难找到一个用力的支撑点。唯一能支撑力的是两个膝盖。膝盖能跪的位置是两根15毫米的管子。工人操作时因为没有地方借力，最担心手臂一松失去控制，工具打到别的电缆或设备上。

为了熟练掌握拆卸更换技术，沈蔚松在狭小的空间里连续模拟工作了一天，将结构推进舱内两个互为备份的外回路泵都进行了拆卸和安装，取得了经验，对在发射场操作心里有了底。

21日傍晚，一架晚点2小时的飞机在嘉峪关机场徐徐降落，从上海返回的沈蔚松三人一下飞机就急速赶往发射场。尽管在上海已进行过换泵实战演练，但毕竟不是真实的"神舟九号"飞船，其结构和布局还是有不少差异。所以，当沈蔚松于当天晚上走进飞船总装测试厂房时，心中不免有些忐忑。飞船试验队的领导和专家都关注着沈蔚松的动作，他的表情和脚步显得稍有些凝重。

由于推进舱内工作空间过于狭小，天气又比较闷热，艰难操作的沈蔚松每一个动作都小心翼翼，生怕触碰了不该碰到的部位和设备，不一会儿他已是汗流浃背。

事后沈蔚松笑着说："出点汗倒问题不大，怕的是汗水滴到电子设备或插头上，变成了多余物，或者造成短路，那就不但没排除故障，反而把问题搞大了。"

22日凌晨1时，故障泵被成功拆除后，疲惫的沈蔚松被同事们搀扶着走出了厂房。考虑到后续工作计划，飞船测试流程已经推迟了2天，换泵后还要增加补充测试内容，因此，稍事休息后沈蔚松又钻进舱内安装新泵。他顾不得揩净头上的汗水，任汗水浸湿的头发一缕一缕地贴在前额上，手里的动作没有丝毫放缓或紊乱。沈蔚松套着护膝，在狭小的空间里又跪了一个多小时，于凌晨2时终于将新泵安装完毕。加电测试检查，新泵工作一切正常，在场的所有人员都舒了一口气。

22日中午，通过气密检查，所有接插件在经过拆装后恢复良好，完全满足设计指标要求。外回路泵拆卸更换工作圆满结束，昼夜连轴转的加班，为"神舟九号"飞船抢回了充裕的准备时间。

在飞船总装测试厂房从事勤务保障的战士操作手们也极度疲惫，但他们毫无怨言，洗一把脸，又投入新的工作中去了。

此时，垂挂在飞船工作台架上的大幅标语"神九必胜"四个大字在强烈的灯光映照下显得格外醒目，映红了宽敞洁净的厂房，也映红了忘我工作的人们的脸颊。

新泵投入系统工作，故障泵的技术归零也已同步完成。几经周折，4月29日，专家通过了外回路泵故障归零报告，其故障机理描述为：热控分系统外回路管路吹除排放方案设计不合理，操作工艺不明确，造成泵入口自锁阀和出口减压阀启动时序不协调。反向吹除工质时，电机高速反转，产生高压电动势，超出驱动电路三端稳压器极限耐受电压，导致三端稳压器过压失效，并使基极驱动电路芯片失效，泵无法启动。

简单地说，就是管路中工质的吹除方案和操作工艺不合理，损坏了器件。在以后的操作中，更改方案和工艺势在必行。

三、巾帼建功，英模披红

位于发射中心机关所在地10千米之外的东风测控站是对火箭和飞船飞行实施测控的主要站点。这里光学、遥测和雷达设备林立，天线密布，电缆纵横，嵌入茫茫戈壁之中，远远望去，犹似大海中迎风破浪行驶着的一条巨型测量船。工作在这里的人们匆忙而充实，不分昼夜加班干活是他们的工作常态。发射结束了，他们还要跟踪测控，长期管理在轨航天器也是他们工作的一部分。

这几天，东风测控站的人员分外忙碌。他们一方面要不间断地跟踪在轨飞行的"天宫一号"目标飞行器，发送指令，令其调整姿态或变轨；另一方面还要为"神舟九号"飞船的跟踪测量进行准备和演练。双线作战，忙得不亦乐乎。

在这支忙碌备战的测控队伍中，有一个身影格外引人注目——圆圆的脸盘，笑起来很甜，双眼流露着智慧；齐耳短发，合体的军装，浑身透露着干练。她的名字叫陈小华。

2001年7月，陈小华大学毕业后来到这个偏僻的点号，成为一名雷达操作手。11年后的今天，她不仅成为测控站的技术骨干，而且还带出几名徒弟。她兢兢业业工作在雷达控制台前，记录和分析着从航天器传下来的一组组数据和图像，一丝不苟，严谨细致。

点号的生活忙碌而单调。为了跟踪在轨运行的航天器，陈小华常常错过开饭的时间，这已经成为她多年工作和生活的常态。于是，在点号简陋的食堂里，她打一点饭菜，添几勺汤，匆匆填饱肚子，就又火急火燎地回到工作岗位。家，似乎变得很陌生了。

陈小华分管的设备是"天宫一号"发射前刚刚完成改造的新一代USB测控雷达，这套设备所使用的综合管理系统软件由她一手研发。在研发该软件之前，设备跟踪卫星或飞船等目标时，测控人员只能用人工方法比对实时跟踪参数与事先提供的理论参数，以此来判断是否正确。跟踪一个目标，需要比对的参数达300多个。如果是双目标跟踪，则有700多个，而每次跟踪短则五六分钟，长则几十分钟，实施人工比对的测控人员始终处于高度紧张的状态，只能选择重点参数比对，很容易造成漏判或误判。

陈小华总结说："有时候跟踪人员比较少，一干就是七八个小时，甚至有时候是半夜跟踪，大家的精神状态就没有那么好，就有可能造成人为差错。"

随着载人航天任务越来越多，需要比对的重要参数也越来越多，技术和质量要求也越来越高。数据处理如果发生漏判或误判，会对完成任务造成严重影响。如何适应任务需要，提高参数比对的效率和准确性？带着这样的思考，2010年3月，陈小华前往四川成都，利用去研究所学习的机会，开始研发新的管理软件。

学习结束后，陈小华在工作之余继续开发这套软件。很快，综合管理系统软件安装到USB雷达设备中，接受实战检验。经过"天宫一号"和"神舟八号"任务试运行，软件不仅很好地解决了目标跟踪过程中的漏判和误判问题，还增加了许多与飞船测控有关的指挥显示信息，为指挥决策提供了准确依据。

在"神舟九号"发射任务中，东风测控站将要正式启用这套软件。对于陈小华来说，这不仅是对她辛勤耕耘的最好回报，更重要的是，在执行"神舟九号"飞船跟踪测控任务时，会让人更加从容和踏实。

或许大家会以为陈小华属于聪明的女性，计算机知识扎实。其实，聪明的基础是勤奋，所谓聪明很多时候只是比别人多付出几倍的努力罢了。智商决定一个人成功的下限，而勤奋决定一个人成功的上限。

东风测控站陈小华（右二）与同事们在分析 USB 接收到的飞船数据

陈小华还记得，2011年春天，系统要求各设备按照XML规定格式自动采集重要参数和指标。布置任务时陈小华心里一直在打鼓，因为此前她并没有接触过XML格式。她还清楚地记得那是一个周五，回家后她马上上网查询学习有关XML的知识，一不留意就忙活到了凌晨3时，第二天早上7时爬起来又反复琢磨。就这样，不到半个月时间，陈小华即按照系统下达的格式完成了各分系统重要参数自动采集和存储的任务。她所负责的设备成为发射中心第一个完成此项功能的设备。

谈起综合管理软件的研发过程，陈小华回忆说：

记得是2010年，旧的USB设备退役，同年3月我受命到位于四川成都的中国电子科技集团十所参加新USB系统监控岗位学习。由于监控软件功能复杂，其态势监视显示和自动化功能设计并不理想，主要存在的问题有：状态监视参数分散，操作人员不容易全局掌控设备运行情况；重要状态参数缺失，不能有效地为操作人员提供决策依据；任务环节正确性判决能力不足，设备操作人员执行任务压力大；设备自动化水平较低，操作工作量过大。

经过几个月对新设备的学习，根据多年执行任务的经验积累，我对所方研制的监控软件提出了30余项改进意见。但是，受研制协议的限制，我提的意见所方并没有采纳。因此，我当时就萌生了要开发一套综合管理软件的想法，目的是提高设备的自动化水平和可靠性，减轻操作人员的工作压力和劳动强度。

2010年8月，我在所里一边学习USB系统新知识，一边自学C语言，开始编写综合管理软件。在编写程序代码遇到重大困难的时候，我曾多次想放弃，也多次怀疑自己是否具备完成这项工作的能力，但是最终自己坚持了下来。凭着坚强的意志和对本职岗位的热爱，每晚、每个周末我都泡在十所的调试厂房加班加点编写软件代码。功夫不负有心人，到2011年1月设备出所时，我已经基本完成了软件代码编写。后来结合设备在发射中心的安装调试，我又进行了认真修改，至2011年7月，完成软件主体功能。该软件新增各类接口100多个，新增功能30余项，可以完成对USB全系统的状态参数实时监视和故障综合告警，参数自动检查比对，"神舟"飞船和"天宫一号"目标飞行器下行遥测参数挑点处理，自动收发飞行器瞬时轨道根数，遥控通道检查，装备信息自动采集和存储，等等。

在新设备安装调试期间，利用这套软件检查出所方研制的监控软件存在的许多设计缺陷，有的缺陷甚至可能会导致整个任务失败，消除了执行任务中的重大隐患，为新USB设备快速形成战斗力提供了有力支撑。

在执行"神舟九号"任务中，综合管理软件的诸项功能都得到了充分体现。该软件的开发成功，是对自己工作能力的莫大肯定，也让自己深切感受到能为载人航天任务做出贡献而自豪。

"天宫一号"与"神舟九号"交会对接任务进入决战决胜的关键时刻。6月9日，发射中心在载人航天发射场发射塔下隆重集会，表彰任务准备和实施过程中涌现出的有功人员，以此激励全体参试官兵。这是自"神舟一号"飞船发射以来，首次在试验现场组织的表彰奖励活动。

会上，我代表发射中心宣读了奖励通令，并与其他领导一块儿为5名荣立二等功的"火线立功"人员颁发证章和证书。

在掌声中，5名"火线立功"人员挂上大红花，身披红色绶带，接过金灿灿的二等功证章和证书，他们个个容光焕发，心中涌动着为载人航天发射奉献青春的激情。

受表彰的5名同志来自发射中心不同专业和岗位，但他们的共同特点是默默为"神舟九号"任务奉献智慧，用辛勤的汗水浇灌出胜利之花。

陈锋是试验技术部软件主任工程师，负责火箭、飞船遥测数据实时处理的一岗操作。他设计的基于二叉树的复杂公式脚本实时解析引擎软件，实现了遥测参数的复杂公式定制和通用化实时处理，提高了实时数据处理的灵活性和适应性；他设计出多设备源、多数据流、多关联参数、多层级的数据融合处理模型，提高了关键遥测参数融合处理的可靠性和准确性。他曾连续四昼夜加班工作，完成火箭和飞船3000多个遥测参数的处理配置、复核及系数装订。陈锋的工作能力和技术水平得到大家一致称赞。

胡燕华来自发射测试站，他是负责逃逸控制台操作的一名工程师。任务准备过程中，他精心组织逃逸控制台与其他各分系统接口联试，严格审核系统技术状态，确保逃逸控制台运行稳定可靠。在长时间的加班工作中，他发现并排除了指挥逻辑异常、数据状态管控异常、接口软件死机等多个软件缺陷或隐患，为发射任务准备做出了自己的积极贡献。

陈彦辉是指挥控制站指挥显示专业组组长。在逃逸控制台、安全控制台和飞行控制台重大改造任务中，解决了许多复杂的技术问题，展现出深厚的技术功底和组织协调能力。陈彦辉的工作精神更令大家感动。任务准备期间，他的岳母尿毒症到了晚期，家属随军无工作，孩子小无人照看，面对如此多的困难，陈彦辉毫不分神，潜心工作，先后攻克诸多技术难关，确保软件开发如期完成，顺利通过评测。

在任务准备中建功立业的不仅仅是奋战在技术一线的科技干部，在技术保障战线同样也不乏优秀人才，杨建峰和赵建涛便是其中的代表。杨建峰时任运输修理站修理营六连副连长，在发射场推进剂升降温系统改造施工中，他积极参与技术攻关，熟读技术资料和国家标准规范50余册，发现并改正设计缺陷42处，解决大型设备有限空间安装、管路平直度调整等十余项技术难题，带领技术攻关组圆满解决不同器材管路的焊接问题，顺利完成500多米压力管道共计630多处焊缝的焊接，为升降温系统改造做出了突出贡献。

赵建涛是水暖电管理站调度室的一名技师，士官。在备战"神舟九号"任务中，士官同样也能派上大用场。他带领所属人员圆满完成发射场变电站综合自动化系统施工改造任务。他们历时45天，累计施工改造更换电压保护装置70台套，敷设二次电缆70余根；敷设通信网线8000余米，二次接线10000余根。赵建涛几乎每天连续作业十多个小时，晚上编写方案，白天投入施工，连轴转已习以为常。任务关键时刻其父因病去世，赵建涛仅用几天时间处理完父亲后事，又匆匆回到施工一线，回到技术保障工作岗位上。

5名受表彰的人员，不，何止5名，是50名，500名，全体参试人员都是我们共同的光荣，他们同样可亲可敬。我们可以自豪地说，佩戴军功章的他们，是"神舟九号"飞船发射圆满成功的可靠保证。

最后，发射中心党委书记王兆宇发表讲话。他说，再过7天，"神舟九号"飞船将从这里飞向太空，我们将亲手创造载人航天发射的又一辉煌。今天受表彰的有功人员是全体参试人员的榜样。我们表彰有功人员，既是对全体参试人员的鞭策，也是发射实施的决战号令。作为一名光荣的航天发射战士，我们一定要大力弘扬"两弹一星"精神、载人航天精神和东风精神，续写载人航天浓墨重彩的新篇章，为祖国和民族赢得荣誉；我们一定要一鼓作气，乘势而上，全神贯注，全力以赴，夺取发射任务的最后胜利。

身后的发射塔听得清楚，厂房内的火箭、飞船听得清楚，发射大军此时正精神抖擞，斗志昂扬，即将投入最后冲刺。

四、首次挑战高温发射

6月9日，发射场又一个激动人心的日子，船—箭—塔组合体从垂直厂房开向发射工位。1500米的路程，约80分钟的时间，中国人的飞天之路越走越顺，越走越自信。

总装备部牛红光副部长率领我们一路丈量这段历程，边走边聊，十分愉快。晴朗的天气，暖暖的阳光，参与转运的队伍从紧张的工作环境中走出来，心情些许放松。欣喜之余，一向严肃的牛红光副部长看到现场保障的气象人员，询问"神舟九号"预定发射期间的天气，给予了格外关注，因为"天宫一号"因天气原因推迟两天发射的情景还历历在目。

牛红光副部长说："一定要把16日发射日的气象准确报出来，因为这次发射间隔两天才有一个窗口，如果16日发射不成，很可能火箭推进剂就得泄回，这么热的天坚持两天很难，所以你们一定得报准。"

气象人员回答："到12日大体应该把握得住。"

牛红光副部长说："那咱们就12日会商一次，你们做好准备。"

气象人员说他们就是这么安排的，他们有信心准确预报。

11时20分，船—箭—塔组合体成功转运至发射工位，活动发射台一次对准，发射脐带塔上各层工作平台陆续展开，紧紧抱住火箭和飞船。此时，火辣辣的太阳升到了发射塔顶，人们预感到一场高温天气即将袭来。

6月的戈壁，热浪滚滚，虽然不是最高气温，但已来到气温逐日升高的夏季，人们很难把握春夏过渡期间的天气变化。这是"神舟"飞船首次在高温季节发射，给任务实施增加了新的难题。

需要解决的第一道难题就是火箭推进剂的温度控制。

推进剂加注前需要经过多次调温，使之发射时保持在 $13 \sim 15°C$ 最为适宜。推进剂调温要靠一套较为复杂的升降温系统来完成。针对夏季高温给火箭推进剂加注带来的风险，发射中心于 2012 年 2 月对原有推进剂升降温系统实施重大技术改造，这是发射场系统为"神舟九号"任务实施的最大的一项技术改造项目。改造工艺难度大，施工周期短，令许多施工承包队伍望而却步，不敢接活。发射中心决定组织自己的技术勤务保障部队施工。其实，这支队伍也有一定的施工经验，他们拆除旧设备，安装新系统，一时间厂房里焊花飞溅，管线密布，硬是把这块别人不愿啃的骨头啃了下来。经过 82 天的苦战，升降温系统改造工程比原计划提前半个月竣工。通过一次卫星发射任务的实战检验，改造后的升降温系统运行稳定，在 30 小时内可以将数百吨推进剂调整到合适的温度，充分满足火箭加注的需要。

推进剂进入火箭后的温度控制是第二道难题。

由于受空间环境和"天宫一号"目标飞行器飞行状态的约束，"神舟九号"飞船发射窗口有十分严苛的要求，这将使火箭储箱内推进剂温度控制面临比以往更严格的考验。"天宫一号"在太空飞行的轨道两天一回归，因此要求"神舟九号"发射日之间必须相隔一天，不能连续实施。比如说今天有第一发射窗口，后天才有第二发射窗口。还有一个限制条件便是零窗口的发射要求。

高温条件下零窗口发射，确实是场严峻考验，这意味着火箭一旦受气象或其他因素影响而中止发射程序，只有等待第二或第三发射窗口，至少得推迟 48 小时，由此需要对火箭推进剂采取复杂的处理程序。

在高温条件和间隔一天窗口的限制下，发射场还必须解决第二道难题。

由于载人航天发射场的设计指导思想和工艺流程为"强化技术区，

弱化发射区"，即发射区安排的测试内容相对较少，可以在3天左右准备完毕，实施发射。因此，发射塔安装建设时没有采取完善的密封措施。后来，由于发射区安排的测试工作增多，而且大多选择在冬季发射，也就逐渐添置了密封和供热设备。从"神舟一号"至"神舟八号"，经历不同气候条件的发射，发射塔逐渐形成现在人们所看到的这种封闭式钢架结构，而相对地，在夏季发射却不具备大空间送冷风降温的条件。

如何保证发射塔密封区内的温度不随环境温度升高，或者说升温速度低于预期，保证火箭储箱内的推进剂温度满足发射要求，发射场系统广开思路，探索各种措施和办法。我们所想到的措施包括：临时增加发射塔制冷空调，为密封区降温；在密封区工作平台上放置冰块降温；对火箭箭体实施保温隔热；对密封区实施保温隔热；等等。然而，仔细分析，相对于炎热的外部大气环境，这些措施无异于杯水车薪，效果不会太明显。所以，一旦推迟发射，泄回火箭推进剂似乎是一道必然的工序。

发射中心总工程师陆晋荣一直在组织有关技术人员研究讨论火箭推进剂加注和泄回预案。技术人员根据"神舟九号"飞船发射窗口及火箭加注发射期间发射场气象资料统计和预报信息，采用计算机预估软件对第一、第二和第三发射窗口推进剂温度进行计算和分析，得出结论：若发射日平均温度为24～37℃，推进剂温度只能满足第一发射窗口的发射要求；若发射日平均温度为21～24℃，推进剂温度能满足第二发射窗口（间隔48小时）的发射要求；若发射日平均温度在21℃以下，推进剂温度也能满足第三发射窗口（间隔96小时）的要求。然而，根据发射场近30年6月中旬的气象数据统计分析，推进剂温度满足第二、第三发射窗口发射要求的概率很小。如果出现推迟发射的情况，只能采取泄回推进剂再加注的措施。

把已加注好的推进剂泄回库房，重新降温，重新加注，这是一个极其复杂和危险的过程，是与加注工序完全相反的逆工序，不到万不得已不会轻易采用这个方案。为此，陆晋荣总工程师组织大家对推进剂泄回和再加注预案进行仔细分析，由发射测试站加注组长熊显潮编写出《火箭推进剂泄回再加注预案》，交由会议讨论。预案明确了每一工作步骤的主要内容和所需要的时间，从推进剂泄回、降温，到第二个发射日重新加注，至少要连续工作34小时，这对于每个加注人员和设备来说，都将是一次前所未有的考验。

"神舟四号"发射挑战低温的场景似乎就在眼前，10年后老天又把一团烈焰抛给发射场。正是诸多磨砺和考验，才铸就了载人航天的壮丽和辉煌。

只要火箭尚未点火发射，预案的准备工作就会一直默默进行下去，直到发射前的几天，陆晋荣总工程师还在与加注技术人员不停地交流和讨论，设想着一道道可能出现的难题和解决困难的办法。他告诫大家有备无患，我们不希望用上预案，但是要把预案做得最充分、最完善，这样才能应对突如其来的困难。今天的付出，正是为了明天的坦然。

在发射场殚精竭虑应对火箭推进剂抵御高温的同时，火箭系统又提出，逃逸飞行器（逃逸塔）在发射日当天的温度不能超过30℃的技术要求。5月26日，发射场区任务指挥部责成质量控制小组研究逃逸飞行器温度保障条件，协调落实相关措施，尽发射场最大能力给予保障。

6月中旬发射场的最高气温预计可达38℃，对于裸露在密封区之外的逃逸飞行器来说，要满足低于30℃的温度要求，必须采取特殊措施。

针对这个难题，试验技术部总体技术人员会同发射测试站，制定出在现有条件下适当改造的保障方案。

原来，在发射塔固定平台上设有为工作房间送冷风的空调设备，目的是为工作人员在房间操作设备创造舒适的环境。为了保障逃逸飞行器的工作温度，可以对原空调设备进行改造，增加三通、风阀和风管支管等部件，通过支管把凉风送到逃逸飞行器密封保温衣内，达到降低温度的效果。这样一来，虽然影响了工作人员的舒适程度，但却满足了逃逸飞行器的工作环境。改造方案得到发射场区任务指挥部的批准，并得以实现。

船—箭—塔组合体转至发射区后，改造过的空调设备立即投入使用，尽管发射场上烈日如炙，逃逸飞行器保温衣内却始终凉风习习。6月16日发射日进入90分钟准备时撤收保温衣，传感器测得逃逸飞行器保温衣内温度为22～25℃，完全满足火箭系统提出的技术要求。火箭技术研究院的同志们高兴地称赞发射场出色的保障工作，感谢战士们为此做出的奉献和牺牲。

"神舟九号"任务垂直转运现场

五、笑靥如花绽放九重天外

6月15日下午，酒泉卫星发射中心航天员公寓问天阁热闹异常。次日将要搭乘"神舟九号"飞船巡天的航天员景海鹏、刘旺和刘洋首次与中外媒体记者见面。景海鹏神采奕奕，刘洋笑容可掬，刘旺则显得略为严肃，他们一起挥手跟大家打招呼。

只见他们身后是一面巨大的五星红旗，工作服上也嵌着五星红旗。用玻璃隔开的会见室内，三人笔挺端坐，等待记者们提问。

新华社记者第一个提问："首先祝贺你们入选'神舟九号'载人航天飞行乘组。请问这种搭配有什么优势，你们三人是怎样分工的？"

是的，这是"新老搭配，男女联合"的飞行乘组搭配模式。景海鹏第三次进入会见大厅，他在"神舟六号"任务中作为备选航天员，在"神舟七号"任务中实现了飞天，这一次将是他第二次进入太空，无疑会担任指令长的角色。景海鹏沉稳大方地说："我是航天员景海鹏，非常高兴能够再一次在这里与大家见面，我们会紧密配合，密切协作，共同圆满完成我国首次载人交会对接任务。"景海鹏还对记者表示，随着载人航天事业的发展，航天员多次执行飞天任务也将会成为一种常态，自己的飞行体会和经验能够得到充分应用。

刘旺负责手控交会对接操作，刘洋负责航天医学实验及空间实验管理。他们表示工作配合已非常默契，一个眼神、一个表情、一个动作，彼此就能心领神会。

刘洋将是首位进入太空的中国女性。她回答记者："能够成为首位飞向太空的中国女航天员，我是幸运的。当飞行员时我在天空飞行，成为航天员我将在太空飞行。"刘洋说，她非常渴望多体验一下太空奇妙的失重环境，并记录感受，回来与大家分享。

正所谓：男女搭配，干活不累；新老结合，生动活泼。我们期待"神舟九号"航天员乘组带来新的惊喜，创造新的业绩。

6月15日13时，火箭开始加注推进剂。

此时正是戈壁滩最热的时段，加注操作手们身穿密封笨重的工作服，忍着难熬的酷暑，战斗在发射塔和库房。他们将易燃、易爆、剧毒、高腐蚀的推进剂源源不断地注入火箭储箱内。紧张工作7小时，火箭推进剂加注完毕。

加注泵刚一停止，记者们立即围住了我，询问加注过程是否顺利，让我对本次任务的加注工作给出评价。我目睹了加注全过程，也了解加注操作手为本次任务高温下操作所做的精心准备。我说："加注工作进行得非常顺利，加注前准备工作做得很充分，一切都按照加注方案实施。他们操作得很准确，控制精确，非常细致，做到了滴液不漏，非常圆满！"

6月16日注定是一个万众瞩目的日子，这一天被选为"神舟九号"载人飞船发射日，火箭点火时间确定为18时37分21秒，发射窗口宽度为1秒。

上午10时37分，发射任务进入8小时准备程序。

在发射场紧张准备的同时，15时43分，执行我国首次载人交会对接任务的三名航天员即将出征。他们在问天阁广场上一字排开，英姿飒爽，向载人航天工程总指挥常万全部长报告出征。

"出发！"中国人飞向太空的四次出征，领受的都是同样的命令。"出发"是中国航天人最熟悉的号角。不管通往天宇的道路多么崎岖，筚路蓝缕，中国航天人不懈探索的步伐从未停止。从"神舟七号"到"神舟九号"，45岁的景海鹏已经是第二次从这里出发；43岁的刘旺是第一次以飞天航天员身份出现在这里，为了这一刻，他已经努力了14

年；34岁的刘洋更是记者镜头里的宠儿，此时，她正用甜甜的笑容缓解着内心的兴奋与压力。

烈日当空，夹道欢送的人群淹没在鲜花的海洋里。从问天阁到发射塔，只有短短7.5千米路程，却是无数航天人通往梦想的阳光大道。20年来，这条路已有杨利伟、费俊龙、聂海胜、翟志刚、刘伯明、景海鹏意气风发地走过。在中型轿车里面，第二次走在这条阳光路上的景海鹏自是感慨万千，泪眼婆娑。他不想让两位首次踏上飞天之路的战友看到自己激动的样子，把头扭向靠近窗户的一边，给人感觉似乎是在欣赏窗外的戈壁风景。他下意识地摸一下脸颊，其实他是在轻轻擦拭眼泪。后来有媒体说，景海鹏为了"神舟九号"飞天，曾经两次落泪。景海鹏纠正道，错了，曾经多次落泪。

让景海鹏感动落泪的是祖国和人民的重托与信任，这份托付重于泰山，这份信任深似海洋。

从"神舟九号"乘组初选，正选，到正式确定由景海鹏任指令长，他内心的激动难以言表。景海鹏说："'神舟七号'飞天，我跟翟志刚和刘伯明说过，这辈子谁有咱们这样的机会，我们是生死兄弟。这次我跟刘旺和刘洋讲，咱们是生死兄妹。祖国的首次载人交会对接任务由我们亲手完成，这是何等的壮举，何等的自豪！"

16时许，航天员乘组来到发射塔下，景海鹏、刘旺、刘洋三人与工程领导一一握手告别，走进防爆电梯，登上塔架，进入飞船返回舱。

我坐在发射指挥大厅的监视器前面，记下一组数据：

16时20分，刘旺进舱；

16时22分，刘洋进舱；

16时24分，景海鹏进舱；

16时26分，航天员进舱完毕。

此时，从飞船返回舱传下来的图像中看到，中间坐的是景海鹏，右下角是刘洋，左上角是刘旺。三位航天员进舱后迅速展开飞行前的

"神舟九号"航天员景海鹏（中）、刘旺（右）、刘洋（左）在发射场

准备工作。我继续记录三位航天员在不同时刻的心率参数：

17时02分，景海鹏心率72，呼吸率10；刘旺心率77，呼吸率12；刘洋心率88，呼吸率20。

17时55分，景海鹏心率67，呼吸率12；刘旺心率66，呼吸率10；刘洋心率80，呼吸率20。

18时32分，景海鹏心率82，刘旺心率67，刘洋心率95。

随着点火时间的临近，三位航天员的心率稍有变化，但是最后都趋于平稳。大家叹服，他们都有着一颗超常强大的心脏，面对迢迢征途，不可预知的艰难险阻，脸上始终挂着轻松的微笑。

然而，一般人不知道的是，他们为了今天的从容和镇定，曾经经受多少艰苦的训练，流下多少辛劳的汗水和泪水。

被景海鹏视为生死兄妹的刘洋，与第一代航天员相比，无疑是赶上了一个最佳时机。作为中国空军第七批女飞行员，两年多前，刘洋从空军航空兵某师正式调入航天员大队，成为第二代航天员中的一员。那时的刘洋，对于航天员的职业充满向往和想象。

刘洋说："我刚来时没把航天员的生活想得过于艰难，或太过于寂寞。我以前当飞行员的时候，也是这么一路走过来的，还有什么苦吃不了呢！但是真正投入航天员生活当中，才知道它是多么寂寞枯燥和单调。日复一日，年复一年，永远只重复一件事，就是为了执行任务学习训练，训练学习，除此之外，几乎没有什么业余生活。"

枯燥单调的航天员生活，让刘洋将自己所选择的职业比作高考前的冲刺。人在高三的时候只有十七八岁，那时候精力充沛，有理想，有追求，但是如果以后两年、三年、五年、十年，一直到退休，都是高三的生活节奏，这样的生活谁受得了？相对于高负荷的训练，保持始终坚持的状态，是一种更大的挑战。

在航天员大队，挑战几乎无处不在。"神舟九号"飞船发射任务在即，这意味着刘洋要在短短两三年时间内达到第一批航天员长达14年训练的目标，而每一次训练，对于年轻的刘洋来说，都是超乎寻常的磨炼。

刘洋回忆说："每次训练真的都是考验，比如转椅训练吧，我刚来到航天员大队时，前庭功能比正常人要强，当飞行员的时候都是转4分钟，转到5分钟就非常难受了。"一直对自己的身体素质充满自信的刘洋，怎么也没有想到竟会在前庭功能训练上遇到拦路虎。航天员的前庭功能训练要求一次必须转够15分钟，可刚转了不到5分钟，刘洋的身体就吃不消了。"5分钟刚开始，汗一下子就冒出来了，背上全湿了，额头上也全都是汗。这个时候需要你转移注意力，要忍住，因为你一旦在转椅上吐了，那是非常可怕的一件事情。因为你对它有了记忆，会对它有反应，下次再见到它，还会不由自主地想吐，而且会产生恐惧心理。"

前庭训练是为了避免航天员在太空中受空间不良因素的影响，发生运动病，所以，要在地面人为地用转椅进行不同状态的旋转来刺激航天员前庭功能的耐受能力。这种训练一次就是十几分钟。刘洋5分钟转下来就受不了了，在床上一直躺了一上午，连午饭都不想吃，心里不断寻思，这可怎么办啊，5分钟都已经这样了，明天要转8分钟，自己能不能坚持下来呀？

在航天员训练中心，航天员的每项单科训练成绩都要记录在综合考评中，成为评估最终能否执行飞行任务的标准之一。这是一票否决制，如果训练成绩不好，就连通行证都拿不到，别的更是免谈。

事实上，前庭功能训练只是航天员众多训练科目中的一项。接下来，还有更严峻的考验在等待着刘洋。

刘洋回忆说："我第一次做离心机训练的时候，就不知道该怎么去对抗它，不知道该怎么使劲。其实离心机训练就短短几分钟时间，但是我整个做下来浑身都在使劲，好像连指甲盖都在使劲。"

离心机训练是为检验航天员在飞船升空和返回降落时的荷载能

力。人们在游乐场所坐的过山车最大过载也只有两个重力加速度，而航天员在离心机上的过载最少要达到6至8个重力加速度，相当于6至8倍自身重量压在身上，完全超出了一般人的人体承受极限。每次从离心机训练走出来，刘洋都感觉自己的双腿在发抖，就像爬了好长时间的山峰那种感觉，两条腿都是软的。

看到刘洋暗暗与自己较劲，工作人员和老航天员也都为她捏着一把汗，大家都希望用自己的方式帮助刘洋迈过这道坎。

刘洋感激地说："师兄们大都训练14年了，他们每个人都有自己的一套学习训练的心得和方法。在我们刚来的时候，他们就把这些经验毫无保留地都传授给了我们。他们还会主动问我训练中出现的问题。他们可能训练了几百次才摸索出的经验和窍门，在我训练时就主动过来告诉我。"

终于，刘洋迈过一道道难坎儿，战胜一个个困难，踏上成功之路。

刘洋经常爱说一句话：载人航天的训练和环境不会因为女性而降低门槛。这句话说得很正确，刘洋训练的成功也充分诠释了这句话。

面对安详沉稳坐在飞船返回舱中的刘洋，了解这些情况的人都为国家和军队培养出如此优秀的女儿感到骄傲和自豪。

18时37分21秒，火箭准时点火起飞，三名航天员随火箭和飞船扶摇直上，渐飞渐远，一起感受火箭的轰鸣和飞天的奇妙。

火箭飞行574秒，船箭分离，"神舟九号"飞船准确进入近地点200千米、远地点330千米的初始转移轨道。就在飞船进入轨道、航天员感受失重的一刹那，遥测画面送回刘洋莞尔一笑。

确实，刘洋爱笑。那是花儿笑在烂漫的季节，那是女儿投向祖国母亲怀抱里的撒娇，那是青春火焰在祖国钢铁长城上熊熊燃烧。

后来，刘洋对大家说："我爱人经常跟我讲，你知道大厅里坐了多少人吗？你知道我们是AB班吗？大家几乎是24小时都在那里守着，看着你们的一举一动。我必须让这些关爱我的人都放心，所以要保持一个非常好的状态。这就是大家看到我在天上微笑的一个原因。"

一阵热烈的掌声之后，载人航天工程总指挥常万全宣布："神舟九号"载人飞船发射圆满成功。顿时，东风飞行控制中心大厅内欢呼如潮。

时任中共中央政治局委员、国务委员刘延东现场宣读了在丹麦哥本哈根出席国际会议的胡锦涛总书记发来的贺电。贺电表达了胡锦涛总书记的兴奋心情，传递了对全体参研参试人员的祝贺和问候。

胡锦涛总书记强调，"天宫一号"与"神舟九号"载人交会对接，是我国载人航天工程的一个重大突破。希望同志们继续发扬载人航天精神，精心做好各项后续工作，奋力夺取首次载人交会对接任务全面胜利，为推进我国载人航天事业发展再立新功。

胡锦涛总书记的亲切关怀和殷切期望，使所有参与发射任务的工程技术人员深受鼓舞和激励。[*]

此次任务的最大亮点无疑是"天宫一号"与"神舟九号"手控交会对接。为此，工程总体设计，从"神舟九号"飞船发射前21天开始，"天宫一号"目标飞行器开始降轨调相，在"神舟九号"飞船发射前一天进入高度约为343千米的近圆轨道，建立倒飞姿态，等待与飞船交会对接。飞船发射入轨后，经远距离导引段、自主控制段和对接段近两天的时间，实现与"天宫一号"目标飞行器交会对接。在地面测控通信系统的导引下，"神舟九号"飞船经过五次变轨，从初始轨道转移到330千米的近圆轨道，在距"天宫一号"目标飞行器后下方约52千米处，与其建立稳定的空空通信链路，开始自主导航。

与"神舟八号"飞船交会对接相同，"神舟九号"飞船也在距"天宫一号"5000米、400米、120米和30米处分别设置四个停泊点，作为状态检查及阶段切换点。

---

[*] 神舟九号载人飞船发射成功.人民日报，2012-06-17（1,3）.

6月18日，迎来"天宫一号"与"神舟九号"手控交会对接的日子。东风飞行控制中心所有监视显示设备全部启动，协助北京飞行控制中心执行任务。发射中心相关领导和技术人员齐聚指挥大厅，亲眼见证这一伟大历史时刻，也见证发射中心测控设备在这一历史性任务中的关键作用。

12时41分，"神舟九号"飞船抵达"天宫一号"目标飞行器正后方约5000米停泊点。然后，"神舟九号"飞船以自主导引控制的方式逐渐向"天宫一号"靠近。

14时01分，"神舟九号"飞船飞抵30米停泊点，最终确认对接准备状态。航天员刘旺手握操作柄，神情镇定地监视着飞船仪表盘上的数据和画面。这是一个激动人心的时刻。为了这一时刻的顺利，航天员在地面进行过上千次练习。供航天员操控的有2个手柄，每个手柄有3个轴，而每个轴又有2个方向。所以，加起来就是6个轴12个方向。所有的操作都有可能同时发生，这些极大地考验着航天员的判断能力。我们知道，在地面的模拟无论如何都很难还原失重状态下的操作。航天员对飞船在太空失重状态下的真实运动特性和飞船受控的反应，在地面训练时很难有完全正确的认知。

负责手控交会对接操作的刘旺，他最大的训练特点是踏实。从开始训练到上天执行任务，别人问刘旺对成功的把握有多少，他总是毫不犹豫地说百分之百。刘旺对自己非常有信心，同伴们对他也充满信任。在交会对接前，刘洋就在飞行手册上给刘旺写了一句："我相信你！"

是的，同志们相信他，他肯定能百分之百成功！

此时，"神舟九号"飞船正以0.2米每秒的相对速度向"天宫一号"缓缓靠拢。

刘旺回忆说："两个航天器相距5米左右的时候，对我们考验尤其大。因为5米之内如果出现问题，是悬停、撤退还是继续对接，需要及时地做出反应。5米之内如果悬停或者撤退，反推发动机就要点火工作，发动机的反喷会对'天宫一号'的姿态和设备造成危害，对接任务就有可能难以继续下去。"

14时07分，在刘旺的精准操控下，"神舟九号"与"天宫一号"对接环轻轻接触，经过捕获、缓冲与校正、拉近、锁紧等技术动作，飞船与目标飞行器建立起刚性连接，形成组合体，宣告中国首次载人手控交会对接任务圆满成功。那一刻，十字标清晰地显示两个航天器完全对接在了一起。

操作手刘旺14年的努力和等待终于得到真正的释放，景海鹏、刘旺、刘洋三名航天员紧紧握手祝贺。我们在指挥大厅里看到，他们眼里都闪着激动的泪光，口里似乎轻声说着什么，那是无以言表的自豪与喜悦，那是穿越太空的中华儿女情。

刘旺回忆说："对接完成之后，确实很激动，但是因为失重，眼泪掉不下来，一直在眼眶里打转，如果不眨巴眼睛，眼泪下不来。"

对接完成，三名航天员着手准备进驻"天宫一号"的工作。根据地面指令，航天员刘旺依次打开飞船返回舱舱门平衡阀和返回舱门，进入飞船轨道舱。航天员在轨道舱脱下舱内航天服，换上蓝色工作服。

完成各项准备工作后，景海鹏顺利开启飞船轨道舱舱门，进入对接通道。在刘旺的密切协助下，景海鹏成功打开"天宫一号"实验舱舱门。17时07分，终于迎来这个激动人心的时刻，"天宫一号"传下来的画面显示，景海鹏如同一只飞翔的鸟，翩然进入"天宫一号"实验舱。不久，刘旺与刘洋也潇洒地"飞"入"天宫一号"。

这是中国航天员首次进入在轨运行的航天器。

刘洋依然笑靥如花。

景海鹏对着镜头说："感谢首长和同志们的关心与支持。敬礼！"三名航天员齐刷刷地举起右手。之后，他们又频频向大家挥手，这是来自宇宙的敬意，这是来自天外的敬意！

美哉，天宫！

天宫，中国人来了！

惊喜还在继续。

6月26日上午10时，中共中央总书记、国家主席、中央军委主席胡锦涛等中央领导同志来到北京航天飞行控制中心。胡锦涛总书记走到指挥席前，拿起话筒，同"神舟九号"飞行乘组指令长景海鹏通话。胡锦涛总书记亲切的话语通过电波传向遨游于茫茫太空的航天员。

胡锦涛总书记说："景海鹏、刘旺、刘洋同志，你们辛苦了。我代表党中央、国务院、中央军委，代表全国各族人民，向你们表示诚挚的问候！"

景海鹏回答："谢谢胡主席！谢谢全国人民！"

胡锦涛总书记问候道："你们已经在太空度过了将近10天，我们大家都很牵挂你们。你们现在身体状况怎么样？"

景海鹏等对总书记的关怀十分感动，饱含深情地回答道："我和刘旺、刘洋同志的身体状况都很好。中国航天员在太空也有了自己的家，我们为伟大祖国感到骄傲和自豪！"

胡锦涛总书记继续说道："看到你们状态很好，我感到十分高兴。你们工作进行得顺利吗？"

景海鹏镇定自若地向胡锦涛总书记汇报，手控交会对接任务已经顺利完成，空间科学实验工作都在有序展开，正在按计划实施。

胡锦涛总书记最后说："手控交会对接任务的顺利完成，标志着我国全面掌握了空间交会对接技术。你们作为担负我国首次载人交会对接任务的航天员，表现得非常出色，为我国载人航天事业发展做出了突出贡献，祖国和人民感谢你们！希望你们精心操作、密切配合，全力完成后续任务。我们大家和你们的亲人都盼望着你们胜利归来、平安回家！"

景海鹏坚定地表示："我们一定牢记胡主席指示，坚决完成任务。请胡主席放心，请全国人民放心！" *

在"天宫一号"实验舱内，三名航天员立正站定，郑重向胡锦涛总书记、向全国人民致以标准的军礼。此情此景，不免让正在观看直播的全国人民心潮激荡。

此时，我的脑海里又浮现出杨利伟在"神舟五号"飞船内问候太空中飞行的国际同行以及美国航天员在国际空间站双手抱肩回应杨利伟问候的两幅画面，我又想起曾回答记者关于中美两国航天技术差距的比喻。今天，"神舟九号"航天员健康地站在"天宫一号"内与胡锦涛总书记对话，那么洒脱，那么从容！我不由感慨中国航天技术的飞速发展，感慨中国人的聪明才智，感慨社会主义制度集中力量办大事的优越性。我仿佛听到世人惊呼：中国航天员站起来了，中国航天飞起来了！

---

* 举国望天宫 电波传深情——胡锦涛同"神舟九号"航天员亲切通话.人民日报，2012-06-27（1）.

地球故事

"神舟十号"：

凯歌高奏，十全十美

2013年，酒泉卫星发射中心迎来又一个科研试验高峰年，航天发射任务异常艰巨繁重。"天宫一号"与"神舟十号"载人交会对接任务，是党的十八大胜利召开后载人航天战线第一战，是载人航天工程第二步第一阶段的收官之战，也是发射中心科研试验任务的重中之重，中心工作的中心。圆满完成这次重大政治任务，是我们义不容辞的崇高使命和历史责任。我们要坚决贯彻习近平总书记"千万不能出现失误，坚决夺取任务全面胜利"的重要指示，坚定决心，直面挑战，迎难而上，完成使命，不辜负党和人民的信任与重托。

我们的目标是，发发成功，次次胜利，过程完美，结果圆满！

我们的口号是，集中一切力量，集中一切智慧，集中一切条件，确保连战连捷，十全十美！

连战连捷，体现出酒泉卫星发射中心敢打大仗、敢打硬仗、敢打胜仗的传统和作风，体现出发射中心全体人员的壮志豪情。

十全十美，体现了酒泉卫星发射中心追求卓越、追求完美的崇高品格，体现了发射中心全体人员在50余年航天发射中沉淀的优秀质量文化和科技文化。

十全十美，就是把工作做到极致，不留丝毫问题和隐患，毫无闪失，毫无瑕疵，无可挑剔，无可置疑。

十全十美，就是让祖国放心，让人民满意，让国家的载人航天事业走向更大辉煌。

十全十美，这是任务对我们的最严苛要求、最严峻考验，也是对我们的最高褒奖。

一、远程自动操控系统引领发射中心技术创新

位于发射中心首区之外的落区试验部是发射中心测控力量的重要组成部分。他们不但承担着火箭、飞船上升段和飞船返回段的测量任务，而且承接了大量国防工程试验。他们的测控设备先进，型号多样，分布范围广，技术含量高，曾先后完成大量科研试验任务。落区试验部是一支作风硬朗、技术精湛的测控队伍。

落区试验部不但拥有大量光学、雷达和遥测等测量设备，还拥有相对独立和完善的指挥控制中心。除了常规测量之外，相控阵雷达测量、成像测量、红外辐射特性测量等，构成了落区试验部强大的试验能力。

落区试验部有着科研与试验相结合、科研与人才培养相结合的良好传统。多年来，他们从事科研攻关，从事前沿技术研究，形成一定规模，达到一定技术高度。他们充分利用测量设备和测量数据的优势，选定科研课题，与相关研究所横向联合，开展技术研究，此举对提升试验能力起到非常好的促进作用。同时，课题研究也为科技干部培养和成长搭起宽阔的平台，进一步提高科技人员分析问题、解决问题的能力。落区试验部在近几年不但科研硕果累累，而且保留住一批专业技术扎实、实践经验丰富、在某一专业领域具有领军才能的科技骨干。

如何整合发射中心的智力资源和技术资源，以强有力的技术能力作支撑，加强内外合作，提升发射中心在航天发射和国防工程试验中的地位，一直是发射中心深思的课题。

2011年12月24日，我率发射中心机关工作组赴落区试验部，检

查、指导某大型国防工程试验任务准备工作，听完胡小春主任的汇报后，又现场观摩由李国顺高级工程师组织的大型雷达远程自动操控演示。这次演示令我眼前一亮，看来大型测控设备远程自动操控在技术上已经成熟，不存在任何技术障碍，关键是如何由科研项目变成工程应用，如何由单台设备推广到集群设备，如何由落区试验部推广到发射中心其他系统和设备上。

结合演示，李国顺高级工程师向我们介绍，测控设备远程自动操控运行模式的设计思想是，方案自动生成，参数自动设定，过程自动控制，数据自动上传。这种控制模式，不仅体现了技术进步，对于日益繁重的在轨航天器日常管理和空间目标监测，也是缓解高频度试验任务与人员需求之间矛盾的有效措施。

李国顺向我们进一步讲解，远程自动操控完整过程可细分为8个步骤。第一步为计划自动接收，即设备自动接收指挥中心下发的工作计划，生成引导数据和工作计划文件。第二步为设备自动开机，即按照约定次序自动加电，加载工作程序和参数，由通信计算机读取引导数据，主控计算机读取工作计划。第三步为轨道自动加载，由通信计算机读取当前需要的理论引导数据，加载到工作程序中。第四步为方案自动生成，根据理论引导数据特点自动生成捕获跟踪方案，例如确定波束扫描方位、仰角范围、雷达辐射通和辐射断时间。第五步为天线自动转动，主控计算机根据读取的工作计划，通过伺服控制系统驱动雷达天线转到等待位置。第六步为设备自动跟踪，依据目标飞临雷达站的时间，发射天线自动输出功率，全系统扫描捕获跟踪目标，记录测量数据。第七步为数据自动上传，即将跟踪时段内的数据通过网络实时传送到指挥中心。第八步为设备自动关机，跟踪结束后，各分系统依次退出程序，设备关机，配电系统断开天线和主控机房的供电，一个过程结束。

大家听得认真，看得投入，也纷纷提出自己不同的见解。大家共

落区试验部科技人员对测控设备实施远程自动操控演练

同的感受是，这种测控设备远程自动操控模式，实现了参试设备"有人值守，无人操作"的理念，为空间飞行器长期管理设备自动化和信息化建设提供了非常有益的借鉴，有效解决了人员编制不足的难题，是今后测试设备工作模式的发展方向。

落区试验部在实施测控设备远程自动操控方面已经走在发射中心的前列，其他部站也应该强力跟进。唯有如此，才能最大限度地节约资源，节约人力物力，逐步提高发射中心测试发射、测量控制和技术勤务保障各系统的信息化和自动化水平，推动发射中心建设发展成为创新型、信息化、综合性世界一流航天中心。

在"天宫一号"与"神舟九号"载人交会对接任务取得圆满成功后，6月23日，发射中心在落区试验部召开科研创新成果交流大会，明确试验装备远程自动操控建设的创新技术路线，促进科研试验能力的进一步提升。大会通过成果展示、现场观摩、科研协作和座谈讨论，特别是落区试验部测控设备远程自动操控演示和该模式下联合跟踪卫星演练，使大家开阔了视野，启迪了思维，沟通了信息，拓宽了思路，为发射中心各系统设备远程自动操控建设起到积极的推动作用。

此后，以远程自动操控为主要内容的信息化建设在发射中心全面铺开。不久，航天测控设备相对集中的指挥控制站推出了不一样的远程自动操控系统。白建军站长每隔两三天向我汇报系统的进展情况。我知道白建军很用心，也很有想法，他深有感触地说，远程自动操控系统建设，对于承担航天器长期管理任务的指挥控制站更为实用、更为重要。其实白建军此前已经组织站里科技人员做了大量预研，有了一定的技术储备，否则也无法在较短时间内推出一个完整的远程自动操控系统。

白建军搬出厚厚一摞设计资料，向我介绍说，"神舟"飞船和目标飞行器使用的两套USB设备是远程自动操控系统建设的重点，指挥控制站围绕USB设备做了大量工作，已经完成远程自动操控试运行，顺利通过初步验收。两套USB设备完全具备在东风飞行控制中心大楼机房实施远程开机、状态监视、数据自动采集和转发、远程操作控制等能力。在试运行中，总计完成对"天宫一号"等航天器690圈次的跟踪测量任务，完成了可靠性验证和应急处置预案验证。除了USB设备，地面遥测设备和光学设备等也已完成远程操控改造，具备了远程状态监视显示、与控制中心信息交互等功能，初步具备远程自动操控能力。

除此之外，指挥控制站还完成了远程自动操控系统基础设施建设，筹建了专用的USB、地面遥测和光学设备操控机房，协调规范了设备所需要的IP网通信资源，配备了计算机、液晶显示屏、监控摄像机、数据交换机、通信调度设备及工作台。他们的工作使远程自动操控系统实际上已经迈向工程应用。

系统建成后，指挥控制站组织了多次全站远程自动操控联调联试演练，不断解决运行中出现的故障和问题，使设备可以按照自动和手动两种方式实施远程操控，系统运行逐步趋于稳定。

2013年3月某日，观看完指挥控制站联调联试演练，我与发射中心盛捷副总工程师及白建军站长交换意见。我觉得，系统投入使用可分为两步走。第一步，使远程自动操控系统用于航天器长期管理任务。从理论分析和实际运行效果来看，似乎系统用于长期管理任务已不存在问题，但是我们还是要更加谨慎地多运行、多考核、多考验，务必做到次次成功。系统经过考核验收后，发射中心机关可以正式下达任务书，将其作为我们执行长期管理任务的技术状态投入使用。当前的长期管理任务太频繁，占用了我们执行任务的太多精力，如果远程自动操控系统投入运行，将是长期管理任务一大技术进步，也是发射中心的一个技术亮点。第二步，使远程自动操控系统成为航天发射任务准备期间测控设备联调联试的工作模式。当前，虽然地面遥测设备和光学设备已具备了一定远程自动操控功能，但总体上还不够完善。待后续工作完成，我们完全可以采用发射任务联调联试远程自动操控的工作模式。

无论如何，测控设备远程自动操控系统的试验与建设，为我们执行交会对接任务提供了亮丽的技术进步点，为航天测控系统信息化和自动化建设提供了强有力的支撑。

我们欣慰地看到，落区试验部和指挥控制站朝"信息化测控团站，创新型科技团队"建设目标向前迈了一大步，可喜的一大步。

航天测控设备实现远程自动操控固然可喜，发射中心技术勤务保障系统随之也步入远程监控时代，更让我们兴奋不已。

发射中心的发电厂承担着航天城工作和生活的电能与热能供应，但是，发电厂经过半个多世纪的服役，虽然几经改造，生产运行中还是出现了许多问题。且不说人员劳动强度大，长期处于高温、高压、高粉尘恶劣环境中的设备和人员存在许多安全隐患，就其指挥控制效率和岗位操作精度来说，与同行相比，也处于落后状态。

在远程自动操控技术进步的热潮中，发电厂技术人员针对发电供暖中存在的问题，对其指挥控制系统实施改造升级，按照国家电力行业技术标准，建成了发电生产指挥控制一体化系统。

系统架构由显示层、应用层、平台层、采集层四部分组成，实现了以遥控、遥信、遥测和遥调为主要内容的"四遥"功能。通过遥控命令，系统可以对发电设备实施远程启停、分合闸和开关阀门控制；遥信功能实现了对各类转动设备、开关和保护设施的状态采集与传送，使岗位人员在屏幕前即可直观查看设备状态；遥测功能实现了对设备转速、温度、压力、水位、电流和电压等主要参数的采集和传送；遥调功能则实现了对控制测量设备实施远程调试，由微机数字控制锅炉给水、给煤、给风及发电机功率等重要参数。

在观摩现场，发电厂陈俊伟厂长向对发电生产尚不太熟悉的我们仔细讲解这些专业功能和术语。长期从事航天发射和测控的各位专家，看到发电生产指挥控制一体化系统的成功运行，也不免啧啧称赞。显然系统有效消除了长期困扰发电官兵的安全生产隐患，减轻了人员劳动强度，提高了指挥控制效率和岗位操作精度。这是远程自动操控技术在勤务保障系统中结出的丰硕成果。

我们再来看一看发射中心供水、供暖、供电系统是如何实施远程自动操控的吧！

水暖电管理站郭元丰站长领我们走进他们的控制中心。郭元丰介绍说，按照供水供暖供电各分系统信息化建设要求，我们实现了状态集中监测、操控远程实施、运行自动调度、故障综合会商的功能。系统综合应用计算机技术、网络技术、通信技术和测控技术，使大家期望已久的系统统一调度和远程集中操控的功能得以实现。

人们看到新建水暖电控制中心的各类设备、数据采集、信息发布、辅助决策、仿真培训各功能模块纵横分布，图像和数据频繁闪烁，昔日粗大笨重的设备似乎有了灵气，生出信息技术的翅膀，感到振奋。

郭元丰站长继续向大家介绍系统功能和实现功能的技术手段。

自动调度功能可谓系统稳定可靠运行的核心。调度员根据各类信息，组织生产，平衡运转，使电站和泵站传输层合理分配，稳定运行，督导用户安全使用水和电，最大限度节约资源。

集中监测功能可以自动采集子站和设备的3.2万多个参数，包括设备的流量、压力、温度、液位、频率、电量、开关位置、保护信号以及主要子站的视频信息，为调度员、操控员运行调整、事故处理提供信息支持。

远程操控功能实现了子站的无人值守，操控人员根据设备运行状态、调度指令和应急处置预案，实现设备的远程控制、状态调整和参数设置。

辅助决策功能应用了潮流分析和短路计算等方法，可以对电网实施故障推演、静态安全分析、负荷预测和状态参数评估。

郭元丰特别强调说，辅助决策功能对于发射场供电系统故障处置和影响分析非常重要，可以有效支持航天发射关键时段的供电保障，为发射成功奉献电力保障人员的智慧。

科技创新是发射中心试验任务的本质特征，是衡量发射中心科研试验综合能力的重要标志，也是提升自身能力的基本途径。在发射中心，无论航天发射与测控主战场，还是勤务保障系统，他们既是红花和绿叶——相互依存，也是百花争艳——你追我赶，相得益彰，互相促进，共铸发射中心的光荣和梦想。

二、戈壁小镇越来越美，越来越舒适

坐落在戈壁深处的东风航天城，似一颗璀璨的明珠熠熠闪烁。经过50余年的辛勤耕耘，东风航天城不但具备完善的航天发射试验设施，而且生活条件和人文环境也不断得以改善。营院、道路、绿荫，无不显示出塞外小镇的恬静与舒适。春日，虽然没有内地城乡的名贵花卉，也不乏桃杏枣花，为航天城的居民送来阵阵幽香。夏日，杨柳葱茏，绿水清波，遮挡住戈壁深处涌来的阵阵热浪，航天城生活得悠然惬意。秋季，是航天城的黄金季节，红柳花紫，胡杨叶黄，天天灼灼点缀着航天城，慕名前来观光旅游的人络绎不绝。冬季，天气严寒却不失热烈，在温暖的体育馆和游泳馆内挤满了锻炼的人群，在滴水成冰的街道上则是急走慢跑的健身者，航天人享受大自然的馈赠，在严冬积蓄战斗的力量。

航天人不但崇尚事业，而且善于发掘生活的乐趣；外来人敬佩航天人献身事业的情怀，也羡慕航天人悠然自得的生活节奏。

然而，受限于戈壁自然环境条件，东风航天城前进的步伐很难跟上内地城镇发展的脚步。回头看，20世纪五六十年代随发射场一块儿建成的二层公寓楼已呈破旧之态，虽几经改造，但墙壁裂缝，地基塌陷，有的甚至已成危房。航天城供暖系统已运行数十年，效率日渐低下，每逢低温天气降临，供暖设施总是令人提心吊胆，而且暖管主干线均架在空中，穿街过巷，甚煞风景。尤其是航天城的饮用水源，有多项指标超出饮用水标准。2007年，国家地矿部甘肃省中心化验室、水利部黄河水利委员会勘测规划设计有限公司，对发射中心水源进行化验，鉴定水质 X 射线、总硬度、硫酸盐和肉眼可见物等多项指标超标，长期饮用容易引发疾病。

如何让航天城透起来，亮起来，美起来？如何让航天人的工作和生活环境更整洁，更舒适？实事求是地说，我们欠账还很多，任务还很艰巨。

2008 年 11 月 17 日，我们来到发电厂，听取发电厂对来年工作计划的汇报。发电厂距离航天城 10 号区尚有一段路程，中间以柳荫路相连。陈俊伟厂长在汇报完年度工作计划之后，话锋一转："我们发电厂生活条件太差了。且不说官兵和职工的居住条件，就我们的生活观念来说，起码比 10 号区的人们落后十年。"

"你也太夸张了。"我打断了陈俊伟的话，"小小一段距离，竟落后了十年？"

"一点也不夸张。"陈俊伟向我们列举了发电厂工作和生活条件的现状，从发电生产的工作环境，到值班人员的单身宿舍；从孩子上学，到家属买菜；建于 1964 年的 45 套居住平房，至今从未维修过。陈俊伟直言未享受到发射中心公寓住房改造和新建所带来的福利。他特别叫苦，发电厂这片低矮破旧的小平房，历经 40 余年风雨侵袭，已经岌岌可危，大家都盼望早日住上新建楼房。陈俊伟建议，发电厂自筹 300 万元资金，发射中心再扶持部分经费，在 10 号区为其建造公寓住房，以解决长期困扰发电厂的老大难问题。

后来又遇到类似情况，那是到部分退休老职工家庭走访，发现不少公寓住房已是破旧不堪，墙上甚至有宽宽的裂缝，时不时向下滑落渣滓，致使家具都不敢挨墙放置；房内的水泥地面也有隆起，用拖把拖地都不方便，只能用扫帚扫。这些老职工早在发射场建设初期就进驻了戈壁滩，他们与广大科技人员一样为国家航天事业奉献青春，奉献终身，甚至还要奉献子孙，我们在向他们致敬的同时，也应该竭尽所能为其解决生活困难。

纵观各基层单位生活服务中心更让人唏嘘不已。发射中心医院服务中心由几间破旧平房组成，泔水四溢，工作人员只能穿着防水雨靴上班操作，医院的医务人员就在这样的环境里就餐。发射测试站生活服务中心由老旧公寓住房改造扩建而成，随着官兵生活需求的增加只得一间一间向外延伸……

首先是公寓住房和服务中心，让大家吃好住好才能精力充沛地投入工作。在偌大的戈壁滩上，不需要花钱购买地皮，建筑材料也相对便宜，我们没有理由解决不好这些问题。

不几日，后勤部郭保新部长提出了一个公寓住房建设改造规划方案，利用五年时间，彻底改善发射中心官兵的居住生活条件。我说，五年时间有点长，可缩短为四年。这个规划方案包括新建和改造两部分。新建楼房自不必说，改造住房主要针对旧楼生活设施老化和楼顶防雨实施。说起防雨，大家也许不以为然，戈壁滩本是干旱少雨，怎会存在防雨的问题？然而，正是因为建造楼房时忽略了防雨，加之戈壁滩夏天骄阳似火，昼夜温差大，楼顶大都失去了防雨功能，一旦落雨，屋内滴滴答答，居者叫苦不迭。改造方案为这些楼房加坡顶，既防雨，也隔热，一举两得。

建筑工地上，吊车巍然挺立，伸出长长的吊臂，吊起钢筋混凝土，把大家对美好生活的向往铸进楼层。新公寓楼房在人们的期许中一座座竣工，旧楼房改造在人们的仰望中披上"新衣"，戴上"新帽"，功能更加齐全，使用更加方便。航天城即将告别昨天，向人们展现婀娜多姿的新容。

如何让航天城透起来、美起来，也是航天人翘首以待的愿景。

在航天城最初的建设中，每栋公寓楼前面建有一排鸡窝和菜窖。受限于当时的生活条件，养鸡下蛋可以补充副食供应上的不足，地下菜窖用以储存白菜、萝卜、土豆等冬菜，以满足漫长冬季的食用需求。同时，一片公寓楼划作一个小区，建起砖垒的围墙。如今，副食供应早已不成问题，鸡鸭鱼肉和四季蔬菜应有尽有，任人挑选，鸡窝菜窖已失去原有的功能，只是堆放一些废弃的杂物；小区围墙既影响美观，又妨碍车辆通行，似乎更应该列入"拆"的行列。破破烂烂不是航天城的标识！

要让航天城透起来，就应该拆除这些"堵"人眼的、过时的杂乱建筑。

美，是航天人的生活品质。航天人所从事的工作美，生活环境也应该美。所以，航天城应该是创造美和培养美的唯美小镇。

航天城的美，应该美在道路、美在布局、美在树绿、美在花红，充分体现人与水的相融，人与绿的交织，人与自然环境的和谐。

航天城的道路需要拓宽。然而，也有怀旧的人总舍不得那些坛坛罐罐，甚至把电话"捅"到高层。当领导不完全了解情况下令我们停止道路拓宽时，幸好我们已经把半死不活、歪歪扭扭的枯树清理干净了。

一栋废弃的办公楼和一座锅炉烟囱，横亘在两条"丁"字路顶头上，阻碍了两个小区的直接通行。我琢磨着拆掉旧楼，打通两条"丁"字路，成为贯通南北的主干道。晚上，与司机小钟用步丈量，测算两条路正好对齐。杨少华处长赶到现场后，也验证了我们的测算。不久，营房处安排拆除了旧楼，拔掉了烟囱，一条大道笔直贯通。

道路宽了，楼房新了，美，正一步步向航天城走来。

在拓宽航天城东风路施工中，原先架在空中、横跨南北的三条供暖管线沉入了地下。其间，发射中心侯贺华书记对我说："如果在你任主任期间，把航天城的供暖管道全部沉入地下就好了。"我未接他的话茬儿，心里想，哪有那么多钱啊！

是的，要把航天城全部供暖管线沉入地下，可不是一笔小的经费。当时的情况是，建于20世纪的集中供暖架空主管道20余千米，经酒泉市特种设备检验所检测，安全状态已不合格；地埋支管道60千米，已超过设计寿命10年，跑冒滴漏频繁。更新改造地埋支管道，架空主管道全部沉入地下，总投资估算达9000万元。

但是，机会还是悄悄来了。

总装备部党委和首长对发射中心官兵和职工的工作生活条件及长远发展非常关心，先后两次询问航天城基础设施建设情况，表示如果有自身解决不了的困难，他们可以想办法帮助解决。

我与侯贺华书记商量再三，对生活基础设施需要解决的问题进行了梳理，联名给总装首长写了一份报告，实事求是地反映了航天城建设中的困难。这些困难主要包括供水管网改造、道路改造、供暖管道及中心泵房改造、发电供暖设备改造、排水系统改造、电力架空线路更新与地埋电缆诸项目。其中，供暖管道改造任务十分艰巨。

很快，总装备部有了批复，为发射中心下拨一笔经费，并要求我们自筹相应资金，分轻重缓急，兼顾当前急需和长远建设，把航天城的基础设施配套工程建设好。

对于供暖系统的改造，我们一开始设计的是地下通廊式供暖管线下埋方案。

地下管廊尚未开挖，供暖管材已经大批运进航天城，各种尺寸的管子井然有序地放置在路旁。

2011年3月中旬，戈壁滩乍暖还寒，午后的阳光明灿灿地照在身上，甚感舒适。我与水暖电管理站郭元丰站长在供暖改造施工现场溜达。郭元丰告诉我，技术人员万研新和鄢斌已经从外地调研归来，对地下管廊方案提出了新的看法。我们所选用的各类规格的供暖管材共有里外3层，内层为4～7毫米的钢管，中间层为3～5毫米的聚氨酯保温材料，外层是PE材质的外敷套。这种PE材质的寿命一般都在50年以上，而且防腐防水，可以直接埋在土层内，不必担心腐化和锈蚀。听完郭元丰一番解释，我觉得地下管廊建设似乎必要性不大。我问郭元丰，如果去掉地下管廊，改用土层直埋，大概可以节省多少经费？郭元丰粗略一算，大概可以节省3800万元的经费。3800万元，这可是一笔不小的数目。

我要郭元丰赶快去找发射中心分管工程建设的负责人，把情况汇报清楚，着手研究是否由地下管廊方案改为土层直埋方案。

非常顺利，更改方案没有任何疑义。

非常迅捷，供暖改造工程历经半年施工，顺利完成。工程不但改观了航天城的外景，更是提高了供暖系统的可靠性。

经过几年努力，航天城的面貌发生了很大变化，辛勤的汗水结出喜人的硕果。

新建的一栋栋公寓住房，红瓦白墙，整齐排列，广大科技人员欢天喜地乔迁新居。改造过的旧房子居住更加舒适，夏日隔热防雨，从此告别雨天漏水之苦。另外，战士们也有了属于自己的"士官公寓"，一套套窗明几净，再也不用因家属临时来队而到处找房借宿，士官们心情舒畅，干起工作更有劲头。新建的生活服务中心，功能齐全，生活方便，特别是试验技术部、发射测试站、指挥控制站、雷达测量站四个航天发射与测控一线部队，四栋生活服务中心组成漂亮的四角方阵，看着舒服，用着便捷，深受科技干部欢迎。

细细算来，这几年新建公寓住房48栋，大修旧式公寓楼17栋，改造住房47栋，新建部队生活服务中心8栋，另外，还有不少综合配套和整治工程，发射中心从"海绵"里挤出来的"水"约有3亿元，其中，大部分经费由发射中心家底支付和多方筹措，也有基层单位自己的积累。

航天城的道路宽了，绿化品位高了，花卉树木品种更加齐全；拆除围墙和鸡窝菜窖，航天城"透"了，亮了，人们心气更平，胸襟更宽。

供暖系统主管道和支线全部沉入地下，横七竖八架在空中的破管

航天城新旧营区对比图

子已成为昨日的影像；随之，电力线和通信线缆也沉入地下，房前屋后一团团乱麻似的线缆已找不到踪迹。

最让航天城居民拍手称快的是，2011年6月10日，距航天城18千米之远的新水源地投入使用。新水源来自黄河水系，大漠地下，千年沉淀，水质优良，堪称矿泉。为节约用水，在新水源工程建设的同时，对航天城供水系统实施了生活饮用水网和生产绿化水网彻底改造，两水源分隔，管网分离，互不影响，相得益彰，节约资源，生态平衡。

一个文明、科技、环保、绿色、和谐的东风航天城，在大漠深处熠熠生辉。我们爱你，因为你为祖国航天事业做出了巨大贡献；我们生活在你的怀抱里，因为你足够温馨；我们欣赏你，因为你有质朴的美，舒心的美，和谐的美。这种美，与航天人的科技美、心灵美融为一体。

航天城的美，何尝不是"神舟十号"任务十全十美之一美呢！

三、一只二极管溅起不小的波澜

戈壁滩的春天来得很迟。然而，2013年似乎破例，弱水早早破冰流淌，春光洒进无垠的大漠，远处的羊群争先恐后地跑进胡杨林。

3月31日，"神舟十号"飞船从北京空运至载人航天发射场。同时，由航天科技集团空间技术研究院组成的飞船试验队也陆续抵达发射中心。顿时，大漠深处的这座航天小镇热热闹闹走进春天的怀抱。

"神舟十号"飞船发射任务的重要性自是不言而喻，工程各系统分外重视。"神舟"飞船第十次发射，"十"这个数字，无疑是个完美的数字、吉祥的数字。大家纷纷选用自己心中优美的词语或成语，表达对"神舟十号"飞船发射任务的憧憬。连战连捷，尽善尽美，十战十捷，十全十美，等等。反复斟酌，十全十美最能代表本次任务的意义，代表工程各系统对圆满完成任务的决心。

飞船进场32天后的5月2日，在发射中心火车站，伴随着一声清脆的火车汽笛，承载"长征二号F"运载火箭的专列驶进发射中心。火车站上锣鼓喧天，人声鼎沸，洋溢着一派欢乐祥和、热烈隆重的气氛，老朋友见面，问候拥抱，互致敬意。

如果说飞船进场意味着任务启动，那么，火箭进场则象征发射准备工作全面展开。随着各种媒体的报道，国人乃至世界的目光再次聚焦到酒泉卫星发射中心这片神奇的土地，这无疑也使参与发射任务的工程各系统既感受到压力，又受到鼓舞。

为了准备"神舟十号"任务，发射中心启动并完成了19项基建技改项目，完成了60多个专业3700余台（套）参试设备的检修检测。

同时，工程师们深入分析本次任务技术状态变化和季节特点可能带来的影响，全面梳理发射场与试验产品直接接触、与最低发射条件直接相关的关键设备功能可能失效的原因，逐一制定落实针对性预控措施，取得了很好的效果。其中，新建的液氮气化站正式投入使用，给发射场带来一抹新的气象。花了一年时间完成的供气系统改造，一改过去制气效率低、可靠性低的工作状态，拥有了高效率的生产方式和大容量气体储备。

发射首区测控通信系统在远程自动操控技术的支持下，经过精心维修和联调联试，系统功能一直保持在良好状态，工作可靠性也有了大幅提升。

令人关注的0号指挥员改由发射测试站总工程师周晓明担任。周晓明是一位能力和素质都不错的测试发射指挥员，他基础专业知识扎实，实践经验丰富，思维缜密，表述问题清楚，参加过"神舟一号"至"神舟九号"全部航天发射和其他卫星发射任务。对于0号指挥员这个重要岗位，周晓明有着清晰的认识和理解。他认为0号指挥员既是一个岗位，更是一份责任。这个岗位既需要掌握深厚的理论知识，具备过硬的心理素质，还需要具备团结协作和集智攻关的意识，具备相互配合、相互支持的思想境界，具备肝胆相照、荣辱与共的胸怀。

对于"神舟十号"发射任务那段岁月，周晓明回忆说：

> 从确定担任"神舟十号"任务0号指挥员开始，我就加班加点系统学习发射场、火箭、飞船等各大系统的相关知识，对上千条指挥口令逐一分析理解，对任务的各个节点和各项测试指标都做到了心中有数，意在提高自身全面指挥协调的能力。
>
> 我深知，"神舟十号"飞船发射不同于一般的卫星发射任务，参试单位多，协作关系复杂。作为0号指挥员，必须以积极的意识、宽容理解的胸襟、勇于担当的魄力和灵活艺术的方法，与参

试各方建立良好的合作关系。

为确保任务计划完整准确，安排合理，我全面梳理各系统在发射场测试的主要内容，准确把握关键节点和相互制约关系，组织制定了任务实施计划网络图，逐天逐项细化为90余份总体计划、专业计划和日工作计划，为任务集中指挥提供了基本依据。

与此同时，在前期任务担任火箭箭上操作手的邓小军，将要担任"神舟十号"任务火箭控制分系统的测试指挥。众所周知，火箭控制分系统是最重要的分系统，压在邓小军肩上的是一副沉甸甸的担子。

邓小军毕业于装备指挥技术学院，怀着一腔载人航天的青春梦想来到发射中心。说到邓小军在发射任务中的岗位，还有一段小小插曲：那时，他本已被分配到武器装备试验的岗位上，但载人航天发射的诱惑对他实在太大了，想到自己投身军营的初衷就是载人航天，邓小军直率地向领导表明了自身的愿望。在调整岗位的愿望得到满足后，邓小军大喜过望，以浑身使不完的干劲投入钟爱的事业中。尽管经常加班加点，尽管也曾遇到过挫折，但是，我们欣喜地看到，邓小军在不断成熟、不断进步，一步步走向更重要的指挥岗位。

新的岗位，更重的担子，邓小军一刻不停地在发射场忙碌起来。在垂直厂房，十几层工作平台，他上上下下不停地攀爬；在高高的发射塔架，他满脸汗水地敷设火箭测试电缆。进入加电测试阶段，检查测试状态，签署测试表格，分析判读测试数据，都要经他的眼、他的手、他的脑。因此，邓小军工作也就格外小心谨慎，用邓小军自己的话来说："火箭控制分系统无小事。只要控制分系统出一件芝麻大小的事情，很快就会让发射场所有领导知道了，小事情都会变成天大的事情。"还好，在全体人员的共同努力下，火箭控制分系统与其他分系统一样，各项测试进展顺利。至5月28日，火箭完成了全部五次总检查，测试数据表明系统功能正常，技术指标满足设计要求，与火箭出厂测试数据比对一致。

在决定船—箭—塔组合体转往发射区的时间安排上，不受控制的"老天爷"又跳出来表演了一番。

原定于6月4日转运，而气象资料表明6月4日恰好有一股冷空气到达发射场区，持续时间大约有8小时，风力达8～10米每秒，伴有扬沙，这是一个非常不利于转运的气象形势。

按照原计划安排，上级首长于6月3日飞临发射场，指导船—箭—塔组合体转运。面对突如其来的变故，发射场区任务指挥部提出两种应对预案。一是请上级首长提前一天到达发射场，转运工作也相应提前一天于6月3日实施；二是上级首长仍按照原定计划抵发射场，而转运工作安排在冷空气来临之前的6月3日晚上进行。

牛红光副部长当机立断，一切以工作为重，首长可在6月2日提前一天飞临发射场，确保6月3日在良好天气条件下完成转运，如此一来，整个工作计划提前一天。

经过一番忙碌，船—箭—塔组合体于6月3日顺利转到发射工位。那天天气晴转多云，西风4～6米每秒，能见度大于20千米，气温适中。令人后怕的是，从6月4日至6日，发射场区连续两天受到强过程冷空气的袭扰，无法满足转运条件。

在日常工作中，如果一件事情发展得太过顺利，我们总会隐隐觉得有地方不放心，这种直觉往往也很灵验。本次任务在技术区各项测试和准备工作如此顺利，我们预感到发射区可能会遇到一些麻烦。

果然如此。

6月5日，即发射日倒计时第五天，火箭在发射区进行紧急关机电路检查，动力分系统储箱增压，一级火箭燃烧剂储箱增压到0.25兆帕额定值，发出"一级增压好"信号，此后，助推火箭开始增压。但是，本应停止增压的一级火箭燃烧剂储箱仍维持增压，增压指示灯也未熄灭（储箱增压好后该指示灯应该熄灭）。操作手采取应急措施，手动断开增压开关，仍未奏效。最后，操作手只得手动关闭气源阀门，一级火箭燃烧剂储箱才停止增压。此时，压力表显示储箱压力为0.27兆帕，倒是在指标范围之内。

故障出在火箭动力分系统地面增压控制台上。

发射在即，这一突发情况惊动了发射场区任务指挥部。更不应该的是，出现异常情况后，发射测试站测试人员却未及时上报。操作手不及时上报，测试指挥员也不清楚，故障的发现和汇报起码推迟了几小时。按照测试原则，发生故障或异常情况必须立即逐级上报，否则视为违反纪律。

上述故障若发生在火箭推进剂加注后，则有可能由于储箱内压力过高而导致火箭安全阀门被打开，进而推进剂由安全阀泄漏而出，这在发射时是很危险的事情。

下午，发射场区任务指挥部召集紧急会议，各大系统有关领导和专家悉数到场，针对故障现象，研究处理方案。

会上，指挥部严厉批评了发射测试站未及时上报故障的做法，这也让郭忠来站长十分不安。他对有关人员说："增压不止，你应该立即向0号指挥员报告呀！现在总装机关都批评我们了，情况汇报太晚，不及时。严上加严，细上加细，是白说的吗？这样的作风能行吗？你一个人不是影响了我们发射测试站全体人员吗？"后来，郭忠来回忆说：

> 航天发射这工作，不会给任何人留面子，就是我这个站长，也经常被上级首长劈头盖脸一顿训，这都很正常。大家都是为了工作，为了成功。

发射程序中，增压不止的异常现象一旦出现，火箭控制分系统完全可以通过手动控制断开增压，绝不会影响发射程序。但是，现在的问题是故障到底出现在什么部位，原因是什么，是否还有潜在的隐患。这些问题都需要有一个明确的回答，才能放心地实施后面的测试程序。但是，队伍中也有不同声音，他们认为，既然有办法应对故障，也可以在预案情况下实施后续工作。

要紧的是赶快把故障部位确定下来。于是，火箭专家和发射场工程师们迅速集中到一起，开始分析故障原因。

大半天过去了，未见结果。时间不等人，必须尽快有一个结论。

晚上，就在测试发射指挥大厅，一个非正式的会议在工作现场展开了。说它是非正式会议，因为没有前三排、后三排的会议桌，有的只是测试工作台；没有会议议程，有的只是不分次序的发言；没有理想中的意见一致，有的只是激烈的争论。牛红光副部长，载人航天工程周建平总设计师、赵宇棋副总设计师，火箭技术研究院李洪院长，火箭系统刘宇总指挥、荆木春总设计师以及发射中心的各位领导，与技术人员围坐在一起，共同探讨解决问题的方案。

对于指挥部来说，棘手的问题是第二天能否按计划安排全系统演练。如果带故障演练，再衍生出其他问题，很可能影响正常发射计划，同时也不符合航天产品不带问题转阶段、不带疑点发射的质量控制原则；如果推迟演练时间，故障能否在一天之内排除也未可知。

争论的焦点是按正常程序安排第二天的演练还是先排除故障而推迟一天安排演练。推迟演练的理由是彻底排除故障，按正常计划演练的理由是故障不影响发射程序，可以继续后面的工作。

我询问主管地面设备的火箭系统副总设计师付伟："付总，你说一下，换一个电磁阀，方便不方便？"更换电磁阀，是排除故障的一个思路。

付伟犹豫了一下，尚未回答，火箭系统另一位副总设计师宋征宇抢着说："换一个电磁阀可能还是这样。"

发射场总设计师陆晋荣问道："明天一天，包括明天晚上，能不能更换完？"

火箭系统总指挥刘宇表示没有把握。

陆晋荣："用一天时间去分析这个问题，总会有一个比较深刻的认识。"

刘宇："那也未必！"

陆晋荣："明天的结果一定是比今天晚上要深入得多。"

刘宇："那也不一定！"

……

原因没有查明，所有人都非常担心。当然，大家的观点不尽一致也完全可以理解，无论如何都是为了保计划，保成功。

此时，我看到发射测试站一线技术人员也在认真思索，周晓明似乎有话要说，但被郭忠来站长轻轻拦住了。我理解郭忠来的用意，在涉及重大计划调整的决策中，单纯从技术角度分析问题是不够的。

充分发扬技术民主，但也要有所集中。该断则断，否则会无休止地争论下去，最终也解决不了问题。我心中思忖，这不仅仅是技术问题，也是对待故障的处置原则问题，况且我们手中尚有余量，可以挤出一天时间深入分析和排查故障的根本原因，起码对故障的认识可以前进一步，进而采取更为有效的措施。因此，我打定主意引导大家的思路尽量向推迟演练的决策上靠拢。我说："对于演练是推迟，还是按计划进行？对故障，是彻底解决，还是带着问题参加演练？请各位表态。"

夜深了，尽管有不同意见，多数人还是希望先彻底排除故障，再继续后面的工作。指挥部最后决定，将次日的全系统演练推迟到7日实施，用6日一天时间查明故障原因，找出解决办法，即使不能完全解决，也应该对故障有一个更清晰的认识，使后续工作更放心、更踏实。

最后，我特别强调，有困难共同克服，有问题共同解决，有风险共同承担，有余量共同掌握，这是我们航天人的光荣传统。在发射准备的关键时刻遇到了问题，我们要客观地看待困难，站在任务的全局，妥善处置。相信大家的意见会逐步统一起来，明天会有一个好的结果。

散会了，夜已过半。我们匆匆走出测试发射指挥楼，明天还有大量工作等着我们呢！这时，张道昶副部长和郭忠来站长瞅着我的脚喊起来："你的鞋，鞋！"我低头一看，匆忙中双脚竟穿着工作鞋走出了厂房。我重新返回厂房更换鞋子，众人皆笑。

6月6日是繁忙的一天。争取到一天宝贵的时间，就是为了彻底排查故障。会上争论归争论，争论后的工作却毫不含糊。火箭系统设计师和发射场工程师齐心协力，终于查清了故障原因。

故障有了准确定位：由于增压控制台上的电磁阀未加消反峰电路，导致断电过程中产生较大反电势，对继电器触点造成冲击，致使回路中继电器触点粘连，不能正常断开，最终表现为增压不止。

原因明确了，也就有了妥善的解决措施。为抑制电磁阀断电过程中产生的反电势，在电磁阀线圈两端并联一只消反二极管。结果表明，电磁阀反电势从 $335 \sim 385 V$ 下降到 $4.3 \sim 25 V$，反电势下降非常明显，措施有效。

通过一天工作，我们不但查清了故障的原因，而且排除了故障，采取的措施完全满足后续发射实施的功能需求。

牛红光副部长高兴地说："实践证明，我们拿出一天时间来组织问题归零，是值得的，而且也确实有利于全系统转入发射演练。大家很辛苦，好几个晚上没睡了，取得的成果不容易。"

如果留下隐患，留下遗憾，还能称得上十全十美吗？

四、十战十捷，"神舟十号"飞船完美腾飞

2013年6月2日，就在船—箭—塔组合体由技术区转往发射区的前一天，"神舟十号"航天员乘组悄然飞临发射场。我们高兴地看到，聂海胜、张晓光和王亚平成为这一次的飞天航天员，那份自豪，那份激动，洋溢在他们的脸上，镌刻在他们的心里，体现在他们日常训练和发射场的各项准备过程中。

平时悠闲的问天阁又变得庄严起来。航天员入住问天阁后，与外界采取严格的隔离措施，非医监医保人员不得与其接触。问天阁场坪上空的五星红旗迎风飘扬，告诉人们这里的主人是共和国的骄子，他们的飞天之旅将为共和国的旗帜增添新的光彩。问天阁内数株云杉生长得越来越茂盛，它们已经看到一批又一批航天员从这里踏上飞天之路，书写中华民族飞天的奇迹。

聂海胜曾是"神舟六号"任务的飞天航天员，现在距离他的第一次飞天已经过去8个年头了，而聂海胜也已经踏进共和国将军的行列。作为"神舟十号"任务航天员乘组的指令长，他需要利用自己的飞天经验，带好这个团队，完成新的任务。

47岁的张晓光，1998年1月成为我国首批航天员，为实现神圣的飞天梦想，张晓光坚持了15年，也努力了15年。从"神舟五号"到"神舟七号"三次载人航天飞行任务，他从未进入过候选者的初选名单。在"神舟七号"任务中，初选后他就知道自己不能参加任务了，回到房间默默流泪，觉得实现自己的飞天梦想已经很难了。那时候要选拔出八九个人作为候选，而自己连候选队伍都没进入，那种沮丧滋味令人

无法忍受，而心中又非常不甘。从飞行员到航天员，十几年的艰苦训练和不懈努力，似乎并没有换来张晓光心中的期待，往日熟悉的训练场，似乎也变得冰冷无情，梦想似乎离他越来越远……今日，不抛弃不放弃的追求，终于迎来柳暗花明的春天。

王亚平是第二位进入太空的中国女性航天员。2003年杨利伟首飞的时候，她就憧憬着自己的航天员之梦。她说，看到火箭升空的那一刻，她和所有中国人一样，内心充满骄傲和自豪。看到火箭灿烂的尾焰，忽然就有了热血沸腾的感觉。那一年王亚平23岁。

1997年，17岁的王亚平参加空军招飞选拔，进入飞行员学校，最终成为我军能飞四种机型的女飞行员。2010年5月，王亚平经过严格选拔，正式成为我国第一批女航天员，她的飞天梦想也在这一刻开始启航。今天，一位英姿飒爽的女航天员定会再次续写新的传奇和辉煌。

6月7日，发射场组织全系统发射演练，三名航天员全部参加。

按照程序约定，倒计时2小时15分钟前航天员着舱内压力服在登舱口待命，倒计时2小时10分钟开始进舱。这个时间安排完全模拟真实发射状态。

聂海胜、张晓光、王亚平进入飞船返回舱后，从电视画面里，我们看到他们非常放松，脸上面带微笑，按照任务分工有条不紊地操作。显然，他们对舱内环境和工作流程已了如指掌。

他们成功地走到今天，付出了常人难以想象的艰辛努力。青春和汗水，甚至伴着泪水，是换取成功的必然代价。

聂海胜在航天员大队中是出了名的沉稳，他的坚定和从容，向同伴传递出巨大的信心和力量，这一切表现在每个眼神、每个动作上。

"神舟六号"飞天归来，聂海胜就一直期待着再次出征太空。八年来，他的训练成绩、理论考核和身体素质，一直保持在一个很高的水平，为他的第二次飞天打下了坚实的基础。

在别人眼里，张晓光是那种踏实、肯钻研的人。从"神舟七号"

"神舟十号"航天员乘组参加完演练后与发射中心人员合影

任务落选的痛苦中挣扎出来以后，张晓光明白一个道理，梦想并非遥不可及，努力是自己唯一的选择。他开始分析自己的不足与差距，总结教训，查找原因，针对每种原因都制定改进措施，然后落实到训练中。人们经常看到张晓光大汗淋漓、浑身湿透，训练完后还要写下心得，制订新的计划，把薄弱环节一项一项补上。15年的坚持和勤奋，张晓光身体素质不但没有因为年龄的增长而下降，反而提升了。张晓光常对别人说："困难和挫折同样是生活的一部分，战胜困难和挫折的过程其实就是丰富的生命历程。"在困难和挫折面前，张晓光的思想得到了升华。

航天员的过载训练对王亚平的心理素质和身体素质都是极大的挑战，严重时甚至脸部变形，产生昏厥。有一次，王亚平看到训练时拍下的录像，发现自己的五官都被拉得变了形，她禁不住开起玩笑："80岁以后的我，可能就是这个样子。"对于如此艰苦的训练，王亚平深有感触地说："在没有加入这个队伍之前，我更多地看到的是航天员所接受的鲜花和掌声，但是，真正加入这支队伍后，才明白鲜花和掌声背后所付出的辛苦与努力。"

我们看习惯了他们在飞船返回舱内的从容与镇定、娴熟和默契，更能理解他们为这一刻付出的努力和辛劳，更能感受以青春和汗水为代价所赢得的功绩和辉煌。

发射场全系统演练取得圆满成功，参加发射任务的所有系统和设备均处于良好状态，只待6月11日那个神圣时刻的到来。

6月11日清晨，航天城鸟语花香，在一片祥和中，任务准备工作紧张有序地进行着。

0号指挥员周晓明早早来到发射场。他的工作作风一向缜密、严谨，办事认真。为防止遗忘，周晓明把一天的重要工作都记在小纸条上，按时间顺序逐项安排和落实。

上午是发射状态协调会，周晓明郑重地对各系统指挥员布置工作：

"今天，各系统按照发射状态参加，无线设备按照开机时序约定开关机，从倒计时2小时10分钟开始到倒计时30分钟，'神舟十号'（航天员代号）的操作由0号授权，30分钟之后由0号对其进行调度指挥。下午5时38分点火发射。"寥寥数语，周晓明把发射任务准备中的关键约定布置完毕，把各系统工作详细安排一遍，对工作状态做最后约定。

上午9时38分，发射实施进入8小时准备工作程序。机器仪表嗡嗡作响，参试人员紧张忙碌。

11日中午，习近平总书记在结束对拉美三国的国事访问并赴美国举行中美元首会晤后，刚刚回到北京，就风尘仆仆赶赴酒泉卫星发射中心，坐镇指挥"神舟十号"飞船发射任务。2013年2月2日，习近平总书记曾来到酒泉卫星发射中心视察，满怀深情地瞻仰了聂荣臻元帅和东风革命烈士陵园，向聂荣臻元帅和航天英烈表示由衷敬意，高度赞扬他们"死在戈壁滩，埋在青山头"的奉献精神。习近平总书记在看望慰问酒泉卫星发射中心科技人员和部队官兵时动情地说，踏上这片承载着中华民族伟大复兴光荣与梦想的土地，看到你们这支功勋卓著的英雄部队我感到很高兴。祖国和人民为你们感到骄傲！祖国和人民感谢你们！他勉励大家，为实现强国梦、强军梦做出新贡献。*

在认真听取发射任务的有关情况汇报后，习近平总书记充分肯定各参研参试单位和部门为完成"神舟十号"载人航天飞行任务所做的大量准备工作，向大家表示慰问，为大家加油鼓劲。习近平总书记说，实施载人航天工程是中央的重大战略决策，发展航天事业、建设航天强国是我们不懈追求的航天梦。这次任务飞行时间长，试验难度大，面临一系列新的挑战和考验。希望同志们牢记使命，坚定信心，精心组织，科学实施，确保实现既定的任务目标，努力夺取载人航天事业发展新胜利。

---

* 习近平看望慰问酒泉卫星发射中心工作人员. 中国军网，2013-02-02. http://www.81.cn/jwzb/2013-02/02/content_5491870.htm.

此时，在发射场，按照指挥员下达的口令，各系统严格按照发射程序时间节点对火箭和飞船进行最后的加电检查。工程师们正在对分布在发射场周围的光学、遥测、雷达测控设备进行最后检测，通信保障人员早早走上工作岗位，发射中心供配电、卫生勤务等技术保障队伍也都在各自岗位上精心工作。航天发射是一盘大棋，棋盘上的每一颗棋子都关乎任务的成败和过程的圆满。发射中心的所有人员不可能都工作在火箭和飞船周围，但是他们的工作与任务却与火箭和飞船息息相关，他们都在自己的岗位上默默奉献着。

主着陆场人员在内蒙古大草原上待命的同时，位于酒泉卫星发射中心的副着陆场也在预定区域准备应对飞船待发段和上升段异常情况下应急着陆的搜救。应急救生大队杜运新大队长正带领所属部队在发射场周边地区严阵以待，设备和人员已进入临战状态。我们说，成功是硬道理，但倘若遇到异常，也必须有最妥善的安全保障措施。

14时28分，问天阁气氛庄重热烈，航天员出征仪式正在隆重举行。中共中央总书记、国家主席、中央军委主席习近平和其他领导同志来到问天阁，亲切看望执行"神舟十号"载人飞行任务的航天员。习近平总书记挥手向坐在隔离厅内的聂海胜、张晓光、王亚平致意，航天员报以注目礼。习近平总书记说，看到你们精神饱满、英姿勃勃，我感到很高兴。在你们即将出征之际，我代表党中央、国务院、中央军委，代表全国各族人民，来为你们壮行。你们执行我国第五次载人航天飞行任务，承载着中华民族的航天梦，展现了中国人"敢上九天揽月"的豪情壮志，这是光荣而又神圣的，全国人民都为你们感到骄傲。……预祝你们成功，期待你们凯旋。*

聂海胜代表3名航天员感谢习近平总书记，感谢党和人民的关怀，表示一定服从命令，听从指挥，沉着冷静，精心操作，圆满完成"神舟

---

* "神舟十号"载人飞船发射成功.人民日报，2013-06-12（1）.

十号"任务。

习近平总书记微笑着向航天员挥手告别，送他们踏上飞天长途。

航天员登上开往发射场的轿车，鲜花一地，掌声一片，大家目送飞天勇士徐徐而去。

8年前，聂海胜已在这条路上走过，此时他的心情显得十分平静，他深知自己肩上的担子和责任。作为一名有过飞天经历的航天员，他必须给大家树立信心，带领这个团队完成"神舟十号"飞船与"天宫一号"的交会对接任务，完成30多项空间实验和独特新颖的"太空授课"。

在这条阳光路上，张晓光的飞天梦想即将实现。一次次参加选拔，一次次遗憾落选，一次次为战友送行与祝福，又一次次鼓励自己坚持再坚持，就这样过去了15年，他知道每次坚持与进步都会使自己朝梦想越来越近。"过去有句名言，天上一天，地上一年。这句话在我身上应验了，我每飞行一天，是用一年的时间换来的。"这是张晓光的心声。

坐在中型轿车里，身材瘦削、目光清澈的王亚平嘴角似乎还挂着微笑。为了实现青春梦想，王亚平已调动起全部的激情和能量，充满向往，充满期待，充满力量。"不是我一个人在飞，是我们乘组三个人在飞，是我们全体航天员一起在飞，也是所有航天人一起在飞。"这是王亚平的心声。

我们听到了，我们看到了，涌动在他们心底的是中华民族千年的飞天梦，是新时代浩浩荡荡的民族复兴之梦。在通往发射场的路上，在飞天的长途上，在300千米的近地轨道上，这个梦想璀璨无比。

聂海胜和他的团队将要在太空工作和生活15天，这是中国人迄今为止在太空飞行的最长时间，这也意味着中国建造空间站的梦想正在一步步变为现实。

张晓光、王亚平、聂海胜依次进入飞船返回舱，此时是发射倒计时2小时10分钟。

抬头仰望天空，天空湛蓝，温度大约为34℃，风速为4.1米每秒，能见度大于30千米，正是天公作美，万事俱备，天时地利人和。

1小时准备的口令按时下达，发射指挥大厅内分外安静，除了测试仪器发出的声响外，几乎听不到任何嘈杂之音。此时，习近平总书记和其他中央领导同志来到指挥大厅，与工程各系统总指挥、总设计师们亲切握手，表示慰问和鼓励。

此时，航天员已顺利完成舱内压力服气密性检查、舱内状态确认、生理数据核对、天地话音检查以及关闭返回舱和轨道舱舱门等动作。飞船系统已完成舱内气体和微生物采样，乘员和上行物品安装完毕，发射前规定的测试项目测试完成，状态良好。火箭各分系统已完成射前功能检查，目前正陆续加电，进入发射状态。

在如此紧张的场合，指挥大厅里各级指挥员和操作手都在聚精会神地工作着。0号指挥员周晓明没有丝毫分心，非常专注和平静地下达着口令，观察着数据，思考着可能出现的各种情况，随时做好应对准备。

习近平总书记离开发射指挥大厅，又近距离察看立于发射塔旁的火箭和飞船。船箭有幸，共和国领袖为你壮行，定当飞得安然无恙，定当一路凯歌。

接下来，我习惯性记录下3名航天员的生理遥测参数，他们的心率和呼吸都很平稳，一切正常。

茫茫戈壁，连着北京，连着太平洋和印度洋。从发射首区到主着陆场区，从国内测控站到国外测控站，此刻，有线信号和无线电波，共同传载着0号指挥员的读秒声。

火箭点火前，聂海胜、张晓光、王亚平同时举起右手，向送行的人们敬礼！

火箭准时点火，起飞。飞行571秒后，船箭分离，"神舟十号"飞船顺利进入预定轨道。根据北京飞行控制中心计算出的飞船入轨参数，工程总指挥张又侠上将兴奋地宣布："神舟十号"飞船发射取得圆满成功。

在热烈的掌声中，习近平总书记走到工作台前，同参试人员一一握手，对飞船发射成功表示祝贺，向奋战在发射一线的科技人员表示慰问。习近平总书记高度赞扬航天战线的同志们秉承航天报国的理想和追求，艰苦奋斗，自强不息，开拓进取，取得了举世瞩目的伟大成就。

6月的大漠，又一次聆听惊天动地的轰鸣，又一次见证完美壮丽的腾飞，又一次唱响恢宏高亢的赞歌。歌者，是我们引以为傲的航天员，是我们无私奉献的所有航天人。

"神舟十号"发射，完美腾飞

五、王亚平展示太空"魔术"

"神舟十号"飞船发射成功的次日，是中国人民的传统节日端午节。过端午，忆屈原，一篇《天问》代表了华夏儿女对浩瀚宇宙的无限遐想。此时，英雄的航天员聂海胜、张晓光、王亚平正在太空潇洒地飞行。故乡的亲人正在欢度端午佳节，吃粽子，赛龙舟。天上人间，都令人向往。

宇宙的奥秘远远超出人类的想象，探测宇宙是人类永恒的主题。现代科学认为，宇宙是由138亿年前那个密度极大且温度极高的太初状态大爆炸而产生的，经过不断膨胀才达到今天的状态。最新研究表明，宇宙的直径可达到920亿光年，甚至更大。人类所观察到的部分宇宙大约由5%的普通物质（如恒星、行星、气体和尘埃等）、27%的暗物质和68%的暗能量构成。我们知道的宇宙中有数十亿个星系，仅银河系中就包含着1000亿～4000亿颗恒星。不夸张地说，宇宙中恒星的数目比我们地球上所有海滩和沙漠里沙粒的总和还要多。

人类仰望太空，思考宇宙，早在数千年之前即已开始。但是，直到哥白尼和伽利略时代才真正进入现代科学研究阶段。1957年苏联第一颗人造卫星上天，冲破了地球引力的束缚，打破了地球大气层对人类探索太空的阻隔，使人类真正进入认识太空和宇宙的崭新阶段。

迄今为止，人类已经发射了近10000颗人造航天器，其中大约10%的航天器执行的是科学探索任务。我国自1970年4月24日成功发射首颗"东方红一号"卫星，经过几十年的艰苦努力，已初步形成6个卫星系列，即返回式遥感卫星系列、通信广播卫星系列、气象卫星系列、科学探测与技术试验卫星系列、地球资源卫星系列和导航定位卫星系列。这些系列卫星，特别是通信广播卫星、地球资源卫星和气象卫星投入使用后，已广泛应用于经济、科技、文化和国防等各个领域，为我国国防现代化和国民经济建设发挥了重要作用。在不久的将来，由中国科学院空间科学先导专项卫星工程组织研制的暗物质粒子探测卫星、量子科学实验卫星、返回式微重力科学实验卫星等一系列科学卫星也将要发射升空。这类卫星将会使我国科学研究在宇宙黑洞、暗物质、量子力学完备性和空间环境下的物质运动规律与生命活动规律等方面获得重大突破。正如我国著名空间科学家宋健所言："开拓边疆，扩大视野，探求未知，是人类的不懈追求，是文明进步的原动力和科学创新的持久源泉，对个人、集体和国家都有不可抵抗的诱惑力。"

中国的月球探测正如火如荼，方兴未艾。

火星探测即将拉开帷幕，中国航天就要奔向深空。

极端宇宙，时空涟漪，日地全景，宜居行星，空间科学探测的四大主题正在被中国航天人稳步推进实施。

祖国航天技术跨越式发展，得益于党和国家的坚强领导，得益于全国各行各业的鼎力支持。我们每获得一次成功，技术创新取得进步，都被给予充分的肯定和热情的鼓励，这是取之不尽、用之不竭的精神动力源泉。

此时，我们不禁回想起习近平总书记在2月8日给酒泉卫星发射中心科技干部的回信。习近平总书记说：正是有了你们的英勇奋斗和无私奉献，我们中国人民和中华民族底气才更足，腰杆才更硬，说话才更有分量。*这是对酒泉卫星发射中心航天人的最高褒奖，也是对所有航天人英勇奋斗、无私奉献精神的高度肯定。重温习近平总书记的殷殷期望和热情鼓励，心里泛起阵阵幸福的涟漪。

---

* 梁小虹 . 中国航天精神教程 . 北京：中共中央党校出版社，2019：69.

国家的航天技术和空间科学事业任重道远。我们虽然取得了举世瞩目的进步，但是，距离发达国家还有不小的差距。要缩小这段差距，赶上甚至超越发达国家的技术水平，唯有脚踏实地工作，锐意进取，不懈奋斗。

我们深知肩上的责任，国家航天大业的光荣与艰巨，激励我们工作标准更高，责任心更强，牢记重托，不辱使命，让世界一流航天发射中心，屹立在大漠深处，屹立在世界东方。

抬头望去，发射中心的雷达天线似乎从未停止旋转，它们每时每刻都在捕捉"神舟十号"飞船和"天宫一号"目标飞行器传下来的无线电波，借此了解飞船的健康信息和航天员的生活工作情况。几天后，"神舟十号"飞船将要完成与"天宫一号"目标飞行器的自动交会对接、手控交会对接和航天员太空授课，发射中心测控设备正严阵以待。

按照"神舟十号"任务的飞行方案，飞船在轨飞行15天，其中独立飞行3天，与"天宫一号"组合体飞行12天。在轨期间与"天宫一号"共进行3次交会，2次对接，一次绕飞，开展航天器在轨技术验证、航天医学和公益活动等37项在轨试验。其中，最吸引世人眼球、引起轰动的莫过于航天员太空授课活动，这是中国载人航天工程第一次实施太空授课计划，也是"神舟十号"与"天宫一号"交会对接任务一个重要的科研实验项目。

人类的第一次太空授课计划始于20世纪末期。1986年初，美国计划在"挑战者"号航天飞机第二次飞行任务中安排一名叫麦考利夫的女教师在太空向地面学生授课，以此标志航天飞机走向更为实用的阶段，也借此向世人广泛展示美国的航天技术和太空应用技术。大家也许还记得，"挑战者"号航天飞机航天员乘组登机时笑容灿烂的女教师。然而，遗憾的是，"挑战者"起飞后不久就爆炸了，包括女教师麦考利夫在内的7名航天员献出了年轻的生命。随着"挑战者"号航天飞机的失事，美国的第一次太空授课计划宣告流产。直到2007年8月，美国航天局首位教师宇航员芭芭拉·摩根乘坐"奋进"号航天飞机飞向国际空间站，在太空讲堂向美国学生们展示了太空运动和喝水等情景，酝酿已久的美国太空授课计划才得以完成。

这是美国人的奇迹。我们中国航天人要完成太空授课的精彩程度也绝不会逊色于美国人。从那个时候开始，中国航天人就瞄准了这项工作。在"神舟十号"任务众多太空实验项目中，工程决策部门选中了太空授课，对全国中小学生进行一次科普教育。为此，中国航天人也无比兴奋，他们说当时的激动心情不亚于设计导演一场春晚。

2013年6月12日，已在太空遨游近23小时的"神舟十号"飞船，开始进行与"天宫一号"目标飞行器的对接准备。这时，两个航天器相距10000多千米，"神舟十号"经过5次变轨，使之进入与"天宫一号"相距50多千米的交会对接入口点，实施自动交会对接。

航天员进入"天宫一号"后，按计划完成了众多太空实验。2013年6月20日上午10时，太空授课开始了，从距离地球300多千米的轨道上，航天员的声音和图像清晰地传到地面课堂。酒泉卫星发射中心东风飞行控制中心的大厅再次热闹起来，大屏幕和音响效果很好。遍布在戈壁滩上的测控设备与各地测控设备组成网络，接续保障太空大讲堂顺利开讲。

"神舟十号"航天员王亚平被确定为太空授课的主讲人。刚接到任务时，王亚平感到任务十分艰巨。因为首次，许多东西都是未知的，而王亚平又没有当教师的经历，承担这样的任务对她来讲无疑是一个巨大挑战。

"要讲原理，必须自己先把原理吃透。"王亚平找来大量有关物理方面的图书，一有时间就反复钻研，同时还仔细揣摩国外航天员太空授课录像。为了让孩子们能身临其境地体会到神秘太空带来的不一样感受，王亚平不放过任何一个学习机会。她想了很多办法，到学校旁听老师授课，到孩子们中间，学习如何运用孩子们能听懂的表达方式，将并不简单的相关知识尽量讲得通俗易懂。

在紧张准备的日子里，王亚平着魔似的寻找当老师的感觉，讲完以后反复观看自己的录像，发现问题就重新再来，对授课项目相关试验的演示技巧和授课脚本也是反复修改，一月之内竟然改动几十次。

此时，王亚平清楚地知道，中央电视台将进行全程实况转播，全国八万余所中学的6000万学生正在收看她的授课。

王亚平清了清嗓子，甜甜地说："同学们，你们好。我是王亚平，本次授课由我主讲。"

停顿了一下，王亚平接着说："同学们都知道，失重是太空环境中最独特的现象。首先呢，请我们的指令长来给大家表演几个高难度的动作吧！"

聂海胜应声而起，只见他双腿盘坐，悬在空中，就像僧人打坐般，只是他并非"坐"在实地，而是"坐"在失重的空间。随后王亚平轻轻一推，他便缓缓翻滚起来，犹似身轻如燕的武林高手。

正式授课开始了。按照授课项目安排，共进行质量测量演示、单摆演示、陀螺演示、水膜演示和水球演示五项内容。其中前三项为失重环境下物体运动特性演示，后两项为失重环境下液体表面张力特性演示。

第一项演示：根据牛顿第二定律原理，采用特制的质量测量装置，王亚平为聂海胜测出自身质量为74千克。第二项演示：本来在地球重力作用下可以往复运动的单摆，在太空中却表现为圆周运动。第三项演示：王亚平分别拿出两只静止和旋转的陀螺，轻轻施加干扰力，静止的陀螺在空中做不规则的滚翻运动，而旋转的陀螺则表现出定轴性，稳定地飘浮在空中。

更精彩的演示还在后面呢！

第四项演示为水膜演示。只见王亚平拿出一只装满饮用水的水袋，将口朝下，袋内的水却流不下来。王亚平俏皮地说，如果大诗人李白生活在太空，可就写不出"飞流直下三千尺"的诗句了，因为太空中的水根本不会向下流。王亚平从水袋中挤出一滴水，晶莹剔透的一滴水立刻悬浮起来，王亚平吞入口中，开玩笑地说："真好，润润嗓子。"王亚平又拿出一个带把的金属圈，放入水袋中，轻轻抽出来，大家看到的是一张水膜。在失重状态下，普通水也能做成水膜，原来是表面张力大显神威。"这个水膜结实吗？"王亚平自问自答，继续着下面的试验。她拿着水膜来回晃动，不会轻易破裂；又拿出一个小型中国结，轻轻贴在水膜表面，贴住了，没有任何问题。看起来水膜足够结实。

第五项演示为水球演示。王亚平重新做了一张水膜，接着从水袋里挤出水向水膜中注入。水膜一点点变厚，形成一个透亮的大水球，从水球里甚至可以看到王亚平的倒影。她用注射器向水球内注入气泡，气泡并没有与水球融为一体，而是单独存在于水球中。把气泡抽出来，她又把红色液体注入水球内，只见红色液体在水球中慢慢散开，原先透明的水球变成了红色水球，宛如一只熟透的红苹果或红橘子，无比鲜艳。

太空大讲堂里的演示做完了。王亚平总结说，太空中蕴藏着丰富的资源，在失重的太空中可以做许多科学实验，甚至可以生产产品，造福人类。地球上的美妙幻想，在天上便可成为触手可及的现实；地球上难以掌握的技术，在天上只是一个小小的手艺。今时，我们把讲堂搬上"天宫"，来年也许就可以建造实验室和工厂。

地面6000万中学生看得如痴如醉，孩子们一个个有趣的提问飞到"天宫"，飞到聂海胜、张晓光、王亚平身边，热情的互动连起天上人间。孩子们把祝福送上太空，也把希望种入心田，他们盼望航天员把更多收获带回祖国，把科学的种子撒满祖国大地，遍地开花。

"飞天梦永不失重，科学梦张力无限。"王亚平侃侃而谈，结束太空授课。

太空授课，不仅仅是一次太空实验，也不仅仅是中国航天综合实力的一次展示，更重要的是它激发了孩子们探索宇宙的极大兴趣。可以断定，在6000万中学生中，一定会涌现出无数出类拔萃的科学家、工程师，甚至还有继往开来的新一代航天员。飞天梦、科学梦正破茧而出，插上翅膀，飞向太空，飞向未来。

六、发射场20余年辛勤耕耘硕果累累

6月26日凌晨8时07分，"神舟十号"飞船返回舱平稳降落在内蒙古四子王旗阿木古郎大草原上，聂海胜、王亚平、张晓光在医监医保人员协助下平安走出舱门。

"神舟十号"飞船返回舱着陆，标志着中国载人航天工程第二步第一阶段的收官之战取得圆满成功。从2003年杨利伟首次进入太空，我国成为继俄、美之后第三个独立完成载人航天飞行的国家。短短10年，五度载人升空，五次大步跨越，从一人一天到多人多天，从太空出舱行走到交会对接，"神舟"飞天的壮美航迹永远镌刻在浩瀚天地之间。

此刻，"神舟一号"任务中为飞船是否开大底而发生的激烈争论，"神舟二号"任务中活动发射台误启动而敲响的世纪警钟，"神舟三号"任务中飞船替换下的77只穿舱插座所换取的载人航天质量意识，"神舟四号"任务中与风雪抗争的一张张无比坚毅的脸庞，"神舟五号"任务中杨利伟登舱前淡定挥手告别的画面，"神舟六号"任务中费俊龙、聂海胜风雪出征的壮美，"神舟七号"任务翟志刚在太空舞动的五星红旗，"神舟八号"任务中"太空之吻"的甜蜜，"神舟九号"任务中"龙"的刚毅、"凤"的柔曼，以及"神舟十号"任务中"华丽"的太空大讲堂……一幕幕浮现在我们眼前，让我们一次次读懂了中国载人航天的艰辛与跨越，读懂了中国航天人的付出与奉献，读懂了中华民族的飞天梦想与辉煌。

载人航天工程历经20余载的辛勤耕耘，今天已经到了收获的季节。工程为增强我国的综合国力，推动科技进步，提升大国地位，增

"神舟十号"航天员乘组返回着陆场

强中华民族的自豪感和凝聚力，做出了重要贡献。

一批国际宇航界公认的技术难题的攻克，使我国在该领域形成了核心竞争力。飞船技术、高可靠性运载火箭技术、交会对接技术、出舱活动技术等，经过多年攻关，我们已经突破，已经掌握。在突破关键技术之外，载人航天工程还有力推动了能源、信息、控制等领域的发展，带动了电子、材料、制造、化工、冶金、纺织等多个行业的工艺创新和产业升级，产生了巨大的拉动和辐射效应，为国民经济建设做出了突出贡献。近年来，航天科技中的液气分离、食品脱水、卫星通信等成果，都成功应用到人们的生活中；经过太空搭载的390个农作物品系，育成并通过国家或者省级鉴定的新品种达到70多个，许多通过航天育种培育的农产品早已捧上千家万户的餐桌。

一个具有管理创新的航天工程项目管理模式，为大型系统工程管理注入新的理念。工程实施中，我们建立的组织机构，采用总指挥和总设计师分别负责的行政和技术两条线组织指挥模式，形成了具有科学预见的规划和计划管理体系，能够对工程实施有效的综合管理，保障了工程研制的进度和质量。

一支年轻航天科技骨干队伍的快速成长，奠定了中国进军世界航天高端领域的人才基石。20多年，一支以中青年科技人员为主的科研、生产、试验和管理队伍已然形成。飞船、火箭系统中35岁以下的科研人员占80%。发射中心以博士、硕士为主体的科研团队已在发射任务中担当重要角色。任务中历练成长起来的新一代航天人，正在成为我国航天事业的坚强脊梁和高科技发展的开路先锋，作为载人航天工程最重要的战略资源，将为我国航天事业持续发展积蓄强大的后劲。

一套全新的载人航天工程标准和规范的建立，为航天科技后续发展积累了宝贵财富。载人航天全新的、开创性的工作，更高的质量要求，更高的可靠性和安全性要求，使之全面更新和提高了原有的标准和规范，适用于载人航天产品研制和发射的崭新的标准体系，是载人航天工程的重要成果，也是对航天事业发展的重要贡献。

在20余年的不懈奋斗中，我国载人航天工程不仅创造了非凡的业绩，而且铸就了"特别能吃苦、特别能战斗、特别能攻关、特别能奉献"的载人航天精神，打造了独具特色的航天文化。这种文化归结起来就是：热爱祖国，为国争光；攻坚克难，锐意创新；安全至上，可靠第一；同舟共济，团结协作；艰苦奋斗，默默奉献。

作为载人航天工程之一的发射场系统，20余年奋力拼搏，更是硕果累累。

发射中心始终把热爱祖国、献身事业的精神追求融入每一次载人航天发射任务中，使之成为发射战士首要的精神力量。发射官兵继承和发扬了可贵的东风精神，为事业殚精竭虑、呕心沥血、奋力拼搏、挑战极限，个人利益、进退走留完全服从于载人航天发射事业，为此不惜奉献青春年华和毕生精力。爱国主义成为航天发射战士宝贵的精神财富，铸就了一代又一代东风人的魂。

发射中心创新并逐渐完善了具有中国特色的最新载人航天发射技术。这些技术主要包括"三垂一远"的测试发射工艺流程和控制模式、火箭推进剂多储箱并行加注技术、航天员应急救生地面控制技术、科学高效的计划控制技术、智能化指挥监控技术、发射首区测控通信支持技术、测发—测控一体化仿真训练技术、飞行控制中心与发射场测试发射指挥监控系统一体化技术、测控设备远程操控技术、试验安全和可靠性技术以及试验装备维护保养和延寿技术等。载人航天发射技术在工程实践中不断改进、不断发展、不断完善，使之整体性能达到世界先进水平，实现了发射技术的重大跨越。先进的发射技术凝聚着发射战士攻坚克难、锲而不舍的攻关精神，凝聚着发射场无数人的心血和智慧。

发射中心创新并丰富了载人航天发射质量文化。全体参试人员始终把"严肃认真、周到细致、稳妥可靠、万无一失"的科研试验"十六字方针"作为基本准则，把"成功是硬道理""载人航天，人命关天""成功不等于成熟，一次成功不等于次次成功""成功是差一点点的失败，失败是差一点点的成功""过程完美，结果圆满"等质量警句升华为发射任务的质量控制原则，以对载人航天事业和航天员生命安全极端负责的精神，严格管控，规范管理，一丝不苟，精益求精，追求卓越，追求极致，确保万无一失，确保每次任务的圆满。

发射中心创新并升华了团结协作文化。工程各系统千军万马汇聚于发射场，形成万众一心、共创伟业的会战局面。发射场保质量、保进度，与各系统目标一致，决心一致，步调一致；群策群力，服从大局，保全大局；在困难面前不推诿扯皮，在风险面前相互提醒；真正做到一条心、一股劲、一盘棋，大兵团作战，同舟共济，团结协作，形成了完成任务的强大合力。值得一提的是，在发射中心内部，更是二线为一线、二线保一线，紧密配合，全力保障中心任务，涌现出许多可歌可敬的先进人物与事迹。

发射中心在工程中不断践行创新文化，形成浓厚的创新氛围。依靠信息技术创新，初步建成智能化的发射场设施设备、自动化的火箭和航天器测试发射系统、一体化的测试发射和测量控制指挥网络、数字化的装备和勤务保障系统。创新能力的提升，衍生出一大批理论创新和科技创新的高等级成果，也形成了一支具有科研攻关能力、在学术上有较高造诣、在同行中居领先地位的研究队伍，一支精通管理、熟悉业务、善于组织协调的指挥队伍，一支又红又专、结构合理、相对稳定、操作熟练、具有一定分析问题和解决问题能力的测试发射与测量控制操作队伍，一支各项技术勤务保障强有力的士官队伍。

发射中心参试官兵始终秉持艰苦奋斗、默默奉献的思想品格，不计个人得失，不求名利地位，为载人航天事业奉献青春年华，奉献聪明才智，有的甚至献出宝贵生命。肩负"强国梦""强军梦"之责，肩负民族复兴重任，许多人放弃外部单位的高薪聘请，告别繁华的都市，放弃家人团聚，战斗在荒凉艰苦的戈壁大漠；许多人在任务期间推迟婚期，父母病故不能回家料理，妻子分娩不能在身边照顾，只为了心中对载人航天发射的那份挚爱，那份景仰，他们用青春、热血、忠诚和生命，铸就了通向太空的成功之路。

弱水潺潺，戈壁苍茫，大洋汹涌，草原茵茵；在城市，在边疆，在厂房，在发射场，到处都留下航天人奋斗的足迹。我们仿佛听到，一阵阵惊天动地的脚步声；我们仿佛看到，一张张如花般绽放的笑脸。他们的一言一行，一颦一笑，仿佛都流进民族的血液，幻化成民族复兴金灿灿的册页，成为激励人们奋进与拼搏的正能量。

借助潮涌海啸般的欢呼，借助鲜花和掌声，借助笑容和泪水，大漠写下了连战连捷、十全十美的壮丽史诗。

十战十捷不是终结，而是新的起点。

你看，已经从千年沉寂中惊醒过来的大漠，在通往天宇的长途上，留下无比灿烂的足迹。

探索与攀登，酒泉卫星发射中心拥有无限美好的未来

1.王永志.载人航天工程技术手册（内部资料）.中国载人航天工程办公室，2000.

2.刘纪原.中国航天事业发展的哲学思考.北京：北京大学出版社，2013.

3.宋健.航天纵横.北京：高等教育出版社，2007.

4.沙志亮，崔伟光.神州"神舟"揭秘.南昌：江西人民出版社，2004.

5.吴川生.出征日志.成都：四川出版集团、四川文艺出版社，2004.

6.吴川生.出征太空.成都：四川出版集团、天地出版社，2005.

7.杨利伟.天地九重.北京：解放军出版社，2010.

8.温飞.守望航天.北京：中国对外翻译出版公司，2008.

9.乔瓦尼·法布里齐奥·贝格美.我们就是火星人.涂泓，译.北京：科学出版社，2013.

10.弗拉基米尔·谢尔盖耶维奇·谢拉苗尼科夫.太空对接故事.方吉士，冯蕊，译.上海：上海科学技术出版社，2010.

11.中国科学院空间应用工程与技术中心.筑梦天宫.北京：科学出版社，2016.

12.管懿，王艳梅.龙啸九天.北京：中国宇航出版社，2009.

13.陈善广.航天员出舱活动技术.北京：中国宇航出版社，2007.

14.朱仁璋.航天器交会对接技术.北京：国防工业出版社，2007.

15.袁家军."神舟"飞船系统工程管理.北京：机械工业出版社，2006.

16.崔吉俊.载人航天发射技术.北京：科学出版社，2007.

17.崔吉俊.航天发射试验工程.北京：中国宇航出版社，2010.

18.徐晓岩.火箭吊装新春传喜报.中国军工报，2002-02-21.

19.苏扩善，等.浩荡春风漾"神舟".中国军工报，2002-04-01.

20.梁生树."神舟"腾飞时.中国军工报，2002-04-04.

21.王艳梅，等.飞天英雄踏征程.中国军工报，2005-10-13.

22.朱振才，陈宏宇，等.微小卫星总体设计与工程实践.北京：科学出版社，2016.

23.丁文华，史颜莉.刘竹生院士传记.北京：中国宇航出版社，2015.

24.聂少勇编导.《筑梦天梯》电视片.中国酒泉卫星发射中心、中国航天基金会，2010.

25.聂少勇编导.《天宫出征》电视片.中国酒泉卫星发射中心，2011.

26.聂少勇编导.《龙舞九天》电视片.中国酒泉卫星发射中心、中国航天基金会，2012.